A forma negra da morte

A forma negra da morte

satanismo e escravidão no poema em prosa de Cruz e Sousa

Simone Rossinetti Rufinoni

CAPES

Alameda

Grafia atualizada segundo o Acordo Ortográfico da Língua Portuguesa de 1990, que entrou em vigor no Brasil em 2009.

Edição: Haroldo Ceravolo Sereza & Joana Monteleone
Projeto gráfico, diagramação: Ana Júlia Ribeiro
Assistente acadêmica: Tamara Santos
Revisão: Haroldo Ceravolo Sereza
Imagem da capa: Felipe Stefani

CIP-BRASIL. CATALOGAÇÃO NA PUBLICAÇÃO
SINDICATO NACIONAL DOS EDITORES DE LIVROS, RJ

R865f

Rufinoni, Simone Rossinetti
A forma negra da morte : satanismo e escravidão no poema em prosa de Cruz e Sousa / Simone Rossinetti Rufinoni. - 1. ed. - São Paulo : Alameda, 2024.
380 p. ; 21 cm.

Inclui bibliografia
ISBN 978-65-5966-246-3

1. Sousa, Cruz e, 1861-1898 - Crítica e interpretação. 2. Negros na literatura. 3. Literatura brasileira - História e crítica. I. Título.

CDD: 869.09
24-88627 CDU: 821.134.3(81).09

Meri Gleice Rodrigues de Souza - Bibliotecária - CRB-7/6439

O presente trabalho foi realizado com apoio da Coordenação de Aperfeiçoamento de Pessoal de Nível Superior – Brasil (CAPES) – Código de Financiamento 001.

ALAMEDA CASA EDITORIAL
Rua Treze de Maio, 353 – Bela Vista
CEP: 01327-000 – São Paulo – SP
Tel.: (11) 3012-2403
www.alamedaeditorial.com.br

A Valentim Facioli,
mestre e amigo
In memoriam

Índice

Prefácio

Este livro traz contribuição decisiva para uma parcela menos celebrada da produção de Cruz e Sousa e flagrada de uma perspectiva inédita: a dos poemas em prosa, vistos como inferiores pela maioria dos intérpretes do poeta, desde a primeira recepção até a mais recente, sempre sem justificativa plausível. A única concessão (que soa pretensiosa) feita pela crítica é para o "Emparedado". Todavia, a dimensão extraordinária deste poema não justifica o nivelamento por baixo de um conjunto expressivo como o de *Evocações*, onde o poema figura estrategicamente no fecho do livro, cuja lógica estrutural é desvelada com argúcia por Simone Rossinetti Rufinoni. A mesma agudeza preside a aproximação crítica dos demais volumes de poema em prosa, como *Missal* e *Outras evocações*.

Estudos mais recentes têm inventariado as realizações do gênero na tradição literária brasileira, ressaltando a contribuição relevante trazida pelo poeta catarinense. O escopo deste livro, contudo, não é historiar a forma extensivamente, contabilizando suas ocorrências, mas de concentrar-se em seu potencial subversivo, não só estético como político. Desde *Le spleen de Paris*, por vezes considerado como a renovação formal mais radical trazida efetivamente por Baudelaire, até seu aprimoramento extremo n'*As iluminações* de Rimbaud, o poema em prosa insurge-se contra a tirania da métrica e de outras convenções poéticas, visando a livre manifestação do sujeito, a incursão por domínios além da razão e da ciência e a busca de totalidade.

Simone Rossinetti Rufinoni, depois de trazer à baila essas motivações estéticas e até filosóficas implicadas na conformação híbrida do gênero em solo europeu, deslinda sua reconfiguração em contexto periférico, investida de uma motivação étnica e social não prevista originalmente. No Brasil *fin-de-siécle*, de Abolicionismo recente embora de renitente herança escravista, a forma anárquica – destrutiva sim, mas de uma desordem dialeticamente reconstrutora – permite dinamizar, como poucas, os dilaceramentos e contradições do lugar de inscrição do poeta negro no campo literário, que nada tem de autônomo em relação às hierarquias e aos mecanismos de segregação que regulam a ordem social mais ampla. A heterogeneidade da forma é orquestrada pelo poeta do Desterro de modo a ressoar a dissonância entre a voz da resistência e as dos discursos cientificistas, deterministas e raciais então em voga que o condenavam à exclusão, convocadas no poema em prosa para evidenciar suas inconsistências e equívocos.

Sempre requalificada em função das determinações locais, a apropriação do legado baudelairiano se dá não só no plano da forma híbrida, mas compreende ainda o repertório de temas e motivos, a cosmovisão e os procedimentos retóricos e estilísticos que procedem diretamente da obra do poeta francês ou por intermédio das releituras que dele fizeram o Simbolismo e demais correntes finisseculares. Simone Rossinetti Rufinoni explora todas elas de maneira igualmente iluminadora, ao evidenciar a correlação admirável estabelecida por Cruz e Sousa entre as antinomias do poema em prosa, o satanismo, a obsessão com a morte, as categorias estéticas do feio e do grotesco tensionadas com o sublime e o ideal inalcançável, bem como o efeito irônico advindo dessas tensões, sempre evidenciando as forças sociais nelas implicadas. As análises penetrantes, fundamentadas na Teoria Crítica e suas derivações no Brasil, concentram-se ainda nas "ideias fixas", no "ponto de vista da morte" e nos processos de "medusamento", concepções que evidenciam o alinhamento desta abordagem a conhecidos estudos sobre a prosa oitocentista (sobretudo Machado de Assis e Raul Pompeia[1]), embasados na mesma vertente teórica redirecionada à práxis local. Mais que mera aplicação desses conceitos, a ensaísta pleiteia a justa adequação deles à especificidade de seu objeto, o que só reforça a validade do método e da teoria adotados para a compreensão da obra do catarinense e, por meio dela, da dinâmica da realidade local sedimentada em forma literária.

Em que pese a contribuição decisiva de Walter Benjamin e outros nomes representativos dessa corrente teórica fora e dentro do Brasil para forjar seu método crítico, sobreleva a inspiração particularmente colhida pela ensaísta nos estudos de Dolf Oehler que tratam seja da dita *estética antiburguesa*, seja da *semântica* da revolução de junho de 1848 nos albores da modernidade,[2] mas reconfiguradas em vista das particularidades do país periférico, de forte herança escravista.

---

1 Refiro-me aos estudos de Roberto Schwarz e José Antonio Pasta Junior.

2 Semântica na qual, a propósito, o satanismo figura em um lugar central. Refiro-me, evidentemente, a *Quadros parisienses (1830-1848): estética antiburguesa em Baudelaire, Daumier e Heine (1830 –1848)*. São Paulo, Companhia das Letras, 1997; e *O velho mundo desce aos infernos: au-*

No que tange à arquitetura deste livro, chama a atenção o jogo engenhoso armado pela autora. Embora leia detidamente um número amplo de poemas em prosa de Cruz e Sousa, ela dispõe de modo estratégico sete deles no centro e faz gravitar os demais ao seu redor. São eles: "Psicologia do feio", incluído em *Missal*, e "Consciência tranquila", em *Outras evocações*, enquanto os demais pertencem a *Evocações*: "O sonho do idiota", "Capro", "Dor negra" e "Asco e dor", sem esquecer do celebrado "Emparedado", que irradia os termos da poética e da retórica mobilizados pelo conjunto dos poemas em prosa. Além do exame isolado de cada um dos sete, eles retornam em outros momentos do livro, dada a força de atração que exercem sobre os demais, que circulam em sua órbita.

Nesse sistema relacional tão bem armado, destaco a análise notável de "Capro", poema incompreensivelmente ignorado pela crítica, dado a sua contundência e o seu poder de subverter uma das imagens bestiais mais aviltantes a que historicamente recorreu o preconceito social para a desqualificação de negros e pardos. Infelizmente a tradição literária local deixou para a posteridade registros poéticos que reincidem nessa figuração execrável, como se vê na sátira barroca atribuída a Gregório de Matos, concebida da perspectiva senhorial do letrado branco dentro de uma ordem colonial fortemente hierarquizada.

É verdade que, no século XIX, Luís Gama já havia operado uma reversão poderosa do sentido negativo original pelo viés mesmo da sátira em "Quem sou eu?", que chegou à posteridade mais conhecido como "A bodorrada"... Nessa que foi

---

toanálise da modernidade após o trauma de junho de 1848 em Paris. São Paulo, Companhia das Letras, 1999.

considerada por Manuel Bandeira (*Antologia dos poetas brasileiros da fase romântica*) a maior sátira da Literatura Brasileira, a *persona* de Getulino, o autonomeado Orfeu de Carapinha, requalifica ironicamente a imagem caprina com mitologias positivadoras que a tomam por símbolo e estende a miscigenação nela implicada a todas as castas do Segundo Império, investindo com força contra os que renegam sua ascendência étnica, quando pretendem passar por brancos.

Já Cruz e Sousa abandona por completo o terreno da sátira em direção ao extremo oposto, enveredando pelos domínios do trágico e do sacrifical, uma vez que, como bem resume Simone Rossinetti Rufinoni, "o bode, via *capro*, açambarca imagens que, do ritualismo pagão articulado à animalização característica do contexto escravista, levam ao *pharmakós* – e daí à apropriação do sacrifício do negro poeta –, camadas de significação temperadas pela estratégia satânica que implica a adesão e subsequente traição do código".

Pensando ainda em termos de recorrências na tradição poética local, é impressionante o tratamento dado por Cruz e Sousa ao mito bíblico da escravidão, que a autora volta a examinar aqui. O "anacronismo de perspectiva"[3], que marcava a evocação contraditória do mito de Cam num dos grandes poemas abolicionistas ("Vozes d'África"), legado pelo romantismo libertário do condoreiro Castro Alves, reverbera em "Emparedado", mas enunciado, agora, por uma das vozes que ecoam a ideo-

3 Alfredo Bosi. "Sob o signo de Cam". In: *Dialética da Colonização*. São Paulo, Companhia das Letras, 1993.

logia em circulação e que, "sinistramente, nasce de dentro da própria subjetividade".[4]

O complexo de vozes contraditórias que repercute em "Emparedado", como estratégia contraideológica de desestabilização dos discursos discriminadores em vigência no tempo, já havia sido identificado por Alfredo Bosi.[5] Simone Rossinetti Rufinoni leva adiante essa interpretação, contrariando a ingenuidade de outras leituras surdas ao ribombar de vozes dissonantes no texto, reduzindo-as a uma só, a da própria personificação do poeta negro, o que implicaria a absurda pactuação conformista deste com a culpa ancestral que naturaliza biblicamente a escravização.

A ensaísta adensa a análise do "Emparedado" ao demonstrar a articulação nele presente do mito de Cam com outro arquétipo bíblico da maldição paterna e da queda: Satã. Diz ela: "Na esteira do satanismo romântico, relido pelas lentes baudelairianas e simbolistas e, ainda, transfigurado pelo caso nacional, Satã passa a ser o patrono dos despossuídos, negros e artistas párias". Mais que símbolo da revolta contra a ordem, o satanismo do poeta catarinense passa a constituir "resposta dialética à demonização destinada ao negro na sociedade brasileira. Trata-se da elaboração de uma estratégia estética de resistência que, articulada ao concerto de vozes, funciona como

4 Ivone Daré Rabello. *Um canto à margem: uma leitura da poética de Cruz e Sousa*. São Paulo, Nankin/Edusp, 2006, p. 92

5 Vide ainda, de Alfredo Bosi, "Poesia *versus* racismo" (In *Literatura e resistência*. São Paulo, Companhia das Letras, 2002, 163-185; 290-291), em que o crítico retorna ao mito bíblico em Cruz e Sousa e inclusive remete ao estudo de Simone Rossinetti Rufinoni sobre o satanismo na prosa poética do catarinense.

dispositivo que aciona a práxis brasileira, dando às genéricas imagens satânicas, especificidade local."

Há de se notar, entretanto, que essa reversão poderosa do mito de Cam promovida no "Emparedado" tendeu, infelizmente, a permanecer isolada, obnubilada juntamente com essa parcela significativa da produção em prosa poética de Cruz e Sousa. O endosso do mito bíblico seguiu vigente nas artes de seu próprio tempo, como se vê na tela *Redenção de Cam* (1895) de seu contemporâneo, o pintor espanhol radicado no Rio de Janeiro Modesto Brocos, que celebra a remissão do pecado ancestral por meio do *branqueamento* geracional.[6]

Décadas depois, na literatura, Jorge de Lima ainda surpreenderia "o sono temeroso de Cam" no ventre ensaboado e ainda infecundo de "Zefa lavadeira", personagem negra, a um só tempo individualizada e *tipo*, figurada a se banhar no rio depois da faina, como outras anônimas e homônimas, em excerto

6 

Modesto Brocos, *Redenção de Cam*, 1895

de A *mulher obscura* (1939), republicado separadamente como prosa poética em *Poemas negros* (1947).

O destaque dado aqui às análises de "Capro" e "Emparedado" não diminui em nada o grande mérito e a percuciência das demais, todas convergindo para mensurar devidamente a alta voltagem poética e política dessa parcela menosprezada da obra de Cruz e Sousa. Alta voltagem essa que tensiona mesmo os momentos menos felizes esteticamente, mas que são, ainda assim, testemunho admirável da experimentação sempre arriscada com a forma disforme que se avizinha do fragmentário e do inacabado.

Os dois estudos finais (Parte V) *de A forma negra da morte* foram concebidos *a posteriori*, mas integram-se ao livro em perfeita união, como já se deixa notar pelo título do penúltimo deles: "Invisibilidade e simulação da audiência no poema em prosa de Cruz e Sousa". Associado o gênero à formalização do apagamento social (teorizado via Jacques Rancière) e do endereçamento sem horizonte de recepção, há ainda a discussão instigante sobre o recurso ao monólogo dramático, que se casa bem com a orquestração de vozes recorrente nos poemas em prosa de Cruz e Sousa. Em diálogo com Alan Sinfield, teórico dessa modalidade poética, assevera a ensaísta: "O poeta não elabora *personae*, apagando-se e regendo o todo: mantém a identidade e carrega consigo a voz do outro. De modo que a singularidade desse enunciador autocentrado não impede a apreensão das peculiaridades da arena pública local; ao contrário, o sujeito que traz consigo os ecos do mundo precisará valer-se de complexos modos de ficcionalização do eu em meio à cunhagem de outras vozes. Diante de tais impasses, o poema em prosa de Cruz e Sousa resultará prolixo e impuro, forma informe da desumanidade legalizada – experiência estética possível em meio à invisibilidade".

Quanto ao último ensaio, o intertexto contempla mais uma tradição literária europeia que marcou nossa formação e permaneceu atuante no segundo Oitocentos mesmo depois da Independência. A ensaísta, entretanto, ao reconhecer os ecos de "Os pobrezinhos" de Guerra Junqueiro em "Litania dos pobres", de Cruz e Sousa, identifica num ato contínuo a transformação decisiva, promovida por este último, da figuração do desvalido em relação à roupagem naturalista e sua aproximação da condição do poeta como *pharmakós* – representação explorada em capítulos anteriores, em diálogo com os intérpretes do escritor catarinense, que já haviam tratado de lhe conferir esse estatuto ambíguo, como vítima sacrificial e anunciador da salvação. Diferentemente do poeta português, Simone Rossinetti Rufinoni demonstra nos versos do brasileiro um sopro revolucionário haurido no enlace das "Litanias de Satã" com "Abel e Caim", pertencentes à seção "Revolta", de *As flores do mal*. Com isso, mesmo tendo abandonado o terreno do poema em prosa, repõe-se o diálogo produtivo, examinado em praticamente todo o livro, com o legado baudelairiano e, sobretudo, com o potencial subversivo que ele conferiu a Satã, sempre apropriado pelo viés local, selando assim, magistralmente, a unidade do todo.

Vagner Camilo
Universidade de São Paulo
dezembro de 2023

Apresentação

A primeira sensação que tive ao aproximar-me da obra de Cruz e Sousa – e sobretudo da prosa – foi a percepção de certa impotência crítica frente a uma intrincada rede de enigmas. A forma falava tão alto, com sua retórica, fantasmagorias e heresias, que se tornava difícil penetrar a história ali presente. A obra impôs-se então como desafio: que livros eram esses, tão ignorados e tão inquietantes? Que forma era aquela, a que ela respondia e como? Pensei que podia fazer minhas as intenções de Walter Benjamin que, diante da obra de Baudelaire, pretendeu mostrar como ela está enraizada no século XIX. Como Cruz e Sousa estaria enraizado no XIX brasileiro, com toda carga que a camuflagem do verniz civilizatório e do cientificismo dava a um país periférico, de abolição recente e em busca da chamada identidade nacional? De que modo a espessa camada de símbolos de Cruz e Sousa pretendia dar conta de uma realidade ou alteridade de tal modo impalpáveis que não admitiam a mera representação?

Ao perseguir os temas da obra do autor catarinense, pareceu-me fecunda a opção pelo estudo do *Mal*, cujos desdobramentos permitiriam penetrar a densa camada de imagens, cujas tensões precisavam ser interpretadas. A intrincada malha do discurso indireto da imagem foi se desvelando em termos do que chamei de *satanismo estético*. Outros aspectos de sua obra mostraram-se sob esse viés, centralizando e ramificando os rumos do trabalho. Tal *satanismo* desdobrou-se em três temas maiores, formalmente organizados: a questão da criação, a relação com a escravidão e o estudo do gênero poema em prosa. O satanismo se fez, pois, perspectiva de enunciação, história e forma. Do conjunto analisado, contudo, assomou a proeminência da temática da morte que, aos poucos, estruturou-se como uma *forma negra da morte*: ponto de culminância, espécie de chave interpretativa privilegiada, passando a conter, de certa maneira, os demais desdobramentos do satanismo.

O empenho crítico centrou-se, então, na análise interpretativa do funcionamento das imagens negras – predominantes na obra madura do poeta, contrapondo-se aos símbolos brancos, índices do que a crítica já chamara de "nostalgia do branco"[1] – historicamente articuladas à revitalização dialética do mito de Satã e da questão do *Mal* – por trás dos quais pulsa a ideia da morte entrelaçada às reminiscências do cativeiro. Se o amálgama variado de temas, imagens e procedimentos formais perfazem o chamado *satanismo estético*, este, por sua vez, submete-se à dinâmica da construção-desconstrução presidida pelos sentidos da morte. Nesse percurso, a imagem fantasmática do negro, resultante da estrutura social do período – do cativeiro à adversa condição do negro liberto –, é a matéria social que subjaz às imagens e aos temas recorrentes, à obsessão sobre a culpa e a finitude e, finalmente, à urdidura da prosa que se faz, no conjunto, *forma da morte*.

1 Cf. Roger Bastide, "Quatro estudos sobre Cruz e Sousa", *in* Afrânio Coutinho (org.), *Cruz e Sousa*. Coleção Fortuna Crítica, Vol 4. Rio de Janeiro, Civilização brasileira; Brasília/ INL, 1979, p. 157.

Os modos do satanismo revelam como aspectos do tecido social – a vida literária, o discurso hegemônico, o eco ou apagamento das vozes excluídas, a peculiar junção de liberalismo e escravidão –, por meio dos quais se pode ler a história de fins do XIX, comparecem e estruturam a prosa do autor. De *iniciado* a *emparedado*, uma galeria de *personae* elabora as representações desse sujeito – *eu-outro*.

O silêncio da crítica ou suas observações pouco convincentes, ao lado do desafio da interpretação, exigiram estudar a configuração do gênero poema em prosa em Cruz e Sousa de acordo com as peculiaridades de um país periférico. Assim, as imagens enigmáticas do autor – lidas como parte do cânone europeu e desvinculadas dos problemas locais – ofertaram, pelo avesso e de modo surpreendente, um retrato da dinâmica histórica brasileira sob o crivo do homem negro de letras, ao mesmo tempo eleito da arte e pária social.

A dissertação que deu origem a este livro foi defendida em 1999, no Programa de Pós-Graduação em Literatura Brasileira da Universidade de São Paulo, com orientação do prof. Dr. Valentim Facioli. A publicação de um estudo realizado há tantos anos contém várias implicações. Tanto a escrita, quanto as análises, por vezes parecem ficar aquém do intérprete de hoje. A fim de ajustar o descompasso, a revisão incorporou acréscimos, cortes e a reescrita de várias partes; não pretendeu, porém, alterar substancialmente o texto. Além disso, ao longo dos anos, continuei a escrever e publicar outros estudos sobre o autor; desse modo, ao final deste volume, escolho coligir, na "Parte V: Outros estudos", dois ensaios da produção posterior. O primeiro, "Invisibilidade e simulação da audiência no poema em prosa de Cruz e Sousa" – publicado na coletânea *Monólogo dramático e outras formas de ficcionalização da voz poética*, com organização de Alexandre Pilati, Fabio Cesar Alves, Jefferson Agostini Mello, Simone Brantes e Vagner Camilo (Campinas/ São Paulo, Pontes Editores, 2020) – retoma e remaneja alguns momentos deste livro, em diálogo com os conceitos de monólogo dramático, de Alain Sinfield, e de dissenso, de Jacques Rancière. O segundo, "Os pobres de Guerra Junqueiro e de Cruz e Sousa", investiga comparativamente a especificidade da aura elevada destinada à figura do desvalido na poesia de Guerra Junqueiro e de Cruz e Sousa. Apresentado originalmente no "V Colóquio Internacional Interlocuções Literárias Brasil/Portugal", o texto compõe o volume *Brasil/Portugal: diálogos sobre literatura*, com organização de Maria Aparecida Ribeiro, Vagner Camilo e Vania Pinheiro Chaves (Lisboa, CLEPUL/FCT; Coimbra, CLP, 2022).[2]

Agradeço aos editores Haroldo Ceravolo Sereza e Joana Monteleone, da Alameda Editorial, que toparam a edição tardia do volume. A Vagner Camilo, pelo interesse, incentivo e pelo texto de apresentação. A Ivone Daré Rabello e José Antônio Pasta Jr., membros da banca de qualificação e defesa do trabalho original, cujas arguições em muito contribuíram para o resultado final da dissertação. Ao Programa de Pós-Graduação em Literatura Brasileira da USP. À Capes/PROEX, pelo financiamento. Aos meus pais e irmãos. Ao Gildo. Por fim, registro agradecimento especial à memória de meu orientador, Valentim Facioli, cuja generosidade, amizade e lucidez crítica tive o prazer e a sorte de compartilhar.

---

2 Além destes estudos, refiro outras duas outras publicações sobre o assunto: "Visionarismo satânico no poema em prosa de Cruz e Sousa" (*Teresa*: revista de literatura brasileira, nº 01, São Paulo, FFLCH/USP, 2000, n. 01) e "Entre a torre de marfim e o pelourinho" (*Teresa*: revista de literatura brasileira, nº 14, São Paulo, FFLCH/USP, 2014).

I. Satanismo e criação poética

Noiva de Satanás, Arte maldita,
Mago Fruto letal e proibido,
Sonâmbula do Além, do indefinido
Das profundas paixões, Dor infinita.
(Cruz e Sousa, "Visão")

O poeta, o gênio, o próprio homem, em sua imagem mais elevada, exclama ao mesmo tempo que Satã: "Adeus, esperança, mas, com a esperança, adeus, temor, adeus, remorso... Ó Mal, seja o meu bem." É o grito da inocência ultrajada.
(Albert Camus, *O homem revoltado*)

Sou poetisa. E o poeta nasce com a alma fidalga.
(Carolina Maria de Jesus. *Casa de alvenaria*)

1. No rastro de Satã

Tema caro e recorrente na literatura europeia, a presença de Satã na literatura brasileira encontra-se nos poetas românticos, em Bernardo Guimarães e, principalmente, em Álvares de Azevedo. O satanismo do primeiro comparece na temática lírico-amorosa e assume feição singular no registro cômico ou grotesco. Já a atmosfera noturna, o culto aos vícios, a ironia, a presença constante da morte e a imagem do poeta desajustado são elementos privilegiados da obra de Álvares Azevedo. Ao lado disso, há a forte sugestão da ideia do pacto, encenada em *Macário*, em que o poeta é seduzido por Satã, com quem firma laço mortal. Semelhando o *Fausto* de Goethe, a peça de Álvares de Azevedo associa o conhecimento, e por extensão a arte, aos poderes infernais, pintando o diabo como personagem de pose majestosa e comportamento melancólico. Nas poesias, o satanismo parece dar corpo à sensação de *spleen* e dandismo do poeta, bem como à atração pela mulher fatal, também ela uma espécie de diabo.

Ao satanismo romântico inspirado em Musset, Lamartine e Byron sucede o impacto do satanismo de *As flores do mal*. A nova inflexão demoníaca incide sobre os poetas do decênio de

1870, como Teófilo Dias, Fontoura Xavier ou Carvalho Júnior. Como mostrou Antonio Candido, nestes autores a apropriação do satanismo baudelairiano exacerba o vínculo carnal, numa leitura que se fez hipérbole realista dos aspectos demoníacos mais aparentes. A sexualidade desenfreada, beirando o canibalismo, substitui o satanismo propriamente dito. Tal peculiaridade da apreensão baudelairiana no Brasil evidencia a necessidade de explorar temas tabus, na medida em que tomavam a forma de luta contra as instituições, mas dificilmente atingiu as camadas mais profundas que a presença de Satã traz à obra do poeta francês.[1]

Os aspectos mais flagrantes do satanismo penetram a obra de Cruz e Sousa na tradição de temas decadentes e simbolistas. Em grande parte de sua obra, o erotismo, o dandismo, a morbidez e as alegorias da queda comparecem como tributo ao cânone, seja ele de inclinação romântica ou simbolista. Algo diverso ocorrerá nos textos de sua obra madura, onde se evidencia apropriação e redimensionamento da tradição em função de uma leitura histórico-social específica. Na poesia e na prosa, a chamada "poesia noturna",[2] feita de imagens negras, descola-se dos arquétipos e trama uma apreensão singular da história e do homem de seu tempo. Mas é sobretudo na forma poema em prosa que a sombra de Satã penetra, neste gênero híbrido e inacabado, na iminência do fracasso. Na prosa madura, repre-

1 Cf. Antonio Candido, "Os primeiros baudelairianos", *in A educação pela noite e outros ensaios*, São Paulo, Ática, 1987, pp. 23-38.

2 Cf. Roger Bastide. A expressão "poesia noturna" é utilizada por Roger Bastide como subtítulo da segunda parte do seu estudo ("II – A poesia noturna de Cruz e Sousa"), "Quatro estudos sobre Cruz e Sousa", *op. cit*, pp. 164-174.

sentada, principalmente, pelas *Evocações*, o tema contamina a estrutura, momento em que o *topos* desvenda-se processo duplo, de criação e de destruição.

Adentrar o satanismo em Cruz e Sousa implica tentar decifrar a voz rebelde, blasfematória e indignada, marcada por uma atmosfera de angústia delineada por elementos que remontam às imagens arquetípicas do mal. Caminho interpretativo que perscruta as estratégias do enunciado satânico – espécie de discurso "envenenado" –, conduzindo às linhas de força da estrutura. Assim, para além do cânone, mas pressupondo e perseguindo sua referência, impõe-se como princípio que entrelaça os enigmas que inscrevem a história na forma. A orientação demoníaca surge, então, como categoria estética que desvela um pressuposto (o impulso à resistência), um modo (os desdobramentos do mal) e um gênero (o poema em prosa, particularmente refundido).

2. A obra imatura

O tema do artista negro em Cruz e Sousa é recorrente tanto em sua produção em prosa quanto em verso. No entanto, é na prosa que essa situação sobressai com toda sua força e agonia. Preconizado desde suas produções iniciais, esse talvez seja mesmo o assunto mais recorrente na obra do poeta, sobretudo a partir de *Missal*, alcançando ponto extremo em *Evocações*.

No seu primeiro livro, *Tropos e fantasias*, publicado em 1885, e marco de sua estreia literária, o tema aparece como que difuso, perdido em esboços ingênuos; contudo, por vezes, a observação acurada revela o prenúncio de significativa reflexão. Dois poemas em prosa dão conta, de forma sutil, dessa recorrência. É o caso de "Pontos e vírgulas" e "Sabiá-Rei". O primeiro refere-se ao "glosista Margarida", poeta que viaja em busca de um filho talvez morto. Seguindo o mote inicial: "São longas as estradas. É curta a piedade dos homens"[3], o narrador pede às damas da alta sociedade que intercedam em favor do poeta para que se possa alterar tal sentença ou sina. Ao dirigir-se às mulheres, "operárias do bem doméstico", de forma exageradamente lisonjeira, nota-se um rasgo de sutil ironia que sugere certa crítica social. O exagero na descrição da suposta honradez das mulheres da alta sociedade desnuda o tom capcioso, que se acentua ao contrapô-las aos desvalidos:

> Mães, esposas e filhas, operárias do bem doméstico, colunas direitas dos brios sociais, bíblias inesgotabilíssimas do conforto, das consolações e... da piedade, arremessai um ceitil da vossa fartura aos peregrinos que passam, abri o escrínio da vossa abastança aos que imploram, dignamente, em pé, de rosto limpo mas... desfigurado [...][4]

Os peregrinos precisam de ajuda, assim como o poeta:

> O poeta vos pede pouco, muito pouco.
> Atirai em leilão os livros que ele traz, arrematai-os todos, ponde em quermesse os vossos corações, enchei aquelas mãos calosas e dignas, dos mais simpáticos e sonoros níqueis e tudo será feito.[5]

3 Cruz e Sousa, *Tropos e fantasias, in Cruz e Sousa: obra completa*, Andrade Murici (org.); Alexei Bueno (atualização), Rio de Janeiro, Editora Nova Aguilar, 1995, p. 452.

4 *Idem*, p. 453.

5 *Idem, ibidem.*

Embora incipiente, e apesar da retórica convencional, a percepção do caráter marginal do poeta e da arte já está posta neste livro de estreante. Aquele que se refere ao poeta como sujeito que possui a "alma cristalina" é o mesmo que ordena que se atirem os livros em leilões. O ideal do poeta como ser elevado opõe-se ao mundo que, cada vez mais, transforma arte em mercadoria. As notas de uma prosa imatura não apagam a ponta de ironia e o despontar da consciência de crise. Aqui, no entanto, Cruz e Sousa ainda possuía maiores ilusões e o reconhecimento ainda não lhe fora negado.[6] Razão talvez pela qual o narrador solicita auxílio às damas da sociedade, pede que comprem os livros do referido poeta e de outros. O pedido, de um lado; de outro, a ameaça da punição, "lembrai-vos que a humanidade está sujeita às mesmas leis eternas e imutáveis", destinada às interlocutoras, serão revertidos, na obra madura, no clamor às forças do mal como forma de resistência diante da realidade opressora.

Um dos parágrafos desse poema em prosa oferece elementos de uma percepção crítico-estética que poderia, talvez, fazer eco à ironia satânica presente em *Evocações*. O poeta caracteriza a arte como objeto de edificação pessoal, revelando a falácia da arte como "enobrecedora" do espírito:

> Formai das glosas, dos versos, das rimas do poeta, uma nuvem de ouro, com cintilações purpúreas, para subirdes, envoltas nela, aos intermúndios da crença, de onde o adorável, o cândido Jesus das cândidas bênçãos, entornará nos vossos lábios os aprazíveis licores da ventura infinita [...][7]

6 Cf. Ivone Daré Rabello, *Um canto à margem: uma leitura da poética de Cruz e Sousa*, São Paulo, Nankin/ EDUSP, 2006.

7 Cruz e Sousa, *op. cit*, p. 453.

O que permite o distanciamento e a suposição de que se trata de ironia é a própria linguagem cujo excesso expõe sua negação, o que ocorre, por exemplo, na reiteração do adjetivo: "cândido Jesus das cândidas bênçãos". Entrevista também é a questão da sobrevivência do poeta e da arte contraposta às eventuais benesses espirituais oferecidas a seus usuários. As formas poéticas – glosas, versos, rimas – são comparadas a "uma nuvem de ouro" e, mais adiante, o poeta menciona os "simpáticos níqueis" que deveriam contemplar as marcas do trabalho impressas nas mãos do artista. A percepção embrionária de determinado estado de coisas, relativo aos tormentos do trabalho poético e às condições de produção, faz com que o poeta peça, mesmo que com farpas de ironia, ajuda. Esse mundo "dos brancos" que lhe fechou todas as portas será posteriormente acusado. O poeta não pedirá mais amparo e o grito de justiça fará aliança com o canto revoltoso do anjo caído.

De forma diversa também está presente a problemática da arte em "Sabiá-Rei". O pássaro pode ser lido como metáfora da liberdade e sua fuga apontaria para a necessidade de expansão dos limites da criação que, exposta ao mundo hostil, é tolhida.

3. "Psicologia do Feio": o grotesco, vida e arte

A reflexão acerca do fazer poético perpassa toda a obra de Cruz e Sousa. O tema evidencia o percurso da passagem do ideal à consciência de crise – do ideal simbolista, aliado ao discurso das garantias individuais postulado pela sociedade que se modernizava, ao aprendizado da perda das ilusões, ao qual se articula a sensibilidade decadente, de cunho finissecular.

Da percepção primeira do artista como ser elevado e das disposições do público em *Tropos e fantasias*, o poeta, em

Missal, insiste no idealismo e na religião da arte. O livro, publicado em 1893, marco do Simbolismo no país, insiste nos desdobramentos da ideia de sacerdócio do poeta. O artista é aquele que galga as regiões da originalidade e, arrebatado pela fascinação do objeto estético, busca dar forma cristalina aos sentimentos e ideais. Os textos de *Missal* denunciam as convenções simbolistas da crença na arte como refúgio de um mundo condenado. A pálida harmonia, recorrente na concepção mobilizada de arte, imprime na forma os desejos ainda vivos de justiça e inserção no mundo dos brancos.

A crença no ideal e no poder da arte é cantada repetidamente pelo poeta. Como se pode ler neste fragmento que fecha o poema "Ritos":

> E tu (o artista) representas bem todas elas, és a essência espiritual de infinitas camadas humanas, o luminoso requinte dessas gerações que findaram e que não foram mais do que simples moléculas para formar o teu estranho, poderoso organismo de artista.
> Sofreram, gozaram e pensaram – para que tu sobre elas fizesses nascer, surgir o mundo virgem das tuas impressões e ideias.
> E é por isso, artista, que abres a tu'alma, como um solar antigo, à luz lirial da Lua – apaixonada sultana que vaga à noite, que vigia e vela pelas regiões incomparáveis do Pensamento, seguida do fulgurante cortejo das estrelas odaliscas…[8]

Aqui a lua, símbolo que aparecerá no decorrer de sua obra com outras conotações, é o receptáculo luminoso, "luz lirial"

8 Cruz e Sousa, *op. cit.*, p. 499.

para onde se volta o poeta e encontra refúgio. Em "Ritos", tanto o dia, quanto a noite são palco da fecundante e prodigiosa poética simbolista. A ambientação recorre ao efeito de pedrarias e excentricidades, afim ao idealismo da arte e à natureza rara do poeta.

Missal, conjunto de orações profanas, adquire o sentido de preces voltadas para o sacerdócio da arte. A profissão de fé simbolista insiste na crença do artista eleito, aquele que pode divisar mundos desconhecidos e engendrar a forma pura e original capaz de fustigar velhas concepções. No entanto, alguns poemas em prosa de *Missal* contrariam a visão preponderante da bela forma como instrumento de busca da verdade. São textos que inserem um núcleo de trevas inquietantes por oposição à luminosidade recorrente do livro.[9] Figuram como núcleos prenunciadores do olhar de *Evocações*, testemunhos de uma arte que reflete o mundo despovoado dos brilhos e glórias anteriormente entrevistos.

"Psicologia do Feio" é sombra que se projeta sobre os sonhos de linho de *Missal*. Olhar que antecipa a reversão satânica de temas e formas de *Evocações*, sob o signo do artista que vive o estigma da cor. Como nota dissonante em meio à totalidade dos textos que compõem *Missal*, o poema professa a negação da bela forma, anunciando, ainda, de modo evasivo, o drama do negro como matéria poética. A obra-prima cede espaço ao "lascivo feio", lastro de dúvida a impregnar o ideal.

9 Para uma leitura do caráter crítico de *Missal* em resposta às imagens edificantes da República Velha, ver Jefferson Agostini Mello, *Um poeta simbolista na República Velha: literatura e sociedade em Missal, de Cruz e Sousa*. Florianópolis, Ed. da UFSC, 2008.

O que subjaz às preocupações de "Psicologia do Feio" é uma poesia que acolhe temas como a morte, a decadência da matéria e o mundo dos desvalidos. Essa "estética do feio" remete a Baudelaire e a sua poética que se abre para os submundos da matéria. Faz eco também ao Prefácio ao *Cromwell*, de Victor Hugo, "Do grotesco e do sublime", e à legitimação do disforme na arte. No poeta brasileiro, o mundo abjeto ganha representação literária e participa da natureza agônica da matéria poética oferecida pela modernidade. Sabe-se que, em Baudelaire, são as formas do mal, sob a chave do sublime, que irão perscrutar os símbolos da inquietante cidade moderna, por meio dos quais se estampam os horrores do sistema; em Cruz e Sousa, algo similar ocorre, mas o foco recairá sobre os estigmas residuais do cativeiro.[10]

No poema, a "estética do feio" alude, em primeiro lugar, à desrealização da representação artística como entrevisão de um mundo desprovido de sentido. À profusão de temas, muitos dos quais se tornaram convenções simbolistas, alia-se a forma que trabalha aspectos grotescos. O hediondo remete ao mal como negação da bela totalidade e desnudamento de um mundo em convulsão. Tal culto oposto ao bem, à beleza e à harmonia comparte da busca do conhecimento por meio do homem; o desejo de saber traz consigo, inevitavelmente, a desventura. Negar o belo implica revitalizar as potências do mal que inauguram a noção de subjetividade, daí a presença do termo "psicologia". Ao absurdo da existência corresponde a matéria que deforma, desconstrói

10 Otto Maria Carpeaux aponta o que chama de "as bases da ampliação poética" na obra de Baudelaire: por meio da estética do feio, o poeta procede "à liberdade de falar de tudo em poesia", *in História da Literatura Ocidental*, Rio de Janeiro, O Cruzeiro, 1963, vol V, p. 2256.

e marca passo com a finitude: a subjetivação afeita ao repugnante é da ordem da ruína. A arte proclamada por Cruz e Sousa nesse poema ata os desejos de transfiguração da realidade dos simbolistas à crítica da natureza. Se o belo e o "natural" apontam para um mundo harmônico, escancarando a saciedade, o feio denuncia o esfacelamento e o fracasso. A representação naturalista é afastada, a percepção do real imerso em sofrimento implica deformação: a arte verte a desolação frente ao mundo num esgar incorporado pela forma. Assim, a ironia e o desmantelamento das velhas estruturas refletem a perda dos sonhos e ilusões:

> Só eu, numa suprema hora de *spleen*, de esgotamento de forças psíquicas, em que me falte extensamente o humor — essa radiosa bondade hilariante do Espírito – te idolatro e procuro, ó lascivo Feio! que na luxúria pantagruélica dos vermes devora nas trevas os sonhos – porque não os podes alimentar, nem ver florir, nem crescer! sem que a diabólica verdade flagrante esteja a rir do teu amor e a pintar picarescamente caricaturas na quase apagada perspectiva da tua existência.[11]

O artista agrilhoado ao mundo sem deuses capta o esfacelamento por meio da subjetivação amarga da realidade. O poeta continua sendo o ser eleito, mas agora se sabe imerso numa realidade condenada:

> Só as artísticas sensibilidades nervosas, vibráteis, quase feminis, podem amar-te; enquanto que as individualidades ocas, estéreis, áridas, duras, sem vibração sensacional, sem cor, sem luz, sem som e sem aroma, fugirão

11 Cruz e Sousa, *op. cit.*, p. 474.

para sempre de ti como à repelência asquerosa de um putrefato.[12]

O protesto contra a bela forma participa também de uma recusa das imagens otimistas e conciliatórias da sociedade burguesa, tardia no contexto local. Sob a cifra da morte e do grotesco, o artista reage contra falares e verdades dominantes. Ideologia que, sob a forma da retórica parnasiana, louva o verossímil e o fetiche do artifício burilado, signo de plenitude e equilíbrio. Frente a esse quadro, o poeta propõe uma espécie de beleza do mal:

> Entretanto, eu gosto de ti, ó Feio! porque és a escalpelante ironia da Formosura, a sombra da aurora da Carne, o luto da matéria doirada ao sol, a cal fulgurante da sátira sobre a ostentosa podridão da beleza pintada. Gosto de ti porque negas a infalível, a absoluta correção das Formas perfeitas e consagradas, conquanto tenhas também, na tua hediondez, toda a correção perfeita – como o sapo, coaxando cá embaixo na lodosa argila, tem, no entanto, a repelente correção própria de sapo; – como a estrela, fulgindo, lá, em cima, no precioso Azul, tem a serena e sidérea correção própria d'estrela.[13]

"Psicologia do Feio" revela como Cruz e Sousa não só dava corpo a uma matéria poética diversa, como sabia que a fatura partilha da renovação dos temas. O caráter experimental comunica-se com a alteração dos critérios da *mimese*, o que remete à estética simbolista do "discurso indireto da imagem",

12 *Idem, ibidem.*

13 *Idem, ibidem.*

representação que se vale de um ponto intermediário que desfoca e obriga a decifração de uma imagem em estilhaços.[14] O prisma deformante reivindicado é, neste caso, o grotesco, o belo no mal.

A busca que propõe o culto ao feio contra as convenções da imitação e da forma perfeita não se desliga da experimentação do gênero poema em prosa. De maneira que o tema da metalinguagem reverbera na forma e no conteúdo: prega a deformação por meio da prosa poética que, por sua vez, constitui gênero que se volta contra as regras da lírica, insurgindo-se contra o belo convencional.

É, no entanto, num viés que se distancia das concepções estéticas de Baudelaire, que este poema em prosa adquire maior relevância e especificidade. Trata-se da forma que, aberta ao mal, ao hediondo, aproxima-se das representações do negro correntes no imaginário e nas concepções científicas do século XIX. A "diabólica verdade flagrante" que pinta "picarescamente caricaturas na quase apagada perspectiva da tua existência" é a forma que se quer corrosiva, mas é também a condição social que mina as perspectivas de ascensão do negro. O artista, caracterizado como sensibilidade eleita, observa a contradição de pertencer a uma raça cuja verdade científica do momento considerava inferior. O feio, o obsceno ou o demoníaco na arte,

14 Anna Balakian descreve a representação simbolista como "discurso indireto das imagens": "não a expressão direta da emoção por meio de qualificativos, adjetivos descritivos, nem a representação da emoção através de personificações alegóricas específicas, mas a comunicação entre o poeta e o leitor através de uma imagem ou uma série de imagens que tanto têm o valor subjetivo quanto objetivo", *in O Simbolismo*, São Paulo, Perspectiva, 1985, p. 35.

encontram respaldo na dilaceradora imagem reinante acerca do homem negro. A estética do feio pode ser lida, então, como a arte do negro excluído que se autoproclama um espírito singular, mas se sabe fadado a viver numa sociedade estratificada. A percepção estética tinge-se do imaginário social e promove a reversão reivindicatória do mal como meio de observação crítica da literatura e da escravidão. A esse título, a passagem abaixo é exemplar:

> Tu (o Feio) vens exata e diretamente do Darwin, da forma ancestral comum dos seres organizados: eu te vejo bem as saliências cranianas do Orango, o gesto lascivo, o ar animal e rapace do símio.[15]

O *Feio* situa-se no entrecruzar dos reflexos invertidos que confundem arte e vida, insistindo no recurso ao *mal* como instância que pode horrorizar e resistir à ideologia. A forma apresenta-se contaminada pela imagem transtornada e eclipsada do negro, fantasmagoria de uma individualidade sem representação.

> As tuas feições, duras, secas, quase imobilizadas em pedra, puxadas, arrepanhadas num momo, como a confluência interior dos desesperos e das torturas, abrem-se rebeladamente num sarcasmo, ao qual às vezes uma gesticulação epiléptica, nevrótica, clownesca, faz impetuosa brotar a gargalhada das turbas, enquanto a tua voz coaxa e grasna, numa deprecação de morte, com ásperas e surdas variabilidades ventríloquas de tons.[16]

---

15 Cruz e Sousa, *op. cit*, p. 473.

16 *Idem, ibidem*.

A reivindicação do avesso da beleza mescla-se à percepção acerca da configuração negativa do negro no imaginário das elites do XIX.[17] A estética desdobra-se em corpo e em corpo metamorfoseado, o qual só adquire representatividade por meio de imagens estranhadas, abjetas e malditas.

> Não houvesse dentro de mim, através das Ilíadas do Amor, das Bacanais do Sonho, um sentimento melancólico ao qual o pensamento dá uma expressão de enfermidade psicológica, e eu não arrastaria a tua sombra, não andaria preso ao teu esqueleto, ó soturno, ó triste, ó desolado Feio![18]

Num gesto perverso, em que o sujeito age contra si mesmo, a sombra que enforma sua condição lança-se sobre a estrutura. Sob a égide da negatividade das formas, o poeta esboça sua resposta aos impasses sociais. Nesse sentido, se o tema preponderante é de cunho metalinguístico, em um segundo momento do texto, o feio sugere – capta e refrata – o imaginário acerca da condição inferiorizada do negro, força do real que esbate a quimera do negro artista.

De qualificativo, o *Feio* passa a sujeito. Aquilo que define a arte nova, emancipa-se como um outro que, no decurso do poema, funde-se ao eu lírico, em um movimento de duplicação. A estética grotesca, cuja linhagem alinhava Victor Hugo e Baudelaire, compõe-se de uma nova camada: o cientificismo que, satanicamente, o poeta procura ressignificar: "Orango", "símio", de "ar animal".

---

17 O assunto será desenvolvido na Parte II do presente estudo.

18 Cruz e Sousa, *op. cit.*, p. 475.

"Psicologia do feio" pontua, de modo manifesto, questões de caráter metalinguístico. Ocorre que as noções estéticas são destiladas por meio de um enunciador que se dirige a um tu, o *Feio*. Este *Feio* personalizado, personagem que o poeta evoca, comparece como antimusa da arte, mas não só. A reposição do duplo depõe um tu que é, ao mesmo tempo, a forma (a arte grotesca) e o homem negro. O constante jogo de duplos empreende um movimento que afasta a decifração direta: o *Feio* desdobra-se e refrata os procedimentos artísticos, as imagens sobre a humanidade demoníaca do escravo e o próprio poeta. Passa a ser a arte grotesca e também o sujeito animalizado, "símio"; de modo que o texto maneja com vasos comunicantes entre certo modo da arte e o indivíduo. O escritor funde-se à arte, perde-se num movimento de volúpia e aniquilamento na poesia do abjeto. Fealdade das formas que permite o mergulho nos abismos da condição humana, de onde emergem os agonizantes contornos da alteridade negra.

Imagem exemplar da deformação como instrumento que corporifica antagonismos, tem-se a mortalha desfeita do cadáver do *Feio*. Personalizado, veste o sudário e anseia o voo, mas é reposto à terra e exposto à morte pelos frangalhos de uma realidade gritante. Grotescamente bela, a imagem do cadáver traça um movimento de ascensão e queda, de ânsia pelos espaços etéreos e retorno abismal ao chão. O esboço algo expressionista capta o que o texto enquanto ensaio estético propõe: a beleza da forma se vale do mal para transcrever o soterramento dos ideais:

> O teu horror não é deplorável só, não causa só piedade – mas é um obsceno horror – e as abas compridas e esfrangalhadas duma veste que fica em rugas, em pregas encolhidas de largura nesse teu corpo esquelético, e que

> parece a mortalha dalgum hirto cadáver que houvessem desenterrado – as esquisitas abas dessa veste, sob o chicote elétrico do vento, alçam-se em voo, deblateram por trás de ti, ansiosas, aflitas, puxando-te, num arrebatamento histérico, como se fossem fúrias tremendas que te quisessem arrojar pelos ares, num delírio de darem-te a morte.[19]

Aqui, quase num terceiro passo, o *Feio* é caraterizado como "corpo esquelético", espécie de morto-vivo, aproximando-se das alegorias clássicas da morte.[20] Desse modo, o feio – qualidade da arte – comunica-se ao negro desumanizado e à morte, qual símbolo de acepções inauditas, cujo alcance será melhor aquilatado em face de outros textos, sobretudo de *Evocações*. Ao final, em enigmática passagem, embebida em fino humor negro, o *Feio* e o sujeito lírico – por trás do qual já se entrevê o negro artista – parecem ensaiar certa dança da morte à moda medieval, entre riso e dor:

> Numa seda negra d'Arte, vestidos de negro, à semelhança desse trágico Hamlet da Dinamarca, iríamos os dois, através dos largos e profundos cemitérios silenciosos, consultar as rígidas caveiras das virginais Ilusões que se foram e, que, à nossa aproximação, sorririam, talvez, felizes, como se lhes levássemos a palpitante matéria animada dos nossos corpos para cobrir, fazer viver as suas galvanizadas carcaças frias.[21]

---

19 *Idem*, pp. 473-474.

20 Cf. J. Collin de Plancy, *Dicionário infernal*. São Paulo, EDUSP; Brasília, UnB; Rio de Janeiro, Arquivo Nacional, 2019. Verbete "Dança dos mortos", pp. 274-276.

21 *Cruz e Sousa*, *op. cit*, p. 475.

"Tu vens diretamente do Darwin...": professa o enunciador cujo olhar denuncia o cientificismo das raças sob o viés da negatividade da representação. A forma grita, depreca, grunhe – revela o ritmo e a força das imagens repulsivas, por meio do parentesco com a representação imaginária e social do negro. De modo que esse *Feio* se faz símbolo complexo, fulcro deformador por onde passa a matéria poética cara ao artista, erigindo no enigma das formas a arquitetura da sua destruição.

"Numa seda negra d'Arte, vestidos de negro" [...] "iríamos os dois" [...] "consultar as rígidas caveiras das virginais Ilusões que se foram". Os dois – o poeta e o elemento grotesco – percorrem juntos os caminhos tortuosos da criação e do reconhecimento social. No poema, em que a condição do negro é fortemente sugerida, porém ainda não explícita, eles vão, significativamente, "vestidos de negro".

A imagem do *Feio* toma proporções de símbolo ao entrelaçar sentidos, acrescidos da potência indefinidora do duplo. Açambarca matizes, quais sejam: qualificativo da arte (grotesco), cariz da literatura simbolista contra a retórica dominante, sujeito (negro) animalizado, eu-tu que se funde à criação ou espectro da morte alegorizada. Movimento de dilacerações constantes, reflexão estética emaranhada à entrevisão da identidade e do lugar do artista excluído.

4. Dandismo e morte: o heroísmo do excluído

A recepção crítica contemporânea à obra de Cruz e Sousa foi quase unânime em apontar o drama do poeta como característico de seu desejo de ascensão social, como meio de defesa das acusações de seus contemporâneos contra sua obra e o Simbolismo; ou seja, uma espécie de torre de marfim onde o poeta renegado se refugiara do mundo e de suas incompreensões. O tema romântico do poeta isolado, que se afasta da sua realidade para criar, é aspecto que ajuda a compreender a obra apenas se acrescentado a outros; nas palavras de Roger Bastide, um de seus mais sensíveis leitores: "esse tema sofre igualmente uma transformação profunda, por que se ouve no fundo o grito de uma raça oprimida".[22] A aparente recusa à realidade expressa pelo culto à personalidade evidencia a defesa do excluído. Renegado pela sua cor, o poeta funde a crença romântica do artista eleito à noção simbolista do poeta vidente, conferindo-lhe tonalidades personalíssimas. No fundo das atitudes de diferenciação do artista, insere-se o clamor daquele que vivencia as muitas faces do racismo.

O dandismo revela-se meio de escape em face da realidade opressora. Em tal fuga, o sujeito aproxima-se do satanismo e do mal apreendidos como formas de se opor ao mundo. Sua atitude de constante negação desvenda um fundo transgressor, rebeldia que se dá pelo culto do refinamento.[23]

Esse poeta humilhado e incompreendido clama para que Satã o auxilie no seu percurso de descobrimento, de mergulho no inefável: aquele que foi expulso saberá orientar aquele que foi excluído. Os poemas em prosa que indicam mais fortemente a valorização do eu como *assinalado* são raiados por veemente protesto satânico; não há transcendência possível no reino da matéria triste e soberana.[24] O artista deve fechar-se ao mundo para conseguir transfigurá-lo com maior agudez:

---

22 Roger Bastide, "Quatro estudos sobre Cruz e Sousa", *op. cit.*, p. 173.

23 Orna Messer Levin, *Figurações do dândi*. São Paulo, Ed. da UNICAMP, 1996, p. 40 e 49.

24 Referência ao poema "O Assinalado", de *Últimos sonetos*, *op. cit*, p. 201.

> Para resistir aos perturbadores ululos do mundo fecha-te à chave astral com a alma, essa esfera celeste, dentro das muralhas de ouro do Castelo do Sonho, lá muito em cima, lá no alto da torre azul mais alta dentre as altas torres coroadas d'estrelas.[25]

O trecho opera uma polarização entre o mundo real, dos "perturbadores ululos", e o universo interior do artista, a sonhar com o idealismo da arte. Os traços de comportamento recluso da obra e vida do poeta, comumente associados a um desejo aristocratizante, apontam para uma espécie de "dandismo baudelairiano"[26] que não se resume à aparência externa, mas se define como atitude introspectiva, aspecto diferenciador do indivíduo que se espelha tanto na sua aparência quanto na sua obra. E o poeta atormentado pelo preconceito de um país

---

25 Cruz e Sousa, "Iniciado", *op. cit*, p.523.

26 Jamil A. Haddad: "O conceito de dandismo em Baudelaire está longe de corresponder a qualquer atitude meramente exterior. É uma realidade das mais entranhadas nas profundezas do ser", *in* "Baudelaire e o Brasil" (prefácio para *As flores do mal*), 2ª ed., São Paulo, Difusão Europeia do Livro, 1964, p. 42. Charles Baudelaire, "Le peintre de la vie moderne", *in Oeuvres Complètes*. Genève, Cercle du Bibliophile, s/d, vol III, p. 84-85: "Qu'est-ce donc que cette passion...? C'est avant tout le besoin ardent de se faire une originalité, contenu dans les limites extérieures des convenances. C'est une espèce de culte de soi-même qui peut survivre à la recherche du bonheur... tous sont des représentants de ce qu'il y a de meilleur dans l'orgueil humain, de ce besoin, trop rare chez ceux d'aujourd'hui, de combattre et de détruire la trivialité". Em tradução literal: "O que é então esta paixão...? É antes de tudo o desejo ardente de se fazer uma originalidade, contida nos limites exteriores das conveniências. É uma espécie de culto de si mesmo que pode sobreviver a uma procura da felicidade... são todos representantes daquilo que há de melhor no orgulho humano, desta necessidade demasiado rara entre os homens de hoje, de combater e de destruir a trivialidade".

escravista procura hastear seu talento como compensação em face da realidade sufocante. Dos reais tormentos, o poeta perfaz uma dor algo metafísica que, contudo, entrelaça-se à do poeta negro, à da criação poética e àquela que implica a percepção de um mundo esfacelado, desprovido de deuses.

A solidão do artista surge como elemento necessário à elaboração da forma abaladora, capaz de transfigurar realidades e lançar sua ironia ao mundo. O poema em prosa "Condenado à morte" traça a paixão do poeta, no sentido do percurso do artista-mártir, do "doloroso Estético", identificado em terceira pessoa e duplo do poeta. O tema é a relação do poeta com o mundo: seus embates e a suposta vitória da arte inevitavelmente atada à condenação do poeta à morte.

> Ele já estivera em contatos com o Mundo, sentindo-o, respirando o mesmo ar, chocando-se com as paixões mais vorazes, com os corações mais gelados, roídos pelo cancro alastrante de um tédio doentio, de um nirvanismo agudo, de um nihil eslavo...[27]

A caracterização do "doloroso estético", isto é, do artista, oscila entre uma percepção fundada na positividade – o poeta é o único ser verdadeiramente livre e o vidente capaz de escandalizar o mundo – e na negatividade – apesar da sobrevivência da arte, sabe-se condenado à morte, morto em vida. Como exemplo do idealismo da primeira posição, tem-se o trecho:

> Isolado do Mundo, no exílio da Concentração, solitário, na tristeza majestosa de um belo deus esquecido, as outras forças múltiplas que agem na Terra, na luta desen-

27 Cruz e Sousa, *op. cit.*, p. 542.

> freada de cada dia, que equilibram as sociedades, que regem a massa vã dos princípios, que dão ritmo à onda eterna do movimento e entram na vasta elaboração da cultura das raças, sentiram-se hostilizados diante da sua intuitiva percuciência de vidente, da sua ironia gelada de asceta, do seu desdém soberano de apóstolo, da sua Fé indestrutível, serena de missionário, de extraordinário levita sombrio de um culto estranho, que leva aos lábios, em extremo, o Cálix místico da comunhão suprema da Espiritualidade e da Forma.[28]

Como uma parábola, o poeta é aquele que tudo viu – sete dos parágrafos iniciam-se pelos verbos ver e observar: "ele viu", "ele observara tudo", "vira tudo isso" –: contemplou o cortejo das misérias humanas, a fascinação pela mulher, as venturas e as ambições, mas recusou as sensações fáceis, as ilusões juvenis e dedicou-se "aos martirizantes cilícios das Ideias". Após tal trecho, que evidencia a crença na arte como instrumento capaz de enfrentar a realidade, contempla a morte:

> E então, o doloroso Estético, soberbo e sublime na sua solidão e no seu silêncio, vagueou – afastado do foco real, positivo da Vida – sem existir de fato, como um simples condenado à Morte, errante fantasma na sombra de sepulcros, misteriosamente vibrado por um grande Sonho doloroso ritmado nas longas, monótonas e amargurantes melancolias do Mar, para sempre gemendo e sonhando, noturnamente, velhas lendas bárbaras.[29]

---

28 *Idem*, p. 544.

29 *Idem, Ibidem*.

A reivindicação do poeta *assinalado* não é, portanto, apenas sublimação do complexo de inferioridade, como a crítica muitas vezes sugeriu, mas antes rasgo subjetivo, viés original de oposição e revolta contra a sociedade e as convenções. Posicionando-se à margem da sociedade, e retecendo poeticamente o mundo, pode penetrar mais profundamente os fundamentos da estrutura social.

Assim, esse dândi é a encarnação possível do herói na modernidade. Walter Benjamin, em análise sobre o mesmo tema em Baudelaire, considera que, na modernidade, o herói só pode surgir como dândi. O ócio e a recusa da mundanidade são atitudes que expressam a contemporaneidade desse sujeito singular, no sentido da recusa intransigente, mesmo que fadada ao fracasso:

> A modernidade se revela como sua fatalidade (do herói). Nela o herói não cabe; ela não tem emprego algum para esse tipo. Amarra-o para sempre a um porto seguro; abandona-o a uma eterna ociosidade. Nessa derradeira encarnação o herói aparece como dândi.[30]

O dândi é um estetizador. Seu trabalho é o de viver de forma tão meticulosa e individualista quanto a criação artística o exige. Ele conhece o mundo segundo suas formas, o que significa observá-lo enquanto objeto e, portanto, vê-lo desprovido de qualquer sentido transcendente. No seu suposto aristocratismo insere-se o repúdio à ordem social, às mesquinharias dos literatos, às imagens positivas do processo civilizatório então vigente

30 Walter Benjamin, *in Charles Baudelaire, um lírico no auge do capitalismo. Obras escolhidas*, vol III. 3ª ed.,São Paulo, Brasiliense, 1994, p. 93.

e à vulgaridade da multidão. Em Cruz e Sousa, essa multidão que o dândi observa possui dois aspectos: de um lado, referencia a mediocridade da maioria, o senso comum, as opiniões estabelecidas que atacavam sua pessoa, sua obra e o "grupo dos novos" a que pertencia; de outro, encarna o contingente de negros dos quais deseja diferenciar-se. Quanto ao escravo, contudo, num movimento de atração e repulsão, o poeta não deixa de lhe ser solidário à sua maneira. Sob esse aspecto é exemplar a leitura de "Asco e Dor".[31]

A aguda estetização tem por objetivo uma espécie de recriação do universo. Trata-se da feitura intelectual de um mundo à parte e de uma existência heroica, artificialismo que traz a arte para a vida e questiona os parâmetros da representação. Os limites entre esteticismo e experiência confundem-se a ponto da vida simular um palco. O procedimento de estetização contínua expõe o trabalho artístico e pode questionar a utilidade da arte ao substituir a representação idealizada da sociedade pelo trabalho de desidentificação promovido pelos símbolos. Esse jogo que vela e desvela desmascara o sujeito como criador de si mesmo, o que implica insistir na liberdade da arte.[32] Não sendo útil, não sendo nem mesmo edificante ou convencional, o esteticismo que embaralha arte e vida resiste contra outro artificialismo, qual seja, o do caráter bovarista da literatura do período, revestido do valor ideológico necessário para a construção da civilização nos trópicos.[33] O simulacro passa a primeiro plano:

31 Ver análise de "Asco e Dor": Parte II do presente estudo.

32 Orna Messer Levin, *op cit*, p. 72 e 73.

33 Cf. Jeffrey Needell, *in Belle époque tropical: sociedade e cultura de elite no Rio de Janeiro na virada do século*, São Paulo, Companhia das Letras, 1993.

ao ser contemplado como tão real quanto sua representação, questiona outros mascaramentos que moldam a sociedade *fin de siècle*; assim como a trama da arte, as atitudes civilizadas e civilizatórias adotadas pela elite são máscaras que se colam à face. O artista dândi se faz personagem de si mesmo, refugia-se na arte e insurge-se por meio dela.

A reflexão que o culto da subjetividade proporciona confere ao dândi a consciência da miséria da existência humana. Afastada qualquer possibilidade redentora, permite-se experimentar, o que condiz com sua natureza rebelde. Seu universo é o da imanência, a esfera em que se move é a da matéria. Daí seus objetos serem humanos, mesmo que os tome como coisa, e seu horizonte ser o da morte. O caráter trágico e suicida reside no seu próprio senso de realidade; irá fatalmente sucumbir ao cotidiano, portanto seria mais digno que colocasse termo a sua existência. A revolta e a tragicidade constituem os elementos de sua modernidade.[34]

O movimento exposto em "Condenado à morte" explicita o caráter fatalista do dandismo: mesmo aferrado à crença na arte, mesmo explorando as qualidades originais de sua sensibilidade, o sujeito contempla sua inevitável condenação.

A atmosfera decadentista finissecular, acrescida da influência de Baudelaire, também contribui para o dandismo em

34 Tomo aqui, como em outros momentos dessa discussão, as reflexões de Dorf Oehler para quem o dândi de Baudelaire é "uma figura trágico-anacrônica da modernidade". "O papel do herói, conferido ao dândi na tragédia moderna, corresponde ao espírito de oposição e revolta, e seu caráter trágico consiste no fato de sucumbir necessariamente na luta contra a trivialidade da existência", *in Quadros parisienses*, São Paulo, Companhia das Letras, 1997, pp. 206 e 207.

Cruz e Sousa. Muitos dos heróis simbolistas nutriram o gosto do isolamento, como Axël, de Villiers de L'Isle-Adam, e o exótico Des Esseintes, de Huysmans. O culto à personalidade participa, no Simbolismo, de uma atitude de recusa da realidade circundante.

A inglória majestade do dândi apresenta parentesco com a do anjo caído, Lúcifer. Esse herói, em certo sentido ainda romântico, retrabalha o mito da decadência. Sua função é negar e opor-se, aproximando-se de Satã. Ambos se inclinam contra a maioria, ambos se sabem fadados à queda e ambos investem suas figuras de martirizadora e bela dignidade. A marginalidade é também a força desse herói; ao concentrar em sua atitude o desamparo e o orgulho do homem revela que "o dandismo é uma forma degradada de ascese".[35] Em suas páginas de revolta contra os homens e os ídolos de sua época, o dandismo de Cruz e Sousa investe-se dos anseios satânicos: diferenciar-se do senso comum, fazer valer sua voz de excluído, mostrar um novo rumo para a arte e, evidenciando sua consciência de crise, observar sua trajetória como trabalho de morte.

5. O poeta e os desvalidos: trabalho e marginalidade

O que norteia o satanismo ligado ao inferno da criação poética e seus impasses é, regra geral também para Cruz e Sousa, o problema do poeta moderno no mercado de trabalho. No Brasil de fins do XIX, a dificuldade de reconhecimento de uma atividade marginal como o trabalho poético, acrescida do preconceito que pairava sobre o homem de letras negro, ense-

---

35 Albert Camus, "A revolta dos dândis", *in O homem revoltado*. 3ª ed., Rio de Janeiro, Record, 1997, p. 70.

jam um ambiente hostil ao poeta desterrense que sonhou com o reconhecimento e a glória. O cenário acanhado do Rio de Janeiro da época, os grupos de literatos em torno da Rua do Ouvidor, em atitude de arremedo aos hábitos e modo de vida parisienses, faziam da capital palco das intrigas, dos sucessos e fracassos da vida cultural. Foi esse meio que o negro João da Cruz conheceu, local onde aguardou reconhecimento e experimentou frustrações. Os fatos que cercaram sua vida de homem de letras, como a empresa arriscada das publicações de *Missal* e *Broquéis*, a luta por um emprego digno, o espaço reduzido das publicações em jornais e, sobretudo, o embate contra o preconceito delimitam um quadro de dúvidas, provações e reflexões acerca do papel do artista no mercado das letras.[36] Sobretudo em sua obra em prosa da maturidade, *Evocações*, o artista está mergulhado em questões sociais de sua época, realidade que a obra simbolista refaz por meio de enigmas, impedindo a decifração imediata e exigindo a leitura de seus fragmentos.

A percepção simultânea da história de seu tempo é a de um poeta que visiona antes de ver. Afastada a possibilidade da representação naturalista, os símbolos penetram os pedaços agonizantes da realidade por meio da clarividência do sujeito lírico. Assim como para Baudelaire, o artista deve mergulhar nos abismos obscuros da consciência humana, penetrar na massa de desvalidos que estão, como ele, à margem do processo de modernização. É aí que o poeta encontra a matéria para sua

36 A respeito das agruras de Cruz e Sousa diante das promessas de inserção social, ver: Ivone Daré Rabello, *op. cit.* Consultem-se, ainda, as biografias sobre o autor: Raimundo Magalhães Jr. *Poesia e Vida de Cruz e Sousa*, 3ª ed., Rio de Janeiro: Civilização Brasileira - MEC, 1961, e Uelinton Farias Alves. *Cruz e Sousa: Dante negro do Brasil*, Rio de Janeiro, Pallas, 2008.

criação poética. Para Baudelaire, a multidão é o lugar onde se enfileira toda a sorte de excluídos, onde se concentra a matéria-prima da modernidade. Essa multidão não ocorre em Cruz e Sousa, a embriaguez que experimenta não é da mesma ordem: os oprimidos da periferia são os escravos – aos quais fazem eco outros despossuídos – e é essa a peculiaridade do poeta negro. No país de abolição recente, o contingente de escravos libertos engrossava as fileiras da marginalidade. Livres, mas sem condições de trabalho, os negros encarnaram a condição de mercadoria ociosa e desvalorizada. Nesse contexto, a crescente massa de párias sociais compõe-se predominantemente de negros recém libertos, aspecto que reforça o desprezo pelo homem de letras que ousou se postar à margem dos cenáculos aceitos. As diversas situações de exclusão aproximam o poeta dos proscritos da cidade pré-moderna.

O trabalho artístico e a condição do trabalho escravo podem apresentar certas afinidades que dizem respeito à condição de país periférico. A arte e, sobretudo, a poesia, constitui uma atividade marginal no mercado de trabalho moderno: seu reconhecimento é conflituoso, sua utilidade questionável e sua autonomia mera ilusão. Com certo cuidado, seria possível aproximar a condição precária e periférica do trabalho artístico da indignidade do trabalho escravo. Ambos estão condenados à fatalidade: são anacrônicos e não há lugar digno para eles no mundo que se descortina. Fora da esfera do capital, seja como mercadoria humana desvalorizada (o escravo ou o negro liberto) ou como profissional das letras, perscruta-os a iminência da ruína.

A inebriante multidão onde Baudelaire pretende perder-se a fim de tomar parte desse contingente de miseráveis, esse espaço de descortínio da alteridade, é substituído em Cruz e Sousa pela afinidade que vem do desvalimento social e da *Dor negra*[37]; por meio de seu grito, ele captura o de outros e mostra-se sensível à massa de desvalidos. Num movimento do eu reduplicado, o eu entrevê o *outro* do mundo dos vencidos. Em dois momentos de sua prosa pode-se observar o entrelaçamento entre os representantes dessa massa:

> (Ó Noite!)... que fazes caminhar todos os espectros, ressuscitar todos os mortos, máscara irônica de todas as chagas; confessionário de todos os pecados; liberdade de todos os cativos: como eu recordo a galeria subterrânea dos teus mórbidos bêbados, dos teus ladrões cavilosos, das tuas lassas meretrizes, dos teus cegos sublimes e formidáveis, dos teus morféticos obumbrados e monstruosos, dos teus mendigos teratológicos, de aspecto feroz e perigoso de tigres enjaulados, acorrentados na sua miséria, dos teus errantes e desconsolados Cains sem esperança e sem perdão, toda a negra boêmia cruel e tormentosa, ultrarromântica e ultratrágica, dos vadios, dos doentes, dos degenerados, dos viciosos e dos vencidos![38]

> Ele viu atirarem-se convulsamente os leprosos, os aleijados, os epilépticos, os morféticos, os tísicos, os cegos, enroscados todos na sua negra mortalha de suicidas, cam-

37 Referência ao poema em prosa "Dor negra", cuja análise consta da Parte II do presente estudo. Neste trabalho, o termo será grafado em caixa alta e itálico em atenção à prática das maiúsculas alegorizantes, utilizada na construção dos símbolos do movimento Simbolista, os quais em termos de seu significado poético por vezes pendiam para a alegoria clássica. A utilização de maiúsculas, neste como também em outros casos, recorre ao índice da edição fac-similar de *Evocações*, Florianópolis, FCC Edições, 1986.

38 Cruz e Sousa, *op. cit*, p. 539.

> baleantes, ébrios de dor, de desespero, na agonia da carne que se dilacera, que se rasga, que se despedaça – enquanto o soberbo sol, dos Altos, como um pagão bizarro, cantava sobre todas essas chagas abertas, sarcasticamente, diabolicamente, indiferentemente, a música offenbachiana, do seu clarão comunicativo e cortante...[39]

No primeiro trecho, de "A Noite", sob a máscara da noite, símile e confidente do poeta, encontram-se aqueles tocados pelo supremo sofrimento que os dignifica e ensandece. A noite permite a tais seres a liberdade, ela surge simbolicamente como o espaço dessa sinistra procissão de vencidos, aos quais o poeta se assemelha. O segundo trecho, de "Condenado à Morte", evidencia um poeta vidente que observa, afastado, a vertigem suicida dos homens. A contemplação da indiferença da natureza ("o sol, dos Altos, como um pagão, bizarro, cantava sobre todas essas chagas abertas, sarcasticamente, diabolicamente, indiferentemente") dá a medida da descrença em qualquer possibilidade de salvação. O astro surge como portador de um canto infernal, revelador de uma realidade fora dos eixos. Essa espécie de riso ante a miséria humana partilha de uma natureza satânica: faz desmoronar a ideia de totalidade, aniquila a falsa compaixão e oferece, pelo caminho inverso da crueldade, outra possibilidade de redenção.

A afinidade com a massa de excluídos se dá por meio do recorrente deslocamento de sujeitos que erram pelos seus poemas em prosa representados pela figura do bêbado, do louco, do velho, do idiota. Como influência de Baudelaire, a matéria poética do negro encontra respaldo e prosseguimento nessa humanidade de despossuídos quase ensandecida pelo sofrimento

39 *Idem*, *op. cit*, pp. 542-543.

e miséria. A dor os aproxima de uma quase vidência, como se a obnubilação da razão significasse o caminho para outra forma de conhecimento. Essa nova possibilidade de leitura da realidade é composta por enigmas que os símbolos dos poemas elaboram no espaço do sonho e do inconsciente. É assim que muitas vezes a percepção da desfiguração dos seres e imagens, numa espécie de êxtase agônico que beira o inorgânico e a aniquilação da matéria, é realizada por um personagem retirado da escória da humanidade. Aos personagens eventualmente mais distantes da civilização ou da razão é dada voz poética clarividente, espécie de compensação poética destinada aos invisíveis.

O resgate das vozes se dá por meio de um processo dilacerante. É dialeticamente do culto à dor do poeta negro que advém a valorização do outro marginalizado e de si mesmo. Assim, o princípio de valorização do eu às avessas: por meio da dor do artista negro, o poeta assume sua perspectiva de enunciação, duplica-se em vozes que falam por si e pelo outro, apontando para o vislumbre dos emudecidos, para o anseio de uma coletividade. O outro é entrevisto pelo narcisismo ora melancólico, ora sádico desse eu que encarna o enigma constante da multiplicidade de matizes da questão do satanismo. O movimento do eu reduplicado desvela vozes soterradas que escavam nas variantes do mal o seu eco.

O sujeito lírico – premido por uma série de impedimentos: cor, liberalismo tardio, meio literário, poesia simbolista – repõe as faces do drama do artista moderno sob solo local. O grito do réprobo dirige-se a Satã, "branco Lusbel das espirituais clarividências...",[40] patrono dos miseráveis, dos decaídos e daqueles que se aventuram rumo ao desconhecido.

40 *Idem*, p. 540.

6. Heroísmo moderno

Em análise da obra de Baudelaire, Walter Benjamin observa duas possibilidades de heroísmo na modernidade: a atitude do dândi e a atração pelo suicídio. O dândi, ao expor deliberadamente seu orgulho e diferenciação, mantém-se apartado das ilusões do mundo e sabe-se habitado pela morte. Assim, a pose aristocrática aliada à convivência mundana com o instante final singulariza um modo de ser: a negação ao mundo implica revolta e resistência.

A renúncia à realidade opressora encarna-se na ideia de suicídio; ato que, em vez de reduzir-se a mera fuga, verte-se em força revolucionária:

> As resistências que a modernidade opõe ao impulso produtivo natural do homem são desproporcionais às forças humanas. Compreende-se que ele se vá enfraquecendo e busque refúgio na morte. A modernidade deve manter-se sob o signo do suicídio, selo de uma vontade heroica, que nada concede a um modo de pensar hostil. Esse suicídio não é renúncia, mas sim paixão heroica.[41]

Em Cruz e Sousa, a angústia advinda do misticismo profano, da morbidez estética, do seu "dandismo" de excluído e da *Dor negra* do poeta, mantém, como grito contido, a pressuposição da morte iminente como pré-suicídio. Seu heroísmo traz ainda uma nota paradoxal: por trás da ameaça, reponta algo como a volúpia da morte.

Embora o horizonte da possibilidade de redenção por meio da arte esteja posto, o poeta segue seu percurso de mártir, e a presença da morte assim como a da melancolia percorrem

41 Walter Benjamin, *op. cit.*, p. 75.

as páginas de sua prosa. Um movimento de ascensão e queda é constantemente reposto: o artista sonha com o ideal da arte, contudo sabe-se fadado à condição miserável de uma situação de marginalidade; crê no espírito eleito do artista, no entanto reconhece que a realidade é a da matéria. Esse jogo de opostos perfaz uma espécie de luta de morte em que o sujeito oscila entre a ânsia de totalidade e a iminência da ruína, entre o desejo dos espaços etéreos e a força da realidade aterradora. O movimento pendular que procura dar forma àquilo que não é traduz-se em processo dialético que retira da impossibilidade seu modo de existência, assumindo o parentesco com a instância demoníaca: negação do absoluto que inaugura a morte e inscreve o homem na história. Satã é aquele que não é. É, no entanto, num movimento de negação da negação que o tribunal divino aceita sua existência e o absoluto maligno passa a ser. Ao nomear o mal como inferno, a palavra julgadora estende sua punição à criatura e torna culpados homem e mundo. A subjetividade culpada evidencia o mal como realidade. Dialeticamente é esse mesmo absoluto maligno que servirá ao sujeito poético como expressão da revolta; consciência do irreparável que anuncia o impasse heroico de uma resistência que se sabe condenada. Se o mal traz a culpa, inaugura também a história da liberdade: o signo de queda erige-se signo de resistência.[42]

---

42 Diz Patrick Vignoles, *in A Perversidade*, São Paulo, Papirus, 1991, pp.45-46: "A liberdade é uma criação de Deus, portanto uma bela obra da sabedoria divina [...] mas o mal é produção do homem, é sua má obra". E citando Kant prossegue: "A história da natureza começa então pelo Bem, pois ela é obra de Deus; a história da liberdade começa pelo Mal, pois ela é obra do homem".

Tal heroísmo de Satã rebelado aproxima a obra de Cruz e Sousa da poesia de Rimbaud e Lautréamont. Talvez se trate de afinidades eletivas, já que o poeta não os menciona. A influência determinante de Baudelaire, o tom de heresia, a ânsia de destruição e mesmo certo dinamismo da linguagem permitem filiar sua obra à linhagem dos poetas revoltados,[43] disposição que aciona a atração pelo absoluto, numa espécie de metafísica terrena que remete à obra de Rimbaud.

O processo de perda de seu objeto, identificado como o idealismo da arte, conduz o sujeito ao reconhecimento de uma carência mais significativa que é a da falta de sentido do mundo. Daí a sombra do sujeito melancólico que percorre a prosa de Cruz e Sousa. O processo traveste a experiência poética da exigência sempre renovada por uma totalidade na figuração do ideal da arte. Mas novamente a experiência condena o ideal a mera fantasmagoria cuja representação dá-se pela forma fracassada, procurando seus caminhos, e pela metamorfose constante dos símbolos. Entre o absoluto e a ruína, insere-se o heroísmo do poeta inscrito nos acertos e desacertos de um gênero novo, cuja reposição da construção e desconstrução da forma participa também dos impasses sociais enfrentados pelo poeta. Como correlato desse movimento dialético entre idealismo e angústia,

43 Guy Michaux menciona três correntes que orientam os iniciadores da poesia simbolista: a dos poetas líricos que vem de Lamartine e Saint-Beuve e leva a Verlaine, a dos poetas revoltados que de Novalis e Nerval encontra Rimbaud e Lautréamont e a dos poetas intelectuais, que vai de Vigny a Mallarmé e a Valéry. In *Message poétique du Symbolisme*. 3ª ed., Paris, Nizet, 1947, p. 35. Os poemas em prosa de Cruz e Sousa apresentam aspectos das três correntes, mas a entonação satânica e apropriação da noção rimbauldiana do poeta como "vidente" aproximam o poeta brasileiro principalmente da linhagem dos "poetas revoltados".

o poeta encarna a oscilação entre o grito revoltoso de Lúcifer e a culpa, ou o mal inscrito na História.

Ao valer-se das formas do mal como instância capaz de dar corpo a suas inquietações, o sujeito afirma que não há totalidade. A constatação da iminência da morte joga o homem no abismo da falta de sentido que, por oposição à plenitude perdida, escancara a desventura. O eu lírico assume-se como *pharmakós*, mas também como herói: ele expia sua "culpa imeditável"[44] e reverte seu martírio como signo de heroísmo.[45] Como o anjo caído, o singular heroísmo do poeta emerge da sua dupla condição de vencido e de rebelde.

Cruz e Sousa estetiza sua dor, faz dela meio de conhecimento da morte. Por meio do martírio do trabalho poético, enlaçado à memória da escravidão, a morte desponta como único espaço possível de libertação. Ela é, ao mesmo tempo, fonte da angústia e da redenção, do sacrifício e da volúpia. O martírio do poeta comparte de um princípio perverso: o mal volta-se contra o sujeito, é levado ao paroxismo e insinua-se como prazer de morte.

A obsessiva consciência da morte refunde o heroísmo do sujeito que enfrenta a existência minada, segue sua *via-crucis*

44 A expressão é do poema em prosa "Emparedado", *op. cit.* p.660.

45 Davi Arrigucci Jr em análise sobre o poema "Olhos do Sonho" comenta o lugar do poeta-*pharmakós*: "esse lugar ambíguo do *pharmakós* é exatamente o lugar do sujeito lírico e, por extensão, do poeta visionário, que expõe na forma da cena fingida seu próprio sacrifício". "A noite de Cruz e Sousa", *in Outros achados e perdidos*, São Paulo, Companhia das Letras, 1999. Tal aspecto também é mencionado por Ivone Daré Rabello: "*Pharmakós* moderno, o artista é o bode expiatório da sociedade burguesa: veneno e remédio, vítima de um sofrimento desmesurado e incongruente e emissário da purificação e da salvação", *op. cit.*, p. 117.

profana e insiste na "religião" da arte. Sabe que a morte transforma a existência em destino e o homem em objeto. Como autômato, percebe-se condenado, incapaz de acreditar no mundo inocente dos prazeres terrenos e nas alvas promessas dos céus. A percepção da aporia lança o homem na história cuja apreensão estética só pode ser delineada por um mundo às avessas. Daí porque a representação, que se vale de fantasmagorias, enigmas e deformações, procura dar forma ao informe, reconstruir o esfacelamento.

7. "O Sonho do Idiota": clarividência e sacrilégio

Por meio do olhar da personagem doente, o poema em prosa "O Sonho do Idiota" promove a transformação do espaço sagrado em inferno. O poeta, valendo-se de um representante da escória da humanidade, divisa a decadência de um conjunto de ideais – a razão, o progresso, a crença na salvação. Ao idiota é possibilitada a percepção reveladora e inquietante. Afastado da razão, a doença lhe dá uma outra possibilidade de visão, de modo que as transfigurações darão a ver a interioridade conflituosa desse sujeito. Esse "ser hediondo", belo e triste, possui talvez a intuição de um "emissário celeste", no sentido daquele que vê o que não está dado; assim, ao transcender a realidade, pode apontar para outro princípio de vida.[46]

46 Em *Missal*, o poema em prosa "Sob as Naves" prenuncia "O Sonho do Idiota". No primeiro há também a temática da profanação do espaço sagrado e da imagem da madona, no entanto não há a presença do elemento grotesco: "Eu sentia, sob aquelas rígidas carnes mortificadas, frêmitos vivos do sangue envenenado e demoníaco do pecado.
E, de repente, não sei porque profana, tentadora sugestão, vi nitidamente Nossa senhora descer aos poucos do altar, branca e muda, arrastando um manto estrelado, e, vindo anelante para mim, de braços abertos, dar-me,

A relação entre o mortal e a impassibilidade da estátua remete ao poema em prosa de Baudelaire "Le Fou et la Vénus". Neste caso, o tolo, bufão entediado, afigura-se duplo do artista, enquanto que a escultura encarna a beleza e o ideal. Via Baudelaire, ganha força o elo entre o idiota e o poeta, ambos desterrados.

Sonhador em vigília, o idiota penetra o templo sagrado escondendo-se das admoestações da multidão. Embriagado pela liturgia e eclipsado pela turba, o homem deixa-se trancar na igreja sozinho, sem que sua falta seja notada. Abala-se pela espiritualidade que sente emanar da imagem da madona e encontra-se transfigurado pela graça benevolente que vê efluir do ícone. Em meio a tal estado de embriaguez, e tomado de repentina iluminação, o homem questiona a força que lhe mostrou tamanha consolação, prevendo que tal estado seria efêmero. E, confundindo o gozo místico com a atração carnal da mulher sob o manto da virgem, vê-se invadir de tortuosa inveja pela graça entrevista de um mundo que não é e não será o seu. Tal sentimento corporifica-se em vermes, répteis e substâncias verdes que saem de seu corpo, enroscam-se nas imagens e selam a condenação do mundo celeste anteriormente desejado. Arrastando-se, alcança a porta da igreja, espécie de saída desse inferno, e percebe que esteve sonhando. Mas, num momento de iluminação sobre seu estado, reconhece que seu sonho continuará, que a realidade é seu pesadelo.

Nesse poema, o satanismo surge da entrevisão da personagem. Trata-se do satanismo vidente, o do iluminado Lusbel,

---

com os olhos claros de azul, profundos e celtas, infinitas, inefáveis promessas...", *op. cit.*, p.462.

que permite franquear mundos desconhecidos. A desrazão concede ao excluído certa presciência.

Leia-se a abertura do poema:

> Revelações de gênesis que acorda, talvez, no cérebro daquele idiota. Revelações de gênio incubado, que o segredo de um pensamento isolou e emudeceu... Mas, contudo, o certo era que no cérebro daquele idiota rasgavam-se esferas curiosas de sensação, radiavam chamas fenomenais, línguas malditas falavam as linguagens cabalísticas, misteriosas, das paixões humanas, das complexidades psíquicas.
>
> Espécie de formidável olho de ciclope, esse cérebro deformado via em visão múltipla, de sorte que, ainda mesmo na realidade, parecia sempre estar sonhando, ainda mesmo acordado, era um sonho vivo que perambulava...
>
> Belo idiota, triste idiota, soturnizado idiota, este, em verdade, atado de pés e mãos ao cepo de sua própria existência, como anfractuoso e feroz orango preso em jaula de ferro!
>
> De que rumos obscuros e tortuosos viera ele, girando no centro infernal das agonias desconhecidas; espécie dessas almas soluçantes na Dor e das quais a Natureza, por duras e rudes experiências, faz os eternos mármores e bronzes resistentes onde afia desassombrada e confiantemente as suas espadas e as suas lanças!
>
> Quem sabe não dormiria, nesse ser hediondo, a fina intuição arcangélica de um missionário celeste, para sempre irremediavelmente perdido no fundo dos grandes tédios e das grandes saudades?![47]

47 Cruz e Sousa, *op. cit.*, p. 633.

A descrição do espaço e suas implicações permite observar até que ponto o estado do sujeito é projetado sobre o mundo exterior. A igreja, "templo iluminado", apresenta-se, inicialmente, seguindo os passos da tradição clássica, com conotação de *locus amoenus*, refúgio buscado pelo idiota, recinto de pureza e espiritualidade. A descrição salienta o caráter do lugar sagrado como abrigo aprazível:

> Uma vez ermo e hirsuto como um dromedário sonolento errava pelas ruas escuras de certa cidade sombria, o pobre idiota foi corrido por apupos, pela chacota irreverente e apedrejada e penetrou, acolhendo-se, – massa mórbida, riso amolentado, aparência monstruosa de hidrocéfalo – a larga porta aberta de um templo iluminado.[48]

E segue contemplando outros sentidos igualmente agradáveis: olfato, audição, tato – "um perfume celeste errava, vivo e intenso, no ar, evaporava-se lânguido das névoas brancas dos incensos", "O órgão nebuloso e sensibilizante [...] expirava com enternecimentos melódicos, com taciturnas almas sonâmbulas, deixando no ar a pungente melancolia fugitiva de um esquecimento amargo...", "No recinto agora bizarros alvoroços passavam... Um zunzunear de turba que ondeia e que murmura [...] aquela ondulação de corpos ia e vinha, circulava para a direita, para a esquerda, subia e descia, para baixo, para cima, estuando, com a respiração de desabafo de um grande monstro saciado." O sujeito sente-se dominado por uma atmosfera quase mística cujos sons, odores e demais sensações parecem ecoar o estado de êxtase em que se encontra. As percepções entrela-

48 *Idem, ibidem.*

çam-se e ressoam umas nas outras, cujo desenrolar sinestésico lembra os pressupostos da "teoria das correspondências", cara aos simbolistas a partir do famoso poema "Correspondances", de Baudelaire.

A suposta pureza litúrgica infiltra-se no espaço: "transfigurado por um sentimento de infinita doçura, que o tornava quase belo". O idiota sente-se penetrado por algum mistério e associa tal sensação à visão da madona. No entanto, o espaço transforma-se. Antecipando a metamorfose, o narrador encarna a aflição do idiota na pergunta: "que inferno nunca sonhado tinha posto ante os seus olhos inúteis e desprezados essa luz consoladora, essa luz que ele jamais sentira, tão bela e tão funesta, aparecendo na serenidade dessa manhã dentro do templo iluminado?". Reconhecendo sua condição inevitável de excluído, o cenário dá lugar ao *locus horrendus*, desencadeado pela inveja e pelo ciúme em face da "Santa loura, linda", imagem do mundo do qual foi banido. Sob o imperativo da cor verde, índice de putrefação, répteis invadem o espaço invertendo o refúgio em desabrigo e promovendo a metamorfose do espaço sagrado em inferno. O instrumento que permite a transformação é o próprio corpo do idiota, dele emanam os vermes e os signos da morte:

> [...] o idiota como um monstruoso réptil verde, sentiu-se subdividido, multiplicado infinitamente em milhões de bilhões de reptis verdes de todos os aspectos e formas, longos, lentos, elásticos, subindo pelos altares, descendo pelos paramentos, viscando as vestes dos Santos, se arrastando pelas asas, pelos frisos das colunatas, pelo arco cruzeiro, tatuando de verde a prata das lâmpadas e subindo, sempre triunfais, avassaladoras, sufocantes, numa peste verde, numa alucinação verde, até o altar-mor, sobre o cibório de ouro, sobre o cálix de ouro, sobre a Cruz do

> Cristo de ouro, esmerdeando maravilhosamente com bizarrismos bizantinos de formas as requintadas cinzeluras refulgentes, de níveas claridades puras e brumosas de Via-Láctea, da velada e suntuosa capela de reverências, tabernaculal, do Santíssimo Sacramento.[49]

O espaço adulterado desperta terror no homem que procura fugir. O seu drama torna-se tanto maior quanto percebe que a libertação é impossível, uma vez que os vermes nascem de sua terrível condição e impõem-se talvez como castigo à profanação do templo que sua presença acarretou. Ao verter-se em parte do inferno, de onde advém as espécies do apodrecimento, o homem reconhece o mal em si: ele é seu próprio pesadelo.

O que promove a mudança, o estopim da alteração do recinto sagrado em espaço malfazejo, é a relação do idiota com a figura feminina. Desde o início da descrição da imagem, ainda tomado da espiritualidade proporcionada pelo *locus amoenus*, ele a vê como mulher: "a boca deliciosa e doce, na expressão cândida, infinitamente delicada, da carícia sutil de beijos alados". A beleza pagã da imagem confunde-se com a graça celestial que transmite. Observa-a como objeto e ser superior que, dada sua benevolência e poder, o absolve de sua culpa. Desejo e transcendência estão na base do sentimento que lhe dá vidência:

> E esse sentimento que o transformava e que ele próprio desconhecia assim tão intenso e curioso na sua alma, transcendentalizava-o e dava-lhe ao obtuso idiotismo uma como que supervisão, certa regularização lúcida e nobre, fazia-o por instantes viver, reflexamente, na ori-

49 *Idem*, p. 639.

> gem ignota de uma especial percepção mental e de uma extravagante emoção.[50]

A imagem "ao mesmo tempo carnal e mística" cumula-o de bênçãos e sortilégios e parece mesmo absolvê-lo de sua culposa miséria. A paixão que vive tem um fundo que entrelaça misticismo e sensualidade, deseja a comunhão místico-carnal, mas teme violar sua pureza no contato com sua terrível dor de idiota:

> Podiam ligar-se, pois, ele e ela, no mesmo fundo de abstratas purezas, prender-se pelas mesmas espirituais correntes, fundir-se nos mesmos emotivos espasmos... Não! ele não violaria os melindres, os escrúpulos arcangélicos daquela natureza delicada, não iria empanar os cristais impolutos das esferas azuis onde ela triunfava. Podia, pois, reentrar, pura, inviolada, nos seus sacrários de ouro, nas suas preciosas redomas, nos seus majestosos domínios e reinados de formosura, incensar-se com o seu perfume de sempre, porque nada inteiramente nela nem de leve experimentara o contato sutil das secretas e tortuantes emoções dele.[51]

A percepção de si como "ser oposto" ao objeto desejado é prenúncio da constatação de si mesmo como inferno. Tal momento clarividente significaria o adeus às ilusões, o que implica a constatação do prosseguimento de sua desdita e da petrificação da condição de excluído.

---

50 *Idem*,, p. 635.

51 *Idem, ibidem.*

> Sim! não era ela nada mais do que a encarnação palpitante de sua visão, a cristalização de suas fugitivas saudades e ilusões, que por aquela embaladora e fugitiva forma vinha dizer-lhe o melancólico, o aflitivo, o desesperado adeus para sempre.[52]

Nesse caminho, muitos são os índices da transvaloração do espaço que culminam numa espécie de êxtase que o texto capta, no sentido do coroamento da figuração do inferno como espaço, ao mesmo tempo, de transgressão e de morte. Mas o momento da alteração central do poema é percepção da mulher identificada ao mundo do qual o idiota foi afastado e para o qual olha com "a baba verde da inveja". Essa inveja expõe dois mundos e escancara a condição do idiota. A figura feminina encarna o lugar inacessível:

> Sim! Ciúme desesperado por vê-la de outro, por senti-la nos braços de outro [...] Sim! Ciúme feroz e inveja ainda mais feroz por ver-se idiota, inerme e inútil para florescer, para brilhar ao lado de outro homem são e forte que a desejasse, que a possuísse!

Do contato com a santa profanada irrompe o grotesco. Como se a relação com a realidade promovesse o estranhamento, o espaço se altera a partir da visão da imagem e as ordens do mundo se misturam. Na confusão de domínios, o animal funde-se ao humano e, desta inversão, advém um estado em que o informe e o insano substituem o chão firme da realidade. Surgido da voragem visionária do demente, os vermes apontam para um mundo demoníaco cuja anulação das ordens enceta o

52 *Idem*, p. 636.

sinistro, *unheimlich*.[53] O império do absurdo revela um mundo conduzido por uma vontade irracional que move os homens e as coisas, correlato da ideia de que o mundo é "representação".[54] O sujeito não passa de um boneco manipulado por uma vontade soberana, cujos mecanismos desconhece.

O templo transformado em inferno dá conta da representação de um mundo alheado. O grotesco instaura-se por meio do absurdo que irrompe do espaço reconhecível da igreja, firmando uma nova ordem desconcertante que abre uma fenda abismal na forma e no sentido encarnados pelo espaço sagrado. O lugar das quimeras e da redençao possível traveste-se de índices demoníacos, investindo o espaço familiar com os signos do sinistro.

Se a realidade e o homem participam da mesma cisão, o cenário demuda em horror a perspectiva de um horizonte redentor. O espaço sagrado pervertido em matéria putrefata assinala a difícil constituição da alteridade desse personagem que figura como duplo do poeta. Prazeres místicos ou materiais não são destinados a um idiota – nem tampouco ao poeta negro. Longe das conquistas da sociedade que se moderniza, apartado

---

53 De acordo com o termo empregado por Freud. "O Estranho", *in Edição Standart brasileira das obras psicológicas completas*, Rio de Janeiro, Imago, 1976, vol. XVII.

54 Influência constante no período simbolista, Schopenhauer e sua doutrina da vontade enquanto representacão, nesse caso contamina a noção de representação artística. Comenta Anatol Rosenfel sobre Schopenhauer e sua influência na arte moderna no ensaio "A Visão Grotesca," in *Texto e Contexto*, São Paulo, Perspectiva, p. 66: "Na sua essência – a vontade irracional – o homem já não difere dos animais, nem das plantas [...] A ordem é apenas aparente, no fundo reina o caos. [...] Agitamo-nos num mundo de aparências, de máscaras, num mundo que é "representação"'.

da lucidez, seus desejos transfiguram-se em vermes. O mundo exterior contemplado pelo idiota apresenta-se como reflexo de uma subjetividade em convulsão. Daí que a subversão do ambiente é decorrente da força de uma realidade interior que, longe dos pilares da razão, adquire certa vidência. Nesse sentido, a desconstrução operada destaca-se como procedimento que lembra o expressionismo. Deformação desencadeada pela força de uma interioridade atordoante. A realidade que se deteriora, que se desrealiza rumo ao absoluto informe, conduz ao contorno de um sujeito socialmente invisível. O escorrer de larvas e a carne corrompida delineiam a alteridade do demente como mera aparição fantasmática. Esse sujeito que se desconhece parece afirmar, por meio de uma *forma do mal* – e sob a égide da morte –, o quanto a arte pode inscrever uma possível e cruel libertação. Nesse mundo povoado de demônios, uma espécie de saída às avessas parece insinuar-se por meio da estética que faz do sublime, grotesco; quando a realidade é contestada, o homem pode enfrentá-la.

Aqui o mal, no sentido das formas hediondas que desvelam um mundo desprovido de sentido, adquire "a pretensão de assimilar a matéria na forma de seu desejo".[55] Por intermédio desse expediente, é concedido ao olhar diferenciado do doente alguma forma de poder. Atitude cuja filiação satânica advém, paradoxalmente, de um estado de impotência; força do proscrito que se crê culpado. Os objetos de seu desejo metamorfoseiam-se e contaminam o espaço e a bem-aventurança prometida pelos céus. Sua demência chega a afastar a dualidade bem/

55 Patrick Vignoles, *A Perversidade*, *op. cit.*, p.137: "Qual é o mal senão o fato de pretender assimilar a matéria na forma de seu próprio desejo?".

mal e ostenta o triunfo do informe, arte do feio e do grotesco.[56] O verde que escorre do ambiente sagrado assinala o fracasso do reconhecimento de si como alteridade possível, convertendo seus anseios e desejos soterrados em matéria podre. Como um corpo, a consolação celeste se putrefaz, escancara sua temporalidade signo de morte.

A "esmola santa da morte" escorre pelos santos do altar e imprime a fatalidade do apodrecimento terrestre no templo enquanto simulacro da vida eterna. As lamas verdes dão imanência ao mundo dominado pelo ideal, trazem a morte e o império da matéria. A cor do apodrecimento contrasta, ainda, com as cores litúrgicas: com o branco emissário da pureza ou o vermelho das vestes sagradas, tonalidade que denota poder e apreende o sangue do sofrimento redentor do Cristo. A igreja como palco da inversão satânica sugere a falência das instituições e das promessas de revelação. A decomposição esverdeada corrompe a nitidez ofuscante da salvação e o corpo da morte penetra a estrutura.

Se a demência insinua-se como duplo do poeta, no sentido do parentesco perante a condição de marginalidade, é também aspecto que se comunica com a problemática da criação, remetendo ao mito do poeta louco. O alucinado como aquele cuja intensidade da vida interior contrasta com a frouxidão dos laços com a realidade. Assim como o poeta, um desadaptado cuja distância da vida mundana permite que de seu mergulho nas profundezas do eu emerja a face opaca do real. Se "a lou-

56 O paroxismo do mal implica a abolição do bem e do mal: promove o informe, no sentido da destruição das belas formas da civilização e da arte. Cf. Patrick Vignoles, *op. cit.*, p. 60 e 91.

cura constitui a última gradação do alheamento do mundo,[57]" o poeta, na figura do insano, revela-se uma espécie controversa de visionário. É do fundo de sua condição de alheado que emerge a lúcida vidência do desatino no que este possui de reflexo invertido da caducidade do mundo,[58] como uma espécie de "iluminação profana".[59] O mundo desvirtuado entrevisto pelo idiota materializa-se enquanto "realidade", uma das representações possíveis do mundo com vontade própria.

Sob a égide do registro grotesco, as ordens do mundo apresentam-se aniquiladas conduzindo o sujeito e a história ao mesmo torvelinho destruidor. No entanto, é o império deste verde putrefato que promove uma construção por sobre os estilhaços de um mundo esfacelado, uma vez que a opção pelo estranhamento estetiza e organiza determinado ponto de vista histórico. No confronto do mundo desordenado, do idiota

57 Wolfgang Kayser, *O grotesco*, São Paulo, Perspectiva, 1986, p.71.

58 *Idem*, p. 159: "Na demência, o elemento humano aparece transformado em algo sinistro; mais uma vez é como se um *id*, um espírito estranho, inumano, se houvesse introduzido na alma. O encontro com a loucura é como uma das percepções primigênias do grotesco que a vida nos impinge. Nas suas representações do grotesco, o romantismo e a arte moderna serviram-se desse motivo com notável frequência. Mas, ao mesmo tempo, tal fenômeno nos transporta para a 'poética da criação'. Desde cedo, surgiu a determinação de que, ao lado do sonho, a loucura ou quase-loucura eram a atitude correspondente ao artista".

59 O termo é de Walter Benjamin em "O surrealismo. O último instantâneo da inteligência europeia", *in* Walter Benjamin. *Magia e técnica, arte e política. Ensaios sobre literatura e história da cultura. Obras escolhidas vol I.* 5ª ed., São Paulo, Brasiliense, 1993, p. 23. Tal expressão é utilizada para destacar certa irradiação presente nas imagens surrealistas cuja "revelação" não é da ordem do divino, mas do terreno.

duplo do poeta, as tensões conduzem a um discurso ruinoso, ressignificado pelo grotesco.

Assim como o negro, a clarividência do idiota permite o vislumbre de sua condição social. Às promessas de alteridade e redenção, destinadas a outra classe, a "supervisão" do poeta sob a máscara do demente, oferece o apodrecimento da matéria.[60] A imagem de um templo que se deteriora e tinge-se de verde situa-se na contramão das imagens positivas fornecidas pela sociedade da época em seu anseio civilizatório. A santa redentora pertence ao mundo dos brancos, os objetos e o espaço sagrados também se destinam a poucos e não trazem o perdão para aqueles que foram rechaçados da civilização. Daí o espaço transmutar-se em inferno, correlato cifrado da história enquanto ruína.[61]

Com efeito, "O Sonho do Idiota" entremostra a violência do processo de exclusão do diferente por meio do delírio do personagem. E vota, àqueles eventualmente mais distantes da civilização ou da razão, o poder clarividente. O verde da matéria podre corroída por vermes é fantasmagoria que revela sondagem profunda de aspectos da sociedade que traça o lugar fixo dos homens. Na contramão das imagens do progresso, as

60 O estado de vidência do idiota como duplo do poeta remete à "lettre du voyant" de Rimbaud. O poeta deve fazer-se vidente por meio de um "desregramento de todos os sentidos"; assim também, o idiota-poeta adentra os limites do desconhecido pela construção de um mundo às avessas. Arthur Rimbaud, *in Poèsies*. Paris, Booking Internacional, 1995, p. 190.

61 O inferno em "O Sonho do Idiota" é marcado pelo domínio da categoria do *insólito*, reflexão do sujeito sobre a morte que promove a alucinação. A forte presença da morte dá vida ao inanimado, adentrando a fronteira do que está além. A análise dos poemas em prosa segundo as categorias que cunham a forma da morte pertence à Parte IV deste estudo.

formas infectas constatam o fracasso e a impropriedade do discurso oficial. Sobretudo oferecem, à possibilidade de redenção prometida pelos céus, a vertigem da matéria perecível e soberana. E insiste na "estética do feio" como instância capaz de descortinar a violência da invisibilidade do outro.

8. "Emparedado": fazer poético e alteridade.

A voz que foi dada a um representante da marginalidade em "O Sonho do Idiota" agora é encarnada pelo sujeito lírico que se confunde com o poeta. *Evocações* é livro que se desdobra em vozes remetendo àquela que grita o sofrimento do artista negro. A percepção da ruína das promessas da civilização e dos ideais da arte agora é entoada pelo poeta, a um só tempo, iluminado e excluído. Certo uso muito particular da poética simbolista alia-se aos símbolos novos, cuja cunhagem revela sensível captação dos impasses de seu tempo.

"Emparedado", poema em prosa mais famoso de Cruz e Sousa, reúne e elabora, de modo complexo, nuances acerca da condição do artista sob o crivo do poeta negro em um país escravista. O texto foi muitas vezes tomado como exemplo para leituras puramente biográficas, uma vez que o drama do artista negro estaria explícito e provaria, entre outras coisas, como ele ansiava por livrar-se das amarras que impediam reconhecimento e ascensão social. Por outro lado, o texto serviu também como prova de que reconhecia a si mesmo como negro e estava, portanto, não só ao lado dos abolicionistas, mas próximo da defesa de certa identidade negra. No entanto, as posições acima mencionadas não levaram em conta a tensão interna que o faz oscilar entre duas percepções de si que, presentes na forma, dotam o texto de agudas dilacerações.[62]

O poema que versa o tema do poeta soterrado reveza duas apreensões da mesma dor cujo movimento dialético nega constantemente uma postura hegemônica. A tradicional leitura de re-

62 O volume *Cruz e Sousa*, da Col. Fortuna Crítica, organizada por Afrânio Coutinho, contém exemplos das diferentes leituras críticas em relação a "Emparedado". Nestor Vítor refere-se ao poeta negro que lutava contra o preconceito: "o Emparedado [...] não é apenas um soluço de revolta pessoal, mas da de toda uma raça proscrita pela Civilização inteira, que desdenha quanto pretenda em tais homens ser manifestação de vida superior" (*op. cit.*, p.133); Carlos Dante de Moraes enfatiza o protesto do negro contra o cientificismo: "Aí é urdida uma dialética dramática, absolutamente inédita em nossa literatura, por meio de protestos, gritos, gemidos, invectivas, desafios, uma cólera de profeta bíblico e um amor-próprio que sangra e arremete com o furor da onda empolada [...]. O protesto mais grave, porém, é contra a 'ditadora ciência das hipóteses', que divide as raças em superiores e inferiores, negando a estas a capacidade e os dons mais altos do espírito" (*op. cit.*, p.271); Eduardo Portella aponta o caráter social do texto: "No tema do 'emparedado', nele está o condicionamento social da sua poética" (*op. cit.*, p.305); Fernando Góes destaca o aspecto confessional de "Emparedado", cujas páginas dão conta da revolta contra o meio: "Mas o capítulo mais significativo, aquele em que Cruz e Sousa mais se confessa, aquele em que fotografa sua angústia e sua revolta, é o do 'Emparedado'. Páginas quase que de ódio, onde não ataca ninguém, mas acusa e responsabiliza o meio, o ambiente preconceituoso e maldoso que o desamparou" (*op. cit.*, p.344). Em nenhum desses casos, porém, há a observação do caráter duplo do texto, o que leva a apreensões de caráter unilateral. Entretanto, expoentes da crítica moderna apontam a percepção da complexidade das vozes no poema. É o caso de Alfredo Bosi, que refere o caráter contraideológico do texto (Alfredo Bosi, "Sob o signo de Cam", *in Dialética da colonização*, 3ª ed., São Paulo, Companhia das Letras, 1993 e "Poesia versus racismo", *in Literatura e resistência*. Companhia das Letras, 2002), e o estudo de Ivone Daré Rabello: "Numa lucidez extraordinária, faz ouvir (o poeta) a voz da ideologia que, sinistramente, nasce de dentro da própria subjetividade", *op.cit*, p. 92.

cortes presta-se a interpretações que turvam a percepção da vertiginosa dinâmica entre a afirmação e negação de preceitos que enformam o poema. Não permite observar o deslocamento da inquirição identitária no desdobramento do eu e do outro: movimento que mostra reconhecer o arcabouço ideológico enquanto, paradoxalmente, procura delinear um discurso contraideológico.

O texto narra a *via-crucis* profana do poeta empreendida pelos caminhos tortuosos da arte em face da impossibilidade científica e social de inserção do poeta negro na República das Letras. Relato quase autobiográfico, afasta-se da confissão pela alternância de vozes e pela torrente de símbolos que divisam obra, vida e história. A simultaneidade de aspectos que cortam as páginas de *Evocações* – o tom blasfematório, a fatalidade melancólica do sujeito, o negro como símbolo multifacetado – concorrem para que "Emparedado" figure como uma espécie de texto-síntese da obra em prosa de Cruz e Sousa. Referencia os ideais malogrados de *Missal*, dialetiza a dor como meio de purgação e redenção e mostra o poeta simbolista preso aos encantos fatais da arte. O texto fecha o volume, cujo primeiro poema é "Iniciado", evidenciando a ideia da arquitetura do livro.[63] De *iniciado* a *emparedado*, as etapas de *Evocações* acompanham a ambição de autorrepresentação do sujeito lírico, cujo fracasso irmana o "ser de exceção" aos desvalidos de toda sorte.

"Emparedado" começa com uma invocação à noite. Símbolo que evidencia sua dupla face, a entidade aponta para

63 Note-se que o poema em prosa "A Janela" de *Missal* prenuncia o tema de "Emparedado". De forma ainda incipiente, o tema do sujeito encarcerado, oprimido já está posto neste poema em prosa. A mesma metáfora do muro como obstáculo ao sonho e ao autoconhecimento é utilizada. O processo de exclusão social e alienação já havia sido, pois, vislumbrado.

as trevas e a morte, mas também para a fecundidade do sonho e do esquecimento. O assunto remete a outro poema em prosa também de *Evocações*, intitulado, justamente, "A Noite". Neste caso, louva-se o espaço fecundo e acolhedor, revelador de dores e instigador de sonhos. Diversa da noite luminosa e hospitaleira recorrente em *Missal* – cujos influxos ainda se fazem notar em "A Noite" –, em "Emparedado" ela se apresentará como o espaço de desvendamento do outro, além de emanar certa força, a um só tempo, libertária e letal. Espécie de máscara mortuária que adentra camadas profundas do pensamento e da experiência, será musa inspiradora, espaço de evasão e momento que permite divagações. Tomada enquanto objeto, espaço e tempo, a noite encarna o desejo de inserção do poeta e seu oposto: a possibilidade de se evadir desse mundo que o excluiu.[64]

A noite permite o sonho e o entorpecimento, irradia quimeras, possibilita a ascensão a mundos desconhecidos e desnuda os subterrâneos onde se encontram os miseráveis e os vencidos. Esperança e morte são, pois, as duas faces da evocada noite, cuja atração pelo aniquilamento, ao final do texto, reveste-se de melancólica volúpia. Os chamados à morte têm o correlato de uma imagem luminosa: "irradiação", "cristalização".

64 A fim de aquilatar a diferença entre as duas invocações à noite, observe-se o fecho do poema "A Noite": "Ó bendita Noite! dá-me a morte na irradiação dos teus raios, para que eu rompa o selo cabalístico dos teus segredos; dá-me a morte na cristalização dos teus astros, nas auréolas das tuas nuvens, no pesado luxo das tuas constelações, no vaporoso das tuas visões de lagos, na solenidade bíblica das tuas montanhas enevoadas, nas cerradas cegueiras apocalípticas das tuas maravilhosas florestas virgens, quando lentas luas langues florescem nos céus como grandes beijos congelados de brancas noivas gigantes encantadas e mortas...". Cruz e Sousa, *op. cit*, p. 540.

Em "A Noite", apesar do tom de louvor, cabe reter a singular expressão, localizada na metade do longo poema, perdida entre outras divagações: "Hóstia negra dos sonhos brancos que eu eternamente comungo!".[65] A enigmática sentença parece antecipar o tom negativo de "Emparedado". A formulação pode sugerir as múltiplas significações do símbolo noite articuladas à sombra da escravidão. O corpo negro eleito – talvez como Cristo – pelo e para o martírio e sonhando com mundos mais próximos da ideia de humanidade ou o corpo negro sofrendo pelo sonho branco (seja o trabalho ou o sofrimento recompensado pelo paraíso cristão) ou, ainda, como quer o símbolo mais latente no texto, a hóstia negra como a noite que oferece sonhos somente para os brancos. Como quer que seja, a sugestão não progride e o poema continua entoando o canto endereçado à noite.

A reflexão promovida em "Emparedado" tem como palco também a noite, "hora infinita da Esperança", é ela quem desperta o desfile dos sonhos, das angústias, das desilusões e da dor do sujeito lírico. Curiosamente, traz uma epígrafe, ao que tudo indica do próprio poeta, que figura como invocação à noite. Em comparação com o poema anterior, acrescenta-se ao louvor a dramaticidade, como se o espaço comungasse dos mesmos tormentos do eu lírico.[66]

65 *Idem*, p. 539.

66 Segue a epígrafe na íntegra: "Ah! Noite! feiticeira Noite! Ó Noite misericordiosa, coroada no trono das Constelações pela tiara de prata e diamantes do Luar, Tu, que ressuscitas dos sepulcros solenes do Passado tantas Esperanças, tantas Ilusões, tantas e tamanhas Saudades, ó Noite! Melancólica! Soturna! Voz triste, recordativamente triste, de tudo o que está morto, acabado, perdido nas correntes eternas dos abismos brumantes do Nada, ó Noite meditativa! Fecunda-me, penetra-me dos fluidos magnéticos do grande Sonho das tuas Solidões panteístas e assinaladas, dá-me

No poema, como uma parábola, o sujeito narra seu caminho, suas provações até o momento em que chega à beira de "caóticos, sinistros despenhadeiros" e, como Lúcifer, conhece a queda: "como outrora o doce e arcangélico Deus Negro, o trimegisto, de cornos agrogalhardos, de fagulhantes, estriadas asas enigmáticas, idealmente meditando a Culpa imeditável".[67] A culpa do sujeito, "nefando Crime", é a de ser um artista que pertence a uma raça considerada bárbara. O parentesco com Satã conduz ao pecado primordial: haver afrontado o poder, acreditando na força do sujeito e saber-se fadado ao fracasso. A *culpa imeditável* aponta para o paroxismo que advém do mito bíblico dos filhos de Cam, o castigo como resultante do conhecimento do mal.[68] A consciência de cumplicidade em relação às dores do mundo compartilha, paradoxalmente, do remorso, da pulsão de morte e da consciência culpada: índices de que o sujeito lírico pensou o mal como realidade.

O tom blasfematório, de profunda heresia e revolta, caracteriza aquele que escancara seu ódio. Tal dicção alinha-se à consciência da condição humana, à situação de exclusão e à proclamação de um mundo sem deuses. A revolta insere-se no seio desse grito, fazendo com que o eu reflita sobre o mal físico,

as tuas brumas paradisíacas, dá-me os teus cismares de Monja, dá-me as tuas asas reveladoras, dá-me as tuas auréolas tenebrosas, a eloquência de ouro das tuas Estrelas, a profundidade misteriosa de teus sugestionadores fantasmas, todos os surdos soluços que rugem e rasgam o majestoso Mediterrâneo dos teus evocativos e pacificadores Silêncios!". Este trecho será assunto do capítulo IV.

67 Cruz e Sousa, *op. cit.*, p. 660.

68 Cf. Alfredo Bosi, "Sob o signo de Cam", *op. cit.*

corporificado na escravidão, e talvez moral, a ecoar a incontornável e atávica culpa.

Apesar do tom confessional, o texto afasta-se do mero relato autobiográfico devido, entre outros, ao diálogo que se estabelece entre o eu e o outro. O movimento que alterna a voz na primeira e na segunda pessoa desvela um percurso reflexivo que permite reconhecer em si os traços da ideologia que o excluiu. O sujeito lírico revela-se um duplo: ele é o poeta que padeceu os tormentos de sua cor e ele é aquele que observou o percurso do artista. O movimento de duplicação permite que se observe o outro como parte do eu: reconhece em si vestígios da ideologia oficial e a partir daí cunha uma resposta contraideológica. Esta resposta é elaborada por meio da introjeção dilacerante dos valores de uma sociedade que o excluiu. O poeta encarna satanicamente as vozes da ciência da época, que considerava o negro um ser inferior, obrigado a permanecer na barbárie. É assim que o discurso cientificista é adotado e, em seguida, criticado:

> O temperamento entortava muito para o lado da África: – era necessário fazê-lo endireitar inteiramente para o lado Regra, até que o temperamento regulasse certo como um termômetro!
> Ah! incomparável espírito das estreitezas humanas, como és secularmente divino![69]

Aparentemente, o primeiro enunciado cola-se à ideologia, encarnando o raciocínio científico acerca do negro. Mas o parágrafo seguinte atua como proposição crítica frente ao conteúdo

69 Cruz e Sousa, *op. cit.*, p. 662.

anteriormente exposto, instaurando um núcleo de dúvida em relação às primeiras afirmações. O narrador do segundo momento identifica o emissário do primeiro como "incomparável espírito das estreitezas humanas", cavando a fenda entre letra e significado, característica da ironia: "como és secularmente divino!". O que era estreito, torna-se divino, índice da falácia das inquestionadas verdades oficiais. A fatura, por meio das metamorfoses constantes do eu, assume a disposição de adotar e negar conteúdos que se referem ora à ideologia oficial, ora às regras do decoro estético.

Assim, a estrutura dialógica revitaliza os discursos cientificistas por meio de uma espécie de *lógica satânica da traição*: em terceira pessoa, o sujeito, cujo desenrolar do texto expõe como duplo, encarna os preceitos que procura atacar. O próprio movimento do eu implica negação da voz persecutória em terceira pessoa, desvendando a ideologia e a história nos antagonismos vividos pelo artista negro num país escravista. O movimento de vaivém permite o delineamento dos impasses do Brasil do período na figura do homem negro de letras: processo civilizatório e escravidão na voz que desvela os liames do cientificismo e dos não-ditos da ideologia oficial.

O eu que fala a um tu transforma o sujeito em objeto – assim como o faz a morte. O enunciador em primeira pessoa explicita um ódio que "contesta ao ser odiado seu direito à existência".[70] Obstar o direito ao *tu* de viver, significa questionar a si

70 Étienne Borne, *Le problème du mal*. 4ª ed. Paris, Presses Universitaires de France, 1967, p. 33: "La haine nie d'abord la liberté de l'être abhorré, la change en destin, transformant le sujet en objet, comme fait la mort. Ensuite d'une façon moins symbollique et plus réaliste, la haine conteste à l'être son droit à l'existence. Mais en même temps la haine approuve le monde être ce champs clos, cette nature athée où triomphe la mort.

mesmo o direito à vida. "Emparedado" experimenta-se como signo profético da morte: realidade e símbolo são elaborados esteticamente por meio das modalidades locais do discurso satânico.

O tema do "emparedamento" evoca, ainda, Edgar Allan Poe. As paredes que se fecham encarcerando o sujeito, suas aspirações e ilusões como metáfora da subjetividade inseparável da opressão do mundo exterior. No caso de Cruz e Sousa, a metáfora remete ao processo de exclusão social do qual foi vítima, percepção privada que se alça à apreensão dos males da coletividade. Imagem potente do soterramento dos ideais e da difícil construção da alteridade.

A perspectiva de fala do sujeito é a daquele que se reconhece desconhecendo-se. Reconhece os estatutos de uma sociedade de base escravista e cientificista e desconhece sua suposta natureza de bárbaro. Desconhece os caminhos contraditórios de seu desejo de inserção no mundo dos brancos, reconhecendo sua situação de homem e artista negro, exilado e condenado à morte. O papel do duplo é também o do estranhamento: o sujeito é e não é ele mesmo, processo que permite a observação do impasse da constituição da alteridade. A voz do excluído, ao multiplicar-se e atingir o paroxismo, expõe a dificuldade de re-

---

Toute haine est, à la limite haine de Dieu, poursuit la mort de Dieu. Le nihilisme est la métaphysique de la haine." Em tradução literal: "O ódio nega de início a liberdade do ser abominado, muda-a para destino, transformando o sujeito em objeto, como faz a morte. De uma forma menos simbólica e mais realista, o ódio contesta ao ser odiado seu direito à existência. O ódio aprova o mundo ser esse campo fechado, essa natureza ateia onde triunfa a morte. Todo ódio é no limite ódio de Deus, possui a morte de Deus. O niilismo é a metafísica do ódio".

presentação dessa *alteridade radical*.[71] O irrepresentável investe a forma de deformações agonizantes, movimento de velar e desvelar sob o imperativo de uma linguagem que cultua a heresia. A oscilação pode ser observada, tomando-se como exemplo passagens que insistem no culto elevado da arte, contrapostas a trechos em que o poeta reconhece a impossibilidade:

> O que tu podes, só, é agarrar com frenesi ou com ódio a minha Obra dolorosa e solitária e lê-la e detestá-la e revirar-lhe as folhas, truncar-lhe as páginas, enodoar-lhe a castidade branca dos períodos, profanar-lhe o tabernáculo da linguagem, riscar, traçar, assinalar, cortar com dísticos estigmatizantes, com lábeus obscenos, com golpes fundos de blasfêmia as violências da intensidade, dilacerar enfim toda a Obra, num ímpeto covarde de impotência ou de angústia.
> Mas, para chegares a esse movimento apaixonado, dolorido, já eu antes terei, por certo – eu o sinto, eu o vejo! – te arremessado profundamente, abismantemente pelos cabelos a minha Obra e obrigado a tua atenção comatosa a acordar, a acender, a olfatar, a cheirar com febre, com delírio, com cio, cada adjetivo, cada verbo que eu faça chiar como um ferro em brasa no organismo da Ideia [...][72]

Neste trecho, o sujeito lírico é aquele que crê na sua obra e no poder transformador da arte. A inscrição da força da arte nos espíritos estreitos dá-se como em um corpo: corta, golpeia, dilacera. E o sujeito profetiza a transformação que a criação

71 A expressão é de Denise Jodelet, "A alteridade como produto e processo psicossocial", *in* Angela Arruda (org), *Representando a alteridade*. Petrópolis/ Rio de Janeiro, Vozes, 1998, p. 58.

72 Cruz e Sousa, *op. cit.*, p. 670.

acarretará. A relação estabelecida entre estética e crueldade, a arte que fisicamente desencadeia a dor, talvez sirva como prenúncio do movimento posterior, em que a percepção do impasse e da angústia toma o lugar do idealismo. É assim que a crença cede espaço à desolação e ao ódio, o artista ouve uma voz que vem de dentro de si – o duplo – a dizer-lhe:

> – "Tu és dos de Cam, maldito réprobo, anatemizado! Falas em Abstrações, em Formas, em Espiritualidades, em Requintes, em Sonhos! Como se tu fosses das raças de ouro e da aurora, se viesses dos arianos, depurado por todas as civilizações, célula por célula, tecido por tecido, cristalizado o teu ser num verdadeiro cadinho de Ideias, de sentimentos, – direito, perfeito, das perfeições oficiais dos meios convencionalmente ilustres! Como se viesses do Oriente, rei!, em galeras, dentre opulências, ou tivesses a aventura magna de ficar perdido em Tebas, desoladamente cismando através de ruínas; ou a iriada, peregrina e fidalga fantasia dos Medievos, ou a lenda colorida e bizarra por haveres adormecido e sonhado, sob o ritmo claro dos Astros, junto às priscas margens venerandas do Mar Vermelho!
>
> Artista! Pode lá ser isso se tu és d'África, tórrida e bárbara, devorada insaciavelmente pelo deserto, tumultuando de matas bravias, arrastada sangrando no lodo das Civilizações despóticas, torvamente amamentada com o leite amargo e venenoso da Angústia! A África arrebatada nos ciclones torvelinhantes das Impiedades supremas, das Blasfêmias absolutas, gemendo, rugindo, bramando no caos feroz, hórrido, das profundas selvas brutas, a sua formidável Dilaceração humana! A África laocoôntica, alma de trevas e de chamas, fecundada no Sol e na Noite, errantemente tempestuosa como a alma espiritualizada e tantálica da Rússia, gerada no Degredo e na Neve – polo branco e polo negro da Dor!

> Artista?! Loucura! Loucura! Pode lá ser isso se tu vens dessa longínqua região desolada, lá no fundo exótico dessa África sugestiva, gemente, Criação dolorosa e sanguinolenta de Satãs rebelados, dessa flagelada África, grotesca e triste, melancólica, gênese assombrosa dos gemidos, teoricamente fulminada pelo banzo mortal; dessa África dos Suplícios, sobre cuja cabeça nirvanizada pelo desprezo do mundo Deus arrojou toda a peste letal e tenebrosa das maldições eternas!"[73]

Aqui, movimento inverso, o artista atinge o cume do conflito: não reconhece a si mesmo, questiona sua identidade e alteridade. A voz deste duplo que fala ao poeta vem de dentro de si mesmo, prova de que as farpas do desconhecimento de si emergem do próprio mergulho na subjetividade esfacelada. À constituição da alteridade do artista negro que fala em nome de outros, é oferecida a razão da ciência, a força dos empirismos, o passado africano e a filiação ao trabalho. O negro, presença irrepresentável cuja natureza é considerada demoníaca dada a filiação à esfera da produção, comparece na teia da prosa por meio do inquietante concerto de vozes interiores.

"Emparedado" é texto que evidencia o coroamento do processo de impasse da constituição da alteridade, culminando com o soterramento das vozes que o sujeito pretendia encarnar. A percepção da inexorabilidade desse processo entrelaça-se, sob a forma do autoflagelo, em uma espécie de valorização do eu às avessas. De modo perverso, daquele que toma para si o mal e sente-se atraído pelo abismo, o poeta erige a dor como meio de redenção. O paroxismo de seu martírio entrevê a morte na sua dupla natureza de volúpia e aniquilamento.

---

73 *Idem*, p.672. A partir do fragmento citado, o poeta usa aspas até o final do poema.

Os dois textos em prosa analisados mais detidamente até aqui – "O Sonho do Idiota" e "Emparedado" – permitem traçar constantes temático-formais em *Evocações*. O drama, a um só tempo, pessoal e coletivo do artista e de sua época, encontra expressão estética no culto das formas grotescas cujo ápice é a deformação, perda de contornos que condiz com a difícil matéria social apreendida. O trabalho poético em diferentes acepções, e articulado a preocupações variadas, dá a tônica do livro, percurso que insiste nos tormentos físicos e morais do excluído. Tema moderno por princípio, os dilaceramentos do poeta inscrevem-se enquanto estrutura e tema social, seja na procura de uma forma nova e experimental, encaminhamento ao mesmo tempo idealista e contemporâneo, seja como meio de adentrar o mundo dos literatos forçando sua sensibilidade tão pouco afinada aos tempos novos da República.

Sobretudo trata-se, como foi dito, de um sujeito lírico que reflete sua época por meio de uma contemplação angustiante que pressupõe reconhecer o *mal* na História. As consequências desse estado foram observadas na representação grotesca em "O Sonho do Idiota" e no entalhe do duplo em "Emparedado". Dão conta da percepção do mundo desnorteado também as imagens negras no seu duplo caráter de apreensão da sociedade escravista e observação da condição humana.

II. Satanismo e escravidão

Hóstia negra dos Sonhos brancos que eu eternamente comungo!
(Cruz e Sousa, "A Noite")

Je suis la plaie et le couteau !
Je suis le soufflet et la joue !
Je suis les membres et la roue,
Et la victime et le bourreau !
(Baudelaire, "L'Héautontimorouménos")

1. Imagens negras: mundo demoníaco e Simbolismo

A obra de Cruz e Sousa é fecunda em imagens de luz e imagens de treva. Sobretudo os primeiros livros, como *Missal* e *Broquéis*, são fortemente pautados pela recorrência ao branco e à luminosidade, símbolos caros aos simbolistas, cujo tributo ao cânon muitas vezes limitou a construção de imagens enigmáticas verdadeiramente poéticas. Esse "regime diurno da imagem" revela uma crença na arte e nas possibilidades de ascensão social cujo caráter falacioso não tarda a se fazer notar.[1] O ideal imaculado emerge da recorrência à luz, ao dia, ao culto à mulher branca, aos objetos litúrgicos, aos cisnes, aos lírios, às tantas belezas pálidas. O que significa recurso às convenções do Simbolismo – cujo culto às figurações alvas como emissoras do ideal da arte foi *topos* fecundo – foi lido, na recepção à poética de Cruz e Sousa, como desejo de branqueamento e "nostalgia

1 O "regime diurno da imagem" baseia-se na antítese Bem *versus* Mal. As imagens de luz participam de uma atitude maniqueísta, o que faz com que tal regime necessariamente pressuponha o seu oposto: o noturno, associado ao mal. O "regime noturno da imagem", ao contrário, não pressupõe o diurno, possui existência autônoma. Gilbert Durant, "Le régime diurne de l'Image", *in Structures Antropologiques de l'Imaginaire*, Paris, Bordas, 1969.

do branco".[2] Daí a imagem da mulher branca ser interpretada como índice do recalque do sujeito negro desejoso de tornar-se branco. Além desta linha interpretativa, tais imagens foram lidas como sintoma de "espiritualidade", impulso religioso, cristão ou transcendente.[3] Em que pese a validade de tais afirmações, em se tratando das muitas nuances da obra de Cruz e Sousa, tais leituras desconsideram o cânone simbolista e preferem não ver o lado negro e noturno das imagens do poeta.[4] Características de sua obra madura e tão recorrentes quanto as imagens claras, as imagens negras impõem sua decifração seja pela oposição que estabelecem com a luz, seja pela qualidade estética dos objetos e, principalmente, pela diferença de visão de mundo que implicam, no sentido do mergulho na subjetivi-

2 A expressão é de Roger Bastide presente em "Quatro ensaios sobre Cruz e Sousa", *in* Afrânio Coutinho (org.), *op. cit*, p. 157. Muitos críticos valeram-se destes termos para analisar as imagens brancas do poeta.

3 Henriqueta Lisboa, Tasso da Silveira e Franklin de Oliveira enveredam por uma leitura religiosa ou mística da obra de Cruz e Sousa, *in* Afrânio Coutinho (org.), *op. cit.* p. 31, 224 e 248.

4 O poema "Luar de lágrimas", de *Faróis*, alterna uma primeira parte, marcada pela recorrência das imagens alvas e pela visão idealista do eu lírico, com uma segunda parte, que responde à primeira, com imagens negras e grotescas, as quais atestam a percepção de um mundo em crise. Tomada separadamente, a primeira parte do poema pode servir como exemplo da pretensa "espiritualidade" na obra do poeta, o que ocorre ao desconsiderar o diálogo estabelecido com a segunda parte. O mesmo ocorre com a leitura que não observa as tensões internas que a recorrência do claro-escuro acarreta. Em *Um canto à margem; uma leitura da poética de Cruz e Sousa*, Ivone Daré Rabello interpreta as duas etapas de "Luar de lágrimas" como complementares, revelando nas imagens lutuosas a consciência da derrocada das ilusões. O poema figura também como esboço dos caminhos do poeta entre idealismo e desilusão, *op. cit.* p. 37-48.

dade e na resposta negativa à história, à razão e às promessas de um mundo corrompido.

Sabe-se que a lírica, ao formalizar os impasses sociais enfrentados pelo sujeito, procura desvendar aquilo que a ideologia esconde. Nesse sentido, as produções que se afastam da voz dominante e da positividade, cujo sentido mais fundo aponta para a reificação das formas culturais, vislumbram os processos coletivos.[5] Em Cruz e Sousa, algo como uma dialética do claro-escuro se comunica ao diagrama social de base escravista. Desse modo, mensageiras de uma ordem negativa, cuja orientação advém da subjetividade que contempla um mundo em crise, as imagens noturnas engendram o grotesco e fazem do manejo com as formas do mal estratégia de enfrentamento.

Sem pretender que a poesia simbolista "diurna" necessariamente implique adesão às formas da ideologia e, por outro lado, que a poesia dita "noturna" denote as posições de resistência e crítica, não há como se furtar às recorrências que tal oposição acarreta, ao remeter à dualidade Bem *versus* Mal, cujos modelos arquetípicos, que se valem de máscaras – ou símbolos –, denotam aquiescência ou recusa diante das configurações da História e do destino dos homens.

Percorrer o satanismo na obra em prosa de Cruz e Sousa implica um percurso na contramão da tradição de boa parte de sua fortuna crítica, que procurou insistentemente ver e interpretar a "espiritualidade" presente nas imagens níveas do poeta. Como contraponto, igualmente fecundas apresentam-se as imagens negras, identificadas por Roger Bastide como "poesia

5 Aproveito aqui as considerações de Theodor Adorno em "Palestra sobre lírica e Sociedade", *Notas de literatura I*, São Paulo, Livraria Duas Cidades/Editora 34, 2003.

noturna", segundo o crítico reveladoras de suas origens africanas, por oposição ao "desejo de branqueamento", suscitado pelo recurso às construções luminosas. São aquelas que, aliadas ao tom blasfematório do eu humilhado, pontuam o satanismo em Cruz e Sousa, promovendo uma visão de mundo que se funda, nos seus momentos mais maduros, em uma reflexão estética sobre a história que lhe é contemporânea.

Ao pensar as imagens negras e a retórica transgressora, a interpretação procura a realidade transfigurada pelo símbolo. De acordo com a estética simbolista, a comunicação indireta de que se vale o poeta procura dar conta do estado de espírito do sujeito lírico. Os símbolos, a atmosfera transcendente, o decadentismo e a musicalidade travestem a intenção poética, espécie de *broquel* contra a realidade opressora. Mas o que pode se confundir com recusa da história é antes atitude de resistência frente a um mundo em convulsão. Os símbolos, bem pesadas as convenções do movimento que deram origem a artificialismos, representam a subjetividade do poeta, mas também apontam para uma realidade premente. O satanismo consiste, portanto, em uma série de procedimentos formais que divisam a experiência pessoal e coletiva por detrás das imagens e dos símbolos negros e da atitude revoltosa do sujeito poético, principalmente na sua produção madura representada pelas *Evocações*.

Fiel ao movimento francês ao qual esteve filiado, ao lado das metáforas fecundas, cujo enraizamento social promove o elo entre subjetividade e vida social, sua obra paga tributo ao cânone, com flagrante presença de símbolos convencionais. Desfilam caveiras, mulheres pálidas, objetos litúrgicos, exóticos orientalismos. No entanto, caberá às construções estéticas carregadas de historicidade a revitalização de imagens comuns ao cânone simbolista, conferindo-lhes outras significações, o que implica a cunhagem de novos símbolos, a partir de uma experiência histórica peculiar.

O recurso às imagens negras – campo semântico ampliado da escuridão – denuncia uma opção pelo "regime noturno da imagem".[6] Oposto ao "regime diurno", baseado na antítese bem/mal, a adesão ao "regime noturno" implica inversão da dicotomia consolidada. Tal atitude imaginativa transtorna o valor dos signos que gravam o destino dos homens. O antídoto do tempo deixa de ser a transcendência e passa a ser a própria condição mortal, de modo que a noite não é mais apenas antítese do dia, mas espaço privilegiado da intimidade. As imagens noturnas exorcizam a ameaça do tempo por meio da releitura dos valores negativos: o abismo torna-se prazer e a morte, doce aniquilamento. Assim, os signos turvos, literariamente reconfeccionados, negam a negação convencional: são revitalizados e satanicamente subvertidos. Contrários à exterioridade cara aos símbolos rutilantes, denunciam a queda do homem em si mesmo. As trevas mostram sua mais funda intenção dialética: a descida aos espaços ctônicos consiste num mergulho intimista, de sondagem do eu. A dicotomia ascensão/queda, cujo correlato imaginativo associa-se à luz e à treva, sofre um esvaziamento: é o declínio que permite dialeticamente a ascensão. Aproximar-se da descida ao desconhecido,

---

6 Segundo Bastide, os símbolos negros, pertencentes à poesia noturna do poeta, referem-se às origens africanas de Cruz e Sousa. No entanto, observa-se que a atitude representativa que se vale de imagens noturnas implica uma constelação de sentidos arquetípicos mais nuançada, acolhendo situações como a queda, a morte e a sondagem intimista. Tais estruturas antropológicas não excluem o sentido específico que o chão histórico imprime à obra, como se verá. Para a discussão das estruturas do imaginário, ver Gilbert Durant, *op. cit.*

empreendida por Satã, implica elevação do sujeito, já que a revolta contra a totalidade resulta na morte que devolve o homem a si mesmo. Ao inaugurar a subjetividade, o arquétipo da queda promove a difícil ascensão. A exasperada autoanálise daí advinda implica a eufemização da morte.

Para além da "treva" como sondagem intimista, a oposição branco/negro encontra, no chão histórico brasileiro, singular acolhida, uma vez que quadra bem ao discurso cientificista e à origem mítica das raças. O negror, cuja conotação imediata é a dos páramos infernais, passará a designar a indolência, a barbárie e a imoralidade da massa de negros. Já a cor branca sinaliza pureza, distinção e civilidade, atributos "naturais" dos homens de tez clara.[7] Ambas estão na base da formação dos estereótipos e a opção pela *negridão* – amálgama de negror e escuridão – ao conformar as imagens ou os símbolos enigmáticos, dialetiza a estratificação de cores cujo correlato ideológico é a oposição de raça e, por extensão, de classe.

O desdobramento das imagens do negro em Cruz e Sousa desenvolve-se em torno da metamorfoseante *Dor negra*, imagem-símbolo que dá título a um dos mais belos e bem realizados de seus poemas em prosa. Espécie de dor inaudita que ata o poeta aos negros, tal imagem poética ramifica-se segundo a exploração incansável da subjetividade cindida.

2. Semântica da demonização

A contraface da insistência na cor negra é a do retorno das imagens alvas. A oscilação entre símbolos brancos e negros

7 David Brookshaw, *Raça e cor na literatura brasileira*, Porto Alegre, Mercado Aberto, 1983, p. 09-22.

insinua o percurso do poeta, espécie de retrato em negativo dos descaminhos que atam experiência e ideologia. A fisionomia de sua história apresenta-se como imagem cifrada e individual que perfaz os contornos de um processo coletivo. O caminho do sujeito poético é também testemunho de sua época inscrito sob o crivo das fantasmagorias claras e escuras. O crescente predomínio das imagens noturnas está atrelado ao aprofundamento da consciência de crise, evidenciando a percepção da derrocada das ilusões do homem negro de letras e dos infortunados que lhe são semelhantes.

As imagens negras são prenhes de conteúdo contestatório. Impedem o deciframento imediato ou a leitura puramente alegórica e sua interpretação impõe-se como enigma. Nas imagens negras tumultuadas, a história insinua-se imperiosa. O grito do rebelado possui tempo e lugar específicos de fala: os supostos transcendentalismo e misticismo da arte, caros ao gosto simbolista, apresentam-se transfigurados pelo chão histórico.

Para compreender o recurso da demonização nas imagens negras da maturidade em Cruz e Sousa, é necessário resgatar os conteúdos semânticos do debate histórico-social de fins do Segundo Império e início da República. Assim como é preciso remontar às imagens sobre o negro que datam do período colonial. Rastrear a semântica histórica das imagens demoníacas, a quem elas correspondem e por quê, permite observar qual a inversão que promove o poeta ao reivindicar para si os signos de sua época.

Os mitos advindos do Brasil Colônia acerca do negro desvendam a camada perversa das justificativas para a servidão e o cativeiro. A famosa frase de Antonil: “O Brasil é o inferno dos negros, purgatório dos brancos e paraíso dos mulatos",[8] desvenda certa apreensão mítico-cristã da realidade do sistema colonial. Os discursos do momento consideravam a colônia uma espécie de purgatório para o homem branco, já o colono encontrava-se num estágio intermediário devido à convivência forçada com uma humanidade considerada bárbara, composta de negros e índios. De acordo com as justificações cristãs, calhava a colônia ser ofertada também como purgatório para os negros, uma vez que eles teriam trocado o inferno e o pecado, representados pela África, pela possibilidade de salvação, presentes no novo espaço de transição para o céu.[9] No entanto, seria purgatório somente para os brancos, uma vez que os negros permaneciam imersos na eternidade do sistema colonial. O paraíso estava próximo dos colonos, nunca dos escravizados, cuja filiação ao inferno acumulava: a cor, o passado na África pagã, a religião, o trabalho. A ruptura com o inferno terrestre implicaria o fim do sistema colonial e a liberdade, mas traria também o inferno cristão. Acuados, a única possibilidade de libertação que se lhes acenava era a morte.

Demonizados pelos brancos e ao mesmo tempo muitas vezes impedidos de reestruturar seus cultos de origem, os orixás guerreiros são mobilizados contra a situação do cativeiro. Exu, deus da vingança, identificado ao diabo no imaginário cristão,

8 Presente em *Cultura e opulência do Brasil*. *Apud* David Brookshaw, *op. cit*, p. 151.

9 A colônia figurava como purgatório e inferno para o Velho Mundo: "O Novo Mundo era inferno sobretudo por sua humanidade diferente, animalesca, demoníaca, e era purgatório por sua condição colonial". A resistência à colonização era vista como "coisa do diabo", *in* Laura de Mello e Souza, *O diabo na terra de Santa Cruz*, 5ª ed., São Paulo, Companhia das Letras, 1995, p. 77.

é uma das entidades invocadas na luta contra o cativeiro.[10] A demonização do elemento desconhecido, cuja justificativa é amparada pela força do mito de Cam, volta-se, como representação invertida, a favor do negro: é a entidade que será invocada contra os opressores.

Quando, ao longo do século XIX, a estrutura escravista da sociedade brasileira conhece os efeitos da urbanização, são forjadas outras formas de resistência do negro. Por um lado, a cidade o "reafricaniza", colocando-o mais próximo dos centros de resistência, como confrarias ou nações. Por outro, o "desafricaniza", ao reconhecer na conquista das condições sociais do mundo branco a única possibilidade de ascensão e liberdade.[11] Assim, ao lado da resistência, sob forma de cultos ancestrais ou mesmo de fugas e suicídios, a aculturação do escravo revela-se na luta pela mobilidade expressa pelo desejo de adequação social. A obra de Cruz e Sousa encena a dolorosa oscilação entre o desejo de reconhecimento, proporcionado pela sociedade branca, e a atração pelo abismo da morte. O eco do suicídio

10 Dadas as condições de opressão dos escravos, o culto doméstico dos deuses ligados a terra é substituído pelo das divindades guerreiras: "ocorre uma primeira seleção dos deuses; as divindades protetoras da agricultura são postas à parte, acabando por ser completamente esquecidas no século XX. Em compensação, a figura de Ogum, o deus da guerra, de Xangô, o deus da justiça, ou de Exu, o deus da vingança, tomam lugar cada vez mais considerável na cogitação dos escravos, mas transformando-se: Ogum deixará de ser o patrono dos ferreiros ou o protetor dos instrumentos agrícolas de ferro, Exu não manterá, senão dificilmente, seu caráter de divindade de ordem cósmica para ocupar antes de tudo a regência da ordem social, mais exatamente, para lutar contra a desordem de uma sociedade de exploração racial. Roger Bastide, *As religiões africanas do Brasil*, São Paulo, Ed. da Universidade de São Paulo, 1971, p. 97

11 *Idem*. p. 96 e 99.

como ato heroico marcará fortemente a prosa do poeta: reconhecimento dos impasses de uma real emancipação.[12]

As lendas que explicavam as origens das raças, cujo simbolismo da cor negra apontava para o mal, associada ao temor que a massa de negros provocava, incidiram sobre os modos de representação do negro na sociedade. As velhas histórias da tradição popular o associavam ao mal nas figurações do preto velho, do bicho-homem ou calhambora, do quibungo, do papa-figo ou mesmo do saci. Em todos os casos trata-se de evocar certo pacto com Satã ou certa natureza demoníaca. Tais representações evidenciam um imaginário que opõe a "humanidade branca cristã" à "bestialidade preta pagã" e fincam o lugar do negro na sociedade. A literatura do período, fortemente influenciada pelo darwinismo social, trabalha os preconceitos socioculturais no estereótipo ora do negro fiel – representação que acentua a necessidade do patriarcalismo, aliada à constatação da suposta incapacidade moral –, ora do negro nobre – aquele que é "quase branco", como Isaura –, ora do negro violento ou escravo demônio – novamente o parentesco com Satã e com o mal, daí o crime e a imoralidade.[13] Em todos os casos, a recusa da legi-

12 *Idem*, p. 118-119. Roger Bastide refere que o suicídio foi uma das escapatórias encontradas pelo escravo: além de resistência à cultura do branco, a atitude impunha-se como ato de guerra, já que compreendia a perda da mercadoria do senhor, de forma que constituía também um ato de vingança. Desse modo, o traço histórico local articula-se à leitura de Walter Benjamin sobre o suicídio heroico baudelairiano, conforme abordagem realizada na Parte I deste estudo.

13 O "bicho-homem" era o nome dado ao escravo fugitivo que assaltava os viajantes, o "quibungo", um lobisomem devorador de crianças e o "papa-figo", um negro leproso que se alimentava do fígado de crianças. David Brookshaw, *op. cit.*, p. 14-15. Sobre os estereótipos ver parte I, "O escritor branco".

timidade do outro e a crença na necessidade da abolição como meio de evitar o contato com o "mal negro".

Dos velhos mitos bíblicos à criação de estereótipos, a imagem do negro presente nos discursos e na literatura revela-se personificação do mito, concretização do imaginário baseado na visão do dominador, cuja função é a de exorcizar a constituição desse outro socialmente perigoso e eticamente indesejável.

A demonização do escravo evidencia que o discurso do período colonial e da República Velha recorre, portanto, à "bestialização" do homem negro. No decorrer do século XIX, o debate ganha ares de cientificidade e a polarização é recolocada em termos de raças "superiores" e "inferiores". Em face desse "maniqueísmo social", o selvagem é por vezes encarado como aquele que pode virtualmente vir a fazer parte da sociedade. O tema do bárbaro que pode ser civilizado encontrará, no final do século XIX, ora respaldo, ora opositores nos adeptos do ideário cientificista, apesar da unânime aceitação de sua inferioridade e necessidade de substituição a longo prazo.

3. Parâmetros da recepção crítica

Os movimentos abolicionistas do século XIX tiveram sua contraparte no pensamento determinista das teorias das raças. As mudanças históricas que permitiram a libertação dos escravos exigiram também certezas de manutenção das diferenças sociais. As escolas que propagavam teorias racistas serviram para dar um fundamento científico à exclusão e à dominação dos povos conquistados. No Brasil, cumpriam o papel de permitir a identificação com os parâmetros científicos europeus, oferecendo a possibilidade da substituição progressiva dos negros pelos brancos.

Ao percorrer a história social por meio das ideias que compõem o quadro referencial da elite de finais do século XIX, notam-se posicionamentos ideológicos que convergem para a busca da chamada identidade nacional. Procurando acertar o passo com o processo civilizatório, as ideias cientificistas tiveram significativa vigência entre intelectuais, políticos e homens de ciência no Brasil. A adoção do ideário científico evolucionista permitia explicar a realidade brasileira enquadrando-a nos reconhecidos modelos europeus de civilidade. Tais discursos serviam para legitimar a dominação e as diferenças internas do país com base em argumentos supostamente inatacáveis. A inserção do cientificismo no contexto local apresenta uma lógica particular advinda da necessidade de teorias que, fundadas na ideia da inferioridade inata de determinados grupos, servissem para legitimar a hierarquia social, corroborada pela autoridade de uma hierarquia natural.

É assim que os modelos científicos modernos serviram para formar uma elite pensante imbuída de ideias comprometidas com o progresso da civilização, podendo dar conta da explicação do caso brasileiro. Adaptado aos problemas locais, o cientificismo logrou legitimar as desigualdades sociais por meio da importação de teorias racistas. A hierarquia social era, segundo tais teorias, considerada natural. Além disso, as supostas raças inferiores – negros, indígenas e mestiços – representavam um entrave para os estágios superiores de civilização e progresso nos quais o país desejava se inserir.[14] A busca da identidade

14 As origens do preconceito racial datam do início da colonização africana e da descoberta da América como resultado da política do colonialismo imperialista. O racismo com base científica desenvolve-se nos séculos XVIII e XIX em face da demanda de braços escravo, solicitada pela Revolução Industrial. Espécie de "mitologia pseudocientífica", as teorias

nacional foi em grande medida o esforço de assemelhar-se às nações ditas civilizadas, promovendo a substituição das chamadas "raças fracas" pelas "raças fortes".

Buscando a inserção no processo civilizatório das nações europeias, impunha-se o embate com uma população heterogênea composta em grande parte de indivíduos considerados inferiores. O impasse em torno da questão da nacionalidade encontrará respaldo no debate acerca da transição do trabalho escravo para o trabalho livre. A integração ou substituição dos ex-escravos na nação torna-se um dos entraves para que se possa alcançar a tão almejada civilização.

A teoria das diferenças inatas recebeu no Brasil singular acolhida. Procurando estabelecer uma possibilidade de solução entre a construção da identidade nacional e o problema racial, os homens de ciência brasileiros valeram-se da chamada teoria do branqueamento. Assim, as teses racistas conheceram uma espécie de adaptação para a realidade brasileira prevendo a extinção do negro e o branqueamento do mestiço. A solução teórica permitia que se descortinasse um caminho para o país, solucionando o problema da situação dos mestiços cientificamente considerados inferiores ou "degenerados". Permitia também que se pensasse num processo de construção do caráter nacional que contemplasse ao mesmo tempo o determinismo

raciais valeram-se de adaptações distorcidas da obra de Darwin para o campo social. Juan Comas, "Os mitos raciais", *Raça e Ciência* I, São Paulo, Perspectiva, 1970, p. 14-15. Ver também: Lilia Moritz Schwarcz, *O espetáculo das raças: cientistas, instituições e questão racial no Brasil 1870-1930*, São Paulo, Companhia das Letras, 1993.

e o otimismo característicos do período cujo apogeu se dá na *belle époque*.[15]

A teoria da inferioridade inata voltava-se principalmente contra negros e indígenas. Com base nesses pressupostos, os negros são considerados inaptos para o trabalho, vagabundos e imorais. Incapazes, portanto, de compor uma nação nos moldes civilizados. Impunha-se, então, a necessidade de "civilizar" os negros como meio de permitir seu acesso à sociedade, tornando-os úteis à pátria. Contudo, vistos como incapazes, além de naturalmente ociosos, os ex-escravos deveriam ser tutelados pelos brancos. Dessa relação adviria a internalização da ideia de hierarquia social, de sujeição interior do negro ao branco, limitando as aspirações ou as possibilidades de inserção igualitária na sociedade. É assim que a liberdade dos negros figura como falácia: o branco o educa para o trabalho e, baseado na

15 "A tese do branqueamento baseava-se na presunção da superioridade branca, às vezes, pelo uso dos eufemismos das raças 'mais adiantadas' e 'menos adiantadas' e pelo fato de ficar em aberto a questão de ser a inferioridade inata. À suposição inicial juntavam-se mais duas. Primeiro – a população negra diminuía progressivamente em relação à branca por motivos que incluíam a suposta taxa de natalidade mais baixa, a maior incidência de doenças, e a desorganização social. Segundo – a miscigenação produzia 'naturalmente' uma população mais clara, em parte porque o *gene* branco era mais forte e em parte porque as pessoas procurassem parceiros mais claros do que elas. A imigração branca reforçaria a resultante predominância branca". Thomas Skidmore, *Preto no branco: raça e nacionalidade no pensamento brasileiro*, 2ª ed., São Paulo, Paz e Terra, p. 81. Jeffrey D. Needell considera que a *belle époque* carioca ocorre entre 1898 e 1914; portanto, a começar no ano da morte de Cruz e Sousa. Cf.: *Belle époque tropical: sociedade e cultura de elite no Rio de Janeiro na virada do século*, *op. cit.* Nesse sentido, o poeta viveu e produziu durante os anos em que se gestou esse apogeu.

justificativa da inferioridade racial, o mantém em permanente estado de liberdade ilusória.[16]

Se, por um lado, a escravidão era incompatível com a civilização em termos de organização social e progressão histórica; por outro, a incompatibilidade dizia respeito ao contingente de negros que implicava inferioridade, atraso e barbárie. A irracionalidade da escravidão estava inscrita no regime de trabalho forçado assim como na natureza do escravo. De modo que o negro torna-se causa e consequência dos malefícios do regime escravista. A transição para o trabalho livre, acrescida do debate imigrantista que lhe é contemporâneo, denuncia uma preocupação em substituir gradualmente a população negra pela branca. O ideal do branqueamento, signo de civilização e superioridade, era partilhado tanto pelos escravistas quanto pelos abolicionistas. Por trás da busca de novos braços para a lavoura, escamoteia-se a intenção de suprimir o elemento negro, incompatível cientificamente com os novos tempos.[17]

Frente a esse cenário, é possível reconhecer o aspecto ideológico que caracteriza a recepção crítica que se fez da obra de Cruz e Sousa. A inferioridade racial e seu estatuto de verdade científica estão estampadas na visão de Araripe Júnior, José Veríssimo e Sílvio Romero, reconhecidos críticos literários do período. Um negro não poderia ser poeta, tampouco filiado a uma escola francesa, ousando aventurar-se rumo a uma cons-

16 Célia Marinho de Azevedo, *Onda negra, medo branco; o negro no imaginário das elites – século* XIX, Rio de Janeiro, Paz e Terra, 1987, p. 56-57.

17 O branco era associado ao trabalho livre, portanto à liberdade, ao progresso e à civilização, enquanto que os discursos racistas e imigrantistas associavam o negro ao trabalho compulsório, ao atraso e à barbárie. Célia Marinho de Azevedo, *op. cit.*, p. 65.

trução estética diversa, por meio da qual modelos e gêneros consagrados eram contestados.

A crítica de Araripe Jr. explicita os preconceitos herdeiros da escola naturalista que condicionavam a raça à produção poética. Diz o crítico a respeito de Cruz e Sousa:

> De origem africana como já se disse, sem mescla de sangue branco ou indígena, todas as qualidades de sua raça surgem no poeta em incessante luta com o meio civilizado que é o produto da atividade cerebral de outras raças. A primeira consequência desse encontro é a sensação de "*maravilha*". Cruz e Sousa é um maravilhado... [...] O autor de *Missal*, disse eu, é um poeta maravilhado. Ingênuo no meio da civilização ocidental para a qual seus antepassados concorreram apenas com o braço físico, ele olha para tudo com os olhos de um Epimênides; e todas as suas sensações são condicionadas por movimentos de surpresa que se diluem imediatamente em gestos de adoração. Imagine-se este africano na Rua do Ouvidor, transportado de uma cidade pequena e acanhada como é a capital de Santa Catarina.
> [...] Os livros dos novos poetas amados o preocupam. Nesse momento a raça sente necessidade de um grande esforço para fugir não só ao ritmo natural de seus antepassados, mas também à sua predileção pelos tons vermelhos e pela paisagem rápida das cores vivas, sem acenúbios, que caracterizariam a arte primitiva[18]

18 Araripe Júnior. "O movimento literário do ano de 1893" in *Obra Crítica de Araripe Júnior*. Rio de Janeiro, Casa de Rui Barbosa, vol III, p.147-148. O parecer de Araripe Júnior engrossa o coro do pensamento cientificista no Brasil do período. A título de ilustração temos a opinião de um contemporâneo, o médico Nina Rodrigues: (*apud* Thomas Skidmore): "[Nina Rodrigues] desprezou como sentimental a noção de que um 'representante das raças inferiores' pudesse atingir através da inteligência, 'o

A preocupação crítica de Araripe Jr., assim como outras ligadas à necessidade da literatura como parte da construção da ideia de "nação", desejava encontrar o "estilo tropical" como característica legitimamente brasileira em arte. Com ênfase na força do meio como plasmador da originalidade nacional, o crítico destacou a importância da noção de estilo no sentido da expressão individual em choque com as orientações europeias em literatura ou cultura. Desse conflito, que denomina "obnubilação brasílica", adviria a obra imbuída do chamado "caráter nacional". Responsável pela vertente "tropicalista", opõe-se à valorização da mestiçagem que caracterizou a orientação do discurso de Sílvio Romero, cuja ênfase recai no critério de raça. Ambas as correntes, a primeira com ênfase no meio, a segunda no papel do cruzamento das raças, buscavam a explicação e valorização da literatura nos trópicos. É, no entanto, comum ao discurso do período certa urgência em adaptar a ciência evolucionista à realidade brasileira de modo a possibilitar a futura inserção do país no processo civilizatório das grandes nações.[19]

Note-se a valorização do *meio*, a obra do poeta vista como a resultante da luta entre a raça africana e o *locus* civilizado: "qualidades da sua raça surgem no poeta em incessante luta com o meio civilizado que é o produto da atividade cerebral de outras raças". Se o "estilo tropical" se dá pelo encontro da mentalidade europeia civilizada com o meio selvagem brasileiro, no caso da obra de Cruz e Sousa, Araripe Jr. precisou adaptar sua teoria para o impacto do africano no espaço nacional impró-

---

elevado grau a que chegaram as raças superiores"'. *Preto no Branco, op. cit*, p. 75.

19 Roberto Ventura, *Estilo tropical. História cultural e polêmicas literárias no Brasil*, São Paulo, Companhia das Letras, 1991, p. 44-68.

prio. Curiosamente, a necessidade de "hierarquizar" um dos lados faz com que o dado local, comparado à "raça africana", torne-se "civilizado", representando um passo à frente na escala evolutiva. Desse encontro não há, no entanto, resultado positivo, resta a "sensação de maravilha", que acentua a tentativa frustrada de adaptação do negro.

Por fim, novamente a raça orienta o discurso de Araripe Jr., revelando como suas premissas não estavam tão distantes das de Sílvio Romero. Um negro "sem mescla de sangue branco ou indígena", portanto comprovadamente inferior, é necessariamente incapaz de apresentar-se como poeta ou homem de letras. Os trechos citados oferecem exemplos de crítica literária que não observa o objeto, cujas conclusões se valem do prestígio dos pressupostos pseudocientíficos das teorias racistas em voga. A recepção crítica não diverge, ao contrário bebe nas mesmas fontes, dos discursos científicos do momento. Sobretudo a produção de Araripe Jr., considerada mais afeita a questões estilísticas e psicológicas, evidencia a predominância do critério de inferioridade racial no seio de uma crítica que toma a literatura como reflexo da ciência, a incidir sobre a sociedade e os homens.

Outros eminentes críticos literários do período endossariam tais teses, entendendo a obra como resultante da inferioridade da raça do autor. Após a morte do poeta, Sílvio Romero e José Veríssimo repararam seus juízos, o primeiro chegando a afirmar que na obra de Cruz e Sousa encontrava-se "o ponto culminante da lírica brasileira após quatrocentos anos de existência".[20] Com a publicação d'*Os Últimos Sonetos*, em Paris,

---

20 Sílvio Romero, "Reações antirromânticas na poesia – Evolução do lirismo", *in História da literatura brasileira*, Rio de Janeiro, José Olympio, 1954, tomo quinto, p. 1825.

em 1905, José Veríssimo reconsidera observações críticas anteriores a respeito do poeta. Mesmo assim, o misto de adesão e incompreensão denuncia a dificuldade de entendimento da poética de Cruz e Sousa. Diz o crítico que, apesar dos recursos melódicos que encontrava no poeta, faltava-lhe a capacidade de expressão e esse aspecto seria responsável pela "insignificação" de seus poemas. No entanto, adiante, no mesmo ensaio, José Veríssimo aponta essa característica como pertinente ao espírito poético num trecho que mostra curiosa compreensão do poeta:

> Se a poesia como toda a arte tende ao absoluto, ao vago, ao indefinido, ao menos das comoções que se há de produzir em nós, quase estou em dizer que Cruz e Sousa foi um grande poeta, e os dons de expressão que faltam evidentemente a seu estro, os dons de clara expressão à moda clássica, os supriu o sentimento recôndito, aflito, doloroso, sopitado, e por isso mesmo trágico, das suas aspirações de sonhador e da sua mesquinha condição de negro, de desgraçado, de miserável, de desprezado. É desse conflito pungente para uma alma sensibilíssima como a sua, e que humilde de condição se fez soberba e altiva para defender-se dos desprezos do mundo e das próprias humilhações, que nasce a espécie de alucinação de sua poesia, e que faz desta flor singular, de rara distinção e colorido, de perfume extravagante mas deleitoso, no jardim de nossa poesia.[21]

A apreciação mais entusiasta de Veríssimo remete a uma percepção impressionista da literatura, índice de certo afasta-

21 José Veríssimo. "Uma poetisa e dois poetas", *in Estudos de Literatura Brasileira*: 6ª série, Belo Horizonte, Ed.Itatiaia; São Paulo, Ed. da Universidade de São Paulo, 1977, p. 100.

mento do crítico em relação aos critérios naturalistas.[22] Pode-se observar que sua abordagem alia exigências calcadas na retórica clássica ("os dons de expressão que faltam evidentemente a seu estro, os dons de clara expressão à moda clássica"), a percepções do estilo e ao destaque das impressões suscitadas pela obra. Apesar de mais voltado para aspectos propriamente estéticos da literatura, o crítico limita-se a levantar certos indícios ("das próprias humilhações nasce a espécie de alucinação de sua poesia") sem investigar a forma ou as tensões responsáveis pelo "perfume extravagante mas deleitoso" que parece emanar da obra do poeta.

A valorização da mestiçagem feita por Romero, assim como o critério da "obnubilação" de Araripe, a tendência impressonista de Veríssimo ou a noção algo romântica do poeta mártir, "homem de exceção", de Nestor Vítor, revelam-se faces da recepção crítica do momento que responderam de diferentes modos à produção de Cruz e Sousa. Impedidos pelo critério de raça e por preconceitos estéticos, afastaram-se do núcleo de tensões que cunha as imagens negras e responde por uma produção de sentido que não se enquadrava nas solicitações do momento. Uma crítica que buscava na literatura a expressão positiva da nacionalidade brasileira não estaria aberta à configuração cifrada dos tormentos da subjetividade do negro homem de letras.

Exprimindo um movimento de adesão e ruptura, o poeta revela ora a ideologia do branco como aquele que lhe é intelectualmente semelhante, ora reconhece os impasses de sua situação de intelectual negro. "Emparedado" é uma resposta a esse

---

22 *Idem*, p. 115-116.

embate, reproduzindo e reconhecendo os debates da época e a resistência que, mesmo subterrânea, se deixa ler.

Em alguns poemas em prosa de sua obra madura, Cruz e Sousa dá ao debate cientificista do período e à demonização do negro uma resposta contraideológica. O negro poeta enfrenta o impasse de uma subjetividade esfacelada, decompõe o discurso das elites, reconhece-se como parte dele e forja seu dilacerante distanciamento. Os tênues contornos dessa massa amorfa, representada pela difícil imagem do negro liberto e artista, encontra espaço nas fantasmagorias desconcertantes de *Evocações*.

4. Desdobramentos do mal na História: a estetização da violência

Os enigmas da obra de Cruz e Sousa, que tateiam a difícil alteridade do negro, foram, por vezes, compreendidos como uma espécie de "camuflagem" da referência à raça. Nesse sentido, o poeta representaria, ao lado de Machado de Assis, a atitude do escritor negro ou mestiço que esconde sua identidade por meio da utilização da tradição erudita. Como se o escritor negro devesse tratar os problemas sociais em linguagem simples, objetiva ou engajada, para não trair suas origens. Esse caminho de leitura prescinde do valor estético dos símbolos que tecem a feitura da obra de Cruz e Sousa, bem como as estratégias do envenenamento do discurso que, no caso de Machado, revelam a sociedade escravista pelo crivo do personagem homem de elite. Desse modo, segundo certo caminho crítico, ganha prioridade a via do "protesto aberto", da defesa do negro e da abolição, a exemplo de Luiz Gama e Lima Barreto. O grau de conscientização racial confunde-se com a apreensao estética das relações sociais e as tensões, que fazem toda complexidade da teia poética, correm o risco de ser desconsideradas em nome do protesto inequívoco. Ao confundir arte e vida, perde-se a especificidade da intenção poética e ofusca-se o entendimento da resistência velada da práxis que se faz forma.[23]

Ocorre que a experiência social na obra de Cruz e Sousa é vislumbrada por meio de uma espécie de *estética satânica da violência*. Os antagonismos sociais são apreendidos por um sujeito perverso que retira das tensões sociais a força que orienta sua poética. Tornando-se centro irradiador de formas e temas, a violência é tomada contra o próprio sujeito. Ao ataque inomeado responde o culto masoquista das dores do mundo, numa peculiar estratégia de inversão que consiste em explorar as nuances do mal lançando-o contra si.

Assim, a violência reinante nas relações sociais é redimensionada adquirindo um sentido de transformação e combate. Ao usar as forças latentes do conflito rumo a um direcionamento estético contrário à positividade da ideologia oficial, o sujeito lírico realiza, como Satã, a traição de determinado código. A força das imagens, o ritmo angustiante de avanços e recuos, o

---

23 Refiro-me ao livro de David Brookshaw, *op. cit.* O autor classifica a produção dos autores afro-brasileiros em três tipos, de acordo com o critério de *atitude literária:* o autor pode esconder sua identidade por meio da utilização da tradição erudita; pode escrever como um "nativo", valendo-se de dialetos e expressões populares ou pode protestar abertamente contra o sistema reconhecendo-se como negro. Segundo o autor, Cruz e Sousa e Machado fazem parte do primeiro grupo, no segundo situa-se o compositor popular Domingos Caldas Barbosa e no terceiro Luiz Gama e Lima Barreto. Apesar do livro constituir-se sobre a construção e o questionamento dos estereótipos literários em relação ao negro, certos juízos "culturais" extrapolam para o campo estético, comprometendo a avaliação das obras, *op. cit.*, p. 09-68 e 148-170.

dilacerante embate do duplo ou o culto perverso do sofrimento são aspectos dessa prosa que se vale de uma negatividade autodestrutiva. Advinda da exploração exaustiva das potencialidades do mal, a perversidade consiste numa relação contraditória em face da alteridade. Ao procurar delinear os fracos contornos ou desfazer a imagem do outro, o eu lírico enfrenta a ameaça da perda da individuação. A técnica satânica da traição surge como violência que contempla a iminência do desconhecimento de si e do outro. Índice da atrocidade do processo social, o impulso à deformação, reverberando os impedimentos reais, cumula-se de certo prazer suicida.

Refinamento das potencialidades do mal, as faces da perversidade na obra de Cruz e Sousa estampam-se em imagens que aglutinam ideologia, trabalho e arte. Por meio das dilacerações da forma e da cunhagem dos símbolos negros, o labor poético parece pressentir, como pano de fundo, a estrutura de base alicerçada no trabalho escravo.

A recorrente questão da problemática da constituição da alteridade na obra do poeta, aqui perseguida, encontra correlato estético por meio do complexo circuito que envolve a dor e o prazer ou o prazer da dor. É dessa relação autodestrutiva que emerge a matéria poética e a forma que plasma a figuração do outro. Sobretudo o drama da subjetividade do negro encontra eco na exploração absoluta do desejo imposta pela perversidade. Em tal relação, vale o estatuto daquele que recusa o outro, que deseja instrumentalizar a carne para apropriar-se, fundir-se e perder-se em seu próprio gozo. Neste mundo que não admite a alteridade – cujas figurações poéticas reverberam os desmandos da escravidão –, o desejo precisa desfazer, desfigurar o outro para encontrar satisfação. Desconstruindo o sujeito, amoldando-o de acordo com o arbítrio da vontade ferina, nega-se a humanidade. Mas, na lírica em prosa do poeta negro, a razão desvirtuada volta-se contra seu próprio autor, insistindo na negação da negação que conduz ao aniquilamento do sujeito perverso.[24] É o que se observará na análise do poema em prosa "Consciência tranquila"; ao desfazer o outro, ao tentar explorar a carne esvaziando sua subjetividade e negando sua liberdade, aquele que maneja o exercício do mal não mais se reconhece. O processo de desconhecimento atinge, pois, criador e criatura na figuração do poeta e sua obra ou Satã e o homem. A figuração do outro na obra em prosa de Cruz e Sousa partilha de um princípio construtor-destrutor perverso: o sujeito formula seu objeto de conhecimento – qual seja, o tortuoso delineamento da alteridade negativa sob o cativeiro – ao desfazê-lo insistentemente, precipitando, consequentemente, sua própria destruição.

Em meio à voragem do aniquilamento, é como se as formas estivessem em crise, próximas do abismo do informe. O sujeito lírico que se revela cruel é aquele que questiona a concretude das realizações e verdades da ordem estabelecida. Anuladas as formas, a matéria grita sua soberania e expõe o esfacelamento da cultura ou da razão. Com a perversidade, e o culto estético das variantes do mal, a bela forma é destroçada, conduzindo o homem rumo à ameaça do desconhecimento. Tal *exercício estético do mal* postula que a crise da forma – a qual compreende a da representação em face de determinada matéria histórica, o que implica pensar em uma espécie de *for-*

24 Sobre os desdobramentos do culto à perversidade e suas implicações na destruição do outro e de si mesmo, ver Patrick Vignoles, A *Perversidade*, São Paulo, Papirus, 1991.

ma de formas sociais – implica também regressão: as realizações da civilização são substituídas por uma matéria amorfa, signo de morte e desconsolo. Nesse sentido, a escolha do poema em prosa – gênero fronteiriço e maleável – afina-se à peculiaridade *informe* da matéria histórica visada.

A ordem paradoxal compreende a negação da alteridade que se volta contra o estatuto do eu: assim o mal, tornado princípio incansável de prazer, revela-se prazer de morte. A perversidade que cintila nos poemas em prosa "Asco e Dor" e "Consciência Tranquila", por exemplo, contempla sujeitos-objetos que se desfazem. Processo que dissolve o eu e o outro, já que o poeta se desdobra repetidamente no duplo – vítima e algoz imersos na reversibilidade da dicotomia bem/mal.

Mais um dos refolhos do satanismo, a *estética da violência* em Cruz e Sousa embebe-se da opressão de seu tempo para representá-la às avessas. O martírio do eu lírico incorpora o sofrimento daqueles que são considerados seus semelhantes. É por meio de tais *personae* que o sujeito expõe os desdobramentos de sua dor; ao mesmo tempo, o culto perverso do sofrimento egótico desvela outros padecimentos. Como ruínas, os vestígios da experiência cotidiana apresentam-se velados por símbolos – cuja miríade vai do cânone à criação mais desusada – e pela teia da prosa. Reminiscências que são captadas por meio dos dilemas da criação poética. O trabalho artístico, como forma e como metalinguagem, reflete os ideais simbolistas confundidos com a história de seu tempo. O mundo do trabalho poético acorda ruídos soterrados da esfera da produção, por meio de fragmentos da experiência do regime servil ou da posterior condição do negro liberto. Digladiam-se então, confundidos com o duplo do poeta e com os enigmas que a sua prosa engendra, elementos dos polos capital/trabalho, nas suas muitas acepções: de um lado, cientificismo, ideal civilizatório, arte edificante; de outro, poética simbolista, a presença-ausência do negro e, eventualmente, de outros despossuídos, seus semelhantes. As percepções acumulam e desvendam sucessivamente a peculiar situação do homem de letras, do negro homem de letras e do negro poeta simbolista que sofre os tormentos da criação agravados pelos ecos intransponíveis da ideologia dominante. O combate é excruciante: a subjetividade luta, sofre e se decompõe para que seja possível a reconstrução de outro sentido. O dilacerante processo criativo, que desvela o *eu-outro* e faz vibrar as cordas do cativeiro e da humilhação, orienta-se pela via do eu reduplicado, deformado e redimido pelo martírio. Evidenciando o parentesco com Satã, aquele que dos infortúnios vividos retira a matéria de sua rebeldia, o poeta amalgama os tormentos da arte aos de sua época. Mostra-se enraizado no seu tempo, sobretudo por meio dessa estética da violência e da perversidade singularmente locais: nega e denega a si mesmo, toma para si o mal do mundo e o desconstrói para que outro sentido se insinue.

Pode-se aventar o quanto a perversidade também se institui por meio da forma escolhida. O poema em prosa é gênero que permite ao sujeito lírico divagações que exploram requintes sádicos. O retorno dos temas, a retórica estafante e monótona muitas vezes afigura-se como lenta e minuciosa autodilaceração. Assim, também o desfazimento firma-se como procedimento recorrente: a negação da completude e da alteridade dos sujeitos-objetos sinistramente urde o destino do próprio sujeito.

É, no entanto, dialeticamente por meio da tortura que o sujeito se vinga. A demonização em que se assenta a representação do negro servirá de base para a cunhagem de uma outra representação de si. Por meio de imagens fantasmáticas, feitas de destroços entre memória e história, os símbolos tentam responder ao estereótipo. As forças satânicas são mobilizadas a favor do negro, evidenciando o princípio básico e perverso desta estética da violência: a traição do código.

5. "Capro": a "teoria das correspondências" no contexto da escravidão

O poema em prosa "Capro" – que ecoa, de certo modo, "Emparedado", o mais emblemático dos textos em prosa do poeta – apreende, de modo peculiar, a ideologia do período articulada ao transporte idealista dos sentidos pregado pelo Simbolismo.

O aproveitamento da estética simbolista, como a retórica carregada e o acúmulo de imagens, pode ser conferido na abertura do poema:

> Dentro daquele organismo em seiva fumente de novilho espojando-se na amplidão dos campos relvosos, trinavam, cantavam pássaros, vibravam fanfarras marciais.
> Temperamento de guerra. Ostentoso como um carro de triunfo, outrora, nas hostes helênicas, era a volúpia que lhe ritmava as ideias, que lhe dava diapasão ao entendimento.
> Virginal, como a alva constelação dos astros, a sua Arte abria-se numa fluorescência vigorosa, dimanando o aroma natural, puro, criador e intenso, de terras lavradas e germinais, revolvidas de fresco, a doçura verde das tenras e viçosas folhagens, entre as quais brilha ao sol a loura abundância sazonada dos frutos.
> A sua natureza deveria ser estudada sem roupagens, sem atavios, livremente, a golpes crus e acres, a tons violentos

> e rubros, profundos e flagrantes, na plenitude de toda a extravagância e de toda a idiossincrasia que o singularizava.[25]

Enunciado em terceira pessoa, prenúncio da elaboração dialógica presente em "Emparedado", a consciência bipartida é testemunhada por um outro distanciado que, aos poucos, revela-se duplo da figura perscrutada. Dando representação simbólica ao imaginário formado por mitos e pela ciência do período, a natureza do *capro* é descrita como dominada pelos instintos animais, signos de atraso e barbárie. Tal persona assume a figuração do *outro radical*, associado à incivilidade, refém da natureza bestial e desprovido de intelecto ou razão.

Os atributos da subjetividade observada – sensibilidade, vidência, animalidade, luxúria – não pontuam um tipo facilmente reconhecível. Os elementos da natureza de artista perfilam-se em opostos: ao mesmo tempo em que se inspira pela arte refinada "desde as liturgias de Verlaine até aos satanismos de Huysmans", sua potencialidade criativa orienta-se "por uma corrente impetuosa de luxúria, de caprismo, de lubricidade pagã de sátiro, de fauno mítico, estirado ao sol, como certos animais no período de incubação, gozando, sibaritamente, a morna carícia do eterno clarão fecundante".[26] Tende para as mais altas elaborações, mas possui "natureza dispersa", cuja genialidade se reduz a lampejos, portanto é incapaz de produzir obra duradoura. Os dois campos semânticos mobilizados para delineá-lo vão, aos poucos, desvelando suas mais fundas raízes: de um lado, a arte simbolista, refinada e europeia, talhada pelo ideal da arte; de outro, um sinal

---

25 Cruz e Sousa, *op. cit.*, p.531.

26 *Idem*, p. 532.

de atavismo, difícil de contornar, certa natureza indesejável, asselvajada e excluída do mundo. Mas aos poucos também – traço notável de elaboração estética – o alto do Simbolismo e o rebaixado da vida animalizada revelam-se forte e indissoluvelmente vinculados: a tendência natural à arte elevada se dá não *apesar* dos índices de animalidade, mas *por causa* deles. Assim, a bestialidade inata, ao mesmo tempo, garante e atravanca a mais alta realização do objeto artístico.

Se a estética referida é facilmente associada ao Simbolismo de origem francesa, o mesmo não se dá com as evidências alusivas à *natureza* do sujeito *capro*. Afastado da identificação imediata, o caráter enigmático das imagens aproxima-se dos relatos, provenientes dos mitos e da ciência do período, acerca, respectivamente, da condição amaldiçoada e inferior da "raça" negra.[27] Nesse caminho, aponta para a articulação de sentidos em torno do rebaixamento do negro e da elevação do ideal da arte que a leitura, sobretudo de *Evocações*, revela. Lidos em conjunto, o homem-animal remete à figuração do negro composta pela dupla articulação do mito e da ciência: mitos que aludem à demonização do escravo amparada pelo discurso cientificista de legitimação da inferioridade natural.

O poema confecciona signos de sua hora histórica: assim, o *topos* da bestialização, sinal dos tempos comandados pelas ideias cientificistas, é invertido e levado a um redimensionamento satânico. O negro considerado inferior, escravo de seus apetites sensuais, será também aquele que possui a síntese dos desejos e angústias da humanidade. O poeta se vale da mitológica sensualidade africana transformando-a na matéria que

---

27 Cf. Juan Comas, *op. cit.*, 1970; Alfredo Bosi, *op. cit.*, 1993.

molda a inspiração do artista. O enunciado elabora o processo de legitimação do artista negro por meio de uma leitura invertida da sensibilidade desse *poeta-capro*. A partir dessa *estética satânica da violência*, o poema apropria-se da semântica oriunda do cientificismo e a recompõe, traindo os sentidos que a ideologia oficial consagrou. É assim que a persona besta desvenda-se duplo do negro animalizado. Considerado instrumento de trabalho cuja brutalidade o incapacita para a socialização, torna-se a expressão do gênio artístico, sensibilidade eleita por que negada ou excluída, encarnação do ideal da arte. A insociabilidade advinda da carência de atributos humanos reveste-se do caráter misantrópico daquele que está além da mediocridade, assim como a sensualidade inumana do homem de cor passa a prerrogativa do gênio. Nesse percurso, é por meio da sensibilidade refinada, e até doentia, dessa humanidade desconhecida, que o artista simbolista na periferia pensa os caminhos da sua poética. A uma nova poesia corresponde uma natureza diversa: a irracionalidade e a barbárie do *capro* franqueiam, a contrapelo, a experiência estética reivindicada pelo Simbolismo. Assim, à exclusão do mundo corresponde o investimento e a mobilização de forças satânicas, desconhecidas, clarividentes. Aquele cuja humanidade é considerada distante da civilização apresenta-se, por meio do recurso refinado da reconstrução estética, como o "supercivilizado dos sentidos".[28]

Capro: a referência ao bode é múltipla e significativa. Ecoando um dos caminhos do satanismo estético mencionado, a adoção dessa imagem remete à tradição da iconografia do diabo. Nos compêndios demonológicos medievais, o anjo caído

---

28 Cruz e Sousa, *op. cit*, p. 668.

frequentemente toma a forma de um animal. Os pés caprinos o desvendam aos olhos dos homens.[29] De modo que o poeta, além de, na esteira dos românticos, frequentemente identificar-se com Satã, agora escolhe assemelhar-se à imagem do bode, opção radical cujas camadas de significação vão da antiguidade ao contexto local.

O *capro*, ou bode, alude também aos rituais pagãos, cujo sacrifício conjurava forças relacionadas à libido e à fecundação. Dionísio, o deus sujeito a metamorfoses incessantes, incorpora, em certas versões do mito, a figura do bode e do cabrito.[30] Há ainda Pan, o bode-homem cujos cantos e danças promovem um mundo ambíguo e lúbrico, afastado do domínio da razão. Ambos encarnam a via da vida dos sentidos e a embriaguez do primordial, em contraponto à ordenação racional; ambos também situam-se na fronteira entre o divino e o bárbaro, o que remete à oscilação de sentidos do artista negro simbolista no poema em questão.[31] O transe pagão encontra correlato no

29 A figura do *capro* remete às imagens zoomórficas encarnadas pelo diabo: a menção final sobre os pés corrobora a intenção demoníaca, "os seus pés, hirtos enregelados no féretro, pareciam ter também, sinistra e ironicamente, estranha evidência capra", *idem*, p. 537. Alberto Cousté, *Biografia do diabo*, São Paulo, Record/ Rosa dos Tempos, 1996, p. 29: "[o diabo] quando encarna como ser humano, pode ser reconhecido por algum tipo de imperfeição. As mais comuns relacionam-se aos pés; no mínimo, um simples coxear pode desmascará-lo".

30 Pierre Brunel (org), "Dioniso antigo, o inatingível", *in Dicionário de mitos literários*, Rio de Janeiro, José Olympio, 2000, p. 239-248.

31 "Pan é o signo de ordens e desordens que tendem a escapar ao controle racional e à consciência dos homens. Ele é um companheiro perfeito de Dionísio, chamado frequentemente 'o que brada' ou 'o que tonteia', Dionísio e Pan revelam e velam a posição impossível e trágica do homem: sua condição é como uma dança no fio da navalha entre o divino e o

aproveitamento que Cruz e Sousa opera a partir da semântica negativa da animalização do negro: do repúdio à revitalização satânica da sensibilidade irracional.

Para alguns, o ritual relacionado à figura do bode está na origem da tragédia, também chamada de "canto do bode".[32] A sobrevivência do arcaísmo ritualístico na tragédia refulge sob a forma do *pharmakós*, o "bode expiatório", vítima cuja imolação exorciza os males de uma coletividade.[33] Cruz e Sousa se vale da confluência desses sentidos, aliando a imagem rebaixada da suposta lubricidade africana à irrupção do desregramento arcaico cuja nota sacralizante aproveita a noção de poeta eleito e é corrigida pela de *pharmakós* – vítima imolada pelo grupo.

A animalização sugere, ainda, por contaminação, a analogia do escravo como animal de tração. Comenta Gilberto Freyre que a escravidão equivalia o cativo ao cavalo, em uma sociedade que praticamente não dispunha de meios de transporte. Em uma das estatísticas oferecidas, lembra o sociólogo que, sujeitos ao trabalho de carregadores, um escravo adulto

natural-bestial". Kathrin Holzermayr Rosenfield, "Ética e estética: o problema da análise filosófica da literatura", *in Revista Letras de hoje*. Porto Alegre, v. 32, n. 2, 1997, p. 28.

32 "Embora a tragédia tenha rompido com as práticas arcaicas (canto do bode, cortejo fálico etc.), é digno de nota que a veneração desse deus dos pés de bode, peludo e chifrudo, expande-se na Grécia do século VI concomitantemente ao surgimento das novas práticas discursivas da *pólis*: a palavra pública nas assembleias políticas, na poesia lírica e na representação trágica. A coincidência é, no mínimo, surpreendente, sobretudo quando se considera que a maioria dos especialistas negam qualquer relação entre a tragédia enquanto prática da *pólis* e o sacrifício do bode", *idem*, 1997, p. 33.

33 René Girard identifica em tragédias como *Medeia* ou *Édipo Rei* a presença do ritual sacrificial, *op. cit.*, p. 20-23.

vivia apenas cerca de sete anos.[34] De modo que o bode, via *capro*, açambarca imagens que, do ritualismo pagão articulado à animalização característica do contexto escravista, levam ao *pharmakós* – e daí à apropriação do sacrifício do negro poeta –, camadas de significação temperadas pela estratégia satânica que implica a adesão e subsequente traição do código.

Como contraponto, a sensualidade flagrante funcionará como uma espécie invulgar de conhecimento; articulada às imagens de degradação, desenha uma figura que tem por trás de si a imagem, social e miticamente fixada, do homem negro. A partir do acúmulo de significados, pode-se considerar o quanto o signo "capro" aproxima-se do "símbolo efetivo" à moda simbolista: em vez das convenções, a novidade de uma construção imagética cuja carga semântica, difícil de sintetizar, afasta-se da alegoria ao conduzir indiretamente a mensagem.[35]

A imagem do *capro* como duplo do eu enunciador – o sujeito como objeto de si mesmo – desencadeará o estranhamento característico do grotesco. O artista simbolista animalizado é o sujeito sobre o qual o texto discorre, sua sensibilidade e natureza psíquica, aliadas ao processo de criação artística, são relatadas por meio de símbolos e metáforas metamorfoseantes que compõem uma atmosfera na qual reina um mundo estranhado.

Contudo, a apropriação e ressignificação do imaginário excludente acerca do negro encontrará, ainda, outra potente camada de significação. Nesse sentido, colabora para a inversão da demonização do negro a mobilização de certa importante

---

34 Gilberto Freyre. *Sobrados e Mucambos: decadência do patriarcado rural e desenvolvimento do urbano*, 15ª ed., São Paulo, Global Editora, 2004, p. 620-710.

35 Anna Balakian, *op. cit*, p. 85.

referência do modelo simbolista europeu: a correlação estabelecida entre o mundo objetivo e a subjetividade lírica do poeta – a um só tempo predestinado e desumanizado – remete à "teoria das correspondências" que, tomada à Baudelaire, torna-se cara aos simbolistas: "a cor, a luz o perfume, para a sua esquisita e caprichosa sensibilidade, sangravam, vertiam sangue sinistro de dolorosa volúpia".[36]

A noção de correspondência em literatura remonta aos românticos, cuja aproximação entre estados interiores e realidade exterior pressupunha um contato com a divindade, com o absoluto. A transcendência romântica esperada pelas conexões perceptivas é substituída no Simbolismo pelas relações terrenas circunscritas à própria imanência dos objetos.

---

36 Cruz e Sousa, *op. cit*, p. 531. A "teoria das correspondências" remete a Baudelaire cuja percepção do enlace entre visão subjetiva e mundo objetivo promove um desvio da visão romântica de correspondências. O poema "Correspondances" figura como ilustração desta nova orientação da ideia de correspondências, sua influência se fez sentir ao longo do movimento simbolista: "les parfums, les couleurs et les sons se répondent." Valendo-se também do princípio das correspondências, o soneto de Arthur Rimbaud, "Voyelles", relaciona cores, vogais e sensações: "A noir, E blanc, I rouge, U vert, O bleu: voyelles [...]" e Huysmans, por meio do personagem Des Esseintes, sugere a articulação de cores e gostos a sensações. Outros simbolistas, na procura das relações entre sensações e linguagem, chegaram a elaborar tratados de correspondências privilegiando as convenções em detrimento da intenção poética inicial. Foi o caso de René Ghil, cuja ideia de "instrumentação verbal" deu origem a uma tabela que relacionava letras, cores a sensações ou sentimentos. Cf. Massaud Moisés. *Simbolismo*. São Paulo, Cultrix, 1985, p. 10-12; Anna Balakian, *op. cit.*; Charles Baudelaire, *Les fleurs du mal*, *in Oeuvres Complètes*, Genève, Cercle du Bibliophile, s/d; Arthur Rimbaud, *Poésies*, Paris, Booking Internacional, 1995.

Os românticos esperavam atingir o ideal de transcendência por meio dos paralelismos entre mente e realidade exterior, de modo que as correspondências visavam um liame para com a divindade. O elo que ilumina o contato com o divino pressupõe que as relações com o mundo sensível são pontes para atingir a experiência espiritual; já as correspondências simbolistas emitem seus sentidos pela própria natureza imanente dos objetos mencionados. São essas relações que perfazem os "símbolos" cunhados por meio de objetos sensíveis, cujo contato com a percepção poética engendra sinestesias ou evoca conteúdos poéticos valendo-se do discurso indireto da imagem. Oposto ao extravasamento romântico da exposição direta e mais afeito ao trabalho com o enigma de imagens, o discurso indireto sugere e encobre – seu desenvolvimento cortará toda a poesia moderna.[37]

Ao ideal romântico transcendente, os simbolistas opõem o ideal da arte cuja atitude intelectual funda-se no trabalho, na criação. É por meio da obra que o poeta empreende sua busca, daí sentir-se ele mesmo divino, eleito, *voyant*. Um dos impasses da poética simbolista funda-se justamente nessa crença da arte, no sentido da busca de um absoluto que, paradoxalmente, se firma pela temporalidade e historicidade do trabalho.

Tal demanda de plenitude, ao elevar o objeto à proposição de infinitude, parece se contrapor aos dilemas da historicidade. Contudo, a obra enquanto coisa finita – urdidura capaz de descortinar mundos desconhecidos –, no seu anseio a um estatuto absolutizante, contamina de temporalidade a integridade almejada. O ideal da arte levado ao ápice engendra uma sempiternidade ruinosa, trespassada por uma busca incessante,

37 Anna Balakian, *op. cit*, p. 17-45.

uma eterna construção fadada ao inacabamento. Enquanto coisa não pode aceder ao estatuto totalizante; enquanto ânsia de absoluto não contempla o todo, pois que está impregnada de caráter finito. O momento limite da constituição possível dessa meta dá-se no instante quase inapreensível em que o terreno se confunde com o que está além. A recorrência do motivo da morte no Simbolismo, e especificamente na prosa de Cruz e Sousa, remete, entre outras coisas, à impossibilidade de alcance do ideal da arte. Este só se constitui no momento de sua perda, constrói-se aniquilando-se no ínfimo instante final. A forma impecável, empurrada para o Além, na divisa do que é identificável e reconhecível, é conseguida no momento mesmo de sua impossibilidade: na morte. Mas esse instantâneo, longe de descortinar a almejada totalidade, expõe um núcleo minado que só se completa quando é destruído. Como resultado, a infinitude atingida não é plena, mas maldita.[38]

Obra-prima ou promessa de civilização, a crença nos poderes da linguagem seguida da consciência de crise subjaz ao embate entre luz e treva, promessa de felicidade e impulso para a morte na obra de Cruz e Sousa.

O tema do sujeito às voltas com os problemas da criação artística é transposto em uma atmosfera de alheamento composta por descrições que vivificam seres inanimados, cores, estados introspectivos. Valendo-se da "teoria das correspon-

---

38 Aproveito aqui a discussão de José Antônio Pasta Jr. sobre a noção de "obra de arte total" e sua ligação com a problemática da morte, buscando refletir sobre os impasses da noção de ideal da arte no Simbolismo. José Antônio Pasta Jr. *Pompeia. A metafísica ruinosa d'*O Ateneu. Tese de doutoramento em Literatura Brasileira. São Paulo, FFLCH, 1991. O assunto será abordado mais detidamente na Parte IV deste estudo.

dências", a relação entre os elementos do mundo sensível e as manifestações inteligíveis cortam todo o texto e desenvolvem o percurso e a gênese da criação poética do *capro*. O enlace entre objetividade e subjetividade permite a apreensão personificada dos objetos: "os livros *carnalíssimos* que *porejam luxúria*", "*ensanguentamento* de ocasos", "ideias, com claras, *cantantes* cores".[39]

O tratamento diferenciado dado ao cenário incorre no efeito de estranhamento que instaura o mundo às avessas. Os elementos da natureza do *capro* e do mundo circundante adquirem qualidades subjetivas, aparecem como que dotados de vida, o que concorre para o aumento da animalidade do sujeito. Assim, o olfato sente, deseja; ao passo que a volúpia confere ritmo às ideias. E o artista, refém de suas sensações, é descrito como impotente, perdido entre seus pensamentos. As forças criadoras assumem estatuto de persona e sobrepõem-se à interioridade em crise. À humanização daquilo que é inanimado corresponde a animalização do sujeito: a problemática da alteridade esbarra na força desalentadora da realidade.

Ao valer-se da relação simbolista entre imagem e pensamento para descrever a natureza da sensibilidade e força criadora do sujeito animalizado, a "teoria das correspondências" serve a um propósito desencadeador do efeito inesperado, fazendo com que o grotesco emerja do imbricamento entre mundo exterior e subjetividade.

Nesse caminho, observe-se que, entre as associações entre o mundo sensível e o inteligível, desponta a recorrência às imagens em torno da coloração avermelhada:

39 Cruz e Sousa, *op. cit.*, p. 532 (grifos meus).

> Feriam-lhe agudamente a retina, impressionando-a, hipnotizando aquela idiossincrasia fatal, o ensanguentamento dos ocasos, os vermelhos clarinantes dos clarões de fogo, os rubros candentes, inflamados, das forjas, os escalartes violentos das púrpuras, os álacres rubis de certas tropicais florações e folhagens, os rubores quentes de certos sumarentos e selvagens frutos, a sulferina coloração delicada de vinhos tépidos, todos os rubros majestosos, potentes, embriagantes, toda a clemente alucinação dos vermelhos crepitando em sensações de chama, todas as atroantes fanfarras e gamas infinitas e finíssimas das cores como que aperitivas, palatais, genealógicas do Sangue.[40]

O campo semântico da cor vermelha desdobra-se: "ensanguentamento", "vermelhos clarinantes", "rubros candentes", "escalartes violentos", "álacres rubis", "rubores quentes", "sulferina coloração". Em um primeiro momento, procura-se descrever o que "fere a retina": são visões que aos poucos desmaterializam-se até chegar ao tato, à audição e ao gosto sugeridos pelo vermelho: "rubores quentes, atroantes fanfarras [...] das cores como que aperitivas, palatais...". A sequência cumulativa de desdobramentos do rubro evidencia uma transformação deformadora novamente dando vida a elementos inanimados. A adjetivação correspondente aos desdobramentos do vermelho é cinzelada por termos que conotam força, arrebatamento: "candentes", "inflamados", "violentos", "quentes", "tépidos", "majestosos", "potentes" e "embriagantes". Os qualificativos que fecham o parágrafo: "aperitivas", "palatais" e "genealógicas", convergem para o ápice: aquilo que de tão intenso culmina na transformação sinestésica.

40 *Idem, ibidem.*

Ao longo do texto, o sangue e o vermelho enredam-se como motivo que retorna insistentemente, tingido de matizes diversos: é a cor que melhor apreende o ato artístico, o sangue do martírio, o vinho signo da embriaguez transformadora, o índice do fogo ou as profundezas ctônicas do inferno. Desdobramentos do martírio da carne, as percepções do eu assinalado elegem os matizes do rubro como signos máximos da dor do poeta. Desse modo, sugerindo o eco dos padecimentos físicos e sociais, é sob o império do sangue que o artista simbolista é retratado.

No excerto citado, o recurso à sonoridade nasal e às aliterações instila um movimento intenso que, contudo, a julgar pelos verbos no gerúndio e não encadeados de forma a compor uma narração, não avança. O desenvolvimento intenso é, contudo, contido: ondula, adensa e estaca. Outras passagens igualmente ilustrariam este compasso intenso que acumula. O movimento do texto é dado por essa incapacidade de progressão que, no entanto, pontua um processo marcado pela justaposição de momentos.

O desdobramento exaustivo das imagens serve a uma falsa necessidade de precisão. A descrição intensa dos vermelhos refere-se aos objetos que lhe feriam a retina, rubros por atração ou fatalidade. Uma a uma, as descrições parecem procurar um efeito preciso, a julgar pela carga de adjetivos. Mas a correspondência sinestésica que segue o acúmulo de descrições evidencia que a intensificação não distingue, antes turva. O paroxismo das imagens conduz à obnubilação: a torrente de imagens transforma-se em sensações orgânicas. Assim, a insistência nas descrições, que serviria à transparência, engendra opacidade. A obsessão pelo sentido revela-se fracassada: o propósito interrompido aponta para a difícil representação do substrato social que, subterrâneo, enforma as imagens.

Esse estilo sempre pronto a recomeçar, que a cada passo repõe ardentemente o drama do eu, justapondo motivos cujo encadeamento se perde, retoma, no plano da forma, o impasse da criação. A incapacidade de avanço da estrutura oferece um conflito latente que se comunica com a angústia e a impossibilidade enfrentadas na figuração do ente eleito e animalizado. Os encadeamentos que sugerem representação, mas culminam em desfigurações, os desenvolvimentos que anseiam por sentido e desembocam no seu contrário encarnam a luta de morte do sujeito em face do processo de escrita, bem como do embate entre arte e matéria social.

O *sujeito-capro* compõe um texto que apreende a miséria física da criação. O texto parece aproximar-se de um corpo, ao captar o martírio do poeta nos índices do dilaceramento da matéria. A observação acurada dos sentidos inscreve a tortura da carne na representação artística:

> A cor, a luz, o perfume, para sua esquisita e caprichosa sensibilidade, sangravam, vertiam sangue sinistro de dolorosa volúpia; e, todos os aspectos, todas as perspectivas, pareciam-lhe à retina requintada e misteriosa outras tantas manchas de sangue, que a sua estesia doente mais vivas, mais flagrantes via por toda parte.[41]

Prenúncio da ruína e da morte que substituirão o idealismo e a vida, a entrevisão deletéria evoca um corpo social em decomposição. Além do rubro, outra recorrência na associação

41 *Idem*, p. 531.

mundo sensível/inteligível é dada pelas figurações daquilo que é abjeto. Agora a "personificação da mente através de manifestações da natureza"[42] – novamente as correspondências – recorre a imagens do submundo que, acrescidas da constelação mórbida dos desdobramentos do rubro, sugerem putrefação e morte. Tais manifestações paroxísticas da natureza – arroubo e dissolução, completude e malogro – inscrevem, na pele do artista negro, o drama do mundo.

Além das articulações entre Simbolismo e experiência, a opção pelo uso de imagens abjetas e grotescas responde negativamente às condições sociais e às promessas de civilização encarnadas pela instituição da República. Ao mesmo tempo, a negatividade ingênita lançada sobre o negro é remanejada pelo peculiar uso da "teoria das correspondências".

A busca da originalidade simbolista encontra na suposta singularidade orgânica do negro o refúgio de uma dor perversamente cultivada. Como um animal cujos sentidos olfativos apontam para objetos repugnantes, sente-se atraído pelos "cheiros acres de matérias resinosas", pela "exalação úbere dos estábulos", "o fartum que diversos animais segregam, o hircismo quente dos bodes". É dessa matéria vil que o *capro* edifica sua obra: "E como ele se empurpurasse, se enlabaredasse no esplendor triunfal da Arte, esses odores todos o penetravam, o fascinavam, alertando-o, transfigurando-o para a Escrita, para a Forma".[43]

O sujeito lírico busca na matéria desprezível, correlato dos ideais propagados em seu poema "Psicologia do feio", os

42 Anna Balakian, *op. cit*, p. 35.

43 Cruz e Sousa, *op. cit*, p 533.

odores nauseantes necessários à inspiração e à elaboração estética. Escavam-se incessantemente os temas rebaixados propagados por Baudelaire. No entanto, em "Capro", é o sujeito originário da raça desumanizada o único capaz de corporificar o apodrecimento, o ignóbil em arte. Trata-se daquele que pertence, como duplo, à esfera degradada do mundo que o inspira. A inferioridade atribuída ao poeta negro na figuração do *capro* o faz retornar ao imundo, aos dejetos, ao sangue e à podridão para transfigurá-los em poesia. Não em bela forma, mas no grotesco e na arte que cultiva as formas do mal. A animalidade do sujeito lírico, assim como os objetos aos quais se volta, constituem faces, figurações do mal – prenúncios da morte.

A originalidade e o ideal da arte são vislumbrados por meio da aguçada intuição que se vale dos sentidos para encontrar as penas da matéria vertida em arte. A "tendência espiritual orgânica para os efeitos sangrentos"[44] desvenda ao *capro* a representação como um corpo em agônico êxtase: volúpia, martírio e morte.

Ao expor o itinerário dessa experiência, prenunciando sua obra, as formas e os objetos de que se vale, o poema em prosa tumultuosamente realiza a própria obra do sujeito desumanizado, meio homem, meio animal. Sob o tema da poética do artista que não conta com a razão, mas tão somente com a sensualidade, o texto depõe suas prerrogativas no enigma do *capro*, na recorrência aos temas rebaixados e na revelação de uma morte anunciada, em grande parte relativa à ameaça do fracasso do próprio fazer poético.

---

44 *Idem*, p 531.

O seguimento do poema procura traçar, de modo descontínuo e por meio do discurso indireto da imagem, a natureza do criador e as agruras da criação: o eu dominado pela sensualidade transbordante encontra-se petrificado diante da elaboração estética. Como se sua natureza contivesse, ao mesmo tempo e paradoxalmente, o gérmen da criação e de sua impossibilidade. Em um momento, acusa o meio de podar a potencialidade criativa; em outro, entende que falta ao artista a capacidade de síntese, como se sua natureza contivesse a pujança selvagem do gênio, contudo fosse desprovida do caráter regulador, mais afeito à ideia de civilização:

> No entanto, outrora, esse lascivo, natureza dispersa, sem unidade de conjunto, produzira já algumas belas páginas cantantes, estilos com flamejamentos de espadas, vibrações candentes de bigorna, cintilantes como os polidos, espelhados broquéis antigos.
> Fora isso na adolescência, quando a sua natureza não se achava absorvida pela pestilência do meio ou quase constituindo, como agora, as próprias células dele. Eram primícias, prodigalidades de seu cérebro ainda não sazonado completamente; a abundância espontânea, mas não produzida por seleção, de um temperamento fecundo, farto de idealização e de força, mas sem a intensidade essencial que nasce da condensação e da síntese. Aquelas páginas eram verdadeiros viços, opulências de rebentos, florescências inéditas e castas que lhe brotavam do ser com o mesmo ímpeto de germinação dos vegetais rasgando a terra.[45]

45 *Idem*, p. 533.

O *capro* sofre as angústias do fazer poético ao não conseguir transpor as sensações extraordinárias que experimenta no papel. Precipita-se a crise da criação: a existência convulsiva do artista não encontra forma:

> Impotente, no entanto, para revelar, sob uma forma gráfica, os segredos espirituais que o dominavam, incapaz de concentração, de isolamento para agrupar e dar corpo às visões que ondulavam em torno do seu centro ardente de ação mental, o polo de emanações do Capro, talvez por um doentio e instintivo despeito dessa Impotência, era a sensualidade, e era gozar, através das puras manifestações da Carne, sem a dolorosa expressão escrita, a volúpia secreta de um anseio transcendental, de um Ideal rebuscado e uno, olfatando tudo, tocando mentalmente tudo, para ver se encontraria nas cousas o odor do Desconhecido, a essência singular, a emanação casta e original que tanto o inquietava e atraía.[46]

Se o sujeito lírico é a corporificação das estesias, idealizações e antagonismos, ele reúne em si os desdobramentos e a impossibilidade de a forma alcançar a vida em sua prodigiosa manifestação de forças. O *capro* é aquele que possui potencialmente os maiores enlevos e sofrimentos humanos em seus limites extremos de idealismo e impotência.

O mal, dialeticamente necessário para a elaboração estética, insinua-se corrosivo em meio às forças que o guiavam rumo à originalidade. Os requintes da arte simbolista, sua elevação e espiritualidade presentificam-se na natureza peculiar do sujeito, mas não conseguem estruturar-se. Como se a vida latente

46 *Idem*, p 534.

daquele que procura na sua natureza dita corrompida o cerne do ato artístico ideal se desfizesse na tradução da dor em forma. O ideal transcendente da arte simbolista traveste-se de imanência; assim, o absoluto, eivado de vida, desfaz-se.

De modo que, articulada à reversão satânica do *artista-capro*, o poema reflete o percurso e os impasses do trabalho poético, da compleição formal da obra. O texto expõe um núcleo dialético entre a explicitação das forças inauditas do sujeito, capazes de engendrar páginas arrebatadoras, e a investida negativa da impossibilidade de criar. O ápice das estesias que o abalam acarreta a paralisação do impulso criador. Esse núcleo de opostos entre a latência do poder criativo e a ameaça da incapacidade de atingir o ideal, de constituir e constituir-se em forma, corta todo o poema em prosa e comunica-se com as investidas e abandonos temáticos que o próprio texto empreende.

Da crueza das manifestações do eu identificado ao animal emana uma força vital tão intensa cujo paroxismo alcança a figuração da morte. O impasse da criação vai ao encontro do desenlace fatal:

> [...] todo o desmembramento intelectual do capro, resultante de seu subjetivismo facilmente transbordante, sem centros de intensidade, de condensação, tudo isso apressava já os seus passos impacientes, ávidos nas *batidas* da Vida, para a sepultura, dando-lhe à fisionomia gasta e dolente um lúgubre macabrismo de esqueleto...[47]

A negação das forças criativas do sujeito acompanha o espectro do tempo. No momento em que as emanações, capa-

47 *Idem*, p 537 (grifo do autor).

zes potencialmente de engendrar a forma abaladora, atingem o ápice, elas encontram sua negação, como que se petrificam:

> Mas, desde que essas transfigurações o impulsionavam ao trabalho, desde que ele procurava traduzir, por formas caprichosamente sensacionais e singulares, as impressões que o abalavam, que viviam nele vida curiosa e intensa, todo esse poderoso esforço tornava-se vão, o pulso, de repente, gelava-se-lhe, a mão não agia com eficácia, e os pensamentos, confusos, embaralhados, emaranhados, num tropel, fugiam, recuavam como paisagens encantadas, feéricas, como ondulantes zonas de luz que desaparecessem da retina deslumbrada de um opiado visionário.[48]

Possuindo intensamente o germe do idealismo, possuía também o da impossibilidade e da morte. O simbolista, suposto "ser de exceção", desvenda-se ruinoso, crivado por opostos – florescimento e aniquilação, bem e mal, vida e morte –, o *poeta-capro* encarna a difícil matéria do mundo, ávida de forma. Sujeito inacabado, entre o ser e o não ser, a suposta síntese da natureza humana sabe-se social: a especificidade local mina o anseio pela autorrepresentação.

O movimento ascendente atinge o auge com a morte. Como se o malogro imantasse, paradoxalmente, o apogeu. É só nesse instante que homem e a obra podem constituir-se, porque o impasse da criação é, sobretudo, o da constituição da alteridade do *sujeito-capro*. A oscilação que o texto encena entre representação e irrepresentação, ascensão e queda, perfaz uma luta de morte como única saída frente aos dilacerantes

48 *Idem*, p 535 (grifo do autor).

conflitos da subjetividade. O momento possível da realização é, dialeticamente, o instante de dissolução. A obra abaladora e o sujeito animalizado conhecem sua constituição no instante mesmo de sua perda.[49]

Ao final da via-crúcis do *artista-capro* observa-se um processo de "medusamento": "a ideia da Morte ... com seus enregelamentos supremos", "o pulso ... gelava-se-lhe", "pairando-lhe na face fria o êxtase ignoto da indefinida, incoercível visão de Sonho", "os pés hirtos, enregelados no féretro...". O instante mortal – momento único de constituição ruinosa do sujeito – desenha o *rigor mortis* que se comunica ao ato criativo. A morte escultórica impõe sua soberania: paralisa o pêndulo agonístico das oposições insolúveis e oferta uma eternidade contraditoriamente inacabada. Uma morte sem glórias, distante dos monumentos reservados aos poetas aclamados.

Sujeito limítrofe, na iminência do aniquilamento, o *capro* é também um vidente satânico, à semelhança do idiota do poema em prosa "O Sonho do Idiota". Sua natureza animalesca entrevê a iminência da dissolução dos ideais e a impossibilidade da representação da totalidade artística: morte sem horizonte de redenção, má-infinitude. O impasse da representação do negro repercute no da representação artística. Morto, reduzido a bicho na enfática representação metonímica dos pés, natureza e cultura parecem travar um pacto contra o sujeito: ao desprezo da sociedade corresponde o "desdém da natureza":[50]

49 Valho-me aqui das reflexões de José Antonio Pasta Jr. sobre a ideia de "formação supressiva", *op.cit.*

50 Causa espanto a semelhança entre o fecho do poema e o relato do episódio real em torno do falecimento do poeta. A irônica e cruel coincidência revela, sobretudo, o quanto a literatura pode se embeber da violência

> E, quando afinal o vi na Morte, pairando-lhe na face fria o êxtase ignoto da indefinida, incoercível visão do Sonho, não sei por que vaga sugestão daquela improdutiva concupiscência psíquica, daquela lascivo e psicológico sentir e pensar desordenado, os seus pés, hirtos, enregelados no féretro, pareciam ter também, sinistra e ironicamente, estranha evidência capra, como se toda aquela espiritualidade que transbordara em luxúria, como se todo aquele vão e desordenado esforço houvesse, por agudos fenômenos de sensibilidade nervosa, por cristalização de angústias lancinantes, desesperadas, supremas, transformado fantástica e exoticamente o seu ser naquela expressão animal reveladora de seu espírito, por um espectral e derradeiro desdém da Natureza...[51]

6. Entre o asco e a dor

O movimento de mão dupla do poeta que reconhece como semelhantes os desvalidos de sua época e, ao mesmo tempo, deseja evidenciar sua superioridade e dessemelhança, é encenado em "Asco e Dor". A repulsa àqueles que pertencem a sua "raça" dá-se de modo traumático: o poeta não os reconhece e anseia por diferenciar-se, mas o tormento que a visão do bando suscita evidencia o conflito por meio da consciência bipartida.

---

latente da história. Após sua morte no sanatório em Sítio, Minas Gerais, para onde foi em tratamento contra a tuberculose, o corpo do poeta é enviado ao Rio de Janeiro envolto em jornais, em um vagão de trem destinado ao transporte de animais. Biografias do poeta relatam a cena funesta. Cf.: Raimundo Magalhães, *op. cit.* e Uelinton Farias Alves, *op. cit.*

51 Cruz e Sousa, *op. cit.*, p. 537.

Ao descrever uma cena de carnaval, o eu lírico presencia o turbilhão inebriante de negros que dançam e se confundem. A visão provoca reações cujo movimento de atração e repulsa desnuda o dilaceramento do sujeito. Dividido entre o mundo de suas origens – representante do atraso e da barbárie à luz da ciência da época – e o mundo dos brancos e das letras – representante das promessas burguesas –, o poeta mergulha num abismo em busca de sentido e de forma possíveis. A sombria procissão de negros desumanizados oferece novamente o impasse da alteridade.

O *topos* da dor sob a máscara do riso, recorrente na obra de Cruz e Sousa, é retomado e aprofundado nesse poema em prosa.[52] A observação da festa desencadeia os conflitos da subjetividade. O texto abre-se sob o signo do riso patético, num trecho cuja nebulosidade e sugestão reiteram a atmosfera simbolista:

---

52 O poema de *Broquéis*, "Acrobata da dor", é um exemplo da ironia que une festa e riso ao sofrimento. Além disso, segundo o estudo de Jean Starobinski, o acrobata remete à figura do artista. Em meio à tradição literária que se apropria do saltimbanco popular, Starobinski menciona Gautier, que entendia o movimento vertiginoso do clown acrobata como uma espécie de alegoria do ato poético (Jean Starobinski. *Portrait de l'artiste en saltimbanque*. Collection Art et Artistes. Paris, Gallimard, 2004, p. 24). Mas, enquanto Gautier enfatiza o aspecto sublime, Baudelaire aprofunda a tradição do poeta como clown trágico, aquele que empreende o paradoxal voo para o abismo (*idem*, p. 21-32 e p. 67-79). Em síntese, a figura açambarca múltiplas e contraditórias acepções: artista sublime ou trágico; criatura diabólica; ser das misturas e das passagens (*idem*, p. 102-104). As cabriolas do poeta negro acrescentam outras camadas à tradição: a habilidade circense emula a defesa e o trato irônico em face do rebaixamento. Ainda: o *topos* da dor e do riso remete também ao humor negro de que se vale o poeta e que será trabalhado na parte IV deste estudo.

> Últimos risos palermas, últimos escancaramentos de bocas parvas nos fins destroçados de um carnaval, por tarde ardente e nevoenta. Massas de nuvens torvas tumultuam no firmamento, sob múltiplas conformações fabulosas. Raios derradeiros de sol em poente languescem do alto, mornamente crepusculares.
> Um tédio enorme, espreguiça, estremunha no ar, lânguido, letárgico, invencível, indefinível...[53]

A esta introdução, que de modo sugestivo oferece elementos que serão abordados pelo poema em prosa todo, segue o surgimento da turba. O riso patético, as "bocas parvas" dos seres grotescos, os fragmentos da festa, a atmosfera nevoenta que tudo obnubila e os índices do impasse expressos pelos adjetivos "invencível" e "indefinível", constituem espectros, anúncios imagéticos de temas que serão trabalhados pelo texto.

A festa é o palco onde se desenrola a cena descrita pelo poema. Não por acaso, trata-se de evento de cunho popular, que anos mais tarde viria a ser proibido pelas autoridades. Signo de atraso, as manifestações populares eram incompatíveis com a "fantasia da civilização" cultivada pela elite, a mesma que o jovem Cruz e Sousa introjetou e desejou.[54] O festejo popular figura neste poema em prosa como momento limite da experiência do poeta. Preso a seu passado, mas também voltado para as esperanças de ascensão social que a arte prometia, o poeta corporifica na observação da turba carnavalesca um impasse ideológico seu e de seu tempo.[55]

---

53 Cruz e Sousa, "Asco e Dor", *op. cit*, p. 571.

54 A expressão é de Jeffrey Needell, *op. cit.*, p. 209.

55 O entrudo, festa popular carnavalesca, foi proibido durante a *belle époque* carioca. Tais manifestações comprometiam a imagem de país civilizado,

Ao contrário do reconhecimento da consciência do duplo em "Emparedado", em "Asco e Dor" o sujeito lírico observa um espetáculo a distância. O embate entre o eu e o outro é um acontecimento externo que depois será internalizado, balizando a oscilação que "Emparedado" encena. Em primeira pessoa, "Asco e Dor", no entanto, revela um sujeito que só se reconhece como parte do grupo que lhe causa náuseas, após o paroxismo e o reconhecimento da situação evidenciada pela *Dor negra*.[56]

Atraído, por razões misteriosas, para o beco onde presencia a visão dos carnavalescos, o eu lírico observa o bando:

> Por uma rua estreita, sombria e lôbrega como um prolongado corredor de convento ou uma infesta galeria subterrânea, vem desfilando, aos pinchos, saracoteando toda, desconjuntando-se toda, uma turba miserável de

---

pois evidenciavam sinais de atraso e barbárie: "o Carnaval expressava em parte uma cultura afro-brasileira da qual a elite se envergonhava", *in* Jeffrey D. Nedell, *op. cit.*, p. 71. Uma das crônicas de João do Rio oferece a descrição da movimentação das festas populares por ocasião do carnaval. O narrador contempla o grupo e reflete sobre a embriaguez que a mistura de sofrimento e prazer confere à festa: "Isto no Carnaval quando todos nós sentimos irreparável a desgraça. Mas o cordão perderia a sua superioridade de vivo reflexo da turba se não fosse esse misto de dor e pesar. Todos os anos as suas cantigas comemoram as fatalidades culminantes", *in A alma encantadora das ruas*. 3° ed. Rio de Janeiro, Secretaria Municipal da Cultura, 1995, p. 97. Observe-se os diferentes registros da ambivalência de percepções – "dor" e "pesar" em João do Rio; "asco e "dor", em Cruz e Sousa –: ao distanciamento do narrador, no caso do cronista carioca, sucede-se a internalização do conflito, no caso do poeta catarinense. A assimetria de percepções é capturada de modo diverso nesses dois registros: afastada em João do Rio; intimamente assimilada, em Cruz e Sousa.

56 A expressão remete ao poema em prosa "Dor negra", que será analisado adiante.

> carnavalescos, impondo aos últimos raios tristes do sol as suas carantonhas mais horrivelmente tristes ainda, as suas vestimentas funambulescas, fazendo lembrar diferentes aspectos de loucura, graus de imbecil demência, angulosidades de crime, estados primitivos de ignorância amassados numa embriaguez mórbida, selvagem e sinistra.[57]

Termos que remetem ao discurso cientificista do momento, como "angulosidades de crime" e "estados primitivos de ignorância", são mobilizados para delinear essa horda sinistra, selvagem e bárbara. Naturalmente propensos ao crime, a animalização carreia elementos para o debuxo, mais uma vez, de um universo alheado.

O parágrafo seguinte prossegue a descrição. Embriagados, mascarados como animais e dominados pelos instintos, a turbamulta enforma um quadro de horror – inferno ou apocalipse:

> Os pinchos, os saracoteios, os ziguezagues dos quadris elásticos das mulheres, com os moles seios bambos e as nádegas proeminentes, num deboche nu de inferno relaxado onde vinhos alucinantes entrassem como oceano canalizado pelas bocas; os perfis ósseos, anfratuosos dos homens, mascarados de sapo, de gorila, de serpente, de crocodilo, de dragão de cornos, de morcego, de monstro bifronte, de urso, de elefante e de mentecapto, dão à tuba carnavalesca a sensação formidável do descaro final, do pandemonium derradeiro, da nudez lúbrica, desbragada, bestial, da cega hediondez dos instintos soltos na hora eclíptica do aniquilamento do mundo![58]

57 Cruz e Sousa, *op. cit.*, p. 572.

58 *Idem.*

Entra em cena uma personagem que encarna a bestialidade do todo. Seus gestos febris e sensuais desenvolvem-se num crescendo embriagador cujo ápice é a figuração de "uma cousa amorfa, de um bicho inconcebivelmente estranho". As máscaras animalescas tomam o lugar dos sujeitos, a inversão promove a anulação dos contornos. Mundo estranhado que engendra a dissolução das formas. A descrição serve ao propósito inverso de anular o objeto, insinuando que o indiferenciável emerge de uma situação de apologia à vida, como é o caso da festa. O riso e o carnaval afinam-se ao princípio desencadeador da desfiguraçao.[59] Dialética dos momentos limítrofes, do riso desponta a melancolia e da festa, a perda de si. A agonia do sujeito, contemplada pelo viés indireto da ocasião festiva, é captada pela urdidura da prosa:

> E ela fica então a rodar, a rodar, macabra, doida, numa febre, num delírio, como se fosse esse todo o extremo esforço das suas faculdades de dançarina. E ela roda, roda, vai rodando, em vertigens e vertigens, em giros esquisitos, fazendo flutuar os dourados farrapos da veste, dentre uma saraivada grossa de risos e aclamações, gozando triunfos na miséria daquilo tudo, como a rainha da lama humana. E a grotesca figura roda, mascarada de múmia verde – alucinação que ondula, desvairamento que serpenteia – a exemplo de uma cousa amorfa, de

59 "[A festa] traz consigo uma certa disposição específica. Pois ao seu feitio pertencem o incomum, a magia da transformação e, para a pessoa participante, a abertura para algo operante. Esta soltura interior produz nos demônios, sempre à espreita, um estímulo, um convite direto para que irrompam em cena. A festa 'grotesca', que finda em total estranhamento e dissolução no caos, é um motivo que retorna continuamente na história do grotesco", *in* Wolfgang Kayser, *O Grotesco*, São Paulo, Perspectiva, 1986, p. 102.

> um bicho inconcebivelmente estranho que se tivesse ao mesmo tempo absurdamente tomado de uma epilepsia nervosa e da dança de São-Guido...[60]

O trecho insiste na ideia de círculo, dos giros: "roda, roda, vai rodando, em vertigens e vertigens". As repetições emulam a dança e captam a dinâmica dos movimentos recorrentes e febris. Desse modo, a embriaguez do grupo e do eu lírico que os observa é comunicada à forma. A festa é também uma grande máscara que esconde a miséria deste ser síntese de outros igualmente desprovidos de alteridade legitimamente constituída.

Os termos que se referem à figura focalizada explicitam o gradativo processo de deformação: de "dançarina", passa a "rainha da lama humana", "múmia verde", "cousa amorfa" e "bicho estranho". Aquilo que é informe suplanta a objetividade, daí a viscosidade da lama, a decomposição que a "múmia verde" sugere e o coroamento do indistinto e do inomeável em "cousa amorfa" e "bicho estranho". O procedimento de deformação das imagens comunica-se com o princípio estético, já aludido anteriormente, que faz da violência seu fundamento. Trata-se da transformação que atua até atingir o extremo oposto do arrebatamento. Perversamente, o sujeito empreende a anulação do outro que, por sua vez, faz eco à anulação de si. O *eu-outro* perde os contornos possíveis, qual massa de desvalidos que quedam no abismo do indeterminado. Mas a agonia que emerge do reino da pura matéria irredenta também se faz êxtase. Apesar de marcada por dois termos negativos, a oscilação entre o asco e a dor acaba por também repor a dicotomia queda/ascensão: "Gozando triunfos na miséria daquilo tudo, como

60 Cruz e Sousa, *op. cit.*, 572.

a rainha da lama humana". Nesse caso, a junção de nojo e sofrimento consubstanciam a derrocada, cujo ponto culminante paradoxalmente verte-se ao alto. Se a queda é ascensão, o culto ao martírio participa da busca de uma possível redenção.

A ambiência do poema faz lembrar o estudo de Starobinski, *Portrait de l'artiste en saltimbanque*. O caminho, contudo, é outro: em vez da identificação do artista saltimbanco com o universo circense, onde vige o maravilhoso e o espontâneo apartados da vida que se moderniza, o espaço lúdico é antes o inferno dos estereótipos racistas. Para o crítico francês, a identificação do artista com o saltimbanco é um traço da modernidade, o excesso e a deformação constituindo modos de representar a condição social do artista, a corporeidade a emular o ato poético.[61] O cariz clownesco está presente em Cruz e Sousa em muitos momentos, em diálogo com a tradição romântica e baudelairiana;[62] no entanto, nesse caso específico, apresenta-se invertido: o cômico-grotesco pertence ao eu-outro, bárbaro e bicho. O sujeito observador – dotado de consciência crítica afim ao drama do poeta negro – aparta-se da coletividade festiva. Trata-se de outro modo de rebaixamento, adaptado às circunstâncias locais – diferenciando-se do modelo do herói

---

61 Jean Starobinski. *op. cit.* Segundo Starobinski, para Gautier o circo era um dos lugares de revelação do belo. A ambiência da festa, em "Asco e Dor" é negativada e contrária à possibilidade do eu diferenciado fazer-se artista. Se em outros momentos de sua obra, acrobata e acrobacias equivalem ao artista e ao ato poético, aqui não parece ser esse o caminho, *op. cit*, p. 24.

62 É o caso do já citado "Acrobata da dor" e de outros como "Marche aux flambeux", por exemplo.

bufão europeu, que se vale do imaginário pictórico popular e o redimensiona, positivando-o.[63]

Ao contrário de "O Sonho do Idiota", cuja irrupção do grotesco transforma o espaço a partir do narrador-idiota, em "Asco e Dor" o mundo às avessas é desencadeado pela transfiguração dos indivíduos observados. No primeiro caso, o idiota, evidenciando seu parentesco com o poeta, transforma a cena. No segundo caso, é a imagem do outro que, tornada inferno, demuda a natureza do sujeito poético. Tal sutileza na ordem das transformações comunica-se com a natureza da matéria poética em "Asco e Dor": o negro não consegue configurar-se como indivíduo, sua existência é conflituosa e irrepresentável. É, no entanto, em ambos os casos, a reciprocidade do poder do olhar que transforma.

É sob o prisma da primeira pessoa do discurso que a turba converte-se em inferno. Ao mergulhar em si, rastreia os contornos possíveis desse *outro*, de modo que a busca é também a da sua própria identidade. Por meio da mirada desse *eu*, a *Dor negra* promove a descida aos infernos e a reviravolta da realidade: os negros carnavalescos sofrem um processo de animalização que abole as fronteiras da ordem e instaura o mundo fora dos eixos, domínio do grotesco.

Mas trata-se de um movimento de mão dupla: o outro também concorre para o conflito do eu. Dialética da alteridade, o mesmo só se constitui a partir do que lhe é alheio. Sob o signo do olhar do outro, a imagem da medusa: "terrível figura mais grotesca do que as outras, trazendo na cabeça, em forma de troféu, uma trunfa alta, cheia de cobras emaranhadas, com as caudas

63 Jean Starobinski, *op. cit.*, p. 7-13.

em pé, semelhando uma coroa de vícios em convulsão" –, enseja-se a ideia de *emparedamento*. A figuração da máscara gorgônica maneja opostos – humano e bestial, masculino e feminino, alto e baixo, vida e morte – presidindo a suspensão da ordem convencional do mundo. Jogando com "o horror do que é terrificante" e "o risível do grotesco", a máscara que contém o poder de morte aponta para ultrapassagem absoluta das fronteiras do eu. O horror petrificante que emana da imagem de olhar medusante é o da experiência do absolutamente outro, a extrema alteridade: a morte.[64] A face sinistra emissora do poder de terror retorna em Cruz e Sousa e participa dos desdobramentos do *topos* da morte. O disfarce fatal derrama o sortilégio que permite ver, por meio das imagens, a aterradora face de pedra da história.

A situação da festa aparenta-se à *mimese* da máscara que traz a morte nos olhos. A máscara gorgônica participa do delírio das bacantes de Hades, é constituinte da festa do reino dos mortos. Aos olhos do enunciador, o sujeito no ato da dança, à força de simular górgona, aproxima-se de seu poder, tornando-se uma "espécie de dançarino dos mortos".[65] Os rostos animalizados dos negros, de acordo com a descrição do narrador, estão próximos do terrífico que a camuflagem de morte denota. A festa conjugada ao delírio e ao transe tem o poder de convocar

64 Jean-Pierre Vernant, A *Morte nos olhos – figuração do Outro na Grécia antiga: Ártemis e Gorgó*. 2ª ed., Rio de Janeiro, Jorge Zahar Editor, 1991, p. 34-40.

65 *Idem*, p. 82: "Quando um homem está possuído pela Lússa e imita a Górgona nos gestos, no rosto e nos gritos, torna-se ele mesmo uma espécie de dançarino dos mortos, um bacante de Hades. O terror que o agita, que o faz dançar ao som da horrível melodia e da flauta, sobe diretamente do mundo infernal: é o poder de um defunto, de um demônio vingador que o persegue para expiação ou vingança".

entidades da noite e da morte. Daí a dança permitir, por meio da possessão demoníaca, que se vislumbre o mistério da extrema alteridade. O tresvario suscitado pela festa deforma como a máscara e encarna seu poder.[66]

O olhar que procura a si e ao outro contempla, nas múltiplas acepções do *emparedamento*, a petrificação dos idealismos e da possibilidade de conquista da alteridade cujo coroamento dá-se com a constatação final: o sujeito "ficava como uma sombra irremediavelmente presa dentro de outra Sombra..."

O asco e a dor entrelaçados dão conta de um processo de reconhecimento conflituoso cujos desdobramentos instilam o martírio sádico. A repulsa que o sujeito experimenta é, contraditoriamente, fonte de um prazer de morte. O eu extrai do seu pesar o impulso estético. É, paradoxalmente, por meio do culto à dor, do contato com a matéria poética dilacerante que prefigura o inferno, que o sujeito pode aceder a alguma forma de sentido:

> A verdade é que eu para ali fora, talvez fascinado por um certo encanto misterioso dessa miséria cega: para embriagar-me de asco e tédio e desse tédio e desse asco talvez arrancar os astros e ferir as harpas de alguma curiosa tentação.[67]

---

66 A música, mais especificamente o som da flauta, relaciona-se com a máscara de Gorgó devido à melodia e à deformação que acarreta na face daquele que toca o instrumento. A música da flauta possui caráter orgiástico já que remete a uma espécie de *mimese* dos sons emitidos pela górgona e suas serpentes. O delírio do dançarino e do músico permite a invasão dos poderes emissores da morte, Jean-Pierre Vernant, "A flauta e a máscara. A dança de Hades", *op. cit.*, p. 71-83.

67 Cruz e Sousa, *op. cit.*, p. 573.

A visão assemelha-se a uma descida aos infernos. Abismo que aos poucos torna-se queda em si mesmo, vertiginoso perder-se nas profundezas obscuras da subjetividade. Nesse processo de mergulho em si, o poeta reconhece os contornos dessa dor inenarrável, pecado de sua raça, culpa irremediável, fonte de sofrimento que ultrapassa os limites da condição humana.

> Dor legitimamente outra, que não tinha limites nos limites da dor comum; dor que me parecia cobrir o céu de luto, enegrecer tudo, aumentando-me o asco de tal sorte que o ar, os horizontes enublados, as árvores, as pedras da rua, as paredes dos edifícios, a multidão que burburinhava, tudo parecia estar possuído do mesmo asco e da mesma dor. Dor sem raízes conhecidas, sem ritmos definidos, sem origens encontradas nem na vida, nem na morte, fora das correntes eternas, das correlações das esferas, das circunvoluções do pensamento! Dor inaudita, cujas partículas eram formadas da flamejante constelação de um anseio transcendental, da luz misteriosa de espiritualizações supremas, de sentimentos fugidios, sutis, de sensações que volteavam e ondulavam em torno da minha cabeça, como auréolas psíquico-estesíacas, por paragens ultraterrestres.[68]

Este trecho glosa o tema da "dor negra", que corta a prosa de Cruz e Sousa. As acepções da *Dor negra* percorrem desde o contorno de uma existência invisível e irrepresentável, passando pela síntese dos dilemas da situação do cativeiro, a culminar no impasse da constituição da subjetividade e alteridade negras: refolhos da construção de um *símbolo* inédito e socialmente específico. A cunhagem deste potente símbolo informa a mestria

68 *Idem, ibidem.*

com que o poeta manejou as imagens e os procedimentos estéticos, sobretudo os de inspiração simbolista.

Nesse ponto, retenha-se a força do belo poema em prosa "Dor negra", símbolo que unifica o drama singular – pessoal e coletivo – de sua hora histórica. O poema constrói-se sob o imperativo do limite, singular paroxismo no enlace de dor e êxtase. Leia-se o poema na íntegra:

Dor negra

> E como os areais eternos sentissem fome e sentissem sede de flagelar, devorando com as suas mil bocas tórridas todas as rosas da Maldição e do Esquecimento infinito, lembraram-se, então, simbolicamente da África!
> Sanguinolento negro, de lavas e de trevas, de torturas e de lágrimas, como o estandarte mítico do Inferno, de signo de brasão de fogo e de signo de abutre de ferro, que existir é esse, que as pedras rejeitam, e pelo qual até mesmo as próprias estrelas choram em vão milenariamente?!
> Que as estrelas e as pedras, horrivelmente mudas, impassíveis, já sem dúvida que por milênios se sensibilizaram diante da tua Dor inconcebível, Dor que de tanto ser Dor perdeu já a visão, o entendimento de o ser, tomou decerto outra ignota sensação da Dor, como um cego ingênito que de tanto e tanto abismo ter de cego sente e vê na Dor uma outra compreensão da Dor e olha e palpa, tateia um outro mundo de outra mais original, mais nova Dor.
> O que canta Réquiem eterno e soluça e ulula, grita e ri risadas bufas e mortais no teu sangue, cálix sinistro dos calvários do teu corpo, é a Miséria humana, acorrentando-te a grilhões e metendo-te ferros em brasa pelo ventre, esmagando-te com o duro coturno egoístico das Civilizações, em nome, no nome falso e mascarado de

> uma ridícula e rota liberdade, e metendo-te ferros em brasa pela boca e metendo-te ferros em brasa pelos olhos e dançando e saltando macabramente sobre o lodo argiloso dos cemitérios do teu Sonho.
>
> Três vezes sepultada, enterrada três vezes: na espécie, na barbaria e no deserto, devorada pelo incêndio solar como por ardente lepra sidérea, és a alma negra dos supremos gemidos, o nirvana negro, o rio grosso e torvo de todos os desesperados suspiros, o fantasma gigantesco e noturno da Desolação, a cordilheira monstruosa dos ais, múmia das múmias mortas, cristalização d'esfinges, agrilhetada na Raça e no Mundo para sofrer sem piedade a agonia de uma Dor sobre-humana, tão venenosa e formidável que só ela bastaria para fazer enegrecer o sol, fundido convulsamente e espasmodicamente à lua na cópula tremenda dos eclipses da Morte, à hora em que os estranhos corcéis colossais da Destruição, da Devastação, pelo Infinito galopam, galopam, colossais, colossais, colossais...[69]

O poema procura definir o objeto da *Dor negra*, feita de "lavas e de trevas", de "torturas e de lágrimas": dois elementos negros difusos associados a duas outras indefinições. Apesar de personificada, a dor surge como insensível e cega. Torturada pela "miséria humana" que lhe esmaga com ferros em brasa, a inconcebível *Dor negra* caminha para a aniquilação petrificadora. Os signos do inferno articulados às figurações do negro concorrem para a conformação destrutiva dessa dor. Os mesmos atributos que a formam, a destroem: "agonia da dor sobre-humana, tão venenosa e formidável, que só ela bastaria para fazer enegrecer o sol, fundido convulsamente e espasmo-

69 Cruz e Sousa, *op.cit*, p 563.

dicamente à lua na cópula tremenda dos eclipses da Morte". O paroxismo da dor sem termo esbarra na figuração da morte, uma vez que só é possível o entendimento da personificação de tal sofrimento no momento mesmo de seu extermínio pelos "corcéis da Destruição". Sua natureza superlativa é capaz de encobrir o sol e proporcionar o "eclipse da morte"; assim, paradoxalmente, o poder formidável que possui forma-se mediante a proximidade do instante mortal: construção-desconstrução de si e do outro.[70]

À tentativa exaustiva de dissecar, de objetivar o que é indescritível, o texto resulta inversamente numa desesperadora opacidade. As caracterizações, a cada passo mais intensas, logram ultrapassar o ápice, mas tal procedimento paroxístico queda impalpável e desfigurador. A imagem reúne cacos e não acede à plenitude. A *Dor negra* figura como o acúmulo das dores dos homens negros, perversamente experimentada pelo sujeito lírico. Dor que ata as disposições da ciência e do mito ("Três vezes sepultada, enterrada três vezes: na espécie, na barbaria e no deserto..."), ao cativeiro ("calvários do teu corpo") e a uma intuição metafísica ("Dor inconcebível...", "Dor sobre-humana..."). O sujeito pergunta ao "sanguinolento negro, de lavas e de trevas", que existir é esse, isto é, se a dor dos desvalidos, o martírio irredento daqueles que carregam "o exílio na pele"[71], constitui ou não alteridade. O sacrifício heroico intensamente apregoado pelo eu lírico como caminho que conduz à emancipação não consegue lhe conferir visibilidade. O poema dialoga

70 O termo dialoga com o conceito de "formação supressiva", de autoria de José Antônio Pasta Jr, *op. cit.*

71 A expressão "o exílio na pele" é tomada ao ensaio de Alfredo Bosi "Sob o signo de Cam", *op.cit.*, p. 266.

com essa fantasmagoria do "negro", cuja dor suprema transcendentalizada não acede ao ser – postando-se, portanto, longe do sujeito pré-burguês –, não garante legitimidade e queda desfigurada pelos "corcéis colossais da Destruição, da Devastação..."

"Dor negra" oferece camadas de imagens, metáforas sobre metáforas que afastam o objeto de qualquer comparação primeira e o fazem enigma. Tal justaposição de imagens segue uma tendência antimimética que caminha rumo à abstração. É assim que a imagem da *Dor negra* parece flertar com a categoria da "metáfora absoluta", já que parecem se perder as referências ao objeto. Feita de destroços, foge à identificação pelo fusional do sujeito e do objeto: impõe-se como força evocativa que antes esgrime que representa a experiência no limiar do espasmo. Contudo, na contramão de uma suposta metáfora apartada de qualquer referente, perdendo-se no vertiginoso desdobramento de seus reflexos, a imagem esculpe a matéria social brasileira, elaborando mitos e signos da opressão.

Para além do símbolo à moda simbolista, a *Dor negra* é imagem poética composta de destroços do real, tão mais significativos quanto desentranhados do influxo de sujeitos e processos ainda invisíveis, ainda irrepresentados e, portanto, apartados da *letra*, enquanto registro de cultura. Ao acumular os vestígios da práxis negra, a imagem cunhada reúne a dor inconcebível da existência, a desumanização de bases mítica e científica, a negação da sensibilidade artística, a memória da sevícia e do trabalho, os perversos rastros da ideologia. Assim, o *constructo* parece aceder a um composto ruinoso e potente, a desencavar o sentido mais fundo do que de mais invisível – e consequentemente mais atroz – a escravidão produziu. Nesse sentido, ganha força a hipótese de que a *Dor negra* apresente parentesco com a alegoria benjaminiana: conjunto composto por escombros do horror vivido, que, incrustado na pele, exige fazer-se história, uma vez que não pôde ser nomeado, nem escrito ou versado, dados os *emparedamentos* necessários à manutenção do sistema. Traceja-se o inaudito espetáculo – que só a arte pode fazer fulgurar em êxtase e assombro – da dor avassaladora sobre a qual se fez uma nação e suas ilusões. Não a alegoria ou o símbolo clássicos; o primeiro refém do conceito, o segundo crente na totalidade, mas a alegoria que, do Barroco à vanguarda, elabora imagens que acionam o *conteúdo de verdade* de sua época, ao recolher e retecer os cacos do mundo. A imagem inédita faz estalar os não ditos soterrados da monstruosidade escravista. Apesar de haurida da dor humana, é, sobretudo, construção ruinosa; daí pender, paradoxalmente, devido à negação a que está submetida, acrescida da consciência da linguagem, para o estranhamento crítico do modo inorgânico.[72]

Como se vê, as peças em prosa "Asco e Dor" e "Dor negra" imbricam-se. De volta ao primeiro poema, trata-se de texto que figura como uma espécie de escorço, mesmo que ruinoso, do percurso do poeta a meio caminho entre a ideologia e a plasmação de uma resposta contraideológica, um passo rumo ao desconcertante reconhecimento do conflito em si. A repulsa aos de sua raça desvenda o poeta negro desejoso de reconhecimento e ascensão social por meio do mundo das letras cujas portas ofertariam a promessa de civilização. Ao longo de sua

72 Para a discussão sobre símbolo e alegoria, ver Georg Lúkacs, "Alegoria y símbolo", *in Estética*, Barcelona, Grijalbo, 1967, vol IV; Walter Benjamin, *Origem do drama barroco alemão, op. cit* e Ismail Xavier, *Alegoria. Modernidade, nacionalismo (doze questões sobre cultura e arte)*, Rio de Janeiro, Funarte/ MEC, 1984.

obra, o poeta reconhece a falácia das garantias civilizatórias e as imagens a que recorre resultam impregnadas de desencanto.

O sujeito observa o espetáculo a distância e aos poucos se aproxima; primeiro, adentra a cena, para, logo após, reconhecer-se como parte do todo:

> Dor e asco dessa salsugem de raça entre as salsugens de outras raças. Dor e asco dessa raça da noite, noturnamente amortalhada, donde eu vim através do mistério da célula, longinquamente, jogado para a vida na inconsciência geradora do óvulo, como um segredo ou uma relíquia de bárbaros escondida numa furna ou num subterrâneo, entre florestas virgens, nas margens de um rio funesto...
> Dor e asco desse apodrecido e letal paul de raça que deu-me esse luxurioso órgão nasal que respira com ansiedade todos os aromas profundos e secretos para perpetuá-los através da mucosa; estes olhos penetradores e lânguidos que com tanta volúpia e mágoa olham e assinalam as amarguras do mundo; estas mãos longas que mourejam tanto e tão rudemente; este órgão vocal através do qual sonâmbula e nebulosamente gemem e tremem veladas saudades e aspirações já mortas, soluçantes emoções e reminiscências maternas; este coração e este cérebro, duas serpentes convulsas e insaciáveis que me mordem, que me devoram com os seus tantalismos.[73]

O asco e a dor intensificam-se quando o sujeito lírico entende-se como um deles, de modo que aquele que contempla o outro funde-se ao próprio objeto, observando-se como parte daquilo que o horroriza. A cena de carnaval estranhada pelo efeito do olhar volta-se contra o próprio sujeito, pois ele agora é

73 Cruz e Sousa, *op. cit*, p. 574.

parte da multidão grotesca. A subjetividade contempla em si o processo de perda da identidade do outro.

O impasse cresce à medida que o sujeito, malgrado suas disposições, finalmente confessa a si mesmo pertencer à matéria social inapreensível, cuja figuração o poema busca. O crescente desfile das dores e alucinações impede a objetivação: a máscara da festa é mais palpável que o rosto que esconde.

Com "Dor negra", a consciência estética descola-se do "asco" e assume a "dor" como modo de inserção social, formalizando o símbolo cujas camadas envolvem o drama da invisibilidade negra. Nesse caminho, pode-se aventar que "Asco e Dor" encontra-se um passo antes do enfrentamento do processo lancinante de desumanização: internaliza o conflito, mas ainda sente o asco, cumulado de racismo cientificista. Ao mesmo tempo, a repulsa se faz matriz de outras elaborações. Está na gênese do dilaceramento que culminará na resposta contraideológica de "Emparedado" e contém o núcleo da pujante imagem da *Dor negra*. Os melhores poemas em prosa de Cruz e Sousa estruturam o processo do doloroso reconhecimento da ideologia, forçando a difícil fenda da percepção desse eu como parte dos assujeitados aos quais oferecera ora a alienante compaixão, ora a prudente desidentificação.

Cabe lembrar que o processo de internalização dialética do asco, cujo ápice é a sondagem do eu promovida por "Emparedado", conhece sua contraparte no distanciamento autoritário das *Histórias Simples*, cujos textos datam de 1887. O narrador desses pequenos contos, dirigidos a supostas mulheres da sociedade, não se distingue do branco com ideais humanistas, daquele que se digna a relatar a triste sorte dos escravos. Como pode-se ler em "À Bilu": o narrador em primeira pessoa é um homem culto conhecedor de línguas e culturas estrangeiras. A personagem conversa com um jovem francês acerca da escravidão no Brasil e esboça um breve painel da situação do cativeiro, num relato temperado de compaixão e boas intenções. Relata o sofrimento dos negros, o trabalho, os desmandos da sociedade escravista, fornecendo diretrizes que visam constituir o outro fundado na autoridade da voz do branco. Em outros casos, como, por exemplo, em "À Bibi", o narrador revela a adesão à ideologia pseudocientífica do período que teorizava a respeito do negro como elemento pernicioso à sociedade, fomentador do vício, divulgador do mal. A demonização do negro é relatada do ponto de vista do branco: "o elemento escravo pernicioso e fatal como é, contagia de vícios a família brasileira...[74] As *Histórias simples* fazem coro à literatura abolicionista de caráter racista, que pretendia divulgar a necessidade da libertação dos escravos devido ao "perigo moral" que representavam. Nesta facção, que se expandiu após a lei do Ventre Livre, prevaleceu o estereótipo do escravo demônio que, imoral, lascivo e infiel, era considerado um perigo para os proprietários.[75] Tais *histórias* de Cruz e Sousa revelam o poeta negro colado à ideologia, cujas promessas de inserção social ainda acenavam com a possibilidade do reconhecimento. A obra madura de Cruz e Sousa evidenciará a apropriação dialética do padrão do negro demônio rumo à inversão satânica exemplificada em "Capro"

74 Cruz e Sousa, *op. cit.*, p. 803.

75 Como obras que representaram o estereótipo do negro demônio na literatura abolicionista de traçado racista, pode-se citar José de Alencar, com *O demônio familiar* (1859) e Joaquim Manuel de Macedo, "maior representante desta tendência", segundo D. Brookshaw, com as três histórias *As vítimas algozes* (1869), *in* David Brookshaw, *op. cit.*, p. 32-34.

e em "Emparedado". Movimento de negações contínuas que desvendam os impasses da história pessoal e coletiva vertidos nos descaminhos do poema em prosa.

A petrificação, signo do impasse presente na expressão de "Dor negra": "múmia das múmias mortas", consiste em mais uma "sombra presa dentro de outra sombra...". Esfinge que esconde, nas malhas intrincadas do símbolo, a totalidade possível da decifração. Enigma que descortina, por meio do imperativo do irrepresentável, a dor histórica inconcebível e sem entendimento.

Imagens esfíngicas, emblemas da condição do poeta preso, emparedado, à sua "raça" e à sua época. Tais imagens-símbolos apreendem o imperativo do fracasso nas suas diversas acepções: o negro – seja o recém liberto, o homem de letras do fim do século ou o poeta simbolista – ou, ainda, o ideal da arte. A matéria social minada pela invisibilidade encontra desenho possível por meio de formulações que duplicam a obstrução: *múmia das múmias, sombra da sombra*.

A *sombra* é também mácula, ramificação de sentidos aos quais faz eco o poema em prosa "A Nódoa". Neste, o narrador relata a exasperação da personagem Maurício ante a ameaça do aparecimento de uma mancha sinistra e misteriosa que, quase que por vontade própria, vai aos poucos dominando-o. Como ocorre em outros poemas em prosa, o sujeito é perseguido por uma ideia fixa. A recorrência da obsessão pelo ideal da arte em outros casos é substituída pelo enigma da nódoa, fantasmagoria que ameaça aniquilar o sujeito.

A descrição da aguda sensibilidade da personagem, de suas visões e de sua obsessão, permite que se descortine o artista por trás da indeterminação que ronda o sujeito. Índice de que o sofrimento da personagem entrevê o da criação – o trabalho artístico –, a nódoa invade suas mãos:

> – Mas, não, não! dizia, arrepiando o lábio num velado sorriso contrafeito, macabro. Não! Eu vi! Eu bem lhe fui acompanhando a gradação, o vulto que fazia aqui em toda a mão; a princípio tênue, leve, pequena; depois grande, densa e negra, enchendo a mão toda pavorosamente, reptilmente rastejando, pondo-me calafrios tremendos na espinha. Sim! Eu bem a vi, aqui, aqui, persistente, entranhada, a horrível nódoa negra, manchando-me a mão toda, não sei como, não sei donde mandada.[76]

As mãos contaminadas da impureza avassaladora da nódoa vislumbram o desencanto do trabalho artístico num mundo corrompido pelo capital. O enigma permite a leitura cifrada dos tormentos do artista moderno, da atividade marginal e do trabalho reificado. O embate entre ideal e trabalho está posto: ideal minado pela mercadoria que, das mãos, empreende sua luta de morte. O enigma transmuta-se em peste, baba ou lesma negra, passa de imagem a corporificação dos impasses enfrentados pelo sujeito. O narrador revela consciência da alienação do homem e da arte, quase como prenúncio do que mais tarde dirá a poesia moderna.[77]

Arte, trabalho, alienação e morte emergem da incansável imagem suja. A mancha insinua-se corrosiva, personificando a

---

76 Cruz e Sousa, "A Nódoa", *op. cit.*, p. 611.

77 Lembro aqui de Carlos Drummond de Andrade no poema "A mão suja", de *José*. Por meio da imagem da mão suja, o poeta explora o tema do trabalho poético corrompido e reificado, o dilema moderno do artista entre a arte e a mercadoria e o impasse da validade do estatuto crítico da arte em face da alienação do mundo moderno.

ameaça da desidentificação do sujeito devorado pela "obsessão da identidade perdida".[78]

Esse processo, e sua culminância na morte do sujeito, são desencadeados novamente pela força do olhar. Maurício espalma suas mãos diante do espelho e nada vê, uma vez que o objeto assume função de anteparo, como que desviando o poder da visão. Mas quando o próprio sujeito mira suas mãos, logo a aterradora nódoa surge e expande-se para todo o corpo. A visão atua com poder também medusante ao proporcionar o avanço do enigmático sinal, com o consequente efeito de petrificação mortuária. Neste caso, o próprio sujeito detém o poder de morte nos olhos. A descrição da personagem concorre para a imagem de desregramento, embriaguez e delírio que acompanham, mais uma vez, o mito da máscara de Gorgó:

> Cabelos em desalinho, olhos estupefatos, boca num espasmo de angústia, mãos convulsas e avelhantadas, braços tateando o ar como garras, pernas trêmulas, tudo naquela desgraçada matéria determinava uma vulcanização muito íntima, um desespero muito particular, talvez o desmoronamento absoluto.[79]

Ao final do poema, a personagem é encontrada morta, tragada pela obsessiva *nódoa*: "a grande nódoa negra simbólica da sua própria vida...". A sentença última potencializa e faz eclodir a mais relevante das camadas da "nódoa": a tez negra, signo indelével da desumanização.

78 Cruz e Sousa, *op. cit.*, p. 613.

79 *Idem*, p. 611.

"Asco e Dor", "Dor negra" e "A Nódoa" interligam-se pela recorrência e desdobramentos do tema da *Dor negra*. A constelação de imagens negras recorre ao mergulho na subjetividade em crise como meio de desentranhar a experiência de si e do outro. As ondulações sinalizam a representação do irrepresentável ponto de vista do negro livre (artista ou homem de letras) ao aproximar-se da alteridade radical. As fantasmagorias que emergem desses poemas pontuam os impasses da formação do ponto de vista do poeta negro. Ao identificar-se em primeira pessoa, abandonando a possibilidade de fundar o outro na autoridade que o distanciamento das *Histórias Simples* permitia, Cruz e Sousa encena a dimensão angustiante do ponto de vista de si, refletindo uma voz que só pode gritar o esfacelamento. Não se trata mais de "dar voz ao outro", mas de reconhecer-se como parte deste outro e, ao mesmo tempo, desconhecer-se na tentativa de apegar-se às franjas da identidade forjada do homem de letras de seu tempo.

Os homens transmudados em animais grotescos, cujo desenrolar vertiginoso das imagens aponta para a desfiguração, testemunham a impossibilidade de representação do negro. O vaivém do sujeito, entre o asco frente aos seus e a dor comum a ambos, dá conta desse impasse. Privado dos legítimos direitos de cidadão e livre da única condição reconhecível (a servidão), o contingente de ex-cativos afunda-se no abismo da indistinção. Os símbolos negros em Cruz e Sousa revelam, ainda, que o poeta não apreendeu a abolição enquanto libertação, mas como momento histórico responsável pelo agravamento dos conflitos do negro livre, cuja percepção forneceu o material poético necessário à apreensão estética dos conflitos da alteridade.

A forma, quer no experimentalismo que o poema em prosa permite, quer na opção pelo grotesco, mostra a apreensão conflituosa de um processo inacabado. A natureza maleável do gênero escolhido participa da dificuldade de dar corpo a uma matéria social de contornos ainda indefinidos: a representação do sujeito negro dota a fatura de uma dimensão abissal.

7. A consciência aniquiladora em "Consciência tranquila"

Sob a forma do horror, a imaginação
procura resistir ao horror
(T. Adorno)[80]

O poema em prosa "Consciência tranquila"[81] encena quase teatralmente o embate moral entre duas classes: a dos grandes proprietários e a dos escravos, estes últimos sem voz. Do leito de morte, em meio ao delírio, um senhor de escravos arrola os crimes cometidos contra sua escravaria. A fala alucinada, que responde pelo cerne do texto, é emoldurada por um narrador em terceira pessoa.

O moribundo conta com um auditório, testemunhas mudas que concorrem para a legitimação de seu arbítrio. Apesar de dirigido a uma assembleia, a fala central faz as vezes de um monólogo, uma vez que prescinde de interlocução. O primeiro parágrafo delineia o grupo cuja função é obedecer e justificar os desmandos do patrão, colocando a nu o mecanismo do favor de que nos fala Roberto Schwarz:

> No confortável aposento onde ele aguarda afinal o último suspiro, vai e vêm, abafando os passos, toda uma

80 Theodor Adorno e Max Horkheimer, *in Dialética do Esclarecimento*, São Paulo, Jorge Zahar editor, 1985, p. 107.

81 Ver, no "Anexo" deste livro, o fac-símile do manuscrito do poema.

> sociedade de bajuladores, de calculistas espertos e frios, de interessados argutos, de herdeiros capciosos, de tipos bisonhos e suspeitos, almas simplesmente consagradas ao instinto de conservação da vida no que ela tem de mais caviloso e oblíquo.[82]

Descortina-se, assim, o sistema de relações sociais orientadas pelo compadrio e pelos favores trocados sob o signo da família patriarcal. São vozes que vêm à tona para acentuar a autoridade do sujeito, em seguida emudecem permanecendo como sombras à espreita do desfecho. A certa altura da narração das atrocidades cometidas pelo proprietário, a plateia esboça um ato de indignação. No entanto, os convivas novamente emudecem, constrangidos ou impedidos pela força do sistema do favor do qual dependem, que os faz inclusive acreditar que o homem possa ressuscitar. Nada impede, portanto, o exercício pleno da autoridade do senhor de escravos efetivado pela prática do crime e da perversidade: é ele quem detém a fala e quem possui os corpos, objetos de trabalho e usufruto do prazer sádico.

O monólogo do senhor de escravos concentra o *conteúdo de verdade* do poema com ares de conto. A volúpia com que narra os cruéis castigos impostos às suas vítimas desmente constantemente a ideia expressa pelo título, uma vez que sua consciência trai as palavras que legitimam seus atos pelo tom satânico de perversidade absoluta com que pinta a ruína e as mortes que provocou. Desfilam, então, os mais vertiginosos infernos de torturas e deprecações, como um imenso riso perpetuado diante da injustiça humana. Apesar da transparente dissidência entre o prazer do relato e a reiterada justificativa racional das ações, o mecanismo

---

82 Cruz e Sousa, *op. cit.*, p. 678.

operante ainda pode ser descrito como o do narrador envenenado, só que aqui constantemente desmascarado pela força agônica das imagens em contraste com a consciência que se diz tranquila. O envenenamento consiste na tentativa de explicação do crime, supostamente autorizado, pois cometido contra uma mercadoria fraca e subumana. No despropósito dessa atitude repousa sua própria negação, efetivamente realizada pela forma.

> Pois se eu tinha o meu ouro, o meu ouro que agisse sem demora e mas trouxesse vencidas [as escravas virgens]; pois se eu tinha o meu ouro, o meu próprio ouro que as escravizasse à minha lascívia, o meu ouro que as fascinasse, o meu ouro que as atraísse, o meu ouro que as magnetizasse, o meu ouro que as cegasse, o meu ouro que as perdesse, o meu ouro que as aviltasse! Pois se eu tinha o meu ouro, que mal então que eu comprasse formas de argila, com meu ouro em forma de sol! Pois se eu tinha o meu ouro! Pois se eu tinha o meu ouro![83]

Repare-se que o repisar do ramerrão – "pois se eu tinha o meu ouro!" – além de indiciar o desajuste, leva ao oposto do que o enunciador poderia almejar, já que o excesso escancara a irracionalidade do argumento. O que faz com que o narrador insista em oferecer seu ouro como legitimação para seus atos, e ele próprio justifique e pavoneie suas ações arbitrárias escarnecendo do sofrimento alheio, é a tentativa, malsucedida pelo poder arrebatador de suas visões inconscientes, de convencer ou ao menos mostrar-se seguro e tranquilo de seus atos perante seus ouvintes-leitores. Não há sutileza nesse processo de aliciamento, a ostentação do poder desbragado é posta a nu pelo

83 *Idem*, p. 680.

modo brusco com que o homem expõe sua riqueza. Mas se essa caricatura desmascara o narrador, ela também instaura uma perversidade absoluta que, ao ser explicitada com tamanha força, estabelece uma audaciosa e, ao mesmo tempo, dilacerante emergência do real. Ou seja, a práxis assim hiperrealizada toca, nesse mesmo ponto extremo, a face possível da experiência. Daí a força impiedosa do alarde no detalhamento desses virtuais não-ditos. Esse mal burlesco e desnudo adquire virtualmente a potência de expor o indivíduo e as relações sociais que o cercam. Em outras palavras, o satanismo, delineado por essa perversidade voluptuosa, é uma categoria que lê a história ou, como quer Fredric Jameson, um elemento interior, forma específica que concorre para a construção de uma totalidade.[84]

> — Ah! Ah! pois não era o meu ouro, só o meu ouro, sempre o meu ouro que comprava tanta carne humana, desprezível, que eu via entrar nas senzalas de volta ao eito?! Negros trêmulos, velhos e tristes, com o dorso curvado por uma remota subserviência ancestral, atávica, fantasmas de pedra, mudos e cegos na sua dor absurda...[85]

A fala do senhor de escravos explicita o caráter mercantil da instituição escravista. Prestes a perecer, aferra-se ainda à necessidade de comprovar seu poderio por meio do relato da opressão perpetrada contra os escravos.

O que possibilita a ação criminosa, exposta enquanto direito do senhor de escravos para com a sua mercadoria, é a própria natureza do sistema escravista brasileiro, cuja aliança

---

84 Fredric Jameson, "A Literatura como ato socialmente simbólico", *in O inconsciente político*, São Paulo, Ática, 1992, p. 24-25.

85 Cruz e Sousa, *op. cit.*, p. 681.

entre capital e escravidão estabelecia a convivência da modernização com modos arcaicos de produção. É da incompatibilidade periférica de um sistema assentado no trabalho escravo com o princípio capitalista das leis do mercado que advém a transformação da infração em norma. O fundamento último do recurso à naturalização da perversidade, visto que o efeito mais aterrador da matéria literária será dado justamente pela violência implacável do relato, é a *mimese* deste movimento peculiar da história brasileira de fins do XIX; não só o moderno engendrado a partir do arcaico, mas dependente do mesmo. Assim, a barbárie surge apesar e devido ao processo de modernização, a escravidão torna-se negócio e é plenamente justificável segundo os direitos do proprietário. A dinâmica da estrutura, ao transformar exceção em regra, o que remete à vertigem dos crimes em ritmo de produção oferecidos pelo poema, participa e contempla o movimento do capitalismo periférico no regime escravocrata.

Mas, apesar de tudo, o ouro não o redime das forças do inconsciente. A decadência dessa razão esclarecida, pronta a dar provas de sua força e poder, acena também para a alienação de si mesma, que consiste na obnubilação do objeto sobre o qual exerce o domínio. Esse objeto é de tal forma "coisa", e esta é de tal forma autônoma, que o domínio se esvanece. E o tilintar desse ouro num crescendo de fantásticas visões e fantasmas alucinados desmaterializa-se nos pesadelos que aglutinam poder, consciência, mercadoria e história num vertiginoso torvelinho aniquilador:

> E o senil e tábido milionário estava ali como um célebre mago dominado pelo ritmo alucinante, pela vara magnética desse êxtase de visionário moribundo, pela doentia

> e sonâmbula superexcitação nervosa, por toda essa vertigem, por todo esse deslumbramento hipnótico, fatal, enlouquecedor, do ouro. E ele ria alavarmente uma risada entre amarela e negra, que fazia lembrar o fúnebre caixão que o esperava...[86]

Essa risada "amarela e negra", trecho que é repetido integralmente mais ao final do poema, expressa a própria percepção da aventura dialética que atrai e fulmina; de um lado o poder e a civilização, de outro o desconhecido desumanizado, entre eles o regresso à natureza através do crime.[87] E o sujeito a perscrutar a história que o desconcerta e o decalca de si mesmo.

O Satã dessa risada amarela e negra acena para os limites do poder e da destruição. Esse riso amargo, que parece contaminar a fala do narrador no momento do relato dos mais abomináveis atos, expõe um núcleo de contradições permanentes entre o triunfo do sujeito e sua ilusão. O que parece presidir o humor negro,[88] característico das descrições cortadas por este riso convulsivo e histérico, é a própria centelha da dúvida. O prazer em rir do mundo, da sociedade e da razão revela um nervo dialógico nesse relato aparentemente autoritário. Esse sujeito ri de si mesmo como se fosse um outro e essa dúvida

---

86 *Idem*, p. 680.

87 O senhor de escravos utiliza-se da razão para tentar legitimar o crime. O comportamento marca uma espécie de retorno à bestialidade que, apesar de condenada pela civilização, é parte integrante do processo de dominação. O procedimento é próprio à lógica do sistema escravista.

88 André Breton identifica, em sua *Anthologie de l'humour noir*, autores das mais diversas épocas que assimilaram essa "revolta superior do espírito", caracterizada pelo prazer subversivo em rir do mundo. Riso amargo que denuncia a realidade repressiva e acena para a possibilidade de uma outra atitude perante a vida. O tema será retomado na Parte IV deste estudo.

alerta para a presença das vozes emudecidas como tensão latente. Assim, o humor negro delineia o delicado movimento de contradições do narrador e o núcleo dialógico desnuda uma rede de intenções implícitas que fazem com que a matéria narrada ganhe autonomia em face das intenções de classe do senhor de escravos: o texto não é mais simplesmente a expressão de seus desejos, a dúvida proporciona força e movimento próprios à estrutura. A irrupção da irracionalidade nas imagens fantasmagóricas, assim como o princípio do prazer sob a forma da perversidade, denuncia uma recusa à realidade repressiva. Daí um movimento próprio, negativo, que nas entrelinhas desautoriza a visão de classe que parecia dominar o texto. Ao criar uma outra esfera de sentidos e significados, a dicção empregada procura denunciar a vaidade e o domínio pela negação de seus valores e revitalização de seus tabus. O riso negro é índice de uma amarga libertação: a atitude limite eminentemente corrosiva acarreta a implosão dos valores, revelando-se signo profético da morte.

Assim é que o efeito do entretecido da matéria narrada trai as disposições do relato como se toda força de resistência fosse confiada à delicada teia de contradições tecida pela estrutura, rivalizando com a autoridade da personagem e de sua história. Os fantasmas selam a decadência do sujeito racional, de seu poder e mando. Em relação à ideologia do emissor, a forma é sua própria heresia. O significado latente, contraideológico, arrebenta pelas brechas do discurso e rompe com sua força e autoridade, dando a ver as vozes que foram abafadas. Em nível profundo, as alucinações, sinuosa, mas impiedosamente, ricocheteiam o que a consciência quer resgatar. Ao prazer em destruir que o narrador exacerba, o texto oferece seu próprio princípio de destruição, tanto mais cruel quanto é sibilino e caminha pelos subterrâneos do inconsciente. Como resultado último, na contramão do enunciado, a autonomia da forma sob o conteúdo explícito reacende as vozes emudecidas dos escravos. Como correlato da situação social, os sujeitos que participam da esfera da produção afloram pela memória de outrem, o que atesta sua permanência pelas vias do interdito.

Pode-se aventar, ainda, que tal *inconsciente* que a literatura faz reluzir, franqueado pelo poder ilimitado da instrumentalização do outro, desvenda-se enquanto *inconsciente político do país*. A personagem desindividualizada confessa, impulsionada pelo desrecalque que o desvario aciona, o fundo mais ignóbil da escravidão: o gozo diante da tortura. Para além do crime legalizado, da infração enquanto norma, a corrupção do humano que implica a sevícia, o exercício do suplício. Nesse sentido, o inconsciente que irrompe, cujas verdades impronunciáveis fazem estremecer até os agregados, consegue capturar os efeitos psicossociais da escravidão, uma vez que o poder como destruição do humano alcança diferentemente opressores e oprimidos. A fala delirante faz ribombar o *modus operandi* do regime servil, sua prática, retórica e lógica.

Há uma espécie de ritmo "satânico" nessa prosa poética. Assim que toma a palavra, o senhor de escravos libera a torrente de imagens viscerais a um só tempo de dor e gozo – o flagelo das vítimas e o sadismo do algoz. Apesar do relato minucioso, não se pode dizer que há propriamente narração, uma vez que os fatos não estão encadeados entre si. As imagens sucedem-se, acumulam-se: padecimentos, visagens, pesadelos amontoam-se vertiginosamente a partir do momento em que "um fenômeno desconhecido o transfigurava, punha-lhe na boca a eloquência viva de chamas devoradoras". A falsa narrativa evidencia um conjunto de imagens superpostas, cujo movimento, em vez de progredir, acumula. A partir do ritmo avassalador e inebriante da profusão de imagens da memória deflagrada pelo fluxo da consciência, do imbricamento ininterrupto do relato dos crimes e do tom incansável das descrições em crescentes requintes de crueldade, avulta um movimento ritmado pelo chicote do feitor. A mão desse homem, simulacro da autoridade, imprime movimento sincopado às agressões e às alucinações do enunciador, como se a intensidade e o dinamismo próprios da produção tivessem sido comunicados à constância no prosseguimento dos crimes:

> No entanto, ah!, que visadas satânicas, diabólicas, que satisfação perversa me assaltava quando o feitor, bizarro, mefistofélico, de chicote em punho lanhava, lanhava, lanhava os miseráveis e lindos corpos de certas escravas que não queriam vir comigo! Oh! lembra-me de uma que mandei lanhar sem piedade. A cada grito que ela soltava eu gritava também ao feitor: — Lanha mais, lanha mais! E o bizarro feitor lanhava! O sangue grosso e lento como uma baba espessa, ia formando no chão um pântano onde os porcos vinham fuçar regaladamente!...[89]

A repetição formal, "lanhava, lanhava, lanhava...", "Lanha mais, lanha mais" – acrescida da sensação de acúmulo proporcionada pela linguagem carregada e pelo colecionar de assassinatos – consegue apanhar o reverberar do movimento incessante do açoite.

89 Cruz e Sousa, *op. cit.*, p. 682.

Cativeiro, castigo, crime: as malhas da poesia em prosa desenham a dinâmica do regime servil. Por meio da elaboração formal, o liame entre trabalho e tortura, mediado pela subjetividade perversa: a mesma chibata instiga a produção e a correção. A subjetividade (de)formada pela escravidão perpetra crimes em série, a deleitar-se com o requinte do mal franqueado pelo arbítrio: a forma captou a matéria social e lhe deu tratamento específico.

Pela via da autoridade narrativa, o satanismo adquire, ainda, a faceta da autorreflexão, mergulho em si mesmo capaz de descortinar a experiência social da decadência da razão legitimadora em face do direito à instrumentalização do outro. Assim, a forma vale-se da matriz próxima da desconstrução expressionista, pois é o mecanismo do sonho que projeta a dissociação de si, fragmentação subjetiva que remete à práxis humana na relação do sujeito com o objeto, consigo mesmo e com a história. Esse Satã "não fala apenas pelos inferiores, mas também pelos superiores"[90]: a perversidade e o sofrimento perpetuam o domínio e, num processo dialético autodestrutivo, a sua derrocada, no sentido da regressão à barbárie. Contudo esta, graças às angulações do texto, promove, ao mesmo tempo, a glorificação da *Dor negra*, dramaticamente redentora e constitutiva desse herói moral eminentemente moderno. Enquanto entidade iluminada, patrono dos impenitentes e depositário de um saber profundo e subversivo, Satã é o anjo caído que contrariou as ordens supremas e ousou desafiar o poder e o saber pré-estabelecidos; aqui, é ele quem descortina os meandros tortuosos do inconsciente e mostra que o horror da dissolução do

---

90 *Walter Benjamin, op. cit., p. 21.*

sujeito possui raízes profundas e inevitáveis na aventura dialética da experiência imediata.

A personagem é um sujeito que se dá a conhecer por meio dos conteúdos e consequências de suas ações, desnudadas pelo delírio. A característica peculiar, satânica e perversa desse processo, acaba por delinear também as relações sociais em que está inserido, refletindo as ideias do indivíduo e com elas as de sua classe. A ação que o mergulha nos obscuros abismos da consciência humana é o crime; esse homem moderno, solitário, racional e poderoso expõe o prazer em destruir legitimado pelo seu peso em ouro. Os princípios e os meios que instauram a dominação são alçados a um grau paroxístico cujo correlato formal será a desfiguração do sujeito. Os requintes de crueldade, que acenam para a superação e fetichização dos meios que promovem a dominação, são proscritos pela própria força mimética do relato. Nesse processo, o coroamento contrastivo se dá por meio da vitalidade agônica da narrativa, movimento desagregador, dissolução que sentencia a lei da alienação universal.

O malogro da constituição da alteridade encontra suas raízes também na solidão do senhor de escravos e na atitude obsessiva e profundamente interiorizada, que encontra na realização da experiência pessoal criminosa a sublimação das lutas pelo poder.[91] O ponto de vista do narrador em primeira pessoa consiste em mais um procedimento da *estética satânica*. Apesar da autoridade da enunciação, a alteridade, por que interdita e inconstituí-

91 "De fato o isolamento e a solidão das pessoas reduzem as relações entre elas a uma luta pela dominação. A experiência não é nada mais que uma manifestação espiritual sublimada, a realização psíquica das lutas pelo poder". George Lukács. "Sobre Dostoiévski", *in Ensaios sobre Literatura*, Rio de Janeiro, Civilização Brasileira, 1968, p.162.

vel, emerge como força maligna e ameaçadora: o dessemelhante repugna e atemoriza. As potências adormecidas do desconhecido – que são o outro, mas também as imagens inconscientes – perscrutam e incomodam, impondo-se como enigmas.

A ambivalência das implicações morais e psicológicas da ação traduz-se na legitimação do poder e no seu correlato formal, a condenação inconsciente.[92] Articulando escravidão e direito de propriedade, o patriarca parece dizer que se o ouro ofusca tudo, se o poder e o arbítrio são ilimitados, ele pode perpetrar, legalmente, e com requintes de volúpia, a maior ação contra a humanidade: o assassínio. Se essa açao converte-se em direito, a exacerbação da violência deslinda a lógica espúria da propriedade no regime servil: "que mal então que eu comprasse formas de argila, com o meu ouro de forma de sol!". O sujeito representado pelo senhor de escravos empreende uma experiência que tem por objeto vidas humanas, numa empreitada que ultrapassa a racionalidade do sistema, mas que é legitimada por ela. A repetição exaustiva da mesma prática criminosa, o prolongamento e a sofisticação dos crimes culminam na perda de sentido da ação que, num crescendo fantasmagórico, revela-se mais insana que o delírio de morte. Ao pretender atingir os limites morais, o indivíduo selou sua desagregação psíquica evidenciada pelas alucinações, ao mesmo tempo índice de falência da razão e impossibilidade

92 Nos termos de Luckács: "A dialética moral pró e contra a ação", *op. cit*, p. 159. No ensaio acima citado, Luckács comenta o crime em *Crime e Castigo* como desdobramento de uma experiência pessoal que pretende chegar aos limites das leis morais. A dialética dessa ação, enquanto problema psicológico-moral do homem moderno e vislumbre do processo de luta pelo poder, pode ser identificada também no caso dessa prosa de Cruz e Sousa: a impunidade perpetua o domínio, mas poderá o homem enfrentar sua própria consciência?

de constituição do outro. No entanto, como contradição inerente ao princípio estrutural do poema, é este impasse que faz emergir os invisibilizados. A voz do senhor de escravos a subjuga e a devolve: a alteridade desfocada surge plena de martírio redentor.

A própria volúpia do meio que oprime traz como resultado estético sua desagregação. A perversidade é o fetiche dessa relação que evidencia o vitorioso domínio da lei do mais forte; à desmesura insana do poderio, a forma responderá com suas procissões agônicas, tenebrosas e condenatórias de fantasmas massacrados, negando a consciência tranquila e impondo a resistência pela contradição.

O relato do senhor de escravos assume estatuto de interpretação. Baseado na memória, é leitura da ação ocorrida, versão que passa pelo crivo do sujeito e da sua experiência. Nesse sentido, o texto revela-se como consciência histórica, reflexão do que foi à luz da iminência da morte. Afastado dos acontecimentos, o narrador-personagem dobra-se sobre si mesmo e refaz a experiência por meio do mergulho no mundo interior. Na teia de memória e inconsciente engasta-se a história local.

Para justificar sua individualidade, o homem precisa desqualificar e exterminar o outro, ação limite que se realiza com a quebra do contrato social. Esta equação, transposta para a realidade da modernização de um país escravista, revela que a realização pessoal está calcada na exploração de um direito natural. O cativeiro não pressupõe formas de contrato, mas direito de posse, de mando e desmando da mercadoria humana. De modo que a ação do sujeito se revela, ao mesmo tempo, moderna e arcaica, assentada nos pressupostos escravistas e no direito inalienável do proprietário. Ato moderno que se beneficia do atraso desvendando um sujeito ao mesmo tempo esclarecido, pois reconhece seus direitos e sua liberdade, e bárbaro, pois evidencia sua superioridade por meio da força dirigida contra os mais fracos. Dono dos corpos, o moderno senhor de escravos pode experimentá-los, o que não impedirá que a alteridade invisível e espezinhada retorne ameaçadora. A ação pseudomoderna, assentada na competição que apregoa a lei do mais forte, se vale da inferioridade legitimada pela instituição colonial, complementaridade periférica entre estatutos constitutivos aparentemente contraditórios.

Nesse caminho, considere-se também que o ato de escrever do poeta negro revela integração entre modos de ser opostos: trata-se de uma ação moderna praticada por um representante das chamadas "raças inferiores". A atividade livre do intelectual homem de letras é incompatível com a condição do negro liberto. A esta incompatibilidade de fundo, faz eco a crise do estatuto da produção e da representação: a escrita lhe é negada, o ponto de vista resta conflituoso. Caberá à arte, na acepção do anseio incansavelmente frustrado do ideal, elaborar esteticamente a aporia.

O corpo enquanto mercadoria fácil, espoliada e passível de reprodução, encontra na figura da mulher escrava seu alvo mais premente. Sua carne e sua sorte estão à mercê da sistematização premeditada do crime na senzala invadida pela vertigem do prazer. Duplamente subordinada na sua natureza de mulher e escrava, em seu corpo serão inscritas as marcas do exercício do poder e do desejo, antes interdito, do senhor de escravos; a perversidade torna-se tanto mais intensa quanto pressupõe o gozo como uma das faces da perpetuação do domínio. O sadismo e a crueldade para com a mulher negra constituem prática que só se compraz com a iminência da morte:

Lembro-me também de outra, bestialmente grávida, prestes a ser mãe, a quem eu, para saciar a minha sede feroz de ciúme, a minha sede de raiva, a minha sede de concupiscência suína, mandei aplicar quinhentas chibatadas, enquanto os meus dentes rangiam na volúpia do ódio saciado. Desta foi tamanha e tão atroz a dor, tão horríveis as contorções, enroscando-se como serpente dentro de chamas crepidantes, que esvaiu-se toda em sangue, abortou de repente e ali mesmo morreu logo, felizmente, lembro-me bem, com a boca retorcida numa tromba mole, espumando roxo e duas grossas lágrimas profundas a escorrerem-lhe dos olhos vidrados...

E de outra ainda lembro-me bem também, porque eu a mandei afogar no rio das Sete Chagas, junto à figueira-do-inferno, com o filho, que era, execravelmente, meu, dentro das entranhas...Mandei afogar tarde, a horas mortas, depois que certo sino cavo soluçou as doze badaladas lentas e sonolentas no amortalhado luar... E devo ter algum remorso disso? Remorso? Por quem? Por quê? Por quem? Meu filho? Como? Feito por um civilizado num bárbaro, num selvagem? Remorso por tão pouco? Por lama vil que se joga fora, por bárbaro ignóbil que para nada presta?! Remorso por fezes, resíduos exíguos de elementos inservíveis, bílis negra, composto de produtos podres, gases deletérios e inúteis, pus fétido – pois por essa asquerosa e horrenda cousa que se formou e ondulou misteriosamente sonâmbula nas entranhas pantéricas de uma negra hei de ter, então, remorso, hei de ter, então remorso?!

[...]

E aquela negra terrível que morreu louca, abraçada ao filho pequeno, dando-lhe alucinadamente de mamar, nua, toda nua, com o seio a escorrer leite e ao mesmo tempo a escorrer sangue pelas feridas de trezentas e setenta e tantas chicotadas, com os olhos esbugalhados, a olhar-me muito, a olhar-me sempre, parece que ainda

> horrivelmente a olhar-me agora, a perseguir-me, a cortar-me de pavor como uma lâmina gelada e penetrante.[93]

Paradoxalmente, é essa mesma pulsão de morte que servirá como possibilidade de emancipação do escravo, cujos símbolos seriam o inferno, a morte e a *Dor negra* redentora. O texto adquire a fisionomia de um cortejo fúnebre, espécie de preparação para a morte, acenando com leve rasgo de crença mística emancipatória que, no entanto, não encobre o sujeito melancólico que entrevê a história como ruína. Confundidos e indistintos, prazer, crime e poder funcionam qual ciclo que se renova e se aprimora, um treino que tem como espaço o corpo que produz trabalho, reproduz mercadoria humana, é fonte de prazer e objeto de usufruto sádico.

A perversidade é tanto mais aguda quanto é dirigida contra aos mais fracos; não é por acaso que as vítimas são, na sua maioria, mulheres e velhos. Imagem do ápice do ódio cego ao fraco, atitude de autoconservação baseada numa certa lei do mais forte, o senhor de escravos assassina um velho no próprio local de trabalho, os ecos da brutalidade contaminam a descrição do espaço:

> Ah! aquele negro de cem anos, morfético, inchado como um sapo enorme, manipanço senil, a quem eu arranquei os dois olhos com a ponta de uma verruma, enquanto ele urrava e escabujava de dor como um tigre apunhalado! E isto em pleno eito, num meio-dia de ferro e fogo, que cortava e queimava...[94]

---

93 Cruz e Sousa, *op. cit.*, p. 682-683.

94 *Idem*, p. 683 (o grifo é meu).

A perpetuação do domínio escancara, assim, sua face covarde e de alto requinte sadomasoquista. A crescente prática da sevícia imposta aos negros tem seu correlato, pelas vias da contradição que afasta a ideia de catarse, no padecer psicológico do proprietário, imagem do homem moderno e da decadência da razão. É assim que dominadores e dominados participam do mesmo princípio de dissolução; espécie de negação da negação, estende-se a ambos os lados: à tortura física corresponde a psicológica, ao martírio da carne, a sandice. Caberia a pergunta sobre qual seria, então, o sentido mais profundo do recurso à perversidade. A forma, com o cortejo de fantasmas inumanos que engendra, responderia que o desconhecimento de si, consequência do sistema, atinge, mesmo que de modos diversos, opressores e oprimidos. Ante a sorte destes últimos, fulgura o poema como ensaio de reparação e vingança.

O procedimento estético do detalhamento que deforma é reposto para dar conta da constelação de formas amorfas que compõe o inferno das imagens inconscientes:

> Ficava então de repente com a imaginação dominada por cruéis sobressaltos, com ansiedades, delírios a se vulcanizarem no cérebro... Subiam-me ao cérebro obsessões de loucura, como que os meus pensamentos se agachavam, se encolhiam aterrorizados a um canto do cérebro... Um medo agudo, invencível, me amarrava os nervos... Todo eu gelava, suava medo... E aquela bamba, trôpega e tarda massa torva, fenomenal, numerosa, estranha, tão estranha aos meus sentidos apavorados, dava-me a sensação fantástica de abismos que caminhavam, de tenebrosas florestas de corpos cheias de rugidos de feras, de garras, de dentes devoradores, que eu via de

> repente arrojarem-se, atirarem-se sobre mim, bramindo vingança, e despedaçarem-me, estrangularem-me...[95]

A caracterização da massa fantasmagórica: "bamba, trôpega, torva, fenomenal, numerosa..." acumula adjetivos que antes distorcem que definem o objeto. Tais termos expressam uma gradação: de "bamba" e "trôpega", quase sinônimos, passa-se a "torva", signo negro que apaga contornos, para terminar em "fenomenal" e "numerosa", qualificativos difusos e pouco objetivos. À força de procurar excessivamente a definição, o objeto mostra-se cada vez mais inapreensível. Ao tracejar a turba, o acúmulo de sentidos revela-se dialeticamente desidentificador. O paroxismo do terror que a horda de espectros suscita precipita-se na sua negação, promovendo o efeito de distorção: "...estranha, tão estranha", assemelhando-se a "abismos que caminhavam" a "tenebrosas florestas de corpos" que ameaçam destruir o sujeito.

O objeto submetido a sucessivas definições queda desfigurado. A vertente alucinatória desencadeada pelas visões procede a um excesso de sentidos e imagens cujo resultado formal é o ruir da imagem saturada do outro. De tão terrífico, o outro revela-se inomeável. Alteridade negativa que figura como ameaça à individualidade do sujeito: não há identidade possível para aqueles que conheceram seu lugar histórico como mercadoria humana, seu modo de ser é o do enigma cuja vingança, elaborada pela malha literária, localiza-se na esfera do inconsciente, forçando a fronteira da razão rumo à insanidade.

95 *Idem*, p. 681.

Ocorre, então, na dissolução das imagens, na bestialização dos seres e na construção da morte, a estetização do crime presidida e desdobrada por uma espécie de mecanismo formal que deforma até o extremo. O estado de sofrimento moral do sujeito é transmitido ao corpo: o impulso erótico surge sob a forma do sadismo, a angústia metafísica é encampada pelo grito e o corpo espoliado da mulher negra é a fisionomia do exercício do poder. A arquitetura do mal explicitada pela violência da imagem que fragmenta e corrói o corpo, que edifica (des)construindo a matéria na direção do hediondo e do inomeável, implica a percepção aguda dos impulsos internos do sujeito até o limite extremo e contraditório do seu próprio desconhecimento. Ao estetizar o delito e exacerbar o sofrimento, o texto atinge certo estado de êxtase que não se contrapõe (ao contrário acumula) à percepção do corpo reificado. Essas imagens progridem rumo ao esfacelamento, numa espécie de volúpia aniquiladora que remete à percepção do próprio ato artístico.

O crime é o reflexo de uma dominação que não reconhece mais o objeto sobre o qual exerce o poder. A denegação da crise de consciência, expressa pela reiterada justificação de suas ações, traz o assassinato enquanto problema psicomoral para a dimensão do inconsciente. São suas visões que revelam uma consciência rasgada e profundamente atormentada pelos fantasmas de suas ações:

> Às vezes pelos amargos desfalecimentos da tarde; e, no fundo denso da noite algumas estrelas espiavam como sentinelas, de olhos acesos e cintilantes, aquela massa trôpega e tarda que caminhava como do fundo de um tempestuoso e formidável sonho: os crânios desconformemente alongados, os perfis com deformações hedion-

> das, talhados à bruta por mãos de gênios rebeldes, infernais, e os olhos envenenados pela mais atroz, bárbara e mórbida melancolia das melancolias. Como que vinham, num turvo e amorfo desfilar do centro misterioso da terra, com a cor das trevas primitivas, esqueléticos, cadavéricos, héticos, na assombrosa condensação de todas as criações shakespearianas, arrastando os miseráveis e ensanguentados farrapos das almas.
> Parecia-me que se cavava de repente, por toda a extensão do eito, *imensa, profunda cova; que essa cova era como velha chaga secular formidavelmente grande, sinistramente sangrenta, a devorar, a devorar, a devorar carne humana, legiões e legiões de míseros, um fabuloso mar negro e selvagem de corpos e almas amaldiçoadas...* E essa chaga tremenda, avassaladora, fatal ia então alastrando, não já sangrenta, mas verde, podre, gangrenada, aberta a monstruosa e purulenta boca verde.[96]

As marcas textuais do processo de desconstrução percorrem os corpos, os olhos e chegam à consciência: "crânios desconformementes alongados", "perfis com deformações hediondas" e olhos "envenenados" que descortinam o paroxismo da contemplação lutuosa em "melancolia das melancolias", cujo eco reverbera novamente a imagem de "Asco e Dor": "sombra irremediavelmente presa dentro de outra sombra...".

Em seguida, retenha-se a poderosa imagem de uma imensa cova-chaga que ao mesmo tempo devora, sofre e apodrece – figuração vivaz da escravidão.[97] Após enunciar o enigma que o

96 *Idem*, p. 681 (grifos meus).

97 Ouve-se, ainda, o eco do poema "Umbra"; contudo, à tonalidade crítica indeterminada deste, "Consciência tranquila", responde com a figuração do sistema escravista.

aterra, segue-se o arrolamento dos crimes, pontuado pelo terror dos espectros que retornam.

Os corpos anônimos, desfigurados e mortos entremostram intrincado caminho da insurgência da massa de fantasmas como instância reivindicadora da liberdade. Se há uma crença – frágil, porém possível rota de fuga –, esta reside no poder da representação: é a arte que leva a civilização a horrorizar-se consigo mesma. A matéria triste e decomposta acena para a redenção que só é possível após a morte: a forma se vale da mediação do sonho para, por meio do peculiar sentido de uma ascese às avessas, promover-se enquanto força libertária. A matéria morta está excluída do processo de circulação de mercadorias; se o escravo é puro objeto que não detém nem mesmo o bem que é a sua força de trabalho, como o faz o proletário, a única atitude moderna e heroica que lhe resta é a do aniquilamento – daí a morte travestir-se de amarga libertação.

A experiência do senhor de escravos dobra-se sobre o indivíduo, adquire movimento próprio e realça as relações sociais que descortina. O próprio texto é recurso último de perpetuação do mando, seja sobre seus escravos, seja sobre seus agregados. Mas se esse poder revela sua autoridade pela detenção total da fala, afastando a voz do outro, é o próprio monólogo que se desmascara, por meio da estratégia do riso amargo e das monstruosas visões que incorrem antes na dúvida que na afirmação. A dialética do mal, nesse sentido, é a alternativa de emancipação que o texto oferece contra a autoridade do enunciador. Apenas o efeito de superfície mais ligeiro acata a ideologia do emissor; a leitura das imagens, das tensões e contradições atesta o grau de ruptura, insiste no caráter de resistência que não se deixa enganar pela compaixão ou ingenuidade naturalista e elege o horror como mediação libertária entre arte e vida.

Negando a compaixão, o protetor da raça negra é uma serpente: "satânico e sinistro Anjo da Guarda da raça negra dos desertos, lassa e descomunal, lânguida e letárgica serpente, talvez dormindo e sonhando novos e mais maravilhosos venenos, com as grandes asas abertas...". No poema, o satanismo de Cruz e Sousa se faz opção pela perversidade em vez da compaixão, recurso impiedoso dirigido a dominadores e a dominados. Em vez do compadecimento, que traria o consolo, mas também a afirmação da injustiça pela exceção que pratica, observa-se o desdobramento desse *satanismo estético*: estratégias discursivas que recriam, desnudam e resistem ao diagrama do poder. A heresia sugere "o prazer de derrotar a civilização com suas próprias armas[98]"; não há remorso ou piedade, a crueldade é arma da civilização, o instrumento que acata a lei do mais forte. Ao valer-se dos mesmos expedientes, a traição será absoluta. É nesse sentido que a dialética do satanismo neste poema em prosa confunde-se com a perversidade, legitimando os desmandos do senhor de escravos e assinalando a impossibilidade da alteridade do oprimido: são delineados os contornos dessa raça negra amorfa e desumanizada, eternamente a penar. A *Dor negra* é a face mais obscura e lancinante desse inferno, mas o que parece resignação é força de resistência cujo desenlace é o processo de desconstrução impas-

98 Theodor Adorno e Max Horkheimer, "Juliette ou Esclarecimento e Moral", *in op. cit*, p. 92-93. A perversidade em Sade, como instância maligna capaz de horrorizar a própria civilização que lhe deu origem, está afinada com o espírito crítico de Cruz e Sousa e sua dialética do mal. O mesmo recurso é empregado a dominadores e dominados – daí o enigma impiedoso de sua resistência.

sível diante da condição humana. Os gritos de misericórdia sentenciam a fragmentação e desfiguração do sujeito, condenado ao processo de desindividuação. Figuração que permanece tanto mais cruel quanto não recai na astuciosa armadilha do sentimentalismo e da comiseração.

Mas, apesar da força imagética do poema em prosa, o texto não atinge a conscientização dos conflitos que "Emparedado" encena. O narrador em terceira pessoa de "Consciência tranquila" percorre, por meio da voz da personagem, cenas de torturas, cujo desenlace incidirá, contraditoriamente, no oposto a que visa o pormenor: a deformação. Figura o impasse na voz do outro, de modo que a subjetividade lírica encena o embate de fora. Assim, o conflito ou a consciência atormentada são expostos por meio do personagem da elite e esta dificultosa relação da alteridade é apreendida pela perversidade ou pelas imagens fantasmáticas. É impossível ao representante das classes altas conferir estatuto de alteridade a seres que são sua propriedade. Outro se faz o conflito da constituição do sujeito negro em primeira pessoa, já que se trata do ponto de vista daqueles que não têm voz. Tal impasse é, em "Emparedado", introjetado pelo sujeito, expresso na oscilação dilacerante entre o eu e o tu.

À crise da representação da alteridade desconhecida, exposta em "Consciência tranquila", corresponde o impasse da construção do ponto de vista de "Emparedado". Ambos se fazem facetas da aporia de fundo que a constituição da subjetividade negra implica. No primeiro, é por meio do patriarca que se empreende a construção-destruição da alteridade: o outro da voz de classe (o inconsciente) entrevê o outro inapreensível. No segundo caso, é justamente o eu que se desconhece enquanto outro ou o outro que é reconhecido como parte conflitante de si. Problemática vertida nas sombras dos "emparedamentos" da obra em prosa de Cruz e Sousa.

III. Satanismo e poema em prosa

Se trazes com efeito contigo uma feição nova da arte, trazes contigo uma Dor nova...
(Cruz e Sousa, "Intuições")

Les inventions d'inconnu réclament des formes nouvelles!
[...]
...le poète est vraiment un voleur de feu [...] *si ce qu'il rapporte* de là-bas *a forme, il donne forme: si c'est informe, il donne de l'informe.*
(Rimbaud, "Lettres du voyant")

1. Um gênero feito de opostos

O apogeu do poema em prosa na história da literatura coincide com um período de intensas especulações acerca da linguagem poética: fundamentos, regras e necessidade de transformação. A busca de uma nova linguagem, mais adequada aos questionamentos do lirismo moderno, ao lado da urgência da libertação da rigidez formal da poesia, nutriu as experimentações da lírica na segunda metade do século XIX. O terreno para a revolta poética representada pelas publicações simbolistas e de seus precursores já tinha sido palmilhado pelas traduções francesas em prosa de poemas estrangeiros, bem como pela prosa poética de românticos como Rousseau e Chateaubriand. O marco histórico do gênero dá-se com *Gaspar de la Nuit*, de Alloysius Bertrand, em 1842. A nova forma é efetivamente firmada e difundida por Baudelaire com *Le spleen de Paris* e atinge alto nível de aprimoramento com *Les illuminations* de Rimbaud. É encarada pelos simbolistas como meio privilegiado de libertação formal e busca metafísica, gênero capaz de personificar a tão almejada fusão de gêneros precursora do idealismo mallarmeano da obra de arte total. Entre realizações e fracassos, e antes de ceder espaço à voga do verso livre, o poema em prosa concentrou esforços, pesquisas e foi o palco das reflexões estéticas que deram forma a novos anseios poéticos e sociais.[1]

O poema em prosa insurge-se contra as leis métricas e demais tiranias formais que impedem a manifestação livre do sujeito, alcançando os limites extremos de sua própria dissolução. O mergulho nos abismos do desconhecido, na forma e no conteúdo, participa da possibilidade de negação do cientificismo, insistindo na possibilidade de existência de mundos não inteiramente dominados pela razão.

A dificuldade de definição do gênero encontra-se em seu próprio princípio anárquico; repugna classificações e busca na implosão dos limites formais a manifestação de uma revolta criativa. Mas se esse impulso é índice de subversão, não consegue, no entanto, suprimir outros impasses: as contradições surgem quando o grito de revolta contra as leis deve tornar-se ele próprio uma outra lei. A prosa que se quer poesia e o desejo de se livrar das convenções formais rumo a uma outra linguagem constituem o duplo princípio e desafio dessa nova expressão. Ao lado do impulso destrutivo insere-se a compulsão construtiva que pretende dar autonomia de gênero a essa nova forma de representação. Dessa junção de contrários advém sua força: "...le poème en prose, non seulement dans sa forme, mais dans son essence, est fondé sur l'union de contraires; prose et poèsie, liberté et rigueur, anarchie destructrice et art organisateur... De là sa contradiction interne, de là ses antinomies profondes, dangereuses – et fécondes, delà sa tension perpétuelle et son dynamisme".[2]

1 Suzanne Bernard, "Le poème en prose avant Baudelaire: aperçu historique", *in Le Poème en Prose*, 3ª ed., Paris, Nizet, 1994. p. 9-73

2 Suzanne Bernard, *op. cit*, p. 434. Em tradução literal: "...O poema em prosa, não somente em sua forma, mas em sua essência, é fundado sobre

Sua rebeldia já instaura uma nova linguagem gravada justamente pela união de contrários: prosa e poesia, liberdade e ordem, o que implica uma aventura do espírito que cultiva o delírio e o sonho, mas se quer antes de tudo meio de pensar os poderes e limites da linguagem. Sob o signo da liberdade, o poema em prosa adquire o dinamismo capaz de dar conta das necessidades do lirismo moderno. O drama de sua revolta diante da urgência de transformação lhe confere movimento interno constante e fecundo.

A paradoxal busca de leis para um gênero corrosivo por excelência aponta para a ameaça representada pelo informe. A implosão das formas oferecida pelo poema em prosa não implica anarquia, mas uma desordenação dialeticamente reconstrutora, arte que intenta recriar o universo. Desse modo, a aparência de caos esconde uma preocupação construtiva. A desordem figura como reorganização do mundo, uma nova poética para um lirismo moderno. O sujeito entrevê a obra no seu duplo aspecto de fuga e comprometimento: vidente que empreende a busca do desconhecido por meio da linguagem e poeta enraizado no seu tempo, procurando formalizar a realidade em que vive. O percurso do desenvolvimento do gênero passa pela necessidade de tornar matéria poética os aspectos mais prosaicos ou mais sórdidos do real.

Comparada ao verso, a prosa acolhe a ruptura ante a imposição de uma forma externa. Seu caráter de temporalidade a torna mais próxima do prosaico, do imanente, mas também do

---

a união de contrários; prosa e poesia, liberdade e rigor, anarquia destruidora e arte organizadora... Daí sua contradição interna, daí suas antinomias profundas, perigosas – e fecundas, daí sua tensão perpétua e seu dinamismo".

baixo, daquilo que não era considerado matéria digna de poesia. A liberdade buscada pelos poetas ao tentar criar uma nova linguagem confere ao poema em prosa um aspecto fortemente subjetivo que o torna um gênero individualista por excelência, capaz de servir a diversos propósitos e intenções. O que não quer dizer que estivesse mais próximo do público: a torre de marfim permanecia intocada.

A incursão mais flagrante pela história, aliada à subjetividade que não precisa mais lutar contra a neutralidade das formas, apropria-se, recriando, do aspecto de temporalidade que o verso sugere. O impulso estético rumo ao desconhecido vale-se da impessoalidade e da abstração próprias da poesia. No entanto, a nova poética do poema em prosa as recria, ou as faz ruir: o caráter "eterno" da poesia é usado segundo concepções subjetivas. Encontrar o "infinito no finito[3]", isto é, a busca do desconhecido que é empreendida por meio da experiência histórica do sujeito. Explorando por vezes os aspectos mais desprezíveis da realidade, o poeta intenta alcançar este além da linguagem. A aproximação de mundos tão distantes – o baixo e o elevado, a contingência e o absoluto – é um dos motivos que explicam o fracasso e também toda a profundidade da busca poética que significou a utilização do poema em prosa.

Como características que delineiam o novo gênero estão a gratuidade, a unidade e a brevidade.[4] O objeto gratuito define-se como aquele que é desprovido de finalidade imediata, ca-

---

3 Expressão de Baudelaire no *Salão de 1859*, a propósito de Delacroix. A citação é de Suzanne Bernard., *op. cit.*, p. 101.

4 Uso aqui livremente as características do gênero propostas por Suzanne Bernard, para depois tentar observar a natureza contraditória de tais aspectos.

bendo a si a intenção de trabalhar para um fim poético. É assim que elementos narrativos ou descritivos devem caminhar para uma necessidade poética, unindo a atemporalidade do encantamento lírico à natureza eventualmente prosaica do assunto. Apesar dos elementos tomados à prosa, não deve progredir no tempo e no espaço com ações ou ideias, mas sim compor um bloco autônomo e coeso.

A brevidade diz respeito à necessidade de síntese. O poema em prosa não permite longas digressões que o aproximariam demasiado da pura prosa. O caráter rapsódico da nova forma oferece o risco da dispersão e do excesso. O lirismo moderno exige uma forma breve e o poeta deve controlar as manifestações de sua subjetividade sob pena de render-se à progressão característica da prosa. O poder de encantamento do "objeto", da forma do poema em prosa, exige concentração: intensidade e unidade, elementos conformadores da "iluminação" poética que o gênero anseia alcançar. Mas talvez o sentido mais profundo destas características incorra dialeticamente no seu oposto. Apesar de não destinados individualmente a um fim, partilham de finalidades básicas comuns que condicionam a gênese do gênero. Entre elas a busca de uma nova poética mais livre e mais fluida, condizente com a consciência moderna do fazer poético. Além disso, a ânsia de absoluto e a urgência de capturar inquietações concretas suscitadas pelo momento histórico são pontos convergentes, verdadeiras finalidades maiores dessa poética. Apesar da ideia de gratuidade comunicar-se com os preceitos da necessidade moderna de uma arte autônoma, tal emancipação difere da "arte pela arte" de seus antecessores. Dando forma difusa a questionamentos que o surrealismo enfrentaria, a voga da nova ambição poética representada pelo poema em prosa esboçou a necessidade de manter a liberdade da arte ao tratar de temas cotidianos. Gratuidade enquanto liberdade de fins que seguiriam a emancipação dos meios, mas não descompromisso ou afastamento de temas que clamavam por representação. Ao dar forma, ao transformar em matéria poética temas do mundo ordinário ou abjeto, procura dar estrutura ao submundo, afastando-se da, por vezes, bem-intencionada forma do verso como registro sublime das mazelas do homem. A não pressuposição de um fim parece apontar, portanto, para a emancipação do sujeito criador em busca de novos meios e temas e não contradiz, ao contrário fortalece, o vínculo com seus mais profundos ideais e intenções.

Assim também a brevidade e a unidade carregam, como componentes do gênero, o germe de sua negação. Apesar do poema em prosa surgir como fragmento, sua intenção não é da ordem do descontínuo, mas do ilimitado. O anseio metafísico que condiciona a forma do novo gênero pretende recriar um mundo no fulminante objeto estético. A brevidade parece atestar a impossibilidade da totalidade que, no entanto, é seu desejo mais profundo. Fulgurante e pleno, o poema em prosa é iluminação que quer captar o absoluto.

A reivindicação metafísica aliada a um impulso de resistência foram as maiores buscas do poema em prosa e o esforço para encontrar uma nova forma participou de tais ideais. Encarnando o desconhecido para Rimbaud ou a perfeição para Mallarmé, a busca metafísica coaduna-se à estética. A impotência criadora descerrada pela página em branco de Mallarmé inscreve-se como símbolo do desequilíbrio entre o almejado absoluto e os meios de que se dispõe para chegar a ele.

Se o impulso metafísico do poema em prosa contrasta com a sua natureza prosaica, a revolta transcendente que dá corpo à revolta estética finca suas raízes no chão histórico. A ânsia de absoluto – "idealidade vazia", no dizer de Hugo Friedrich[5] – encontra-se contaminada pela matéria que mina qualquer possibilidade de plenitude. Imersa no tempo, a metafísica do concreto revela-se ruinosa: não é mais plenitude, mas destruição e morte. Contaminada de imanência, tal aspiração à totalidade só é possível mediante o aniquilamento. O fracasso da obra de arte total rumo à paralisia da página em branco de Mallarmé ou a negação da arte e da vida, cuja história da rápida passagem de Rimbaud nos dá mostra, ilustram o destino desse absoluto que já nasce minado de morte. O infinito aspirado pela poética do poema em prosa não conduz, portanto, à totalidade, mas ao eterno retorno da mesma experiência ruinosa. Esse infinito maldito é cerne da impotência criadora que nasce da revolta social e estética. A angústia do poeta se dá pela percepção da imanência no seio do idealismo totalizante.

2. Notas sobre o poema em prosa no Brasil

Iniciado no Brasil pelas *Canções sem metro* de Raul Pompeia, o gênero poema em prosa atraiu vários autores do fim do século. O livro de Pompeia, cujas peças foram originalmente escritas para jornais e posteriormente reunidas em livro, compõe-se de textos curtos e sintéticos aproximando-se daquilo que Suzanne Bernard chamou de "iluminação". Em 1893, quando do lançamento de *Missal*, o livro do poeta sim-

5 Hugo Friedrich, *Estrutura da lírica moderna (da metade do século XIX a meados do século* XX). São Paulo, Duas Cidades, 1991, p. 45.

bolista foi comparado ao de Raul Pompeia, com prejuízo para o primeiro. O aspecto de "miniatura" dos poemas em prosa de Pompeia, bem como seu caráter enxuto e depurado, contrastou com o modo prolixo e retórico da prosa de Cruz e Sousa, que diferia também em muitos aspectos dos autores estrangeiros.

Difundido no Brasil principalmente pelo *Le spleen de Paris* de Baudelaire, mas também pelo livro *Gouaches* do português João Barreira, o gênero conseguiu singular acolhida entre os autores do decadentismo e do simbolismo brasileiros. Além de Cruz e Sousa, foi utilizado por Antônio Austregésilo, César de Castro, Lima Campos, Nestor de Castro e Virgílio Várzea,[6] sem contar a presença, sob a forma de prosa poética, no romance de Gonzaga Duque, *Mocidade Morta*.

A acolhida que o gênero obteve no país parece apontar para algo mais que a mera cópia do modelo estrangeiro. Proporcionou aos espíritos dispostos a lutar contra as regras ditadas pelo rigor parnasiano uma via de libertação e experimentação próxima, por um lado, dos caminhos da narrativa e, por outro, da sugestão e evasão pregadas pelo Simbolismo. No entanto, valorizado e utilizado pelos autores do fim do século, foi pouco cultuado pelos modernistas. O gênero acolhe certa predisposição finissecular, como se as inquietações estéticas e sociais tivessem encontrado afinidades eletivas com a nova forma. O quadro que o alvorecer da modernização, sob a forma da adaptação do país aos moldes civilizados, impunha aos intelectuais brasileiros contrastava com um país recém-saído do

6 Andrade Murici, *Panorama do Movimento Simbolista Brasileira*, São Paulo, Perspectiva, 1987, p. 326, 682, 858, 579, e Massaud Moisés, *História da Literatura Brasileira, O Simbolismo*, São Paulo, Cultrix, 1985, p.135.

sistema escravista cujas marcas de barbárie se faziam ver por debaixo da pátina otimista do progresso.

O poema em prosa surge como gênero propício às divagações e aos ensaios estético-interpretativos que se ofereciam àqueles que sabiam ver. No caso da prosa de Cruz e Sousa, o teor experimental, avesso à sistematização e livre da obrigação da depuração ou da conclusão, tornou-se espaço privilegiado para capturar as contradições do momento histórico. Em termos mais específicos, permitiu tracejar a experiência difusa e contraditória dos homens de letras que ora acreditavam, ora desconfiavam das promessas oferecidas pela modernização. Sua filiação à escola simbolista permitia também o enfrentamento, sob o modo cifrado da metáfora ou do símbolo, das verdades do cientificismo, oferecendo experiências virtualmente distantes dos padrões da ideologia estética dominante.

É possível considerar que o cultivo desse gênero tenha sugerido a aventura de uma interpretação do país. Certa possibilidade de apreensão estética sem conclusão, apenas esboços em fragmentos de visões da cidade, dos homens ou da arte. Descrição de cenas urbanas ou reflexões pessoais e estéticas que não seguiam a lógica da progressão temático-temporal. Sem apego à realidade imediata e sem a preocupação de encadear fatos, operavam dialeticamente com a possibilidade de lobrigar a história em pedaços, vislumbres que buscavam desnudar as camadas de retórica e as representações equivocadas que a ideologia civilizatória consagrava. O fetiche que embalava as mercadorias destinadas ao consumo da elite não deixava imune a esfera da literatura. A arte também tornava-se artefato cumulado de valores ideológicos que expressavam uma espécie de "fantasia da civilização".[7] Assim, a literatura frequentemente reproduziu as vozes da alta sociedade, voltando-se para os símbolos de distinção abraçados e consagrados pela cultura dominante. Uma forma que estivesse mais apta a "descomprometer-se" dos tradicionais temas que glosavam uma espécie de constante vir a ser da elite oferecia a ilusão – e quem sabe o caráter utópico revele também um comportamento de resistência – do distanciamento, valendo-se da poética da imaginação e do devaneio.

Se a hostilidade que o Simbolismo não abafou os ecos de muitas de suas explorações temáticas, o mesmo não ocorreu com a forma do poema em prosa. A investigação dos descaminhos do gênero ainda não foi feita e não caberia aqui conclusões. Apenas o registro de que talvez o poema em prosa, no Brasil, tenha se estabelecido como um fenômeno de época e que talvez por isso mesmo possa ser uma espécie de porta-voz reticente das inquietações de uma gama de escritores à margem do sucesso da profissão literária, autores de certo modo afastados do comprometimento ideológico com a elite.

À impressão desses instantâneos de estrutura livre vem alinhavar-se a premência do sujeito historicamente constituído, testemunha inquieta de sua época. O mundo fechado em si mesmo e aparentemente desvinculado da temporalidade mina de imanência histórica o impulso ao gratuito e envolve-o com a força da experiência.

---

7 Jeffrey D. Needell, *op. cit.*

3. "Intuições": nova dor, nova forma

Se muitas vezes se torna difícil caracterizar a prosa de Cruz e Sousa como poema em prosa segundo os aspectos que delimitam o gênero apontados por Suzanne Bernard, a consciência estética da busca de uma nova poética é flagrante. No que diz respeito à forma, no sentido da ordenação estética de uma determinada estrutura social, os fracassos na adoção do gênero dizem tanto ou dizem mais que as eventuais conquistas que passarão à história como obras acabadas e, portanto, dignas de figurar na tradição literária de um país. Os tateios e o percurso de desenvolvimento do gênero em Cruz e Sousa podem ser observados no texto em prosa "Intuições", de *Evocações*. Longe de acatar as leis do novo gênero, é texto que discute longamente, de modo prolixo, descontínuo e retórico, a necessidade do novo lirismo ser cunhado por uma nova forma. Espécie de ensaio sobre estética, expõe a consciência do poeta a respeito da arte e de seu artífice, texto que procura pensar os fundamentos e as aspirações artísticas de uma geração.

Para além das grandes realizações, os fracassos estéticos podem servir como testemunhos iluminadores da experiência de certo momento histórico. No caso da prosa de Cruz e Sousa, o caráter de criação voluntária de uma nova linguagem remete a determinada consciência da arte cujo idealismo e desilusão encontram desdobramentos no nível da estrutura.[8] O poeta que

8 "Cette idée de création volontaire, il faut dès maintenant souligner son importance: elle ne permet pas seulement d'éliminer beaucoup de poèmes em prose qui n'en sont pas, mais elle aide à se faire dès le début une idée plus juste du problème du poème en prose tel qu'il se pose, non plus cette fois au critique, mais au poète lui-même." Em tradução literal: "Esta ideia de criação voluntária, é necessário desde já sublinhar sua

empreende uma busca consciente de outra forma de expressão, revela reflexão sobre a arte e a atividade criativa. Distanciado no tempo, muitos textos de Cruz e Sousa podem ser considerados prosa poética ou ensaio, mas o fato de o poeta conceber deliberadamente a composição de poemas em prosa pode também ser o bastante para defini-los como tal.[9] A consciência da construção do gênero permite que se observe a irregularidade da prosa de Cruz e Sousa menos como falha estética, o que justificaria seu desprezo como objeto indigno da crítica, e mais como sintoma de um processo inacabado, minado quer pela natureza autodestrutiva da forma, quer pela iminência da morte.

O caráter de construção voluntária pode ser contemplado pelos poemas que abrem e fecham – qual moldura – *Missal* e *Evocações*. No primeiro caso, inicia-se com "Oração ao Sol" e culmina com "Oração ao Mar"; no segundo, abre-se com "Iniciado" e se fecha com "Emparedado". A noção do livro como objeto pensado, cuja arquitetura que coordena as partes comunica-se com o todo, remete ao aspecto construtivo presente em Baudelaire e à obsessão da obra de arte total do "livro" de

importância: ela não apenas permite a eliminação de muitos poemas em prosa que não o são, mas ela ajuda a fazer desde o início uma ideia mais justa do problema do poema em prosa tal como ele se coloca, não mais dessa vez em relação à crítica, mas ao próprio poeta". Suzanne Bernard. "Introduction", *op. cit.*, p. 13.

9 "Il a bien fallu, sous peine de pléthore, réduire à n'admettre au titre de poème en prose que des oeuvres dont les auteurs ont reconnu, de quelque façon, qu'elles le voulaient être." Em tradução literal: "Foi necessário, sob pena de excesso, reduzir a só admitir como poemas em prosa aquelas obras cujos autores reconheceram, de qualquer forma, que elas assim quiseram ser". Maurice Chapelan, "Introduction à l'Anthologie du poème em prose", *in Anthologie du poème en prose*, Paris, René Julliard, 1946, p. XVII.

Mallarmé. A contextura de *As flores do mal* cumpre um projeto rigoroso. Já a ambição de Mallarmé era a de recriar o universo por meio de uma obra impessoal que acolhesse todos os gêneros e todas as formas. Obra cujas intenções mais fundas, poeticamente cifradas, refratam, como um caleidoscópio, camadas do mundo sensível e inteligível, formalizadas como uma sinfonia. A noção arquitetônica da obra em Cruz e Sousa é mais difusa e menos programada. Mas deve-se ressaltar a intenção, ao atar os poemas que emolduram as obras, da composição de um todo, objeto pensado esteticamente, no qual o acaso não se confunde com mero arbítrio; ao contrário, filia-se ao discurso indireto da imagem e ao exercício da experimentação.[10]

No caso de *Evocações*, em que pese a organização póstuma da obra que dificulta a compreensão da arquitetura segundo seria a vontade do autor, os textos que abrem e fecham o conjunto oferecem imagens que esboçam, em negativo, o testemunho da experiência na sua dupla acepção de história e trabalho. Do poeta que compunha versos de circunstância em Desterro e sonhava com o reconhecimento social que a arte prometia, ao poeta que conheceu a vida no subúrbio da capital federal e foi impedido de sobreviver como homem de letras, a imagem

10 Ao ressaltar o veio construtivo da obra de Cruz e Sousa, lembro a recepção crítica de *Missal*, cuja estranheza da forma contribuiu para a impressão de acaso, de ausência de sentido, pura arbitrariedade irresponsável: "[...] um amontoado de palavras que dir-se-iam tiradas ao acaso, como papelinhos de sortes, colocadas umas após as outras na ordem em que vão saindo, com raro desdém da língua, da gramática e superabundante uso de maiúsculas. Uma ingênua presunção, nenhuma compreensão ou sequer intuição do movimento que deseja seguir, completam a impressão que deixa esse livro em que as palavras servem para não dizer nada". José Veríssimo. *Apud* Raimundo Magalhães Jr., *op. cit*, p. 209.

mais concreta do *emparedamento* se faz emblemática. No nível metafórico mais caro aos simbolistas, oferece a impossibilidade da voz, "mudez perversa"[11], da arte e da representação de si mesmo. Como construção, testifica a noção de livro uno; é obra, monumento de memória e resistência. Mas é também, dialeticamente, impossibilidade da arte e da criação, nódoa que petrifica o idealismo e oferta a morte sob o símbolo da pedra – imagem que "pena" infinitamente em busca de um fim.

Contudo, ao lado das imagens que atestam a consciência do impasse, a contrapartida do idealismo da arte insinua-se como sombra do pêndulo incessante entre o ser e o não-ser: a obsessão pela "obra" continua, imperiosa. "Intuições", poema de abertura do volume *Evocações*, é atravessado pelo espectro da perda; persegue, em círculos, o reconhecimento e o êxito circunscritos a certos grupos.

Norteiam "Intuições" percepções sobre a forma e o artista. O poeta é um ser eleito, o demiurgo que cultua a sensibilidade como instrumento para que se vislumbre o universo. Nesse caminho, desponta a imagem idealizada do poeta:

> Sim porque quanto a mim o artista é um predestinado! Quanto a mim ele é como uma ave estranha que já nascesse com as suas asas poderosas e gigantescas, ainda retraídas embora por algum tempo, mas que depois as fosse abrindo aos poucos, abrindo, abrindo, até que se distendessem de todo pelos espaços fora, projetando então a sua grande e consoladora sombra de Amor sobre o velho mundo fatigado.[12]

11 Título de um poema de *Últimos Sonetos* cujo tema é também o do "emparedamento", *op. cit.*, p. 193.

12 Cruz e Sousa, *op. cit.*, p. 59.1

O artista é aquele que, por meio da observação e vidência, chega à abstração, ao intraduzível. Contudo, sua sensibilidade deve partir do que é terreno para alcançar o absoluto. A observação não é um fundamento em si, mas etapa necessária para que o artista eleito descortine o ideal a partir do real.

> A observação constitui a força básica do artista, dela é que ele parte para as mais altas abstrações estéticas, como os Decadentes, os Simbolistas, os Místicos, partem das cruezas brutais do Materialismo, da tangibilidade do Realismo e do agudo e livre exame das ideias positivas, além de outras absolutas origens idealistas nevro-psíquicas, num movimento natural, simples e até nobre e claramente evolutivo, de requintes da alma.[13]

Essa sensibilidade eleita, "espírito complexo da arte", "verdadeiro clarividente", deve cunhar novos caminhos, a prosa surge como instância apta a traduzir as intuições simbolistas.

> A prosa não pode ser sempre de caráter imutável, impassível diante da flexibilidade nervosa, da aspiração ascendente, da volubilidade irrequieta do Sentimento humano. Não há hoje, nesta Hora alta e suprema dos tempos, fórmulas pré-estabelecidas e constituídas em códigos para a estrutura da prosa, principalmente quando ela é feita por uma sensibilidade *doentia* e extrema. Há tantas maneiras de fazer cantar a prosa, de a fazer viver, radiar, florir e sangrar, quantas sejam as diversidades dos temperamentos reais e eleitos.[14]

13 *Idem*, p. 584.

14 *Idem*, p. 585 (grifo do autor).

O ataque às "fórmulas pré-estabelecidas", incapazes de presentificar a estesia e a inquietação do poeta, alia-se à percepção do ritmo ("cantar a prosa"), do movimento ("a fazer viver") e de nuances imprevistas da arte ("...radiar, florir, sangrar"). Por trás das reivindicações formais, insere-se a sombra do poeta mártir, ("sensibilidade *doentia* e extrema"), aquele que dá mostras de sua capacidade criadora por meio do culto algo romântico do sofrimento e da necessidade algo decadentista da originalidade.

Os "temperamentos reais e eleitos" definem o criador como o possuidor de certa "aura" caracterizada pelo sacrifício e marginalidade. É traçado o retrato do artista como o sujeito atormentado, ser de exceção que, isolado, desdenha o mundo. Tal imagem, na figuração de Nestor Vítor, cuja preocupação aliava o embate pelo reconhecimento do poeta à construção da imagem do mártir, passará para a história da literatura como a do próprio Cruz e Sousa.

A consciência do poema em prosa, mesmo que não especificada, está posta ao lado da percepção da urgência de uma forma que, liberta das amarras do verso, proporcione maior amplitude à subjetividade:

> Se essa determinada prosa dá sugestões, desperta curiosidades, faz acordar a imaginação e consegue trazer no estilo modalidades perfeitamente originais, correspondentes à originalidade do temperamento do artista, como, pois, que o que ele produz, não é prosa, não se deverá chamar prosa?
>
> Por um lado até mesmo parece que não deveria ser esse o seu nome; não por não abranger o pretendido sentimento e forma especiais, particulares, da prosa, mas por ultrapassar, por superiorizar-se, por tomar outra elastici-

> dade, outras vibrações, outras modalidades que a prosa convencional e feita sob moldes estabelecidos jamais comporta.[15]

"Intuições" desenvolve-se como uma espécie de esboço do que seria a arte para os simbolistas e oferece uma imagem desfocada do meio e da significação social da arte. É curioso que o autor introduza dois personagens que se perdem em determinado momento, mas depois são recuperados, dando ao texto o aspecto de um diálogo. Porta-vozes das noções poéticas caras a Cruz e Sousa e de suas reflexões sobre a forma, os temas lembram a enquete de João do Rio, *O momento literário*. O enunciador descreve o ambiente literário que recebeu os novos com chacotas, pinça autores que influenciaram a estética simbolista – Shakespeare, Villiers de L'Isle Adam, Verlaine – e descreve a importância das escolas literárias. Essa última questão fez justamente parte da enquete de João do Rio; num processo que não deixa de mostrar certa necessidade de reparação, é como se Cruz e Sousa a respondesse.[16]

> É verdade, as escolas, as escolas! As escolas só ficam com os principais, com os chefes ou fundadores. Só os que

15 *Idem*, p. 586.

16 Trata-se da segunda parte da terceira pergunta da enquete de João do Rio: "Lembrando separadamente a prosa e a poesia contemporâneas, parece-lhe que no momento atual, no Brasil, atravessamos um período estacionário, *há novas escolas* (romance social, poesia de ação, etc.) *ou há a luta entre antigas e modernas? Neste último caso, quais são elas? Quais os escritores contemporâneos que as representam ? Qual a que julga destinada a predominar?*", Paulo Barreto (João do Rio), *O momento literário*, Rio de Janeiro, Fundação Biblioteca Nacional/ Instituto Nacional do Livro, 1994, p. 9, grifos meus.

> conseguem marcar a fundo a expressão de um sentimento e uma forma, os que têm os arrebatamentos e alucinações do Sonho e que pairam fora das órbitas geralmente traçadas. Os mais são apenas satélites, reflexos pálidos, metidos numa compreensão restrita como em escuros, lôbregos e estreitos corredores. Essas filiações, pois, desde que não há grandes asas desvairadas para plainar no alto, só amesquinham e vão aos poucos inoculando o espírito frívolo de moda nos que não possuem temperamento ingênito nem essa força de isolamento mental para criar sem sugestões diretas, imediatas. Quanto aos grupos, tanto quanto é mister a organizações sociais, não há grupos constituídos, como a Sociedade Amor às Letras, a Palestra Americana, a Brisa e o Grêmio do Momento Solene. Os grupos, como se compreende, são os que se pode dizer criados por abstrações, isto é, individualidades que já existindo, aqui, além, lá, em todo o tempo, vêm a se ligar mais tarde, no mesmo meio ou fora dele, por grandes linhas gerais, por correntes de simpatia intelectual, por inteiras relações de afinidade estética, por harmonia de requintes até certo modo unos, embora cada uma dessas individualidades tenha a sua enfibratura especial correspondente a um dado requinte. Os grupos, quanto a mim, só se estabelecem assim, independentemente da vontade própria de cada um, mas por um impulso desconhecido, por um instintivo apuramento, por uma seleção natural que foge a todas as regras preestabelecidas.[17]

Tal encenação de questões coincidentes desvela uma série de preocupações que estavam na ordem do dia. Cruz e Sousa, mesmo à margem da sociedade literária que gozava de prestígio e sinecuras, foi homem de seu tempo: acreditava no

17 Cruz e Sousa, *op. cit.*, p. 587.

valor do escritor como parte formadora da sociedade, na arte veículo de propagação de ideias e no valor e importância da forma como plasmadora de conteúdos latentes, vir-a-ser de um destino histórico.

As páginas de "Intuições" oferecem um testemunho de certa forma "realista" do percurso do poeta e de sua reflexão estética. Fundado em uma visão idealista das formas, o narrador funde ensaio, depoimento cabotino, ficção e um trecho final que se aproxima do poema em prosa, nos moldes do gênero enquanto síntese. O poema revela profunda crença na arte, cuja contraparte, crivada pelo fracasso, encontra-se em "Emparedado" – morte em efígie de ilusões e idealismos.

Se a irregularidade e a repetição comprometem tal texto como objeto estético "acabado" e mesmo frente a outros textos em prosa mais fecundos em enigmas e estratégias de "envenenamento" do discurso, merece atenção pela singularidade de traduzir-se como texto sobre o poema em prosa, orientado, portanto, pelo caráter metalinguístico. Sem ainda definir-se como gênero, a busca de uma nova linguagem realça a consciência voluntária de se fazer uma prosa poética nos moldes simbolistas franceses, com todas as implicações demiúrgicas que a exploração de uma nova linguagem acarreta. É sobretudo o testemunho de como assuntos, ponto de vista e vozes invisibilizadas dão-se a ver por meio de caminhos experimentais. O caráter de inacabamento, irregularidade e até verbosidade da prosa de Cruz e Sousa é o de um precursor que busca uma forma capaz de falar de temas novos e insuspeitados.

4. Poesia e prosa: as ideias fixas

Assim como para Baudelaire, a prosa de Cruz e Sousa participa de uma nova disposição para apreender esteticamente os "movimentos do ser interior".[18] O novo impulso está, em grande parte, regido por constantes temáticas que denunciam as obsessões do sujeito lírico, objetos que retornam impacientemente constituindo-se como verdadeiras *ideias fixas*.

São imagens que se aproximam formando uma espécie de constelação que gravita em torno de certas ideias-chave. Espectros que enformam imagens, símbolos ou alegorias e traçam as linhas de força das mais fundas preocupações do eu lírico.[19]

O retorno obsedante dos temas ocorre nos poemas em verso e em prosa. O confronto de objetos representantes dessas duas formas pode elucidar a diferença de caminhos em torno de uma mesma ideia e como a preocupação com a forma revela um desejo de construção-destruição.

---

18 "D'une part Baudelaire, réagissant contre une conception purement formelle de la beauté, se refuse à imposer à sa prose des cadres tout faits et des ornements plaqués, il cherche par des phrases fluids, transparentes et sans surcharge, à épouser les plus fidèlement possible les mouvements de l'être intérieur" Em tradução literal: "De uma parte, reagindo contra uma concepção puramente formal da beleza, recusa-se a impor à sua prosa molduras prontas e ornamentos folheados, ele busca por meio de frases fluidas, transparentes e sem sobrecarga, esposar o mais fielmente possível os movimentos do ser interior". Suzanne Bernard, *op cit.*, p. 140.

19 "chez toute écrivain, certaines images s'apellent mutuellement, apparaissent grouppés et gravitant autour de quelques idées dominantes [...] dessinent, souvent, la figure profonde de ses préoccupations secrètes..." Em tradução literal: "Na obra de todo escritor, certas imagens se chamam mutuamente, aparecem agrupadas em torno de certas ideias dominantes, [...] desenham, frequentemente, a figura profunda de suas preocupações secretas". Suzanne Bernard, *op. cit.*, p.201.

É o caso do poema "Invulnerável", de *Últimos Sonetos*, que dialoga com o poema em prosa "Asco e Dor", de *Evocações*. Em ambos, o choque entre a festa e a subjetividade esfacelada, o riso e a miséria culminam na desfiguração contemplada pelo riso amargo diante dos males do mundo. Observe-se:

Invulnerável

Quando dos carnavais da raça humana
Forem caindo as máscaras grotescas
E as atitudes mais funambulescas
Se desfizerem no feroz Nirvana;

Quando tudo ruir na febre insana,
Nas vertigens bizarras, pitorescas
De um mundo de emoções carnavalescas
Que ri da Fé profunda e soberana,

Vendo passar a lúgubre, funérea
Galeria sinistra da Miséria,
Com as máscaras do rosto descoladas,

Tu que és o deus, o deus invulnerável,
resiste a tudo e fica formidável,
No Silêncio das noites estreladas![20]

No poema, um soneto decassílabo, a vidência do eu lírico oferece o espetáculo da derrocada das ilusões mundanas. Desdramatizada, a queda inscreve-se na prescrição de um futuro apocalítico ("Quando dos carnavais da raça humana"... "Quando tudo ruir na febre insana") e a cena é contempla-

20 Cruz e Sousa, *op. cit.*, p.205.

da pelo "deus invulnerável" que, impassível, depara-se com o conjunto grotesco das dores do mundo. Certa ambiguidade se faz notar na postura desse deus: se, por um lado, é imagem de imperturbável imponência; por outro, o fecho sugere a problemática indiferença ante a eternidade dos suplícios e a impossibilidade de salvação ("deus invulnerável,/ resiste a tudo e fica formidável,/ No Silêncio das noites estreladas!").

Desse modo, a proposição final, que encerra o poema, com a presença de um tu soberano e omisso em contraposição ao desfile da miséria humana, pode revelar, para além da onisciência, a ironia: imagem da impossibilidade do absoluto e de um mundo desamparado. São claros os efeitos de síntese que o poema opera: a miséria tornada grotesca aos olhos da divindade e o abandono que emerge da relação entre o olhar divino e impiedoso frente ao homem. Nesse caminho de leitura, a unidade é conseguida pela divindade cujo olhar medusante paralisa e reforça a morte e suas máscaras. O eu lírico vê o drama da humanidade *através* dos olhos de um deus signo da desilusão ante as promessas de felicidade. Assim, o impasse é figurado por camadas de metáforas e imagens contestatórias trabalhadas sob uma forma cristalina e harmônica – o soneto decassílabo. O caráter de oposição se vale do modelo consagrado e a forma permanece sublime.

"Asco e Dor" não se beneficia da densidade sintética do poema. A estrutura passa a ser descritiva e introduz certa noção temporal questionada pelos avanços e recuos que atropelam o desenvolvimento. O tema é revelado por meio de uma pequena ficção cuja função é poética; contudo, o excessivo dissecar de certos aspectos – a dança, o asco do sujeito, a natureza da *Dor negra* – acabam por esmiuçar o que a síntese do poema sugeria. A iluminação que a imagem síntese ou o símbolo poderia evocar fica prejudicada, ou melhor, caminha em outra direção.

A maior liberdade que a forma prosa propicia, no entanto, permitiu que à máscara humana tragicômica fosse acrescida a problemática da alteridade. Por meio da prosa foi possível ao sujeito lírico apossar-se da questão histórica – a subjetividade negativa, espectro da invisibilidade – sob a forma do confronto entre o negro artista e os negros escravos, embate no qual a práxis do literato negro, formalizada, alcança o contorno do drama coletivo. À refinada bordadura imagética do poema acrescenta-se a encenação conflituosa do ponto de vista.

Ao argumento que insiste na irrelevância "poética" da prosa vista como confessional, explícita e carente da impessoalidade necessária à elaboração do objeto estético, caberia ponderar que a prosa privilegia a práxis no que ela tem de sujo. Se a lírica pede que o particular se renda ao geral, se dessa forma os antagonismos tornam-se mais evidentes, o poema em prosa, por sua vez, dada sua constituição impura, permite que a questão da constituição de si como outro surja como processo, tensão que anseia por figuração. A perpetuação do espetáculo da miséria humana exposta no poema ganha, na prosa, particularização: o drama é o da figuração da alteridade do negro. Tema fugidio, de alcance restrito e fadado à incompreensão e irrelevância em face da recepção do período, a abrir fendas capazes de fazer emergir uma matéria poética difusa, ainda intocada tanto para os discursos da época, quanto para o próprio escritor.

O tema da presença-ausência do negro – nas imagens desfocadas que oscilam da imagem de ser inferior à de sujeito eleito – é matéria abjeta, indigna da arte. A prosa pôde encenar os ecos de tal problemática: uma figuração grotesca para um tema igualmente grotesco. Não há como dar forma sublime àquilo que é considerado sórdido ou, pelo menos, e segundo os parâmetros da elite, de "mau gosto".

A anarquia aparente da prosa por oposição à ordem pré-estabelecida do verso não é gratuita: ela participa da subjetividade historicamente constituída que forceja por reorganizar o mundo à sua maneira. Os desdobramentos do lirismo moderno na figura do sujeito angustiado se, por um lado, perdem a possibilidade de verter seu drama em bela forma, impessoal, una e raiada de enigmas; por outro, participa de um desafio satânico: figurar o mundo por meio do sujeito e da liberdade em face da criação.

Outros exemplos de poemas em verso e em prosa que trabalham o mesmo tema – é o caso de "Mudez Perversa" e "Emparedado" no tema da petrificação ou "O Assinalado" e "Iniciado", sob o tema do artista eleito – também permitem pensar as diferenças entre poesia e prosa. Frequentemente a maior maleabilidade da prosa, sua tendência rapsódica e dispersiva a levam para um desenvolvimento pouco poético e demasiado explícito dos temas. A perda do caráter sugestivo e enigmático do poema unida à tendência retórica do discurso faz suspeitar que muitos de seus textos em prosa sejam ensaios, descrições ou reflexões. "Intuições", por exemplo, não é apenas poema, mas texto que explicita ideais e procedimentos da arte e do artista do momento. Ao mesmo tempo "Emparedado" pode ser considerado, apesar de longo, poema em prosa, e são as próprias características do gênero que permitem a encenação do duplo, do grito do "eu" que se reconhece como "tu". Nesse caso, a prosa permite também o tom de heresia fundado na majestade de estilo que toma muito à oratória para chegar à linguagem como vidência poética. Os acentos apocalípticos e os insistentes retornos ao tema participam da obsessiva luta do eu lírico entre sujeito e objeto. Objeto que toma a forma dos desdobramentos da própria constituição do sujeito, fusionando as ordens do eu e do outro.

A ideia fixa tem algo de condenatório. Os temas retornam sob novos enigmas, sob novas formulações, sempre acrescidos, sempre inexoráveis: não há finitude para a obsessão. Como peças de um jogo obsedante, o ramerrão de ideias fixas depõe a impossibilidade de completude sob o caráter de inacabamento.[21]

Pode-se aventar o quanto a reposição exaustiva dos mesmos motivos mira com olhos de morte, esfinge cuja decifração assume proporções abissais. Interminável e fatal, torna-se ideia lutuosa para o sujeito que se sabe terreno. Luciferina, está fadada interminavelmente a penar, querer ser luz e querer ser forma; não encontrando a plenitude do uno ou o repouso do nada é da ordem da queda e da má-infinidade – face do pêndulo, signo de morte.[22]

A matéria poética da prosa de Cruz e Sousa é fantasmática para si e para seu tempo. Testemunha lampejos de percepção

---

21 É curioso observar que Nestor Vítor, cuja preocupação maior em relação à obra de Cruz e Sousa era a da construção do herói trágico, tenha percebido a presença da ideia fixa a rondar a produção do poeta: "Este pensamento (da cólera intelectual contra si) que no 'Emparedado' recebe a maior intensidade épica a que podia atingir é em toda a vida intelectual de Cruz e Sousa como um pivô, uma *ideia-máter*, em torno da qual giram todas as outras, recebendo dela uma influência mais ou menos sensível." [...] "Ele vive por longo tempo absorvido num pensamento central, inesgotável para si, de modo que este se torna quase que uma obsessão em seu espírito ". "Cruz e Sousa", *in Obra Crítica de Nestor Vítor*, Rio de Janeiro, Fundação Casa de Rui Barbosa, 1969, p. 21 e 25 (grifo meu).

22 Sobre a noção de "ideia fixa", ver José Antonio Pasta Jr., *op. cit.*

da condição do sujeito negro como homem livre e, na contramão da ideologia otimista das elites, da falácia da abolição como movimento emancipatório. Percepções que tomam configurações angustiantes, obsessivas, da ordem do não-ser, mas que, por meio justamente da negação e da impossibilidade, atestam sua permanência tornando-se memória.

5. Arquitetura da destruição: gênero e subversão

Talhado pelo duplo princípio da ordem e da desconstrução, insurgindo-se contra as leis métricas, convenções e limites do verso, o poema em prosa buscou definir a arquitetura que preside sua própria destruição. A liberdade do poema em prosa por um lado corria o risco de perder-se na pura prosa e, por outro, abeirar-se do disforme e não conseguir instituir-se enquanto "obra". Os elementos sugestivos e encantatórios tomados à poesia deveriam rearticular-se de modo a garantir a modernidade e poeticidade do novo gênero.

A ruptura com as convenções rumo a um novo lirismo implica determinada compleição estética do objeto: a liberdade da forma não significa ausência de forma.[23] As leis que orientam o poema emprestam organicidade ao poema em prosa. Gratuidade, brevidade e unidade são as características do novo gênero, exigindo que este se revele como objeto cujas ressonâncias possam iluminar o núcleo ou nervo da ideia.

Os textos que compõem os livros em prosa de Cruz e Sousa muitas vezes contrariam tais leis. Os objetos de sua prosa

23 "Ce rejet des conventions n'est pas un rejet de toute loi; cette liberté de forme n'est pas une absence de forme". Em tradução literal: "A recusa das convenções não é recusa de toda lei: esta liberdade de forma não é uma ausência de forma". Suzanne Bernard, *op. cit.*, p. 437.

destinam-se, muita vez, a um fim, como é o caso das discussões estéticas: o estilo, a arte e o papel do poeta. Os textos que se preocupam tão somente em descrever aproximam-se da pura prosa, como "Intuições"; outros, que evidenciam preocupações poéticas, mas não atingem determinado grau metafórico, assemelham-se à prosa poética; aqueles que, valendo-se da prosa, continuam a cultivar o enigma e as sugestões desafiadoras caras aos símbolos, tendem a ser mais apropriadamente classificados de poemas em prosa. As categorias que a historiografia do gênero traçou muitas vezes não conseguem abranger a especificidade da prosa de Cruz e Sousa. Trata-se de uma forma cuja dificuldade de constituição comunica-se intimamente com a natureza escorregadia do conteúdo que lhes dá substrato.

A via que a prosa abriu ao tratar de temas pouco "sublimes" ou pouco poéticos talvez tenha sido um dos motivos da extensão de seus textos, marcados pelo retorno cumulativo do mesmo tema, obsessão que atinge o paroxismo e em muitos casos encontra-se com os símbolos do impasse ou as figurações da morte. Apesar de longos, os enigmas que "Capro", "Emparedado" ou "A Nódoa" evocam são uma síntese de percepções diversas – e até mesmo contrárias – que permanecem, como queria o símbolo, inseparáveis de seu invólucro sensível.

A extensão dos textos, unida à retórica por vezes estafante, denuncia também que a prosa do autor, naquele momento e no Brasil, tomou para si desafios que não estavam no horizonte da literatura. A prosa do poeta negro tornou-se ensaio, crítica e apreensão poética, crivada por imagens negras fugidias e enigmáticas, por questionamentos subjetivos que ainda não haviam tomado qualquer feição escrita. O negro liberto é objeto inverossímil, impossível de ser representado, ele faz parte dos arquivos da Abolição que precisam ser esquecidos. Antecipando qualquer constatação ou problematização que pudesse ser observada pela voz de outrem, o negro se vê desfocado, equivocado – raça inferior, artista, mártir – por meio desse gênero que não se sabe ainda forma.

Segundo os polos da ordem e da desordem, Suzanne Bernard encontra duas fórmulas para o poema em prosa: o poema formal e a "iluminação". O primeiro é aquele que possui uma estrutura cíclica cujo ritmo compreende a ideia de retorno, muitas vezes estruturado por refrãos. A "iluminação" caracteriza-se pela atemporalidade, impressão de choque e instantaneidade, uma espécie de "ponto luminoso", síntese que pulveriza tempo e espaço. Apesar do desenvolvimento do gênero ter tomado, na obra de Cruz e Sousa, outras direções, cunhando uma forma particular, essas duas fórmulas podem ser observadas em sua obra. Como exemplo do poema formal tem-se "Balada de loucos", poema longo estruturado por um *leitmotiv*. Como exemplo mais flagrante de "iluminação" tem-se "Umbra", poema sintético, cuja implosão das categorias de tempo e espaço permite, ao mesmo tempo, sugerir temas como a morte e a modernização, na entrevisão de um real demoníaco.

A síntese fulgurante exigida pela "iluminação" também pode ser observada em "Dor negra". Poema síntese de muitas preocupações de Cruz e Sousa, consegue cunhar um símbolo original e enigmático, espécie de depuração de reflexões e imagens recorrentes na obra do poeta. Símbolo que o poeta retira dos abismos do eu, cuja irradiação de imagens que entrelaçam experiência, memória e história, sempre encobertas por camadas sobrepostas de sentidos, enceguece de tanta luz.

Muito já se falou – sob a forma de citação e sem justificativa plausível – da inferioridade da prosa de Cruz e Sousa quando comparada à sua poesia.[24] Esta representaria o ponto alto de sua produção, além de asseverar o trabalho poético fino e acabado. Forma por meio da qual o poeta responde a sua época de modo negativo e consciente, valendo-se da economia de meios cara à poesia e do sutil jogo de significações cuja interpretação permite que se desvendem realidades imprevistas. O poema em prosa é retórico, rebarbativo, não alcança a síntese e a depuração presentes na poesia. É "obra menor", portanto, porque se vale frequentemente de convenções, é monótona e explicita em chave confessional o que os poemas oferecem sob os símbolos e as máscaras da linguagem poética. Sua forma – irregular, inacabada, tediosa – é condenada segundo o viés de certa ideologia estética cuja alegação mais funda é a da exigência do objeto acabado. Contudo, a fatura é fruto de determinadas condições históricas aliadas às singularidades do sujeito que também participam das necessidades e anseios de uma geração. Sua gênese é resultante de linhas de força sociais e estéticas historicamente determinadas. Quais foram seus fundamentos e a quais problemas ela procurou dar estrutura e resposta são perguntas que se impõem com maior urgência se o que está em jogo é a compreensão da literatura não só como sistema de obras, mas também como ruptura e dissenso.

---

24 Lembro, aqui, a posição de Davi Arrigucci Jr., para quem a poesia de Cruz e Sousa é "infinitamente superior" à prosa. Há que se considerar o quanto o advérbio não dá (e nem quer dar) conta da complexidade da forma e que não esconde a valorização do objeto acabado, "A noite de Cruz e Sousa", *op. cit.*, p. 212.

Nesse sentido, a obra de Cruz e Sousa é objeto da ordem do inacabado cuja investigação diz muito sobre camadas soterradas da vida literária e social do período sob o crivo da práxis do poeta negro simbolista. Mesmo as primeiras produções já esboçam um desenho de ruptura formal e anunciam temas que retornariam enriquecidos em sua complexidade.

Se, para Baudelaire, a prosa permitiu verter assuntos comezinhos em matéria poética carreando para o novo gênero "tons" como a ironia, o sarcasmo e o humor negro; para Cruz e Sousa, a prosa permitiu o descortínio desse *outro radical* e a encenação do duelo sob a forma do duplo. A modernidade para Baudelaire estava na rua, entre os desvalidos da cidade moderna para os quais a liberdade da nova forma possibilitou a figuração poética. Diferentemente dos versos de *Tableax parisiens*, em que o vulgar permite que se vislumbre o mistério, em *Le spleen de Paris*, a escória resta escória e a nova forma procura seguir o movimento do real.[25] Acrescente-se a isso a complexidade de uma poética que não pretendia fazer concessões ao público, preferindo, ao lado do culto dos temas polêmicos e fúnebres, explorar a linguagem da elipse e do enigma.

O caráter demiúrgico que implicou a busca de uma nova linguagem aliada à exploração de temas da vida cotidiana comunga da necessidade de seguir caminhos estéticos afins às formas do mal. Os submundos assumem lugar privilegiado, a exigir nova roupagem.

---

25 *Tableaux parisiens* é uma das seções que compõem *Les fleurs du mal* cujo tema é o da cidade e seus personagens. O volume de poemas em prosa *Le spleen de Paris*, também conhecido como *Petit poèmes en prose*, retoma o assunto por meio do gênero poema em prosa. Suzanne Bernard, *op.cit.*, p. 108

As imagens da *poesia negra* de Cruz e Sousa, presentes sobretudo nos livros póstumos, responderam negativamente à positividade alienante que a ideologia da época consagrou. Figurando um mundo às avessas, distorcido e demonizado, as grotas ganham o invólucro do sublime. A matéria "suja", por meio da forma impecável do verso, transmuta a aparência vulgar em sugestão de imagens, símbolos ou alegorias fazendo eco à constatação de Baudelaire ao se dirigir à rua: "Tu m'as donné ta boue et j'en ai fait de l'or".[26]

A forma aberta a experimentações e riscos do poema em prosa permite que o grotesco dos temas participe do grotesco das formas. A estrutura tornada elemento que acompanha as manifestações da subjetividade é ela também parte de um mundo estranhado. Confunde os domínios, embaralha tons, afastando-se da linguagem familiar do verso ou da prosa e aproxima-se do inumano, do inomeável. Mistura as ordens do discurso – é prosa, ensaio, poesia, ficção –, não é ponderada, não procura a síntese – é o próprio fluxo do desconhecido em sua aterradora e monótona profusão.

O desenvolvimento redundante e fatigante da linguagem que não progride, mas retorna insistentemente cumulada de desvarios, segue a lógica desconexa do discurso alucinatório. À força de buscar o desenho estético da própria alteridade invisível, a linguagem embaralha sonho, delírio e obsessão. Prossegue a reiterar o movimento cuja acumulação resulta num processo paroxístico. Contudo, ao atingir o ápice, na tentativa de construção do objeto inconstituível, este resta desfigurado.

26 A frase de Baudelaire ("Você me deu sua lama e eu a transformei em ouro") é citada por Suzanne Bernard, *op. cit.*, à p. 108 e faz parte de projeto de epílogo para uma 2ª edição de suas obras.

A encenação do conflito do ponto de vista do negro homem de letras encontra no terreno mais livre da prosa possibilidade de desenvolvimento. O estilo, afinado ao desafio da representação do não-ser, presta-se, muita vez, ao fluxo não depurado de imagens e ideias e acaba por esboçar uma voz cuja presença dá-se justamente por meio do oposto perverso da sua ausência. É a própria voz daquele que é considerado ser inferior, indigno de compor a nação nos desejados moldes civilizatórios, que é excluída ou relegada à esfera da produção e, portanto, à mudez, e cuja existência não admite subjetividade legítima, que tenta falar por meio do delito que implica a existência de um poeta negro simbolista.

Uma voz que escancara o dilaceramento e diz muito sobre o outro, seu semelhante. O momento de atração e repulsa, sintoma da introjeção da ideologia e da construção incipiente do discurso contraideológico, encontra, na forma aberta do poema em prosa, via possível de enunciação.

Sob o ponto de vista da construção, o inacabamento oferece virtudes porque permite acompanhar o périplo do poeta. Ainda: o que se pode observar na prosa de Cruz e Sousa, no vaivém obsessivo dos temas, na monotonia descritiva, no narrador vidente ou duplo, é o desenho ruinoso e atormentado do *trabalho*. O jorro de imagens e do discurso muitas vezes sem depuração flagra o transbordamento da força da matéria do mundo, os passos da produção inscrevem-se despidos de leis métricas, valendo-se da necessidade de uma nova linguagem para uma nova dor. Tema recorrente, o trabalho poético é também processo: a entrevisão do impasse da criação poética expressa-se na fatura que acumula, mas não se realiza plenamente. Talvez também porque a realização seria, dialeticamente, a negação dos pressupostos do gênero. Novamente o espectro da má-infinitude: forma que é uma busca e um processo de construção-destruição, ruinosamente interminável.

O mal acabamento da maioria dos textos revela que a estrutura apreendeu um sintoma social na difícil tarefa de delinear os contornos de uma subjetividade difusa. Se o fracasso – da forma, da arte, da alteridade legítima – é a culminação de sua busca, ele diz muito sobre o destino histórico de uma geração.

A forma ruinosa participa do *emparedamento* que resulta do desafio enfrentado pelo conflito da enunciação do ponto de vista. A dificuldade em falar como eu e como outro inscreve-se na estrutura da prosa cujo malogro construtivo aponta para a desfiguração alienante do texto que se quer "obra", assim como o sujeito se quer individualidade reconhecida.

O duplo princípio de criação e morte, engendramento e destruição, corrobora a intenção satânica dessa nova poética. Buscando consolidar-se, o gênero adentra os domínios do império satânico do desafio, da luta que se sabe perdida, mas que deve infinitamente continuar sob pena da perda da única possibilidade humana de transcendência: o conhecimento.

6. A forma negra

A ruptura representada pela voga do poema em prosa na Europa atende a certa exigência formal diante da crítica à reificação da arte e do homem de letras. A mercadoria poesia é contestada pela difusão do novo gênero que aos poucos impõe-se e, expondo o caráter dialético e perverso do protesto, firma-se como objeto vendável. De modo incipiente, a exploração do poema em prosa encena o embate que mais tarde será ampliado pelas vanguardas. A mais funda atitude de combate representada pela crítica aos meios de produção, ao status e ao mercado da arte, esbarra com a inevitável e perversa mercantilização da estética da resistência. O poema em prosa construiu-se enquanto oposição, porém, com o passar do tempo, firmou-se no mercado, o que não diminui seu valor histórico e caráter combativo, apenas confirma a lógica de um sistema que tende a neutralizar a crítica, cooptando-a.

Ora, no caso da produção poética de Cruz e Sousa, a coisificação antecede o próprio reconhecimento moderno da mercadoria trabalho. O que remete à situação do negro cativo ou liberto: a servidão o faz coisa, objeto de troca e instrumento de trabalho, enquanto que a condição do negro liberto o repele para as esferas da marginalização. Às promessas de cidadania, a abolição respondeu com a exclusão e o esquecimento. Perante uma sociedade que se modernizava, o liberto não detinha as relações de sociabilidade necessárias para colocar-se na sociedade competitiva que então se instalara. As novas instituições e relações assentadas no trabalho livre conviviam com a hierarquia da ordem servil. E esta, introjetada pelo negro e reproduzida pela sociedade, chocava-se com a autonomia que implicava a venda da força de trabalho no regime de classes, negando a integração do liberto como cidadão. Impedido, pois, de ser mercadoria numa sociedade que se modernizava, o negro não passava de "presença ausente" e foi considerado consequência e causa do atraso.

Afastado da possibilidade de constituir-se cidadão segundo os padrões modernos de sociabilidade que seguiam a orientação do trabalho livre, o negro ansiava pela venda livre de sua força de trabalho, única via possível de identificação no sistema competitivo que se descortinava. Mas não detinha os recursos necessários para enfrentar o mundo dos homens livres e do trabalho remunerado. Sua sociabilidade resumia-se aos papéis sociais degradados, esfera que correspondeu, no plano pessoal, à desmoralização e à continuidade da dependência. O quadro de miséria e abandono do negro livre impediu a manifestação de um sujeito histórico emancipado, colocando-o à margem inclusive da esfera produtiva.[27]

Nessas condições, impõe-se a pergunta acerca da produtividade da prosa de um autor negro, forma desvalorizada empreendida por um sujeito à margem da sociedade. As tarefas socialmente degradadas a que foram confinados os libertos permitem estabelecer paralelos com a marginalização da atividade do homem de letras. Na condição de trabalho à margem do sistema produtivo, compartilham o anseio de autonomia e integração na nova ordem social. A impossibilidade da obra se fazer produtiva, isto é, mercantilizada, está na base de certa atração suicida presente nos meandros dos altos e baixos da sua prosa. Na angústia que preside os descompassos da forma poema em prosa insere-se o lamento de não ser sequer objeto vendável, o que significa não existir. Muito das imagens brancas pode testemunhar o desejo da obra "negra" tornar-se "branca" para inserir-se socialmente, adentrando o mercado, permitindo ao poeta representar o papel do sujeito que se reconhece e é reconhecido pela sua produção. A atividade marginal do poeta é agravada pela condição de homem negro, daí a adoção do satanismo na periferia apresentar-se transformada pelo chão histórico. Satã

27 Florestan Fernandes, "A persistência do passado", *in O negro no mundo dos brancos*, São Paulo, Difusão Europeia do Livro, 1972, p. 83-108.

e sua legião de desdobramentos discursivos – o que aqui se nomeia de *satanismo estético* – aproximam-se da constante busca de figuração da imagem do negro liberto, turvada e estilhaçada pela experiência da servidão.

O conjunto irregular da prosa aponta para uma saída limite legitimada pela recepção crítica que se fez da obra: distante do mercado ou da estética acabada só pode destinar-se à morte e ao esquecimento. O propósito da arquitetura do livro não esconde a intenção de morte da forma, como se a literatura tramasse secreta vingança. Para além dos poemas que alcançaram certa unidade e dimensão estética, obtendo reconhecimento junto à crítica, o jorro de imagens, imprecações e palavrório, presente em grande parte da prosa, paira como uma espécie de "sujeira" sem termo, contaminando o que há de esteticamente considerável e poeticamente desejável no grande poeta e mau prosador. Um olhar para a impossível produtividade almejada por Cruz e Sousa como signo de inserção social e promessa de alteridade compatível com os novos tempos da Abolição faz com que dialeticamente uma nova via de produtividade se insinue. Os textos sem público apontam para uma produção cujo sentido e cujo destino eram o da morte. De modo que o impasse da produção material da literatura, que remete ao mercado editorial restrito, aos parcos leitores e à recepção crítica minada pelo preconceito racial, encontra-se com a obnubilação causada pela produção de sentido da obra. Sentido esse que se insinua por meio da apreensão cifrada do conflito, pela *mimese* da construção desfigurada do negro liberto e do passado do cativeiro. *Forma negra* e obra "de negro": a inviabilidade da produção que o contexto social afirmava impõe-se, no tempo e enquanto memória, como produtividade radical seja contra a obra parnasiana fechada e acabada, seja como testemunho da voz negra que pressente a exclusão, seja como morte que capta a "morte social" representada pela falácia da instituição da Abolição.[28] A morte que respondeu à improdutividade característica do meio brasileiro ativa certa produtividade – oblíqua, porém latente – que a obra adquiriu no tempo: a de assumir-se como figuração do impasse.

Desse modo, a escolha do gênero e a singularidade da forma participam da gênese das ideias fixas que compõem as imagens do *emparedamento* e da *Dor negra*. Delineadas pela exclusão e pela busca de certa redenção profana retirada do calvário – a ecoar o poeta *pharmakós* –, as obsessões aspiram à "reumanização" do homem negro. Mas, ao perseguir a imagem possível dessa condição, a representação revela-se impalpável e só ocorre mediante a obscuridade dos enigmas e a irregularidade da prosa. A obsessão pela humanização do negro torna-se mais conflituosa em relação ao liberto, já que, mesmo que de modo perverso e espúrio, o escravo encontra-se mais integrado à sociedade. A prosa é o tecido sobre o qual se imprime tal busca: a forma informe força caminho em meio à condição alienante do liberto. A indefinição do objeto aponta para a fa-

28 A interpretação do poema em prosa de Cruz e Sousa como "forma negra" comunica-se com a sugestão presente no estudo de Nereu Corrêa, "O canto do cisne negro". Neste estudo, a prosa é chamada de "livro negro" em contraposição à poesia, considerada uma espécie de "livro branco": "O Cruz e Sousa da poesia não é o mesmo Cruz e Sousa da prosa. Eu diria que os versos são o livro branco do poeta, e a prosa o seu livro negro. De fato, na poesia vamos encontrar o homem que transpôs a linha de cor, o ariano, o espírito depurado [...] enquanto na prosa está o negro, o africano, o "emparedado". Nereu Corrêa, *O canto do cisne negro e outros estudos*, 2ª ed., Florianópolis, FCC, 1981, p. 16-17.

lácia das intenções emancipatórias prometidas, uma vez que, ao lado do contexto histórico da Abolição, há o agravamento da situação de exclusão. O coroamento da impossibilidade de individuação surge como correlato dialético do movimento abolicionista. A literatura reelabora a "morte social" resultante do gesto libertário das elites.

A forma movediça do poema em prosa de Cruz e Sousa é dada pelo incessante confronto entre a representação do negro e a realidade de pária, entre o encontro da imagem humana e o desconhecimento que preside os estereótipos e a condição do negro – ou ainda entre os limites extremos do ser e do não ser, da vida e da morte. Longe da via do reconhecimento nítido do sujeito e do objeto – na confusão das ordens do negro poeta e do negro escravo ou liberto – só as figurações do mal e de Satã podem dar corpo à alteridade negativa.

Desse modo, em Cruz e Sousa, o gênero desenvolve-se acrescido da problemática do negro que lhe fornece a morte como especificidade da leitura da ordem social no Brasil. Os antagonismos da realidade periférica, com toda carga que a subjetividade cindida do poeta negro simbolista acarreta, permite que o poema em prosa enverede pelos caminhos da crônica, do ensaio ou do conto. Tratando de aproveitar a liberdade oferecida, essa nova modalidade de prosa chega mesmo a afastar-se do fundamento da "escritura artística" em literatura. E preconiza, conflituosamente e sem deixar de se render à sedução da arte, uma espécie de escrita antipoética. O trabalho depurado da arte muitas vezes escapa ao fluxo intenso de imagens que tateiam o objeto e cada vez mais o encobrem. Da linguagem que funde arte e experiência resulta espessa camada imagética que faz da prosa leitura difícil e incômoda. Penetrando o nó de uma figuração ausente, os labirintos de uma presença de tal forma desumana desorientam o rumo da prosa, como se a linguagem tivesse de continuar, pois alcança pouco e não encontra nitidez. A desmesura persegue o sujeito e o objeto, mas retorna sempre acrescida das rebarbas impalpáveis do enigma. A nova prosa cinzela a peculiaridade do gênero nas condições periféricas: sua "poética" esgrime, por meio da impureza e do excesso, o sentido da morte.

Assim, a *irregularidade* da prosa – má qualidade do experimento impuro e inclassificável – adquire sentido e produtividade, quando analisada como conjunto. Entre os textos considerados esteticamente relevantes, ao lado de outros de difícil leitura e classificação, a letra excluída do mercado arrisca o mergulho no indecifrável. Ameaçada pelo esquecimento, o concerto de vozes emudecidas da prosa negra arma a vingança de se fazer antiarte.

IV. A forma como trabalho de morte

L'irréparable ronge avec sa dent maudite
Notre âme, piteux monument,
Et souvent il attaque, ainsi que la termite,
Par la base le bâtiment.
L'irréparable ronge avec sa dent maudite!
(Baudelaire, "L'irréparable")

A música da Morte, a nebulosa,
Estranha, imensa música sombria,
Passa a gemer pela minh'alma e fria
Gela, fica a tremer, maravilhosa...

Onda nervosa e atroz, onda nervosa,
Letes sinistro e torvo da agonia,
Recresce a lancinante sinfonia,
Sobe, numa volúpia dolorosa...

Sobe, recresce, tumultuando e amarga,
Tremenda, absurda, imponderada e larga,
De pavores e trevas alucina...

E alucinando e em trevas delirando,
Como um ópio letal vertiginando,
Os meus nervos, letárgica, fascina...
(Cruz e Sousa, "*Música da Morte*")

1. A morte na literatura *fin de siècle*: símbolo e forma

Os epígonos que demarcaram a literatura simbolista e a atitude decadentista conviveram com a obsessão e com o espectro da morte sempre a rondar. A "intrusa", como a chamou Maeterlinck, tornou-se símbolo privilegiado da atmosfera *fin de siècle*, denotando ora profundo cansaço da civilização, ora a impotência do gênio poético para abranger a multiplicidade de aspectos que o mundo exterior oferecia à subjetividade criadora. Precursores do movimento simbolista como Edgar Allan Poe e Baudelaire exploraram o *topos* da morte cumulando-o de novas significações e valendo-se de suas imagens para afrontar o curso alienante da modernização. Tal temática, aliada à linguagem trabalhada, e muitas vezes hermética, da poesia simbolista, explicita certa recusa ao consumo fácil, cujo afastamento do público revela-se também atitude de resistência frente ao processo de mercantilização da arte.[1]

As muitas faces da morte simbolista apontam seja para a culminação do percurso tortuoso dos heróis decadentistas, cujo maior exemplo é Axël, de Villiers D'Isle-Adam, aquele que escolhe a morte diante dos tesouros reais e imaginários que a vida

1 Cf. Ivoné Daré Rabello, *op.cit.*, p. 23-24.

poderia lhe ofertar. O tema é responsável pela cunhagem de muitos símbolos do período, limite extremo capaz de, a um só tempo, entreabrir as fronteiras do desconhecido e impor a finitude da experiência.

À morte enquanto tema sucede a figuração da morte enquanto processo, trabalho artístico: *forma*. O culto subjetivista ao gênio criador – artista como ser eleito, poeta vidente cujo olhar transpõe realidades – cede espaço à percepção do desencantamento da arte e do mundo. Nesse passo, a exaltação da criação e do criador dá lugar à obra que exprime a impotência petrificadora do trabalho. O emblema maior do questionamento do idealismo simbolista é o processo interminável da confecção do "livro" de Mallarmé. A página em branco figura ora o abandono de toda forma, na iminência do não-ser; ora a intenção de controlar o acaso, como modo de aprender a morrer. A forma da morte no nada do branco da página mallarmeana é o ponto em que a arte assume-se como impasse, outro modo de ser do instante final. Ou, ainda, o artista e o processo criativo encontram-se intimamente ligados à percepção da morte[2] e a característica autorreflexiva do simbolismo acentua ainda mais esse laço. O artista semelha um criador diabólico: o indefinido anterior à criação comunica-se com o nada, com a ausência absoluta. Criador e criatura enfrentam o tempo irreversível. O extremo representado pela obra de Mallarmé patenteia a busca do nada na obra – ou o nada da obra –, a apropriação da ausência na tentativa de cercear o acaso.

2 Maurice Blanchot, "L'Oeuvre et l'espace de la Mort", *in L'Espace littéraire*. Paris, Gallimard, 1996, p. 132-133.

2. A morte: libertação ou danação

A morte na obra de Cruz e Sousa é tema constante, espécie de extremo para onde culminam anseios e obsessões. Entre muitos matizes, pode sugerir repouso, libertação, afirmação, aniquilação ou desconhecimento; em sua prosa madura (sobretudo *Evocações*), o tema mediará a articulação de tais percepções à problemática da escravidão no país.

O horror experimentado pelo homem diante da morte fundamenta-se na ameaça da perda de si. Presságio que tem seu contraponto necessário no paradoxo do medo e da atração pelo nada. Horror e risco são faces da afirmação da individualidade; o sujeito teme perder-se e sabe que a aproximação do instante mortal é a do maior conhecimento possível, inatingível e suicida. É assim que a consciência da finitude também afirma o indivíduo, cujo paroxismo deificador evoca novamente a morte suprema, espaço indizível do conhecimento e da liberdade. O fascínio pelo instante final implica simultaneamente libertação absoluta e catástrofe irremediável.[3]

Em *Missal*, a morte comunica-se à ideia de repouso, ao desejo de evadir-se aliado à ânsia do desconhecido. O tema recorrente encontra-se com a imagem do mar, símbolo de uma espécie de morte-renascimento por meio do retorno à intimidade maternal da natureza. Essas imagens darão lugar ao tema da noite e à poesia das imagens negras de *Evocações*. Momento em que a morte passará a sinalizar desconsolo e destruição: a natureza acolhedora torna-se madrasta. A volúpia e o medo diante do passamento imprimem angústia e melancolia na figuração

---

3 Edgar Morin. *O Homem e a morte*, Sintra, Ed. Europa-América, s/d, p. 62-77.

da natureza. E o ápice da desadaptação do eu no mundo oferece novos símbolos, negros e medonhos que olham e se olham, prenhes de má morte. Os textos em prosa desenvolvem o *topos* como intricada rede de libertação e danação, desejo ardente de perder-se no nada e angústia antecipada em face da entrevisão de uma eternidade envenenada.

O drama do sujeito que pressente a morte faz o eterno tormento da criatura. Angústia que diz respeito à percepção do tempo irremediável, à fatalidade do destino e à impossibilidade de retroceder. A reflexão sobre a temporalidade desvela o embuste da liberdade humana. O homem é livre para querer ou fazer, mas o curso reversível do tempo lhe é interdito. Imerso na limitação da temporalidade, o impossível jogo do ir e vir faz a triste compensação da nostalgia e acumula a tensão do instante mortal.[4] Se o tempo é criação do diabo, já que o mundo sensível é seu domínio e é com ele que a temporalidade, por oposição à eternidade, passa a ser,[5] é também ele quem rege a báscula de ser e não-ser que a reflexão sobre o assunto compreende. O príncipe da Terra comanda a entrevisão da morte em vida.

O diabo, símile imperfeito, é aquele que nega. O "ato" criminoso de Lúcifer precede a queda, inaugura o tempo e, consequentemente, a morte. Mito que foi alegorizado por Milton: a

4 Vladimir Jankélévitch, "L'Irrévocable", *in La Mort*, Paris Flammarion, 1977, p. 331-351.

5 Vilém Flusser, em A *história do diabo*, define, inicialmente, o diabo como o tempo. Segundo o autor, a frase do livro do Genesis: "no início criou o Senhor os céus e a terra", contém uma contradição que consiste na menção da criação do espaço "céu e terra" sem a criação do tempo (quem criou o "início"?). Propõe, por fim, que a frase poderia ser: "e no início Deus criou o mundo fenomenal e o diabo". O diabo é o tempo, *in* A *história do diabo*, Martins, 1965, p. 23-26.

morte é filha da cópula de Satã com o Pecado.[6] O anjo caído é caricatura: criação às avessas que é destruição, *fiat* que desfaz.[7] A criatura assimila o processo de *formação* do Diabo: revolta, luta, queda, exílio e culpa. E a opção pelo mal torna-se modo de se opor à morte e, por extensão, aos desígnios de Deus. Certa irônica vitória do Diabo instaura a imanência no seio das promessas divinas da revelação, contaminando de não-ser a vida e a práxis humana – cujo recurso à memória é ingênua, contudo heroica, resistência ao fluxo do tempo.

Para além da morte como possibilidade de libertação no incomensurável instante, aquele que carrega o estigma do cativeiro está aquém da luta transcendente pela conservação de si. Não sendo propriedade de si mesmo, não possui direito à morte digna, nem tampouco à morte plena.[8] Sujeito que nasce como objeto, a representação que tem de si não acede ao estatuto de indivíduo. A desindividuação, que procede à legitimação da dominação, vai de encontro à subjetividade daquele que experimenta a perda. Portanto o duplo do negro, esse espectro que permite o diálogo consigo e com seu destino pessoal e histórico, apresenta-se comprometido: o conflito, antes de ser o do homem diante da morte, é o da própria constituição de si como outro. Essa subjetividade só pode constituir-se enquanto aparência fantasmática: seu modo de ser aproxima-se do não-ser.

A problemática da morte é também a do *absolutamente outro*. Não há alteridade mais aterradora que aquela que não é

---

6 Albert Camus, *op. cit.*, p. 66 e John Milton, *Livro II. O Paraíso Perdido*, Rio de Janeiro, Ediouro, s/d, p. 45-82.

7 Vladimir Jankélévitch, *op. cit.*, p. 269 e 282.

8 Edgar Morin, "A luta de classes – o rei, o escravo, a morte", *op.cit* p. 48-53.

da mesma ordem que o uno. Se a morte é a suprema alteridade avessa à bela forma – uma vez que, ao contrário, precipita o ser no abismo do informe –, está apta a figurar a invisibilidade e amorfia do negro, como *outro radical*. Este outro, absoluto e aterrador, fruto da reflexão metafísica, comunica-se com a imanência da difícil alteridade do negro. Como se a proximidade do limiar trouxesse também a epifania demoníaco-visionária necessária para a formação de si como outro.

O sujeito que pensa a finitude e a obra que se faz estrutura de morte reverberam a condenação divina e a natureza rebelde do proscrito. A sombra da culpa espreita o percurso do sujeito e sua literatura – grito que contém o emudecimento do *emparedado* – funda-se na imanência que subjaz à doutrina da queda. Assim, a obra do poeta que se sabe parte daqueles que estão à margem, alijados da perspectiva de constituírem alteridade, entrevê, paradoxalmente, no efêmero instante mortal, meio de encontrar uma forma que o represente.

Esse *topos* predominante afina-se às manifestações do mal. As imagens negras tecerão literariamente uma urdidura da morte – de *certa morte*, da *vida-morte negra*; espectro que se faz, enfim, forma.

3. Figurações da morte na prosa de Cruz e Sousa

As recorrentes figurações da morte na obra em prosa de Cruz e Sousa assumem diversos matizes: percorrem o arco que vai da reflexão existencial ou metafísica à apreensão das aporias do escravismo, da situação dos libertos e do poeta negro. Limite intangível, sombra do inenarrável, vulto da desumanização: o *topos* testemunha a necessidade do pensamento que se inclina sobre o momento fatal, buscando o aprendizado impossível que queda em reflexão desalentadora. Sobretudo em *Evocações*, a morte impõe-se como o tema por excelência, revestindo-se dos procedimentos da *estética satânica*.

As formulações poéticas procuram enfrentar o grande enigma. Para tanto, a perseguição da temática imprime-se nas três pessoas do discurso: tu, ele, eu. Mais rarefeita na segunda pessoa, simula proximidade ou o tu como duplo do eu. Faz-se objeto constante na terceira, fruto de reflexões que buscam personificar a ausência, dar forma à inapreensível morte-objeto. Já a primeira pessoa enraíza-se na experiência subjetiva, quando o pensamento lutuoso, da revolta à melancolia, será ora sujeito, ora objeto de si mesmo.

A tendência antinarrativa da quase totalidade da prosa de Cruz e Sousa aponta para a proeminência de um tecido que se compõe – e decompõe – por meio de *imagens* – enigmas, símbolos, fantasmagorias. Afastado da identificação plena do eu com o mundo, o invólucro fúnebre se faz ideia, reflexão sobre a dissociação entre interioridade e exterioridade; experiência e ideologia. Quer indiquem a nostalgia sentimental do homem diante da perda da existência imersa na natureza, quer expressem o sentimento de ruptura e desenraizamento em relação ao mundo hostil, as imagens sinuosamente confeccionam a complexidade do ponto de vista. As figurações do momento crucial contém em seu íntimo a cisão primeva; erigem-se modos da consciência reflexiva a tramar a interpretação sobre determinado destino histórico.[9]

9 Pode-se recorrer aqui à distinção de Schiller entre poesia ingênua e poesia sentimental: no mundo moderno, o desaparecimento da natureza como *experiência* e *sujeito* dá lugar à poesia sentimental marcada pela melancolia e pela apreensão da natureza enquanto *objeto* e *ideal*. Visto

As formulações dão-se por meio das metamorfoses que o discurso indireto da imagem propicia, cujo percurso inscreve uma estética da morte que impele à decifração. A predominância das imagens negras – cuja filiação intimista, acrescida do dado local, explicita seu fundo satânico – organiza uma série de sentidos em torno da ideia fixa central da morte.

A fim de percorrer os muitos sentidos da morte na prosa de Cruz e Sousa, faz-se pertinente remontar à arquitetura de camadas desenvolvida no instigante estudo de Michel Guiomar, *Principes d'une esthétique de la mort*. O autor subdivide as figurações da morte em categorias imediatas: *crepúsculo*, *fúnebre*, *lúgubre* e *insólito*; categorias do fantástico: *macabro*, *diabólico* e *fantástico do além*; e as categorias metafísicas: *demoníaco*, *apocalíptico* e *infernal*. Em breve síntese: diante da ideia da morte, o *crepuscular* define-se como um estado intermediário entre a recusa e a aceitação, potencialmente presente na passagem do claro ao escuro; o *fúnebre* é uma espécie de constatação passiva ou inconsciente; o *lúgubre* diz respeito à introjeção ativa

que a natureza une e a arte cinde, o caráter reflexivo da poesia moderna, sentimental, deve buscar o ideal. No entanto, como o ideal não é jamais alcançado, o poeta moderno é para sempre imperfeito: "Um caráter que, com ardente sensibilidade, abraça um Ideal e foge da realidade para lutar por um infinito sem essência, que busca ininterruptamente fora de si aquilo que ininterruptamente em si destrói; para o qual apenas seus sonhos são o real, suas experiências, eternamente, apenas limitações; que, enfim só vê uma limitação em sua própria existência e, como é justo, também a rompe para penetrar na verdadeira realidade – tal perigoso extremo do caráter sentimental tornou-se matéria de um poeta no qual a natureza atua de maneira mais fiel e pura do que em qualquer outro, e talvez seja, entre os poetas modernos, o que menos se afasta da verdade sensível das coisas", Friedrich Schiller, *Poesia ingênua e sentimental*, São Paulo, Iluminuras, 1991, p. 56, 61-62 (citação p. 77-78).

da ideia fatal e o *insólito* é apreensão ao mesmo tempo ativa e hipnótica do momento derradeiro, que acena para o limiar do mundo fantástico. As categorias fantásticas relacionam-se a aspectos que não são dados pela natureza. Assim, o *macabro* personifica o mal, o *diabólico* refere-se à união entre diabo e morte e o *fantástico do além* abrange manifestações presentes em "outros mundos". As categorias do fantástico, a partir da concepção dualista do mundo que encerram, abrem espaço para as categorias metafísicas. Estas últimas compreendem o *demoníaco*, no sentido de uma tomada de consciência do artista em relação à dualidade bem/mal, e oferecem duas vertentes: o *apocalíptico*, que acena com a revelação após o fim, e o *infernal*, que consiste na escolha pelo mal. Estas categorias nem sempre ocorrem separadamente, é mesmo comum que se confundam ou se comuniquem. A obra de Cruz e Sousa percorre, e muitas vezes entrelaça, todas estas "fases" da estética da morte. Os exemplos que seguem procuram entender como funcionam tais categorias na trama específica da prosa do autor.[10]

A categorização permite palmilhar as linhas que delineiam a representação das muitas imagens lutuosas, peças do conjunto no núcleo da prosa madura do autor. Preocupação primeira, microscópica em certa medida, que busca acompanhar as nuances e intenções que esculpem a atmosfera geral da morte e seus sentidos específicos – que vão do conteúdo manifesto ao latente, este só desentranhado por meio da interpretação – para depois investigar o processo de construção-desconstrução-reconstrução como *forma negra da morte*.

10 Cf. Michel Guiomar, *Principes d'une esthétique de la mort*. Paris, José Corti, 1967, principalmente p. 140-147.

Em *Missal*, o mar é eleito signo privilegiado para figurar o instante final. Segue ora o arquétipo das águas-mães que conduzem à morte-renascimento – instância que acolhe e atrai docemente para o abismo –, ora é metáfora da vertigem do desconhecido e do infinito avassalador.[11]

A presença das imagens solares em *Missal* contamina a visão do mar tornando-o espaço eleito para a expansão dos devaneios poéticos do eu lírico. "Ocaso no Mar" e "Navios" apresentam-se como exemplos de textos que são esboços fugidios de paisagens ainda intocadas pela vertigem que caracteriza *Evocações*. No entanto, já com "Noctambulismo", texto que remete a "Asco e Dor" e que pertence à constelação de símbolos em torno da mesma ideia fixa da festa grotesca, são lançados véus sobre a claridade ofuscante de *Missal*. Sombras que, ao lado de cintilações do elemento rubro, antecipam a amplidão negra e as imagens corporificadoras da dor, de *Evocações*.

O mar é frequentemente tomado como fonte de inspiração, local que "revigora as faculdades artísticas", como se lê em "Tintas Marinhas", espécie de *locus amoenus* que descortina uma visão idealizada da arte. Mas o mar é, sobretudo, o vislumbre do infinito e, por extensão, do ignoto e inefável. O poema "A Janela", prenunciador de "Emparedado" no que se refere ao tema da petrificação, revela o mar como microcosmo, espaço emoldurado pela visão da janela que apreende a agitação do mundo exterior. O espectro do fracasso imprime-se na imagem do muro que barra a vista para as águas e a "florejante janela que abria, como um desejo vago, para o Mar infinito", conhece

11 "Pois o mar irá trazer em si a grande harmonia, a grande reconciliação com a morte. É a natureza primeira, a mãe cósmica análoga à mãe-real, carnal, protetora, amorosa", Edgar Morin., *op. cit*, p.120.

a imperiosa imobilidade da pedra. Antecipando a aparição do símbolo *emparedado/emparedamento*, o muro aqui já obsta as paragens ilimitadas e vertiginosas nas quais o eu lírico anseia penetrar e se perder:

> Agora um muro enrijecido e alto que o musgo e o limo maciamente vestem de um veludoso verde escuro de tapeçaria, veio para sempre obstar a ampla vista azotada e alegre do edificante panorama do Mar.
> Para além, como um gigantesco protesto que a pedra opusesse às jubilosas, triunfantes águas marinhas, o muro vai, longo e impenetrável, estendido em pano ríspido de parede socavada e cerrada, que tudo do mar avaramente encobre – levantado da terra como um brusco e bronco biombo de terra à livre expansão da luz.[12]

Mas é no texto que fecha *Missal*, "Oração ao Mar", que se pode observar toda a força do *símbolo*, à moda simbolista. Espaço eterno que vence a morte e guarda a memória, que protege a perenidade da "obra". A reverência prestada ao mar, "Ó Mar! Estranho Leviatã verde! Formidável pássaro selvagem...", expõe a precária temporalidade humana em face da acalentadora promessa da eternidade.[13] O *Missal* é confiado às profundezas do mar que o protegerá da impureza do tempo; repouso que purifica, espécie de morte-renascimento que impede o terror da decomposição. À semelhança do livro mallarmeano, que contém o universo em miniatura e pretende captar o absoluto, o *Missal*

12 Cruz e Sousa, *op. cit*, p. 494-495.

13 Também Lautréamont no canto primeiro saúda o Mar: "Vieil océan, aux vagues de cristal [...]. Je te salue, vieil océan!". Em tradução literal: "Velho oceano, de vagas de cristal [...]. Eu te saúdo, velho oceano!", *in Les chants de Maldoror*, Paris, Booking Internacional, 1995, p. 23-24.

é livro de orações simbolistas que deseja estar a salvo das "mãos brutais e poluídas": a mão do tempo que conduz à morte.

Leiam-se dois fragmentos: respectivamente, o início e o fechamento do poema:

> Oração ao Mar
>
> Ó Mar! Estranho Leviatã verde! Formidável pássaro selvagem, que levas nas tuas asas imensas, através do mundo, turbilhões de pérolas e turbilhões de músicas!
> Órgão maravilhoso de todos os nostalgismos, de todas as plangências e dolências...
> Mar! Mar azul! Mar de ouro! Mar glacial!
> Mar das luas trágicas e das luas serenas, meigas, como castas adolescentes! Mar dos sóis purpurais, sangrentos, dos nababescos ocasos rubros! No teu seio de virgem, de onde derivam as correntes cristalinas da Originalidade, de onde procedem os rios largos e claros do supremo vigor, eu quero guardar, vivos, palpitantes, estes Pensamentos, como tu guardas os corais e as algas.
> [...]
> Pelas tuas alegrias radiantes e garças; pelas alacridades salgadas, picantes, primaveris e elétricas que os matinais esplendores derramam, alastram sobre o teu dorso, em pompas; pelas convulsas e mefistofélicas orquestrações das borrascas; pelo epiléptico chicotear; pelas vergastantes nevroses dos ventos colossais que te revolvem; pelas nostálgicas sinfonias que violinam e choram nas harpas da cordoalha dos Navios, ó Mar! guarda nos recônditos Sacrários d'esmeralda as Ideias que este Missal encerra, dá-o, pelas noites, a ler ás meditadoras Estrelas, à emoção dos *Angelus* espiritualizados e, majestosamente, envolve-o, deixa que Ele repouse, calmo, sereno, por entre as raras púrpuras olímpicas dos teus ocasos...[14]

14 Cruz e Sousa, *op. cit.*, p. 515-516.

Tal mar é testemunha de uma percepção *fúnebre* da morte. Por seu intermédio, constata-se, com equilíbrio e anuência, o ciclo irreversível no qual está imersa a experiência humana. Atesta a presença sutil do grande revés, sem gravidade ou exteriorização: trata-se da morte interiorizada, numa espécie de percepção inconsciente. A constatação fúnebre sugere e neutraliza a percepção do momento final; assim, recusa a explicitação, sob pena de tornar-se *lúgubre*.[15]

Não obstante, esse mito das águas-mães revela seu contraponto dialético na figura do Leviatã, monstro do mar cujo parentesco com Satã denuncia a associação das águas com a culpa originária. O monstro marinho, assim como o Diabo, deve ser morto pelo messias, mito que retoma a doutrina da queda e faz do mar natureza decaída. De modo que o mar surge também como o mundo da culpa e da morte, pois os filhos de Adão "vivem e morrem dentro de seu ventre". No topos da procura, de que a luta bíblica contra o mal dá testemunho, também se insere o poeta simbolista redimensionando o objeto da busca: trata-se do ideal que, por meio da sondagem introspectiva, adentra o incógnito e as formas do mal.[16]

Em *Missal* a morte é imagem em negativo. Vertiginoso infinito que se tornará abismo niilizador. O símbolo do mar é veste eufemizadora da morte, máscara que apela para o incomensurável ou para o anseio metafísico como paragens do desconhecido que ainda preservam o ser. Nesse caso, *o outro*, nas figurações da atração majestosa do infinito, ainda contém *o mesmo*. O mesmo e o outro são, a um só tempo, diferentes e semelhantes, as duas faces do duplo. Para que surja em imagens

15 De acordo com a classificação de Michel Guiomar, *op. cit.*

16 Northrop Frye, *op. cit*, pp. 188-191; citações anteriores, p. 188.

fantasmáticas, o *outro absoluto* da morte precisará aproximar-se da alteridade do negro. O mar, imagem fúnebre, tateia o indistinto não-ser.

Feições funéreas entalham-se também em "Psicologia do Feio" e "Umbra". Em ambos, os cortejos e o culto das imagens desalentadoras prenunciam *Evocações* e comprometem as luzes edificantes de *Missal*.

Se as figurações da morte são elaboradas imagens – por vezes alçando-se a símbolos – que tentam conhecer o irreconhecível ou alcançar o inalcançável na medida em que se acercam da indistinção e da alteridade negativa, a imagem daquele que dorme é talvez a melhor das suas máscaras. A letargia que acompanha o sono emula a atração e o horror que o cadáver inspira. É o estado *crepuscular* por excelência, estado de transpasse, de indecisão diante daquele que observa. O sono possui potencialmente a morte, orienta-se incertamente em direção a este outro. Morte em efígie; ainda vida, quase finamento.[17]

A semelhança entre repouso e morte explicita-se na metáfora do "sono eterno". Desvenda à experiência humana "a aparência empírica da morte", suas figurações arquetípicas remetem à ideia de sono originário, anterior à criação.[18] Esse adormecer primeiro comunica-se com o último: ambos são da ordem do não-ser.

No poema "O Sono", de *Evocações*, a morte é figurada em segunda pessoa; o eu lírico observa o seu objeto do desejo cuja dormência traz a ameaça da mudez permanente. Esse "tu" é

17 Lembro aqui o poema de Rimbaud, "Le Dormeur du Val", em que a nebulosa fronteira entre morte e vida torna mais provável que o sono figure como metáfora da morte, *in Poèsies*, Paris, Booking Internacional, 1995.

18 Edgar Morin, *op. cit.*, p. 117-118

chamado a acordar, pois que desperta no narrador em primeira pessoa o temor do sono perpétuo. O estado *crepuscular* que a imagem traz cede espaço à constatação de caráter *lúgubre* revelada pelo sujeito lírico.[19] A morte é ativada, ela surge na superfície dos objetos e seres e instaura um estado de luto. Os "olhos fechados por longas e pesadas trevas" insistem no parentesco entre morte e sono e apontam para a ameaça "de que talvez esse sono seja eterno e eu não ouça, não sinta jamais, nunca mais!" Este "nunca mais" desvenda a percepção da irreversibilidade no seio dessa máscara da morte em vida, representada pelo desfalecer.

Assim também a mudez – referência que remete à cunhagem da imagem-símbolo do *emparedamento* – é evocada em diversas expressões que denotam o enregelamento do cadáver: "pareces de mármore", "esse sono frio, hirto", "no teu sono pairam neblinas glaciais", "deserto de silêncio e de frio". Imagens cuja apreensão física do *lúgubre* é alçada a um nível que toca a categoria do *insólito*; quando a presentificação ameaça precipitar-se em alucinação.[20]

O sono assemelha-se ao silêncio absoluto e a uma descida aos páramos aterradores do "outro lado":

> Tu estás nostalgicamente dormindo, e esse sono em tão profundo e misterioso Além te imergiu, que pareces de mármore.[21]
>
> [...]

19 Cf. Michel Guiomar, *op. cit.*

20 *Idem.*

21 Cruz e Sousa, *op. cit.*, p. 548.

> E eu clamo, clamo, num tremor convulso, pela tua voz: procuro-a transfigurado, pergunto inquietantemente ao Vago em que mistério a escondeu, em que abismo infernal de trevoso horror rolou, voou e extinguiu-se, apagou-se, desapareceu, como a alma original dos ventos e da luz, a tua colorida e chamejante voz![22]

Ainda o tema do sono como passagem privilegiada ao mundo dos mortos ou às regiões inexploradas da mente humana comparece em outro poema: "Um homem dormindo...", de *Evocações*. A personagem adormecida assemelha-se a um morto devido à aparência empedernida, aliada à perda dos sentidos:

> Deitado, dormindo, ele não é mais o homem, mas o silêncio, o vácuo, o além, o esquecimento. Dormindo ele conserva essa aparência, essa abstração aflitiva, essa espasmada alucinação de um ser que já foi ser, de uma voz que se tornou mudez, de um movimento que se fez impassibilidade.[23]
>
> [...]
>
> [...] tudo isso está por algum tempo desvanecido, apagado, sumido já nessa amesquinhada posição de homem deitado, a quem só falta, cerradas como estão as pálpebras, cruzar sobre o ventre as mãos e unir os pés para semelhar um morto.[24]

A primeira citação descreve uma percepção *lúgubre* da morte, abandono ativo e presentificado cujo agravamento, levado ao limite, desvenda, na segunda citação, a presença do

22 *Idem*, p. 549.

23 *Idem*, p. 604.

24 *Idem*, p. 605.

insólito. Nesse ponto, a violência mortuária, ao assumir caráter alucinatório, evidencia o trabalho constante das metamorfoses da apreensão da morte que o texto opera. O sono, "hora de descanso transitório", permite o vislumbre do além e das "transfiguradoras montanhas do Sonho". O homem "embriagado de sombra, vencido de sombra" encontra-se como que na passagem entre a vida, tênue divisa onde se pode discernir o almejado "sonho de Infinito", e a morte, "noiva que atrai e esmaga". Tais nuances *insólitas* situam-se no limiar do além, beiram o mundo fantástico em face da dissociação dos elementos do mundo sensível.

A morte passa a terceira pessoa em "Um homem dormindo...". O sujeito lírico contempla a morte-vida daquele que adormeceu. A presença de elementos reincidentes, como o espectro do martírio a rondar, a ânsia de infinito ou a insistência no descanso ante os tormentos do mundo exterior, permite que se observe aquele que dorme como duplo daquele que o vê. O sujeito desdobra-se e observa um outro símile do mesmo que, num movimento de atração e repulsa, o afasta e o aproxima do eu. O vivo-morto também reverbera o temor do emudecimento e do esquecimento cumulados no eu de "Emparedado".

A epígrafe de *Macbeth, les hommes endormis et les hommes morts ne sont que de vaines peintures*,[25] articula dormência e morte, remetendo à trama de Shakespeare. O estado narcótico atrai o crime e a atmosfera nebulosa de vida e morte penetra a consciência do assassino, condenando-o. O delírio que acompanha o criminoso surge como pesadelo que novamente faz do

25 "Os homens adormecidos e os homenes mortos não passam de vãs pinturas" (Trad. livre).

entorpecimento, rota de morte. Assim também, prostração e crime estão na base da semidemência da personagem do poema já analisado, "Consciência tranquila", levando-o à confissão.

O sono, como possibilidade de contato com as regiões inconscientes ou com o além,[26] testemunha uma espécie de trânsito entre o ser e o não-ser que faz toda a sinistra atração do adormecimento. O estado letárgico apela para o desconhecido do mundo dos sonhos, momento de presença-ausência que se assemelha ao horror do inexprimível instante mortal. Tempo suspenso, passagem do ser ao nada, do ser ao absolutamente outro, repondo a aporia do pensamento sobre a morte – que é sempre, irremediavelmente, práxis e perplexidade.

O desfalecer é máscara de morte e os símbolos que cunha apostam na ilusão da vidência do estado inerte do dormente. A hipnose pré-demoníaca do *insólito* comunica-se com o lusco-fusco do crepúsculo; ambos estados-limite, tensões que ameaçam abismar-se no seu oposto. A atração dos signos e símbolos que se acercam desse estado reside na captação do instante do trânsito entre ser e não-ser, daí a potência da sugestão do morto-vivo ou da "alma penada". Trata-se da figuração do meio-termo entre vida e morte, ser da criatura e não-ser do nada, entretempo lodoso do inferno da indistinção. O sono assoma, portanto, como um emblema da má morte: além de turvar as promessas de redenção, sinaliza a impossibilidade da morte plena, da "vida eterna" redentora.

O sono dos vivos, o sono eterno e o chamado sono originário são fenômenos noturnos. O homem adormece à noite,

26 "O sono poderá ser considerado como um mergulho no reino dos 'espíritos' (duplos), tanto mais evidente quanto esse reino se virá a tornar nocturno e subterrâneo." Edgar Morin, *op.cit.*, p. 118.

a morte é uma longa noite e antes da criação tudo estava banhado em escuridão. Com efeito, o signo "noite" pode figurar como local de repouso, renascimento ou aniquilamento. É recorrente em *Evocações*: espaço de metamorfoses ou descobertas e palco no qual se precipita a alteridade avassaladora. É epígrafe de "Emparedado", cenário de "Asco e Dor" e ressoa nas imagens negras de "Dor negra" e de "A Nódoa". Comparece com muitos matizes, quais sejam: "feiticeira", "misericordiosa", "melancólica", "fecundadora", "meditativa", "pacificadora",[27] entre outros. As trevas da noite precipitam os domínios de Satã e despertam o homem que é símile do anjo caído: caricatura da divindade, cópia malformada, cumulada de padecimentos e imersa em negatividade. Os abismos noturnos são palco da queda ontológica, dos suplícios eternos da culpa e da angústia imanente da criatura. Em Cruz e Sousa, a noite é ainda a cor do degredo e da exclusão, que faz do poeta ser decaído e para sempre culpado.

Espaço caro à experiência crepuscular, momento da mudança, cumulado de indecisão e prenhe de futuro, a noite em Cruz e Sousa é símbolo que surge com conotações diversas, percorrendo várias categorias da morte. A esse título, a epígrafe de "Emparedado" é exemplar:

> Ah! Noite! feiticeira Noite! Ó Noite misericordiosa, coroada no trono das Constelações pela tiara de prata e diamantes do Luar, Tu, que ressuscitas dos sepulcros solenes do Passado tantas Esperanças, tantas Ilusões, tantas e

27 Os qualificativos estão presentes na epígrafe de "Emparedado" que, ao que tudo indica, é curiosamente de autoria do próprio Cruz e Sousa, *op. cit*, p. 658.

> tamanhas Saudades, ó Noite! Melancólica! Soturna! Voz triste, recordativamente triste, de tudo o que está morto, acabado, perdido nas correntes eternas dos abismos brumantes do Nada, ó Noite meditativa! Fecunda-me, penetra-me dos fluidos magnéticos do grande Sonho das tuas Solidões panteístas e assinaladas, dá-me as tuas brumas paradisíacas, dá-me os teus cismares de Monja, dá-me as tuas asas reveladoras, dá-me as tuas auréolas tenebrosas, a eloquência de ouro das tuas Estrelas, a profundidade misteriosa de teus sugestionadores fantasmas, todos os surdos soluços que rugem e rasgam o majestoso Mediterrâneo dos teus evocativos e pacificadores Silêncios![28]

A expressão "auréolas tenebrosas" conjuga, no claro-escuro, a latência da oscilação bem/mal, na profusão de sentidos que a noite açambarca: misericórdia, esperança, melancolia, fecundação. Tornada símbolo invocado pelo poeta, acomoda a oscilação ininterrupta de sentidos e categorias.

Metamorfose diversa ocorre em "Anjos Rebelados" (*Evocações*), em que três velhas amaldiçoam a divindade ante a injustiça da morte. As personagens são mães idosas cujo sofrimento as faz videntes e cujo blasfemar as dota de luciferino poder. A dor as transcendentaliza e, ao mesmo tempo, as imprecações dirigidas às divindades as tornam seres infernais. Semelham Jó, devido à provação que lhes é impingida, e Lucífer, devido à fala sacrílega que entoam e à contundência do questionamento dos poderes divinos. Ainda, na condição de mães, praguejam e direcionam seu ódio à mãe de Deus. Esta representa a instância que encarna a injustiça maior, daí sua entrevisão despertar o clímax do praguejar satanizado. Entre as

28 *Idem*, p. 658.

três é estabelecida certa gradação no sofrimento, cabendo à terceira, mãe de três filhos, a culminância da dor e da insurreição: "Num só dia, por um seco *simoum* de peste, levaste todos os meus três filhos, negros e apodrecidos ainda quentes pelo atroz fantasma da morte".[29] A morte triplicada é responsável pelo momento do ápice das falas heréticas:

> Ah! É por tudo isso, por todo esse infinito de dores que eu me rebelo contra ti, que eu te amaldiçoo, que eu te amaldiçoo, que eu te amaldiçôo! Três vezes! Em nome do Diabo Todo-Poderoso, Criador do Inferno e do Mal! Eu te amaldiçôo! Eu te amaldiçoo Eu te amaldiçoo! Que tu te transformes na serpente negra que tens aos pés sobre a esfera estrelada e azul e que uma peste bárbara, infernal, peste de fome e fogo, desole, extermine esse teu Céu fatal, gangrene esse teu Paraíso falso, cujas bem-aventuranças são mentiras, cuja piedade e consolação só trazem cruéis e aterradoras torturas![30]

O desfecho ingrato desencadeia a reversão satânica e as velhas-videntes tornam-se, como Satã, "anjos rebelados", ao substituir a promessa de revelação pela rebeldia diante da certeza da condenação. O poema, ao dar voz às anciãs por meio de monólogos sem réplica, compõe-se de uma espécie de polifonia satânica. Tornadas anjos caídos, tomam para si as dores do mundo e investem contra o poder. Semelham, ainda, bruxas shakespearianas que erram amaldiçoando e profetizando desgraças. E o texto se faz reflexão crítica sobre o destino, por meio dos esconjuros pontuados quer pelo imaginário cristão demo-

29 *Idem*, p. 602 (grifo do autor).

30 *Idem*, p. 603.

nizado, quer pelo discurso ancorado na profanação. O luto das mães é motivo que expõe a dualidade bem/mal introjetada por elas, personagens duplos do eu lírico.

As velhas videntes e satânicas, símiles do poeta marginalizado, são, ainda, figuras que evocam Baudelaire e sua "estética do feio". Personagens urbanos como as prostitutas e os ébrios, elas integram os quadros da cidade moderna. O poeta francês as saúda em "Les petites vieilles", como seres cujo comportamento heroico enfrenta o desprezo e o esquecimento. Distantes da ditadura do útil e do novo e relegadas a escória do capitalismo, são a família do poeta.[31] Estas figuras párias apreendem o sentido das transformações e surgem como emblema do velho e do novo; memória de um passado desamparado que antevê a perpetuidade da miséria humana, espécie de recalque com o qual a civilização tem de conviver, que não pode ser expurgado pela voga do belo e do recente. Culpa e fracasso da investida modernizadora, elas engrossam as fileiras da exclusão e perma-

31 Leiam-se, a título de exemplo, as estrofes terceira e quinta da IV parte do poema "Les petites vieilles": "Honteuses d'exister, ombres ratatinées,/ Peureuses, le dos bas, vous côtoyez les murs;/ Et nul ne vous salue, étranges destinées!/ Débris d'humanité pour l'eternité mûrs" [...] "Ruines! Ma famille! ô cerveux congénères!/ Je vous fait chauque soir un solennel adieu!/ Où serez-vous demain, Èves octogénaires,/ Sur qui pèse la griffe effroyable de Dieu?" Na tradução de Júlio Castañon Guimarães: "Existir envergonha-vos, sombras crispadas;/ Com medo, costas curvas, ladeais os muros;/ Ninguém vos cumprimenta, sinas malfadadas!/ Restos de humano já para o eterno maduros!" [...] "Ruínas! minha família! Essas mentes várias!/ E acordes! Dou-lhes à noite solene adeus!/ Onde estareis depois, Evas octogenárias,/ Sobre as quais pesa a garra terrível de Deus?". Charles Baudelaire, "Les petites vieilles", *op. cit*, p. 178-179; *As flores do mal*, São Paulo, Companhia das Letras, 2019, p. 290-291.

necem como ruína incômoda, resíduo de certa má consciência da civilização.

Além de tema explícito, a morte também enforma a fala sacrílega do eu lírico em "Abrindo féretros" (*Evocações*). Diante da sombra dos mortos, o sujeito inquire a condição humana. O luto resultante da constatação da perda prediz a indignação e introduz a contemplação melancólica. Novamente a morte desponta de um objeto – e, nesse sentido, já nasce *lúgubre*, pois é constatação que aflora à consciência – para depois voltar-se sobre si, confundindo-se com o sujeito. Sucessivamente o sujeito "abre os féretros" – quatro ao todo – e perscruta a morte, mas só vê a vida. Impossibilitado de adentrar o não-ser, o instante temido torna-se ato de consciência, confundindo as ordens do sujeito e do objeto; segue um desenvolvimento introspectivo, em que os personagens se fazem espelho do sujeito. O poema inicia-se com a atração do desconhecido que o além-vida desperta:

Abrindo féretros

> Agora, que deixei pra lá, na plebeia rua, a filáucia e a mordacidade do inqualificável cretino; agora, que consigo sacudir-me à vontade da poeira da frivolidade dos caminhos; que já estou, afinal, longe dos perturbadores, vampíricos contatos execrandos, posso, talvez, fechando-me nos meus secretos isolamentos, nas minhas solenes abstrações, concentrando-me, afinal, penetrar serenamente no Além, debruçar-me transfigurado no Mistério.

Contudo, ante a incapacidade de penetrar os mistérios da morte, o sujeito impreca:

> E, a meu pesar, sai da minha boca, como de uma cova do esquecimento, este doloroso, ansioso clamor:
> – Ó mármore impenetrável do Sepulcro! palpita! canta! abre-te em veias! E que por essas veias corra e estue a caudal infinita do sangue leonino e virgem das grandes forças criadoras da Beleza! Ó mármore misérrimo! ó matéria misérrima! Escuta-me, ouve-me, sente-me! Sensibiliza-te, espiritualiza-te, vibratibiliza-te...[32]

Outro poema em prosa, "Sonambulismos" (*Evocações*), é exemplar do ponto de vista das metamorfoses imagéticas em Cruz e Sousa e de como tais transfigurações carregam consigo o agravamento da consciência de crise por meio da introjeção da ideia da morte. O espaço do poema é a noite, novamente inserindo o estado crepuscular próprio da atmosfera transitória, e a imagem contemplada pelo sujeito é a lua. O astro branco parece aos poucos adquirir a feição serena da face do Cristo. Diante de tal visão, o sujeito clama por justiça, o que desencadeia nova transformação, inaudita e satânica:

> Mas, de repente, como por uma transmutação de mágica, tive um fundo sobressalto; do meio daquela espécie de torpor fui violentamente sacudido por uma impressão de deslumbramento, e, então, vi! estupefato, que aqueles divinos lábios lívidos a pouco e pouco se satanizavam e enrubesciam, passava sobre eles um relâmpago de fogo; aquela boca martirizada afinal abria-se estranhamente rubra, estranhamente rubra! – e desvairadas gargalhadas vermelhas estalaram e rolaram retumbantes pelo espaço afora como atroantes excomunhões...

32 Cruz e Sousa, *op. cit*, p. 625-626.

> E as estrepitosas risadas rolaram ríspidas, cortadas sangrentamente de sarcasmos e ensanguentando e abalando todo o espaço, como risadas de um novo Cristo satânico, despenhado e rebelde na eterna confusão dos séculos...[33]

À personificação divina da lua, segue a ativação mortuária presente no objeto transformado. O *insólito* insere-se numa transformação de segunda ordem, pois que a lua já havia sido vivificada, redimensionando, no âmbito da morte, a ativação do inanimado. A violência da irrupção, ao transpassar a fronteira do plausível, precipita o caráter alucinatório. A carga saturada e a rapidez da metamorfose fazem com que a estetização da consciência lutuosa seja, a um só tempo, insólita e demoníaca. O objeto metamorfoseado não se demora no limite; com a satanização atinge-se de um golpe os espaços infernais. Acrescente-se a isso o caráter reflexivo do relato que desloca diretamente para a esfera demoníaca a visão do sujeito, tingindo de metafísica as categorias imediatas do fenômeno.

A instantaneidade da transformação, característica da situação do limiar, presente em "Sonambulismos", não ocorre, por exemplo, em "Asco e Dor". Neste, a agonia que preside a passagem ao mundo infernal é lentamente experimentada e percorre exemplarmente as categorias da morte. O estado *crepuscular* do início ("Últimos risos palermas, últimos escancaramentos de bocas parvas nos fins destroçados de um carnaval, por tarde ardente e nevoenta") já surge com rasgos de uma percepção primeira, *fúnebre*, da morte. A essa tomada de consciência que quase não se exterioriza, a inocular o envilecimento

33 *Idem*, p. 562.

anônimo e passivo ("últimos risos, bocas parvas, tédio lânguido, letárgico), segue-se a gravidade consciente do *lúgubre* ("tédio invencível, indefinível"), preparando a desrealização na fronteira do mundo reconhecível. O processo de desagregação do sujeito diante da cena presenciada oferece o *insólito*, mesclado ao crescente domínio do *fantástico demoníaco*.[34] O distanciamento, que precipita o *insólito*, aponta para a cisão do sujeito desencadeada no contato com a coletividade. O espaço da festa é propício ao aparecimento das ocorrências do limiar, assim como a circularidade e o contraste entre a solidão e a coletividade contribuem para o surgimento do duplo e da atmosfera alucinatória.[35] Os homens transvertem-se em seres hediondos, personagens de um mundo às avessas, e a visão tornada delírio denuncia o sujeito vidente que reflete a amarga "ironia gerada nos lagos langues do Letes, fundida nas perpétuas chamas do Abstrato das Esferas, ironia para mim só, só para mim descoberta nas camadas infinitas da Vida; ironia só para meu Orgulho mortal, só para a minha Ilusão humana, só para o meu insatisfeito Ideal".[36]

O reino do *insólito* também invade "Umbra", de *Missal*. Surge por meio de um motivo pouco trabalhado por Cruz e Sousa: a cidade. Leia-se o poema na íntegra:

Umbra

Volto da rua
Noite glacial e melancólica.

34 Termos tomados a Michel Guimar, *op. cit.*

35 *Idem*, p. 310-311.

36 Cruz e Sousa, *op. cit*, p. 574.

> Não há nem a mais leve nitidez de aspectos, porque nem a lua, nem as estrelas, ao menos, fulgem no firmamento. Há apenas uma noite escura, cerrada, que lembra o mistério.
> Faz frio...
> Cai uma chuva miúda e persistente, como fina prata fosca moída e esfarelada do alto...
> À turva luz oscilante dos lampiões de petróleo, em linha, dando à noite lúgubres pavores de enterros, veem-se fundas e extensas valas cavadas de fresco, onde alguns homens ásperos, rudes, com o tom soturno dos mineiros, andam colocando largos tubos de barro para o encanamento das águas da cidade.
> A terra, em torno dos formidáveis ventres abertos, revolta e calcária, com imensa quantidade de pedras brutas sobrepostas, dá ideia da derrocada de terrenos abalados por bruscas convulsões subterrâneas.
> Instintivamente, diante dessas enormes bocas escancaradas na treva, ali, na rigidez do solo, sentindo na espinha dorsal, como numa tecla elétrica onde se calca de repente a mão, um desconhecido tremor nervoso, que impressiona e gela, pensa-se fatalmente na Morte...

O poema destaca um fragmento da cidade em obras, observada pelo olhar melancólico do sujeito. É também texto que trabalha o topos do retorno à morada, assim como ocorre em "A Nódoa"; após a jornada mundana, o sujeito recolhe-se e reelabora internamente as impressões externas.[37] O precipitar-se do inanimado à vida, os fossos que figuram lesões e as entranhas da cidade, "enormes bocas escancaradas na treva", imprimem a atmosfera insólita na descrição que já carregava prenúncios lutuosos. Neste poema curto, espécie de "ilumina-

37 Ivone Daré Rabello, *op. cit.*, p. 74.

ção", é da terra aberta como chaga que surge a reflexão sobre a morte. Em "Umbra", a captação do desconforto – ainda um passo aquém do lancinante questionamento que impregnará sua prosa – inscreve-se preferencialmente no espaço, de onde aflora um mundo que se afasta do familiar. O texto permanece no meio-fio, cujos sinais de incômodo desvendam o gume de um pensamento a formar-se. A terra aberta remete ao inferno, mas é também fulcro por onde passam os antagonismos do real, numa espécie de pacto com o mundo das coisas, cujas feridas terrenas oferecem o poder sacrílego dos espaços ctônicos. No registro simbólico, a reflexão advém da percepção da força latente da imanência – a morte desponta do chão reles: crosta palpável da História.

As características estéticas de "Umbra" permitem filiá-lo às regras do gênero poema em prosa como poucos textos do autor. Consegue fulgurar como "iluminação" coesa e gratuita, diferindo da prolixidade de outros textos. Funciona como um instantâneo esteticamente eficaz, além da força do signo *umbra* – que se transmuta em símbolo, dentro da melhor tradição simbolista. *Umbra* remete a umbral, espaço limítrofe, portal; além disso, é também o nome que se dá à região da ausência total de luz, o oposto da penumbra. O vocábulo latino açambarca diversas acepções afins: escuridão, trevas, sombras dos mortos, almas dos mortos, infernos, espectro, fantasma.[38] Esta constelação de sugestões é tensionada pela ligadura com a circunstância comezinha do fosso em obras. Nesse sentido, o olhar do sujeito torna símbolo a concretude prosaica da rachadura aberta no espaço

38 Cf.: Ernesto Faria (org.). *Dicionário escolar latino-português*. 2ª ed. Rio de Janeiro, MEC/ Dep Nacional de Educação, 1956, p. 998.

público; a imagem da fenda-cova-chaga funciona como fratura do real, a sugerir novos e insuspeitados significados.

A morte em Cruz e Sousa muitas vezes avança a fronteira dos fenômenos do mundo facilmente reconhecível. Quando atinge esse ponto, já precipitou um mundo estranhado cujas figurações são as de uma realidade diabólica e fantástica. As metamorfoses fantasmagóricas não são mais as do domínio das sensações ou representações terrenas, mas a de um mundo de espectros, enigmas e símbolos que vislumbram a experiência por meio da morte. É neste ponto que o domínio luciferino oferece todo seu poder de transfiguraçao: envenenamento do discurso, metamorfose de imagens, estranhamentos vertiginosos, a morte que interpreta a vida. O príncipe deste mundo revolve a realidade e a redimensiona no espaço hipotético do que está além. Esse estado apresenta-se dominado pelas categorias fantásticas e metafísicas que dominam sua obra madura. "Capro", "Sonho do Idiota" e "A Nódoa" mesclam uma percepção diabólica eivada de traços do *fantástico do além*[39]; respectivamente: é o que ocorre com a presença do sujeito animalizado, com os vermes que metamorfoseiam o espaço sagrado ou com a assustadora e enigmática mancha.

"Capro" está no limiar entre o mundo real e a percepção do que escapa ao reconhecível. Apresenta um estado de saturação de imagens vermelhas e tal mistura de ordens do mundo sensível que pertencem ao domínio do *insólito*. As correspondências sinestésicas também evidenciam a confusão de diferentes esferas da sensibilidade que traduzem o agravamento da consciência soturna do sujeito. Insólitos, à beira da transfor-

39 Cf.: Michel Guiomar, *op. cit.*

mação absoluta, são também "Emparedado" e "A Nódoa". Em ambos, as transfigurações atingem um nível tal que o alcance da suprarrealidade coincide com o desdobramento do sujeito, originando o duplo. A reflexão de tonalidades metafísicas, presente no momento em que o sujeito de "Emparedado" vê-se num "tu", é inaugurada com a conquista da atmosfera inaudita que permite a entrada no outro mundo. O mesmo ocorre em "A Nódoa"; a irrupção da mácula vivificada tinge de *insólito* a percepção do sujeito e traz à consciência da superfície o eu interior, inconsciente, cujo pacto demoníaco vale-se do espelho para a deflagração do duplo aterrador.

A apreensão metafísica da morte, aquela que toca a representação do "outro lado", pode culminar em constatação apocalíptica ou infernal.[40] A primeira diz respeito à bela morte que promove o retorno ou é mensageira da revelação divina. A idealização que corresponde ao estado apocalíptico é ocorrência comum em *Missal*; já em *Evocações*, há uma constatação *lúgubre* riscada de intenções apocalípticas em "Extrema Carícia":

> E aquela extrema carícia, sempre a inocular-lhe nas veias um frio e divino vinho voluptuoso de graça langue, de graça mórbida, de graça sonâmbula. Sempre aquela carícia adormentadora miraculosamente adormentadora.[41]

A graça, contudo, é "mórbida" e "sonâmbula". A salvação apresenta-se envenenada; impregnada de morte, a promessa da eternidade – traço de imanência a macular a instância divina.

40 Cf. Michel Guiomar, *op. cit.*

41 Cruz e Sousa, *op.cit.*, p. 658.

Nos domínios infernais situa-se o poema "Ídolo Mau", cujo título estabelece relação imediata com Satã. A demonização do duplo é exemplo de poema que não se demora na fronteira e oferece um sujeito que pertence ao "outro lado". Certa confusão das ordens do bem e do mal preside o início do texto, cujo discurso profético lembra a fala do Zaratustra nietzschiano. É assim que o sujeito proclama a fome, a peste e a guerra, como correlatos da violência que pressente em si. Observa seu reflexo deformado, refém dos mesmos preconceitos raciais inscritos na sensibilidade doentia do poeta *capro*. Ao contrário de outros, em "Ídolo Mau", o paroxismo responsável pela transformação insólita abre o poema e aos poucos é amenizado por certo idealismo gasto, ainda evocado como meio de renascimento. Nesse poema truncado, composto de fragmentos de ideias fixas, a constatação infernal é mais aguda: trata-se da impossibilidade do fim, cuja ameaça acena com o tormento do morto-vivo:

> Tu não morrerás mais!
> Ficarás na terra – imenso Purgatório – regenerando, purificando, cristalizando a tu'alma dessa mancha sinistra e lutuenta que a envolve toda
> Não morrerás mais! Te perpetuarás, para te remires do teu enorme Pecado, cuja sombra orbicular põe nódoas fundas no sol, doentias penumbras no luar, turva, entenebrece a fina pedraria branca das estrelas.[42]

Aqui prevalece a apreensão infernal que, ao repor o dualismo bem/mal, opta pela adesão, via revitalização dialética, ao último. A introjeção da morte pressupõe um sujeito cuja

42 *Idem*, p. 617.

consciência autorreflexiva forjou a representação artística deste lugar incomensurável. O olhar enlutado transpõe o limiar do além irisado por uma vidência medusante que faz do mundo, pedra, aporia. Contudo, diante da pletora de procedimentos de representação do irremediável, urge reter a tonalidade negativa que desnorteia a inclinação metafísica: o impacto da práxis escravista revestirá a morte de um sentido histórico e particular.

4. "Emparedado": esquecimento, aporia, melancolia

Na obra em prosa de Cruz e Sousa, o mais emblemático dos símbolos cunhados dá título a seu poema em prosa mais conhecido e comentado: "Emparedado". A petrificação já havia sido anunciada pelos muros que impedem o devaneio poético de "A Janela"; agora, no texto de *Evocações*, as paredes tumulares impõem-se e consagram-se como signos do percurso do poeta e dos caminhos de sua literatura.

Tal imagem-símbolo confecciona-se pelos fios que tramam Simbolismo, voz negra, ideologia escravista, ânsia de emancipação – emaranhado consubstanciado na figuração da pedra-túmulo que barra o caminho. Em face da lenta e tortuosa contemplação de si mesmo como objeto que contém os males de sua época, o processo de *emparedamento* reúne os antagonismos vivenciados como cárcere e túmulo. A morte é o objeto por excelência do sujeito melancólico e a pedra é um de seus símbolos.[43]

---

43 "Mas entre os velhos símbolos da melancolia [...] existe um que parece ter passado despercebido [...]. É a pedra". Walter Benjamin, *Origem do drama barroco alemão*, São Paulo, Brasiliense, 1984, p. 176-177. E como não lembrar, ainda, a pedra de "No meio do caminho" de Drummond – também ela símbolo da contrição melancólica e imagem do mundo

A disposição melancólica foi, desde a Antiguidade, associada à existência do gênio. Os homens excepcionais, poetas ou filósofos, eram considerados melancólicos naturais, homens que se distinguiam da maioria. A melancolia surge como o único dos "humores" capaz de influenciar a "disposição da alma", concorrendo para a formação do caráter. De anomalia patológica, passa a explicar as realizações advindas de um ato de consciência, de uma disposição reflexiva. O fenômeno do "homem de gênio", cuja proximidade com o louco dava-se pela semelhança com a insensatez e com os sentidos exaltados, mas não esclarecia a natureza da produção intelectual, encontra explicação na doutrina dos quatro temperamentos e nas deduções de Aristóteles. A melancolia natural, que caracteriza o arroubo do talento incomum, deve-se à presença equilibrada da bile negra, enquanto que os extremos originariam o louco ou o indolente. As teorias em torno da disposição melancólica procuram conceituar a anormalidade que caracterizaria o homem excepcional. Tateiam as sombras da gênese da criação poética cujos caminhos se fazem de luzes e trevas.[44]

---

reificado – ou as palavras de Macunaíma: "Não vim no mundo para ser pedra". Arriscando uma breve interpretação do *topos*, talvez a reflexão melancólica esteja no cerne da experiência brasileira, atravessada pelos impasses da formação do sistema literário na periferia.

44 A melancolia fazia parte da "doutrina dos quatro humores", espécie de disposição que pretendia relacionar o microcosmo ao macroscosmo, de modo a encontrar a causa das doenças na conjunção dos humores com os elementos naturais. Aos poucos, a tradição que buscava encontrar nos humores sintomas de doença envereda para uma compreensão de tipos de disposição. A ambiguidade dos sintomas causados pelo humor melancólico, cuja peculiaridade embaralhava a fronteira entre doença e predisposição, também concorreu para a doutrina dos quatro temperamentos. A melancolia passa então a ser encarada, além de doença, como tempera-

Mas a melancolia é também arte do diabo. É derivada do último e mais grave dos sete pecados capitais: a preguiça e a tristeza do coração.[45] A acedia, também definida como inércia do coração, aproxima-se do símbolo da pedra cuja imobilidade se traduz em desventura, ócio e reflexão. Determina o momento em que o homem comete o pecado sem retorno da meditação e do questionamento diante dos limites da criatura. Aquele que compreende a impotência e o desamparo ante a falácia das promessas totalizantes contempla o mundo com um misto de tédio e desespero. A culpa do melancólico é a do pecado original – a rebeldia no seio da atração pelo conhecimento – e Satã é o melancólico por excelência: lamenta a queda e a plenitude perdida, mas continua um traidor fiel às leis da imanência. Nenhuma outra instância o conquista; o melancólico, assim como o diabo, é leal para com o pensamento e o mundo das coisas.[46] Daí seu luto permanente: a contemplação da culpa e a fidelidade à criatura o fazem para sempre maldito.

mento que abrange o louco e o gênio, a exaltação e o abatimento. Para a compreensão da melancolia como formadora do gênio contribuiu Aristóteles articulando a noção de "fúria" platônica à racionalidade. Raymond Klibanasky, Erwin Panofsky e Fritz Saxl, *Saturne et la Mélancolie: études historiques et philosophiques: nature, religion, médecine et art*, Paris, Gallimard, 1989, p. 30-91.

45 Vilém Flusser, *op. cit.* O autor reflete a propósito da identificação entre os pecados capitais e os poderes do Diabo. Promove uma gradação dos sete pecados de acordo com sua interpretação da história da humanidade. O mais grave deles, logo após a soberba, é o da preguiça e da tristeza do coração, pois aponta para a niilização a partir da constatação de fundo existencialista da impossibilidade de viver e de morrer.

46 Segundo Benjamin, a infidelidade atribuída ao melancólico é índice de uma outra fidelidade em relação ao mundo das coisas: "A lealdade [do melancólico] só é completamente apropriada na relação entre o homem

"Emparedado" esboça lúcido e inquietante painel da situação da arte e das convenções do contexto, tendo como mote a força da arte diante da mediocridade do panorama local. A profissão de fé simbolista culmina no soterramento do idealismo da arte em face da realidade impregnada de preconceito cientificista. A ideologia é reconhecida pelo sujeito lírico que se desdobra e grita o impasse. A pedra é a própria corporificação da aporia, representação da incompatibilidade de duas imagens de si opostas e complementares. O eleito da arte, o "supercivilizado dos sentidos", depara-se com a voz do duplo que escancara a sua filiação a Cam. As pedras que se acumulam e soterram o sujeito trazem o peso do "exílio da pele".[47] Evocam a nódoa do trabalho, a herança do cientificismo e o passado da África bárbara e pecadora.

O texto – e, por extensão, toda a obra de Cruz e Sousa representada sobretudo pelas *Evocações* – caminha para a petrificação, sinalizando o cerco observado pelo olhar do melancólico. Sucedem-se e se atropelam pedras, paredes, câmaras mortuárias, enregelamentos cadavéricos, emudecimento, impotência criadora.[48] A violência estética praticada pelo eu lírico, cujos ecos sadomasoquistas carreiam elementos para o culto do poeta mártir, é agressividade que tem por fundamento o pensa-

---

e o mundo das coisas." [...] "A melancolia trai o mundo pelo saber" [...] "A obstinação que se manifesta na intenção do luto provém de sua lealdade para com o mundo das coisas." Walter Benjamin, "Acedia e Infidelidade", *in Origem do drama barroco alemão*, *op.cit*, p. 177-179.

47 Cf. Alfredo Bosi, *op. cit.*

48 Exemplo da presença da pedra ou do emudecimento são "Emparedado" e "A Janela"; da impotência criadora, "Capro" e "A Nódoa"; das câmaras mortuárias, "Anjos rebelados", "Um homem dormindo...", "Extrema carícia". Cruz e Sousa, *op cit.*, p. 658, 493, 531, 610, 598, 604, 657.

mento que se volta sobre o sujeito. A crueldade autorreflexiva do melancólico é um ato de consciência, cujo fundamento último é o obsedante tema da morte.

A imobilidade da pedra testemunha um sujeito prostrado pela meditação fecunda ou pelo torpor característico do desespero. "Emparedado" é o momento do ápice agônico de um movimento do curvar-se do sujeito sobre si mesmo que percorre *Evocações*. E é sobretudo o momento da figuração da morte em primeira pessoa, a morte do mesmo. Os retornos retóricos desvendam o impasse da impossibilidade de constituição da alteridade; a prolixidade e as ideias fixas fazem parte desse movimento negativo, uma vez que parece não ir a lugar algum. É, contudo, esse dizer e redizer das visões de si como o mesmo e o outro que contradiz a imobilidade do melancólico. O paradoxo, modo de ser do diabo, é o do processo dialético então em curso: trata-se de um movimento estático, de um mover-se que não tem parada, de um contínuo e endurecido caminhar. O melancólico perpetua indefinidamente a queda,[49] infinitamente medita a culpa irremediável. A petrificação não acena com a possibilidade de libertação do instante supremo, mas perpetua o suplício do eterno retorno do sujeito para sempre preso à sombra de si mesmo.

No poema, o que deflagra a cadeia de processos de endurecimento é o olhar do sujeito. A consciência autorreflexiva do melancólico tem a mirada da morte. Ao ver e ver-se, inquirindo as máscaras da representação, o olhar transformador do poeta-vidente semelha o da medusa. Olhar que traz a má-morte.

É a autorreflexão também que faz do sujeito espelho de si mesmo. Curiosamente, a opacidade da pedra encontra-se

49 Jean Starobinski, *La melancolie au miroir*, Paris, Julliard, 1989, p. 45.

com a reflexividade do espelho e do duplo. A última parte de "Emparedado" que compreende a fala da "voz ignota, que parece vir do fundo da imaginação ou do fundo mucilaginoso do Mar ou dos mistérios da Noite",[50] a voz do outro que reflete o eu, funciona como espelho, esse outro modo de ser da experiência melancólica. A consciência deslocada, reduplicada, torna-se superfície refletidora dos conflitos que a introjeção da ideologia suscita na subjetividade em crise. O eu-espelho, alter-ego que discursa para o mesmo na figuração do "tu", encarna certa imobilidade autocontemplativa, reflexo empedernido de si mesmo. O concerto de reflexos-vozes reúne o imediatamente outro da segunda pessoa, a cômoda distância da terceira e a vertiginosa originalidade da primeira. Ao desdobrar-se no duplo que instaura o *emparedamento*, o sujeito encontra o limite da alienação de si: o objeto especular não mais se reconhece, não é mais sujeito de si mesmo. A contemplação despossuída de si é o ponto limite da melancolia, momento em que a meditação fecundante queda em desconhecimento alienador.[51]

---

50 Note-se a presença dos símbolos "mar" e "noite". Ambos remetem à morte: mãe ou madrasta, refúgio fecundante ou abismo niilizador.

51 Jean Starobinski, *op. cit.*, p. 35: "Devenir miroir, c'est se réduire à n'être que surface réfléchissante: la conscience muée en miroir éprouve la réflexion sur le mode passif. [...] Son infini refus est en même temps un accueil infini: l'Ironie, sous son aspect de 'mégère', est une persécutrice étrangère, qui possède le pouvoir de l'autocontemplation: elle 'se regarde', tandis que le Je-miroir est figé dans son imobilité et lisse solidité". Em tradução literal: "Tornar-se espelho é reduzir-se a só ser superfície refletidora: a consciência mudada em espelho prova a reflexão sobre o modo passivo [...] Sua infinita recusa é ao mesmo tempo um acolher infinito; a Ironia, sob seu aspecto de 'megera', é uma perseguidora estrangeira, que possui o poder da autocontemplação: ela 'se olha' enquanto que o Eu-espelho é fixado em sua imobilidade e lisa solidez".

O sujeito que se perde e se reconhece no espelho da autorreflexão é também aquele que espera o retorno do mal para si. A violência mobilizada no ataque ao "tu" implica certo culto sádico do *poeta-pharmakós*, como se o sofrimento fizesse parte da conflituosa constituição do sujeito. O que repõe a *estética satânica da violência*, cuja forma é também tecida pela reincidência da dor: ao mesmo tempo que expurga os ecos do cativeiro, ela dialeticamente urde o processo de formação da alteridade. Como se pode notar nesta passagem pujante e emblemática – as mesmas pedras que soterram, ensejam a reflexão:

> "Não! Não! Não! Não transportarás os pórticos milenários da vasta edificação do Mundo, porque atrás de ti e adiante de ti não sei quantas gerações foram acumulando, acumulando pedra sobre pedra, pedra sobre pedra, que para aí estás agora o verdadeiro emparedado de uma raça.
> Se caminhares para a direita baterás e esbarrarás ansioso, aflito, numa parede horrendamente incomensurável de Egoísmos e Preconceitos! Se caminhares para a esquerda, outra parede, de Ciências e Críticas, mais alta do que a primeira, te mergulhará profundamente no espanto! Se caminhares para a frente, ainda nova parede, feita de Despeitos e Impotências tremenda, de granito, broncamente se elevará ao alto! Se caminhares, enfim, para trás, ah! ainda, uma derradeira parede, fechando tudo, fechando tudo – horrível! – parede de Imbecilidade e Ignorância, te deixará num frio espasmo de terror absoluto...
> E, mais pedras, mais pedras se sobreporão às pedras já acumuladas, mais pedras, mais pedras... Pedras destas odiosas, caricatas e fatigantes Civilizações e Sociedades... Mais pedras, mais pedras! E as estranhas paredes hão de subir, – longas, negras, terríficas! Hão de subir, subir, subir mudas, silenciosas, até às Estrelas, deixando-

> -te para sempre perdidamente alucinado e emparedado dentro do teu Sonho..."[52]

A autorreflexividade de "Emparedado" pode também ser contemplada em "Espelho contra Espelho", desnudando o caráter do *tu* como imagem do *eu*. Neste, o objeto refletidor é mais um elemento do ensimesmamento implacável. Se a impassibilidade da pedra contrasta com a clareza do espelho, ambos surgem como instrumentos da melancolia, unidos numa espécie de luminosidade excessiva da imagem que conduz à petrificação. Desdobramentos da subjetividade perseguida, o enunciador e o "tu" são contrapostos a um outro que encarna a exterioridade. Este, chamado "Asinino" – de asno: besta, insciente –, é apresentado como a síntese da mediocridade mundana por oposição à originalidade da "alma eleita":

> Sentirás no Asinino a imitação do teu Silêncio, a imitação da tua Sombra – sombra e silêncio d'espelho, sombra e silêncio refletidos do teu silêncio e da tua sombra, sombra e silêncio reproduzidos d'espelho contra espelho.[53]

Ao funcionar como espelho em relação ao "tu", o mundo devolve ao *eu-tu* o espectro congelado do impasse. A estrutura discursiva desvenda uma cadeia especular, sucessão de ecos que refletem e se refletem pondo a perder a possibilidade de uma significação unívoca. As imagens assim cumuladas fusionam as ordens do mesmo e do outro, invertendo e confundindo os papéis do sujeito-refletido e do objeto-refletidor. O sujeito

52 Cruz e Sousa, *op. cit.*, p. 673.

53 *Idem*, p. 624.

depara-se com duas representações de si opostas e complementares, o jogo de espelhos funciona como caleidoscópio que esfacela o uno e afasta qualquer percepção simples da realidade. As faces confundidas desse eu sujeito-objeto contribuem para o enfrentamento da experiência fragmentada nas representações. Os metarreflexos resultam no silêncio da pedra e da sombra. O espelho escancara a impossibilidade desencadeada pelo olhar clarividente do poeta; ao perseguir a forma de si mesmo, o sujeito depara-se com a pedra. E, assim, os retalhos da alteridade cindida não negam a práxis, mas ao contrário a afirmam na sua natureza de enigma de morte.

Melancolia e disposição satânica encontram-se também em "Melancolia", poema em prosa de fortes ressonâncias baudelairianas. O enunciador pretende contar ao desolado Diabo uma passagem ilustrativa da decadência dos prováveis valores satânicos, incapazes de acompanhar a marcha avassaladora da história da opressão. Apesar da representação explícita da figura maligna perder a força diante de outros elementos satânicos mais característicos do envenenamento discursivo na obra de Cruz e Sousa, neste a personagem exemplarmente melancólica é objeto por meio do qual o sujeito medita o impasse. Ao Diabo é oferecida a contemplação da decadência, a constatação da impotência do heroísmo e a inutilidade da soberba. A figura do príncipe das trevas permite o desenlace dos efeitos da contrição melancólica. De modo que o peso interno do sujeito que enfrenta experiência semelhante contamina a representação de si e do mundo. É assim que o processo de petrificação transpõe a gravidade subjetiva e se imprime, como imobilidade e desumanização, no mundo:

> Sim! branco Lusbel, nós caminhamos para o irreparável empedernimento; desde o solo até os astros, homens e cousas, tudo vai quedar de pedra. Será o sono universal de uma universal esfinge. Tudo, na pedra, dormirá um sono de pedra. A pedra respirará pedra. A pedra sentirá pedra. A pedra almejará pedra. E esta tremenda aspiração de pedra profundamente simbolizará os sentimentos de pedra dos homens de hoje.[54]

À impotência profunda da ação transformadora do sujeito, sucede a imobilidade alienadora do mundo desencadeada pelo olhar de morte. Na trama da forma, certo movimento da pedra também se impõe, seja pela via do enrijecimento, aludindo ao retorno maldito e inacabado dos mesmos assuntos inconclusos, seja por meio do esfacelamento da *mimese de si* – poeta negro, sujeito-objeto: o *outro radical*.

5. O trabalho de morte da forma

Os caminhos palmilhados pela investigação da obra de Cruz e Sousa até aqui permitem que se observem constantes estruturais básicas que percorrem sua prosa. A recorrência de temas organiza-se como sistema formal que expressa a configuração conflituosa e fugidia de um destino histórico. Os impasses da vida social são observados por um poeta negro num país de abolição recente; além disso, são filtrados pelo crivo do esteta simbolista, o "eleito" da arte. O poeta mostra-se afinado com a reflexão a propósito do artista moderno no sentido baudelairiano e explicita uma consciência sulcada pelas dores do mundo. Quer defender sua arte e, por meio dela, gritar a *Dor*

54 *Idem*, p. 541.

negra avassaladora que o faz solidarizar-se com os desventurados. Ocorre que as representações do negro e de seus semelhantes não ascendem ao estatuto de objetos e quedam aparições fantasmáticas. Assim, o eu revoltado, que se volta contra a injustiça do mundo, evidencia também a dimensão de uma revolta metafísica: comungando novamente da conduta satânica, questiona a própria condição humana. Tal embate oferece a dimensão histórica entrelaçada com o questionamento metafísico do poder. O sujeito blasfema contra a injustiça e a morte por meio do grito do excluído, consubstanciado pela miríade de imagens negras.

O movimento constante de reversões, que figura como desdobramento das faces do satanismo, é apreendido pela teia da prosa ao longo de seu processo deformador. O desenrolar por vezes monótono da prosa poética desnuda um procedimento que é ao mesmo tempo prova da versatilidade do gênero e um ponto fraco, já que facilmente aberto a exageros retóricos, mas cuja repetição não é gratuita e tem função de acúmulo.

Os torneios reflexivos entremeados de símbolos metamorfoseantes assumem escala ascendente. O desdobramento das aflições vai da blasfêmia ao sadismo, ao dissecar o sofrimento social, físico e existencial do sujeito lírico. Do grito contra o poder que enforma as ordens do mundo ao deleite de uma dor transcendentalizada, o mergulho na subjetividade caminha para a morte. Símbolo do retorno e do repouso, reconduz à terra ou faz desesperar aqueles que se rebelaram contra a criação. No entanto, ao contrário de representar a absoluta negação, a morte cultuada e sempre presente parece negar a negação. Dupla negação, portanto, cujo impasse aponta para o suplício oposto ao repouso: algo como uma infinitude amaldiçoada.

O estilo carregado, enfadonho e exasperado da prosa de Cruz e Sousa compreende o culto da dissecação da dor do poeta, da exploração sádica do tormento físico que responde por uma linguagem acumulativa cuja obsessão de definição e explicitação culmina no contrário extremo da indistinção. As obsessões instauram repetições temáticas e estruturais. São ideias fixas cujo cortejo comparece reiteradamente ao lado de uma exaustiva preocupação em definir o indefinível e infinitamente discursar o já dito. O resultado é uma linguagem prolixa e circular, a impulsionar um movimento em falso. Concentra tensões que não se resolvem e retornam exaltadas pela constatação do impasse.

O desdobramento da ideia fixa alcança o paroxismo na sucessão de imagens carregadas de definições nebulosas, cujo limite não acena para a superação; ao contrário, retorna e continua num processo interminável. É assim que a densa caracterização da natureza do artista, em "Capro", precipita-se na impotência criadora e a insistente explicação sobre o talento do poeta como ser de exceção, em "Emparedado", culmina na imagem enregelada do fracasso – em ambos os casos os impedimentos tematizados se fazem linguagem e forma.

O sujeito, ou o duplo, surge com ponto nodal que encadeia a tessitura da prosa. Trata-se de definir quem fala, ser eleito ou ser inferior, poeta ou pária, dândi propositalmente à margem ou sujeito excluído da sociedade. Na base dos duplos e seus reflexos desfocados, situa-se o dilema que enforma a obra do poeta mártir: *como construir a alteridade do proscrito?* Problemática central que cunha uma estética da impossibilidade, por meio dos signos da morte e de Satã. A linguagem, que ruinosa e eternamente recomeça para chegar ao limite intransponível da desidentificação, repõe o mito de Sísifo; recomeçar que já é fim, limite extremo que é dialeticamente originário, morte que é criação. Buscando a forjadura do mesmo inconstituível, o paroxismo, modo de ser do limite e da báscula infernal, delineia a vertente alucinatória que preside a cunhagem das imagens. A emergência avassaladora da dimensão inconsciente participa desta ânsia impossível de definição. No bojo deste processo impõe-se, imperiosa, a problemática do ponto de vista. *Qual a forma possível da autorrepresentação em face da subjetividade negada e da práxis invisibilizada?* A indagação instaura-se no âmago desse processo marcado pela sempiternidade do conflito.

O negro irrepresentável assume as formas do satanismo. Forma informe afim ao conteúdo: imagens demoníacas, valorização do mundo abjeto, culpa, sadismo, queda. As figurações do satanismo tateiam essa difícil alteridade, que oscila entre o ser e o não-ser; a visibilidade e a invisibilidade. O momento do êxtase que o cume dessa busca instaura vislumbra a epifania satânica: o tempo para e a imanência atinge o seu possível ponto extremo. Tais figurações demoníacas fundam-se na ideia do pacto como instante supremo – e, portanto, simulacro da morte – e efêmero do não-tempo. É a ambição maior da mortalidade e do Diabo, o controle e a reversibilidade do tempo. A ilusão do pacto sinistro é a da parada do pêndulo, no limite da vida e da morte. No entanto, o movimento incessante é pura imobilidade, congelamento ruinoso do sujeito que, como Satã, aspira ao absoluto barrado pela culpa.

"Dor negra", já assinalado como espécie de *poema-síntese*, corporifica o impasse captado pela forma. A ânsia de definição é desde o princípio alçada a um nível paroxístico cujo resultado é uma sinistra procissão de imagens despersonalizadoras. O efeito de conjunto é o da desfiguração do eu que não acede a si. Enigma que toma a forma de uma metáfora em camadas – *mise en abyme* –; mais se afasta quanto mais pretende se aproximar do objeto a ser representado. Assim, o desdobramento em série das imagens potencialmente definidoras é, dialeticamente, obscurecedor:

> [...] diante da tua Dor inconcebível, Dor que de tanto ser Dor perdeu já a visão, o entendimento de o ser, tomou decerto outra ignota sensação da Dor, como um cego ingênito que de tanto e tanto abismo ter de cego sente e vê na Dor uma outra compreensão da Dor e olha e palpa, tateia um outro mundo de outra original, mais nova Dor.[55]

Esta Dor é "inconcebível": personificada e alegorizada, ela perde a visão, o entendimento e o tato. A cadeia qualificativa não acede ao sentido, o poema prossegue nas definições indefiníveis e, à força de não poder "ser", o objeto torna-se passivo, mera superfície refletidora: a "Dor" é esmagada, enterrada e sepultada. A única possibilidade de ação confirma o império da opacidade: ela faz "enegrecer o sol, fundido convulsamente e espasmodicamente à lua na cópula tremenda dos eclipses da Morte..." O "galope dos corcéis da destruição" sela o processo de deformação desta complexa imagem como constelação de cacos que apreende a invisibilidade negra.

Refratária ao mero comentário, a *Dor negra* encarna um processo às avessas: desconstrói uma alteridade que sequer ha-

55 *Idem*, p. 563.

via sido constituída. Revela a impossibilidade no corpo linguagem e divisa, na exuberância imagética, a impossibilidade de representação do negro ou de sua experiência, cujos fragmentos lapidam esta *Dor negra* difusa e aterradora.

A desconstrução e o afastamento do objeto imediato revelam o desenho estético do desconhecimento de si. Coroamento do impasse que, no entanto, não significa afastamento da realidade, mas percepção de um real ofuscado traduzido pela imagem enquanto ruína.

A retomada do seguinte trecho de "Consciência tranquila" para análise, também serve de ilustração para a *forma da morte* – historicidade que se dá a ver por meio do excesso imagético, cujo ápice leva à deformação:

> – [...] Negros trêmulos, velhos e tristes, com o dorso curvado por uma remota subserviência ancestral, atávica, fantasmas de pedra, mudos e cegos na sua dor absurda... Às vezes era pelos amargos desfalecimentos da tarde; e, no fundo denso da noite algumas estrelas espiavam como sentinelas, de olhos acesos e vigilantes, aquela torva massa trôpega e tarda que caminhava como do fundo de um tempestuoso e formidável sonho...
>
> [...]
>
> Parecia-me que se cavava de repente, por toda a extensão do eito, imensa, profunda cova; que essa cova era como uma velha chaga secular formidavelmente grande, sinistramente sangrenta, a devorar, a devorar, a devorar carne humana, legiões e legiões de míseros, um fabuloso mar negro e selvagem de corpos e almas amaldiçoadas... E essa chaga tremenda, avassaladora, fatal, ia então alas-

> trando, não já sangrenta, mas verde, podre, gangrenada, aberta a monstruosa e purulenta boca verde.[56]

O primeiro trecho mostra, na fala do senhor de escravos, a consciência de superfície que ainda consegue apreender o objeto. O processo de saturação das imagens faz com que os "velhos" se transformem em "fantasmas de pedra". Segue-se a aproximação da percepção insólita, carregada de espectros e alucinações que beiram o limiar de outros mundos. O estado *crepuscular* dos "amargos desfalecimentos da tarde" já introduz o *insólito* por meio da vivificação das estrelas que "espiavam como sentinelas" e dá seguimento à deformação do objeto: os velhos são agora uma "torva massa trôpega e tarda". As visões do senhor de escravos atingem, então, o ápice deformador responsável pela entrevisão de uma cova-chaga devoradora, imagem com a qual se adentra os domínios do *fantástico demoníaco*.[57] Nessa "velha chaga secular", os escravos são "carne humana", "míseros", "mar negro e selvagem de corpos": a vertente alucinatória desfez o objeto inicial, que se desvelou imagem inconsciente e introjeção aguda do funesto. O domínio "verde" sela a substituição do humano pelo vertiginosamente outro, na fronteira da visão do apodrecimento da matéria. A figuração da metamorfose demoníaca desvenda a percepção extrema da morte, espécie de *mimese* do instante letal.

---

56 *Idem*, p. 681. O trecho já foi citado na Parte II; retoma-se aqui para exemplificar o que os procedimentos da *forma da morte*.

57 Esta imagem, por sua vez, remete ao poema em prosa "Umbra", no qual também os espaços ctônicos sugam e desvendam a ideia da morte apreendida pelo eu lírico.

Com efeito, também "Consciência tranquila" segue a lógica da deformação do objeto, agora por meio da estratégia do turbilhão oriundo da memória e do inconsciente. A dinâmica desfiguradora aponta para uma tendência antimimética que vai ao encontro da impossibilidade de figuração de um objeto socialmente invisível. O procedimento induz a um movimento rumo à quase abstração. A não-representatividade do objeto refrata o próprio sujeito, ele também objeto de si mesmo, resultando num estilo paroxístico cuja dor é, dialética e perversamente, deleite sádico. Nesse sentido é que o estilo comunica-se também com uma espécie de pasmo suicida do herói de outros poemas – uma vez que a voz negra reside na latência das demais vozes. A forma aponta para a deformação, mas não cessa de repor o idealismo heroico na figura do esteta e do mártir negro.

As linhas de força que presidem o esfacelamento da representação refazem o culto do poeta mártir, idealismo que reconhece e se constrói sob a iminência do malogro. Trata-se de um herói cuja constituição remete à sexta fase da tragédia, momento do *sparagmós* ou despedaçamento e que sucede à etapa desencadeada pela *hybris* – ato que antecede e causa a queda. Em Cruz e Sousa, a ação sempre culpada, *hybris*, ou agente precipitador da catástrofe, concentra-se na ideia fixa. O distanciamento irônico substitui o destino da punição moral pela certeza do desamparo do mundo, o que permite a opção pelo mal como meio de enfrentar a condenação pelo "ato". As obsessões do sujeito não acatam o desenlace trágico, antes questionam seu lugar no mundo, de modo que suas ações condenáveis são atos reflexivos: é pela arte que o sujeito peca. O herói moderno – negro e periférico – figurado pelas páginas de Cruz e Sousa traz, desde sempre, a sombra da queda e do esfacelamento misturada ao idealismo e à miséria da contingência. Patético e irônico, é sujeito à mercê dos infortúnios, que vê a vida como castigo constante. O satanismo, a loucura ou a culpa revelam-se atributos de aguda constatação da imanência que corrompe o idealismo trágico da suposta superioridade do sujeito. O ápice da agonia deste herói trágico-irônico, ou *pharmakós*, retém a epifania demoníaca de que os símbolos da morte dão prova na figuração infernal de um mundo decaído.[58] O traçado desse percurso revela-se na trama do poema em prosa, nos desvãos de um gênero experimental, libertário e condenado à história.

Participa da forma da morte a lógica do sacrifício do herói ou do *pharmakós*. A morte sacrificial, coletivamente partilhada, questiona o tempo útil comandado pelo capital e dá sentido ao artifício simbólico na forma da morte violenta do mártir.[59] Processo que remonta à evocação do *emparedado* como "estátua" de um monumento às avessas, erigido em oposição à consagração. O tempo do sacrifício é o não-tempo da absolutização do sujeito que se faz refém artificioso da culpa coletiva, reconhecido em troca da promessa de sentido em um mundo deteriorado. O culto ao mártir é uma das faces da sede de absoluto capturado pela imagem-símbolo da pedra, na sua dupla acepção de sepulcro e monumento – esquecimento e memória. O único heroísmo possível é o do dândi, degradado e estetizado, sujeito que melancolicamente medita a revolta.

---

58 Northrop Frye, *Anatomia da crítica*, São Paulo, Cultrix, 1973, principalmente p. 203-218 e 234-235.

59 Ver as formulações de Jean Baudrillard a propósito da morte artificial marcada pela violência por oposição à morte natural no seio das culturas ditas primitivas, *in Traverses; Lieux et objets de la Mort*. Paris, Editions de Minuit, 1975.

A desmedida preside a dicção dessa *forma da morte*: seu modo de ser é o do excesso, sobreposição que antes oculta que ilumina e não acede ao sentido fácil ou unívoco. A prosa permitiu essa linguagem pouco apurada, acolhedora do socialmente expurgado, do refugo. Desse modo, a saturação de imagens conduz a uma situação-limite que promove a indistinção entre sujeito e objeto. Trata-se do momento da batalha final entre dois contendores: o sujeito e sua fantasmagórica representação ou o sujeito que se faz objeto de si mesmo. A dor contemplada e exaustivamente dissecada, ou a série contínua de imagens em torno da definição da natureza do artista, culmina no ápice que desfoca e deforma. O ponto culminante comunica-se com a morte, o mais extremo dos limites. Na fronteira do absolutamente outro que o paroxismo instaura, sujeito e objeto fusionam-se, perdem a individualidade e só se reconhecem como imbricamento das ordens do mesmo e do outro. Esse objeto, que em Cruz e Sousa confunde-se com o sujeito, é imagem ruinosa do eu resultante da consciência autorreflexiva. O desejo de ascensão, que a desmedida da linguagem corporifica, conhece seu contrapeso na sombra do sujeito melancólico, fadado à contingência. No limite que amalgama sujeito e objeto, a latência de absoluto ao mesmo tempo estrutura a forma e a desfaz. O artifício estético que promove o limite consegue reunir totalidade e imanência: a morte afirma a individualidade e oferece o preço luciferino da revolta. Por meio das angulações dessa fatura, o sujeito contraditoriamente se constitui: no instante incomensurável da morte, o sujeito se forma.[60]

60 Sobre o processo que percorre a literatura brasileira da "formação supressiva" do sujeito por meio da "luta de morte", ver José Antonio Pasta Jr., *op. cit.*, principalmente p. 66, 143-154 e 168-172.

Em "Consciência tranquila", o ápice da desmedida, que resulta na desfiguração quase expressionista, faz emergir os destroços da ordem escravista. Esta constitui-se pelo interpenetrar de imagens que carregam vestígios do velho e do novo, desvendando a consciência moderna do senhor de escravos apoiada sobre o estatuto arcaico da escravidão. O congelamento destes fragmentos capta a história que se faz imagem e forma: estilhaços que simultaneamente encarnam e afrontam os impedimentos vivenciados.

A impossibilidade de síntese aponta para a coroação agônica do tão temido processo de alheamento de si que percorre toda obra. Mas o desconhecimento não é ainda finitude e repõe a luta de morte interminável. Processo regido pelo Diabo, é justamente no momento-limite – que é o êxtase paroxístico e é a morte – do desconhecimento que o sujeito se constitui. Encontra figuração de possível alteridade no instante mesmo em que a perde. Ou melhor, é pela perda, pela ausência e impossibilidade levadas ao extremo – embate de vozes –, que o outro do negro se forma.[61] A ausência e a dificultosa representação atestadas pela sua obra em prosa são indícios de sua presença. É por meio das malhas dessa dialética falhada, porque sem síntese, que o sujeito contraditoriamente se faz forma: na ausência, a presença; na desconstrução, a práxis solapada que adquire representação.

"Dor negra", assim como "Capro", "Consciência tranquila", "A Nódoa" e "Emparedado", e ainda outros textos de *Evocações*, encenam esse movimento dialético cuja aparente síntese desponta, novamente, como antítese. Dinâmica inin-

61 *Idem*.

terrupta de negação da negação, infinita e ruinosamente contínua, qual alma que pena para sempre impedida de descanso. A antítese é o limiar que não traz a bela morte, totalidade finalmente redentora, mas inaugura a infinidade corrompida que repõe à exaustão a sombra da queda e da culpa.

Mas, em que pese a ruína que se instaura, o desejo de plenitude e de libertação-constituição do ser na morte são sentidos sempre repostos. Os elementos que evocam a morte ao longo da obra armam-se finalmente em *arquitetura de morte*, carreiam para a estrutura sua significação mais profunda. O duelo do duplo na figuração do *eu-tu* ou *tu-ele* impõe-se como confronto fatal. Os acontecimentos da passagem da representação do limiar do além introduzem um combate cujo protagonista é o duplo.[62] De tal sorte reposta, a agonística autorreflexiva promove certo efeito de transe, dado pela confluência do mundo real e imaginário. O desdobramento do eu coincide com tal momento de epifania demoníaca, em que o desvario adentra o universo da morte e transforma a realidade exterior. Nesse caminho, a profusão delirante aparenta-se a certa clarividência, advinda de um processo de interiorização da aguda consciência da cisão do sujeito com o mundo exterior. A reflexão sobre a alteridade precipita a aproximação do *insólito*, pois compreende a investigação de uma presença turva que se traduz na recusa do real conhecido e no mergulho num universo aberrante. O que remete a tantos desdobramentos: o dândi, o sujeito desidentificado, o eu especular. Toda tensão da obra é uma luta interminável, a busca do *trespasse*

62 Sobre a formação do duplo a partir da agonia e da luta presentes na iminência do alcance do limiar, ver Michel Guiomar, *op. cit*, p. 364.

como termo – libertário e suicida – do conhecimento de si. A morte temida ou desejada é o fim que constrói destruindo, amarga plenitude, última instância onde se refugiou o idealismo da totalidade.

6. A morte negra

A dialética da constituição da imagem do negro por meio da experiência limite da morte retira do chão histórico a estrutura social que serve de matéria à abordagem estética. Do Brasil escravista ao país livre, das reivindicações emancipatórias à constatação do agravamento da situação do negro liberto, resultam as mortes que deram figuração cifrada à percepção da fatalidade do destino do homem negro de letras, por trás do qual, latente, situa-se a figura do escravo e do ex-escravo. Os ideais humanitários que inicialmente orientaram o movimento abolicionista revelaram "o caráter de uma insurreição dos próprios brancos contra a ordem escravocrata e senhorial".[63] A sociedade que emergiu da organização competitiva do trabalho livre não integrou o negro. Ao contrário, este se viu em situação de inferioridade em face da sociabilidade da atividade mercantil e, em desvantagem em relação ao imigrante com quem não podia competir, foi colocado à margem da história. Desajustada socialmente, a massa de negros livres esteve confinada a trabalhos subalternos e conheceu a miséria seguida da decadência moral que embotava qualquer possibilidade de resistência. A população de libertos encontrou-se entregue à própria sorte, sem qualquer auxílio de outras esferas da sociedade que, por sua vez, logravam legitimar a dominação por meio da

63 Florestan Fernandes, *op. cit.*, p. 86.

mobilização do arsenal racista como explicação do drama e do destino inexoráveis do negro.[64]

Desprovido da possibilidade de se tornar cidadão e distante da identidade do cativo, o negro livre surge como presença de impossível representação. A literatura que tenta apreender a imagem do liberto precisa recorrer ao enigma e à estrutura de uma forma destinada à morte. Não por acaso a alteridade negra em Cruz e Sousa assume-se como a outra face de Satã: a desumanização da presença indesejável e o negro tornado pária inscrevem-se na doutrina da queda e no corpo estético da morte. O mito de Satã revela-se instância capaz de observar e apreender a "queda" do liberto. Novamente o negro é vítima e algoz: torna-se o único culpado pela degradação da situação pós-abolição, já que é considerado incapaz, indolente e imoral. Se, por um lado, o critério da raça explica a decadência social, por outro, o *satanismo estético* reconfecciona a injustiça da queda e da condenação. O destino de morte do liberto dialoga com as condições materiais de produção da literatura de um autor negro na periferia. Faces da morte a que se une a fatalidade mitológica da queda de Lúcifer.

A tessitura da morte na prosa de Cruz e Sousa emerge da angústia que preside certa metafísica do concreto. A busca do absoluto, tingida de intenções simbolistas, apresenta-se corroída pelo chão histórico da passagem do regime servil ao trabalho livre. E coloca o negro no centro desta problemática, como sujeito histórico que mais agudamente sente os contrastes da modernização e a perversidade da sobrevivência das relações patriarcais. A morte responde ao aviltamento da condição de in-

64 *Idem*, p. 83-108.

divíduo livre propagada e negada pela instituição da Abolição. E a liberdade surge como a pior forma de servidão.[65] As vozes negras, personagens ou duplos do sujeito lírico, acercam-se da morte como instância que salva e condena.

Nesse percurso, as fantasmagorias desvelam seu objeto mais fundo: trata-se da inapreensível imagem do liberto a quem a promessa de autonomia trouxe tão somente a exclusão. No mundo dominado pelo capital, na sociedade competitiva cujos estatutos são o da livre escolha e do culto à individualidade, o negro é uma quase ausência. Sem a possibilidade de adentrar o mundo da competição e do trabalho livre, surge como presença fantasmática. E a ânsia de forma da obra, que se traduz em desejo de cidadania ou de representação social, e cujos ecos reverberam na estrutura da prosa, é, sobretudo, urgência em aceder ao estatuto de sujeito.

No corpo da prosa, a angústia e a melancolia do sujeito que toma as formas da morte contempla o destino histórico dessa massa de negros livres. A não integração do negro à sociedade os aproxima novamente do poeta, uma vez que sobre eles recai a maldição do degredo. Ambos estão despossuídos da mercadoria trabalho: a marginalização do homem de letras é agravada pela condição de autor negro, poeta simbolista. O escravo não detém sua força de trabalho, o negro livre não consegue vendê-la e o autor negro enfrenta o impasse da criação poética desautorizada pela condição de "negro". Numa etapa anterior

65 "Sob a perspectiva da liberdade, herdaram a pior servidão, que é a do homem que se considera livre, entregue de mãos atadas à ignorância, à miséria, à degradação social". Florestan Fernandes, "O negro e a revolução burguesa", *in A integração do negro na sociedade de classes*, São Paulo, Dominus, 1965, p. 37.

à do trabalho alienado, encontra-se como que reificado antes mesmo de se constituir mercadoria. O que remete às camadas de representação social conflituosa apreendidas pelo enigma, constantemente reposto, da "sombra irremediavelmente presa dentro de outra sombra": eco do muro e do impasse.

Os símbolos da morte em Cruz e Sousa participam da consciência histórico-social que entrevê o negro como protagonista da história. A constelação de imagens da morte que organiza a prosa aos poucos delineia o sujeito histórico do escravo e do negro livre sob a máscara do autor negro. Assim, as imagens da morte, já de si ruinosas porque portadoras da derrota, perseguem os movimentos escorregadios da práxis do homem negro. Nessa toada, o temor experimentado diante do mar ecoaria o medo da morte em trânsito ou a reminiscência da memória coletiva da morte nos tumbeiros e a obsessão relacionada ao sono talvez contemple o estágio intermediário que implicou a passagem da servidão para a liberdade. A presença de uma espécie de alteridade negativa, inscrita no âmago da imagem desfocada do herói e dos desdobramentos do duplo negro-pária, permite que a ruína que preside a estrutura da morte intimamente revele a condição do negro no regime servil e do liberto desajustado do regime competitivo.

A Abolição representou uma "morte social" para o liberto, cujo alarme o poeta costura à materialidade dos ritos próprios ao cotidiano da morte ao longo do século XIX. Os signos sociais que envolvem a situação da morte falam do cativeiro, da desumanização e da exclusão. A obsessão mortuária que tece a forma trabalha ritos sociais de inserção no mundo dos homens livres brancos e carreia elementos para a ideia fixa do lugar – ou não-lugar – do negro no mundo.

É assim que os rituais ligados à morte impõem-se, ainda, como signos de prestígio e reconhecimento social. Procuram reproduzir no momento da morte as hierarquias da vida. A morte coletivamente partilhada do senhor de escravos em "Consciência tranquila" contrasta com a indigência e a solidão da morte dos *invisíveis* – os desvalidos, sobretudo negros. "Emparedado" é testamento da morte solitária e privada, sem parada e sem plenitude, a ecoar o conflito que impede a bela morte.[66] A situação limite para o homem branco de elite é cumulada de signos de prestígio: o instante aguardado no leito da casa, a presença do público numeroso de agregados e o afastamento de pessoas de outro estrato social.[67] Os escravos mortos apenas comparecem no registro alucinatório e suas mortes são anônimas: sem lágrimas e sem chão. Contudo, no poema, como se viu, a composição força a consciência moral do criminoso, por trás da qual situa-se a de toda uma classe: alcança-se a justiça, a contrapelo, por meio da horda mal-assombrada de negros massacrados.

O medo da morte é também o medo do inferno e do penar sem fim. Os ritos funerários herdados da colônia insistem na importância da terra sagrada e da propriedade do chão onde se enterra. Os escravos também valorizavam as cerimônias de

66 Nos rituais funerários africanos da primeira metade do século XIX, eram comuns também as festas e a presença da coletividade. Isso ocorria com os negros de prestígio, os pobres costumavam associar-se a irmandades para obter uma morte digna. No entanto, em Cruz e Sousa, o afastamento da cultura africana e a situação pós-abolição o fazem encenar a morte negra como morte privada, que figura abandono e desenraízamento. João José Reis, "O cotidiano da morte no Brasil oitocentista", *in* Luiz Felipe de Alencastro (org.), *História da vida privada no Brasil 2: Império: a corte e a modernidade nacional*, São Paulo, Companhia das Letras, 1997, p. 121.

67 *Idem*, p. 104.

passagem, na intenção de impedir que o morto vagasse infinitamente pela terra. As estratégias de salvação incluíam rituais, símbolos e certas circunstâncias que deveriam ser evitadas, como, por exemplo, a morte acidental. A economia da morte servia também para tentar reproduzir no outro mundo a estratificação e os privilégios da terra.

Nesse percurso, um aspecto particularmente temido é o local da sepultura. O chão próprio ou sagrado surge como signo de distinção e cidadania, o que fazia o negro pobre muitas vezes aderir à igreja para assegurar seu sepultamento. Mas após a Abolição, a mobilidade e o abandono da população negra repelem as garantias de uma morte digna. O liberto erra então pela terra onde não nasceu e que não o acolherá depois de morto. Esse ser sem morada que vivo ou morto não encontra local de repouso ecoa no *topos* do retorno a casa, presente em "A Nódoa" ou em "Umbra". Estabelece contato também com o pavor do esquecimento e a literatura como terra profana, porém digna do poeta. Aquele que deambula sem descanso estabelece contato com Satã, o anjo sem morada, condenado ao tormento do eterno padecer. A angústia do negro, à qual dá forma a estranheza do poema em prosa, lembra a do morto-vivo impedido de pouso e morte: incessante espera e alteridade impossível na gênese da estrutura inacabada.

O cemitério interior, expresso na angústia e no martírio do poeta *pharmakós*, alia-se à urgência do chão mortuário, enquanto garantia divina e reconhecimento terreno. Na dupla acepção de fóssil e cova, memória e morte, a obra é espectro do morto-vivo, assim como o sujeito criador. Na arte e na vida, o medo da eternidade demoníaca continua sempre a rondar:

> Tu não morrerás mais!
> Ficarás na terra – imenso Purgatório – regenerando, purificando, cristalizando a tu'alma dessa mancha sinistra e lutuenta, que a envolve toda.
> Não morrerás mais! Te perpetuarás, para te remires do teu enorme Pecado, cuja sombra orbicular põe nódoas fundas no sol, doentias penumbras no luar, turva, entenebrece a fina pedraria branca das estrelas.[68]

A literatura, metaforicamente tornada testamento, grava o sujeito e dá nobreza à morte. E a permanência da letra deslinda a apreensão pelo "lugar do sepultamento", defesa contra o expiar da má morte. A obra minada pela forma de morte não acede à aura da bela morte; assume, porém, estatuto de registro digno da experiência do poeta. Desse modo, a memória que se infiltra na fatura e no errar fantasmático das imagens institui-se paradoxalmente à custa da morte maldita do negro poeta. E tenta captar a presença nebulosa do negro livre, imagem da "alma penada" a rondar a forma. Novamente a construção parece só ser possível mediante a desconstrução.

7. Memória e humor negro

A obra como objeto corruptível parece finalmente enfrentar a atemporalidade da morte por meio da memória. Ilusão luciferina da reversibilidade do tempo, a memória é espectro do passado: imagem degradada ou rastro de experiência. A insistência com que Cruz e Sousa trata da permanência do texto atesta a preocupação da escrita enquanto *contramemória* de seu tempo e da sua experiência, na contramão da versão oficial.

---

68 Cruz e Sousa, *op. cit.*, p. 617.

Assim, a urgência mallarmeana do "livro" – objeto que enfrenta o tempo – parece, guardadas as diferenças, contaminar também a obra de Cruz e Sousa. Distante das preocupações da obra impessoal do poeta francês, Cruz e Sousa volta-se para a exploração muito singular da subjetividade. À reivindicação visionária de Rimbaud, une-se a intenção metafísica da totalidade mallarmeana, ambas transfiguradas pela *estética satânica*, enraizada em solo local.

A consciência autorreflexiva de si, da história e da arte está guardada na obra como objeto que perdura:

> Então, um dos teus amigos te conduz à casa, já abatido e quase sem voz; e, mais tarde, passados dias, corre a dolorosa notícia, – ó amargurado Espírito moderno! – de que morreste de uma pneumonia aguda...
> E após a tua morte ainda se haveria de contestar a sua individualidade. A que outros responderiam:
> – Também não deixou um livro que significasse a sua individualidade.
> A que outros responderiam:
> – Mas deixou escritos em jornais.
> – Ora jornais! Jornais são papéis avulsos, vivem o curto espaço de um minuto ou de um segundo, e, muitas vezes, até sem os lermos, com os mais resplandescentes pensamentos contidos em suas colunas, os deitamos pela janela a fora... Um livro sintetiza qualquer individualidade. Não se pode acreditar, portanto, não há documentos que atestem, criticamente, o valor intelectual desse escritor que morreu.[69]

69 *Idem*, p. 508.

Contudo, antes de firmar-se como objeto a pressionar o direto ao reconhecimento, a obra de arte absorveu intensamente os dramas da vida e da criação:

> E quando lhe soava aos nervos a hora alta da febre da grande alucinação para a perpetuidade do nome no espírito das Gerações que surgissem; quando se surpreendia absorto, na contemplatividade muda desse inquietante e vago Aspirar que fecunda as almas anelantes de Indefinível; nesses impressionativos momentos em que ele, transfigurado, empalidecia, os que mais e melhor sentiam os íntimos segredos, todos os voluptuosos encantos da sua mentalidade, lhe perguntavam pela obra que deixaria, lhe diziam:
> – Então! nada tens feito que revele a tua estesia, que determine as tuas sensações, a tua sensibilidade extrema. Vives preguiçando, dormindo lassos, longos sonos de luxúria... Olha que a morte aí vêm, aí vêm já, irremovível e oblíqua, sôfrega, sequiosa da tua carne e te vai surpreender inútil, mudo, sem nada dizeres ao mundo, cérebro budicamente indiferente, boca fechada numa contração tortuante de impotência doentia rodando na mesma poeira vertiginosa, no mesmo torvo e banal rodomoinho dos homens e das cousas, sem nunca revelares todo esse estranho Infinito que trazes na alma.[70]

Nos fragmentos acima, respectivamente de "Sugestão" e "Capro", retenha-se a obsessão pela obra que guardará a memória, aliada à ameaça de impotência diante do trabalho poético. Articulado pela voz em terceira pessoa, o questionamento revela percepção da importância da recepção e certeza do valor do livro como objeto perene. A preocupação em registrar uma

70 *Idem*, p. 534.

determinada "versão dos fatos" impulsiona o sujeito: aquele que alterna a percepção de si como ser eleito e o reconhecimento de si como alteridade negativa insiste em deixar seu testemunho. O relato do poeta simbolista é, sobretudo, a voz do homem negro do fim do século e a literatura é registro que inscreve tal práxis na história. Há que se considerar o quanto a mistura de confissão e ficção inerente à prosa de Cruz e Sousa – tantas vezes tomada como prova da pouca validade destes textos – lobriga a intenção de escrever uma outra história, *contra-história*, espaço da letra em que a memória arma uma reparação.

Assim, a escritura assume-se como antídoto contra o curso do tempo.[71] Se a punição da criatura dirige-se à natureza de sua culpa, se o passado da África persegue o sujeito, sua absolvição talvez possa dar-se pela memória que relê a história oficial e pontua o processo de formação do sujeito – mártir ou herói. Ainda: se a estrutura da morte é um sinal de angústia que mascara as tensões apreendidas pelo eu lírico, a obra rivaliza com o tempo incontornável. Nesse sentido, caberia a pergunta sobre qual é a relação entre a morte – tema e estrutura – e a própria escrita, já que esta se impõe como "monumento" no fluxo temporal. Ocorre que a arte, embora se alimente do

71 Lembro também o poema "Esquecimento", de *Faróis*, em que os temas da *obra* como memória ou esquecimento revelam toda sua força. A título de ilustração, as estrofes 18ª: "Que um soluço cruel, desesperado/ Na garganta rebenta.../ Enquanto o Esquecimento alucinado/ Move a sombra nevoenta!"; 25ª: "Não te esqueças de mim, meu verso insano,/ Meu verso solitário,/ Minha terra, meu céu, meu vasto oceano,/ Meu templo, meu sacrário"; e 30ª: "Esquecimento! Eclipse de horas mortas,/ Relógio mudo, incerto,/ Casa vazia... de cerradas portas,/ Grande vácuo, deserto", *in* Cruz e Sousa, *op. cit.*, p. 120-122.

findável, revela-se antidestino.[72] Fixa-se no tempo e consegue a façanha de suspendê-lo; o objeto decalca-se do criador e afronta a assombrosa tirania da temporalidade. Assim deslocada, a intransponível petrificação desvenda-se também permanência, resistência: a obra permanece, vinga-se, faz-se esfinge.

A prosa, em sua face de *memória e monumento*, atua, portanto, contra a invisibilidade do negro poeta; para tanto, mobiliza um último recurso satânico contra a solenidade e a gravidade da finitude: o *humor negro*. Trata-se do riso desferido contra a inclemência da condição humana. Sob a tonalidade desse humor arrevesado, a ironia corta as páginas da prosa do poeta, aliando-se à tarefa de construir outra interpretação, instituindo-se recurso que enfrenta o destino. Nesse sentido, *memória* e *humor negro* se fazem *trabalho satânico* por excelência: opõem-se à exclusão social e à negatividade do irremediável, forçando o insulto de sua existência. Não à toa, Satã é o próprio protagonista do riso de fel. O ato rebelde concentra, tal qual a atitude desse riso de dor, a ousadia do combate e o conhecimento da perda e da punição. Por trás desta insurreição, paira a sombra do anjo caído; este abraça, com o artista, a "revolta superior do espírito".[73]

Muitas são as modulações do *humor negro*. Para além da dicção do cômico diabólico, pode imprimir-se no retrato do paradoxo júbilo-dor: "o moribundo teve uma risada alvar, lugu-

72 Sobre a relação entre morte e escrita ver: Michel Picard, *La Littérature et la mort* e Maurice Blanchot, *L'Espace littéraire*. Segundo Picard, a escritura é "falicização" e implica secretamente algum assassinato, *op. cit*, 62-63. A respeito da arte como antidestino, ver Michel Picard, *op. cit*, p. 61.

73 André Breton, "Paratonnerre", prefácio à *Anthologie de l'humour noir*, Paris, Jean-Jacques Pauvert, 1966, p. 12.

bremente idiota, entre amarelada e negra, que fazia fatalmente lembrar o fúnebre caixão que o esperava"; na figuração do duplo divindade-demônio: "aqueles divinos lábios lívidos a pouco e pouco se satanizavam e enrubesciam, passava sobre eles um relâmpago de fogo; aquela boca martirizada afinal abria-se estranhamente rubra, estranhamente rubra! – e desvairadas gargalhadas vermelhas estalaram e rolaram retumbantemente pelo espaço a fora como atroantes excomunhões"; ou, ainda, entre outras aparições, no amálgama de festa e apocalipse: "últimos risos palermas, últimos escancaramentos de bocas parvas nos fins destroçados de um carnaval".[74]

O riso amargo desvenda o enunciador que se defende da estreita racionalidade, da soberana morte ou do processo de desumanização. Ultrapassa o distanciamento do cômico: trata-se de um lançar de olhos angustiado, e modernamente heroico, para os males da humanidade. O sujeito ri principalmente de si mesmo e de sua sorte, afrontando tanto a finitude quanto a sociedade e a crítica da época – tanto a natureza quanto a história. Tal postura satânica, articulada à discussão sobre a arte e à problemática do ponto de vista, desvela-se parte de um processo de construção-destruição. No traçado tortuoso do poema em prosa, a literatura apruma-se como *ricto*, *esgar* – riso forçado, careta de escárnio da forma impura como monumento contraposto à literatura "sorriso da sociedade".

Duas são as atitudes centrais que o humor negro encerra: a defesa contra a morte e o questionamento acerca do estatuto da representação. O primeiro aspecto, já mencionado, diz

74 Cruz e Sousa, *op. cit.* ("Consciência tranquila", p. 678; "Sonambulismos", p. 562 e "Asco e Dor", p. 571).

respeito ao enfrentamento da fatalidade. É recurso limite que pretende afrontar o instante letal por meio da soberania do espírito humano.[75] A atitude que se sabe fadada à queda firma-se no gesto heroico da luta perdida. O espírito que se dedica ao humor negro zomba do poder da morte, mesmo que seja para depois sentir todo o peso de sua vingança. Se um texto como "Consciência tranquila" escancara o riso negro, em outros, a atitude reveste-se de sutilezas irônicas nas mortes miúdas que cortam a prosa. O humor negro dá-se, ainda, em termos estilísticos: certa grandiloquência que caminha para a exasperação, tingindo de ironia o que parecia hino à vida. É o que ocorre em "Ídolo Mau" e "Capro", por exemplo. A exaltação algo nietzschiana do sujeito, articulada à majestade retórica da linguagem, esbarra na angústia, de onde emerge o sujeito patético, que amargamente ri de si e do mundo.

O segundo aspecto relaciona-se à corrosão da *mimese*. Aproxima-se do efeito de distanciamento, ao permitir observar o trabalho de encenação da arte. É atitude que se volta para o real, intentando ferir a casca da representação reificada da história. Em Cruz e Sousa, a constante negação remete à forte presença do eu, de modo a macular a mera impessoalidade do objeto em nome da impressão da subjetividade revoltada.[76] O

75 "As palavras de humor são capazes de impor à própria morte a denegação do espírito humano". Jacqueline Chénieux-Gendron, *O surrealismo*, São Paulo, Martins Fontes, 1992, p. 105.

76 Hegel na citação de Jacqueline Cheniéux-Gendron: "o próprio artista se introduz no objeto que quer representar [...]. Assim, o caráter independente de um conteúdo objetivo, a unidade coerente da forma, que deriva da própria coisa, ficam aniquilados, e a representação não passa de um jogo da imaginação, que combina a seu bel-prazer os objetos, altera e subverte as suas relações, um despudor do espírito que se agita em todos

que implica certa vitória do sujeito, breve porém fulgurante, imediatamente seguida da dúvida. Acrescente-se que a forte presença do eu-poeta concorre também para a confusão entre as ordens, instaurando o duplo. Desse estado de coisas participa a peculiaridade do objeto – a alteridade negra, nas raias do irrepresentável – que se afina à natureza antitética e desrealizadora do discurso indireto de imagens.

A altiva recusa do real carrega em si os elementos de sua própria negação; ao mesmo tempo em que o humor enfrenta o mundo ordenado, atrai o peso dos antagonismos sociais. E a aparente vitória do espírito que se insere no riso agônico das representações deformadoras traz a gravidade das contradições do real que ruem a força do sujeito. E assim gira o círculo dialético: a atitude de resistência do humor negro, insistentemente reposta, nasce e é tragada pela força da história.

O caminho para a reparação do processo social excludente se dá pela escritura que se faz memória, emulando e negando o impasse: *emparedamento* que é também, dialeticamente, pedra tumular, vestígio, testemunho: *escritura* ou *epitáfio*. Assim, a arte que se faz estrutura de morte e, portanto, de perda, também investe contra o incontornável – trama da morte contra a morte. Continua seu trabalho de negação da negação: mobiliza a ironia contra a finitude e expõe a nervura do artifício. A revolta intelectual acompanha a subversão da linguagem, expondo novas formas de exploração da escrita que possam continuar a recusa da representação.[77] Não por acaso, algumas das pri-

---

os sentidos e se tortura para encontrar as concepções extraordinárias pelas quais o autor trai a si próprio e a seu objeto", *op. cit.*, p. 103-104.

77 "Raros são os humoristas que não tenham inventado uma nova forma de expressão, como se o aparecimento da revolta intelectual fosse acompa-

meiras incursões no poema em prosa, como ocorre no caso de Baudelaire, são exemplos de humor negro. O trabalho da prosa de Cruz e Sousa também dá forma a uma atitude de negação, numa revolta contra a *mimese* e o real veiculados pela linguagem poética referendada. Uma expressão radical deve seguir a atitude limite que finge o riso diante do infortúnio. No poeta brasileiro, trata-se do humor patético do herói mártir negro que ora oferece o suplício redentor, ora zomba de sua aura de artista. Nessas linhas pode-se ler a revolta contra a morte física e social do negro, acompanhada da iminência do suicídio; à liberdade absoluta do riso, contrapõe-se o tempo incontornável.

Esse riso amargo adquire o duplo sentido de constatação fatalista e ironia em face do destino. Encarado no sentido de um *topos* recorrente, permite certo distanciamento do sujeito que, apesar de se saber "condenado à morte", heroicamente resiste com o riso e a memória – também ela história da versão dos vencidos. Em face do caráter confessional de muitos dos seus textos e dos impasses do momento, permite ao sujeito simular distanciamento: se faz vidente dos despossuídos, bode expiatório da culpa coletiva, mártir da arte, herói decaído. Todas atitudes cuja gravidade revela o peso da morte por meio da autorreflexão. Mas, ao mesmo tempo, desvendam-se patéticas e o riso as dialetiza: desmascaram o idealismo das representações

---

nhado por uma subversão no modo da expressão e, muitas vezes, até na linguagem, porque a própria matéria verbal se encontra muitas vezes aí maltratada, por aforismos, jogos de palavras, distorções de metáforas, etc. A tal ponto que se pode perguntar se essa a revolta geral contra o real não é, antes de mais, uma insurreição contra a linguagem que o impõe". Gérard Durozoi e Bernard Lacherbonnier, *O surrealismo: teorias, temas, técnicas*, Coimbra, Almedina, 1972, p. 273.

de si, implodindo a pose do artifício. Daí o humor negro constituir-se como signo de resistência frente ao destino de morte e também núcleo de tensão que expõe as armadilhas da *mimese*.

O conteúdo da prosa às vezes toma a forma explícita do relato de memórias, como ocorre em "Consciência tranquila". O narrador senhor de escravos oferece um testemunho da escravidão que difere da história oficial. É significativo que a nova versão seja emitida pelo senhor de escravos, de modo que a legitimidade do relato apresenta-se satanicamente desmascarada. As forças do mal são mobilizadas contra a ideologia que funda a versão de uma escravidão benigna e necessária. Ainda que pela ausência da voz, a práxis do negro é resgatada, ou ao menos figura como testemunho. Pelo caminho inverso, o opressor é o emissário da consciência histórica, representação que já nasce reflexão.

Os textos que alternam a primeira e a segunda pessoa e aqueles, cuja personagem confunde-se com o próprio poeta, trabalham aspectos ficcionais alinhavados a elementos dispersos da sua biografia. A memória do poeta negro recusa-se a introjetar a Abolição como libertação e oferece uma imagem conflituosa da situação do negro pós-escravidão. A representação do negro liberto, espécie de mercadoria desvalorizada que não adquire alteridade legítima, trava um combate com a história da escravidão estruturada pelas elites.

O raciocínio estético da forma da memória tenta apreender a presença de uma já ausência. Espécie de compensação amarga que contém o selo da fidelidade ao passado e da afirmação de uma resistência futura.[78] A matéria poética de Cruz e Sousa, de si já uma quase ausência, procede a uma espécie de *memória fantasmagórica do irrepresentável.*

Cabe, ainda, referir a peculiaridade da busca da memória por meio da incursão nos domínios do mito. O caráter de mal-assombramento resultante de suas representações desnuda uma memória difusa que busca compreender o presente fugidio por meio do passado mítico da África distante ou pela reinterpretação dos mitos de Cam e de Satã. O poeta inquire a memória mítico-abstrata da África, signo do desconhecido, do inferno e da origem culpada do homem negro: "África tórrida e bárbara", "arrebatada nos ciclones torvelinhantes das Impiedades supremas", "laocoôntica, alma de trevas e de chamas", "sugestiva, gemente", "dos suplícios", "virgem, inviolada no Sentimento".[79]

Mito e memória estão na base da apropriação do mito de Satã. O envenenamento dialético dos poderes do mal em relação à representação do artista e do negro se vale da memória do mito para proceder à inversão de valores. Satã é também aquele cuja memória guarda a gênese da culpa e da morte humanas. Memória da resistência, do ultraje, da queda, da conquista do conhecimento e da subjetividade e da condenação eterna.

---

78 O que remete às palavras de Walter Benjamin em "Experiência e Pobreza" ao tratar dos artistas que, ao "partir do zero", apontavam para uma espécie de barbárie positiva que seguiria o reconhecimento do empobrecimento da experiência promovido pela cultura: "...desilusão radical com o século e ao mesmo tempo uma total fidelidade a esse século". A experiência ligada à memória é retomada nas "Teses sobre o conceito de História", *in Magia e técnica, arte e política. Ensaios sobre literatura e história da cultura. Obras escolhidas vol I, op. cit.*, p. 116.

79 Citações de "Emparedado", *op. cit*, p. 672.

Também comparece a memória do mito de Cam aliada à reversão satânica que questiona o destino histórico de um povo.

O caráter de absolvição que a memória transmite significa que a obra, enquanto reminiscência histórica, imobiliza-se "no momento de um perigo".[80] Tal instante, ao abranger a consciência histórica do sujeito em relação às representações do período propostas pelas classes dominantes, faz da obra indício que deve ser interpretado. Os rastros do presente petrificam-se em imagens que pedem decifração. O sinal que instaura a descontinuidade da parada é dado pelo "choque"[81]: momento em que a saturação da ideia fixa exige interpretação. Em Cruz e Sousa, o choque se dá no instante de "transpasse" entre as ordens do mesmo e do outro, da realidade e do fantástico – cuja estetização é a do paroxismo das imagens que conduz à desfiguração no limiar do mundo insólito. Ao congelar numa imagem de seu tempo as tensões irresolvidas, as imagens ou símbolos oferecem instantâneos da história passada que guardam a esperança da redenção pela rememoração.

O "choque" compreende o momento em que a imagem capta e grava o movimento de ideias do autor. Cruz e Sousa cunha sobretudo duas imagens excepcionais que carregam tal característica: a do *emparedado* e a da *Dor negra*. Esta última, já analisada como síntese da invisibilidade sob a escravidão, re-

80 Walter Benjamin: "Articular historicamente o passado não significa reconhecê-lo 'como ele de fato foi'. Significa apropriar-se de uma reminiscência, tal como ela relampeja no momento de um perigo. [...] O perigo ameaça tanto a existência da tradição como os que a recebem. Para ambos o perigo é o mesmo: entregar-se às classes dominantes, como seu instrumento", "Teses sobre o conceito de História", *op. cit.*, p. 224.

81 *Idem*, p. 231.

modela a memória em camadas de enigmas. Assim também o *emparedado* é imagem cuja construção compreende o choque de tensões socialmente enraizadas.

O caráter metalinguístico do processo de criação implica a incorporação do *choque* pela consciência. Ao amortecer o impacto dos estímulos, a consciência os reorganiza na arquitetura das imagens da obra. O bordado da prosa se compõe pela incorporação, submetida a elaboração estética, de fragmentos inconscientes, *choques*. Neste sentido, as imagens reincidentes revelam-se parte do esforço construtivo da interpretação histórica dos destroços nos quais se inscrevem as espécies da opressão.[82] Assim também o estilo, ao incorporar os desvãos do movimento interiorizado da reminiscência – redundância, loquacidade, obscuridade –, rastreia a fidelidade antimimética da literatura que se quer memória.

Se os textos em prosa parecem infundir certa disputa pela verdade histórica, a fortuna crítica do poeta, por sua vez, também competiria pela posse da memória do autor. A crítica retratista de Nestor Vítor e a valorização tardia de Sílvio Romero parecem apontar para a necessidade de construção da imagem do mártir. A validade artística de Cruz e Sousa residiria, segundo essas leituras, no sofrimento que imprime originalidade à obra. A contribuição da leitura da (des)identificação do negro por meio dos impasses da representação artística não foi considerada, talvez porque não contribuísse para a consolidação fetichista do "mártir negro".

82 Sobre a memória voluntária e involuntária, e o processo de criação de Baudelaire marcado pela experiência do choque, ver Walter Benjamin, "Sobre alguns temas em Baudelaire", *op. cit*, p. 108-113.

A obra como recurso à memória revela contraponto dialético com a aludida noção de fracasso. A obra que não acede à totalidade, cuja única e efêmera possibilidade de constituição do sujeito criador dá-se na morte e cuja forma assenta-se no princípio da desconstrução, impõe-se finalmente como *memória* e *ruína* – *memória ruinosa*. O poema em prosa enquanto *forma negra da morte* se faz também afirmação pela permanência que a letra impõe – única possibilidade de afrontar a temporalidade e os impedimentos sociais. A memória inscreve a práxis na história, cuja apreensão satânica, ao ressignificar os signos de sua hora histórica, repõe o movimento do pêndulo entre invisibilidade e individuação, elegendo as formas do mal como fonte de resistência.

V. Outros estudos

Invisibilidade e simulação da audiência no poema em prosa de Cruz e Sousa[83]

Em que pesem os desvios de uma lírica tecida pela densidade da "floresta de símbolos"[84] cara à estética simbolista, a obra do poeta negro João da Cruz e Sousa traz, de modo intenso, as marcas da segunda metade do século XIX brasileiro. A fim de investigar as nuances que a experiência nacional assume em sua obra, há que se acrescer ao panorama histórico o prestígio da ciência, cujas prerrogativas em torno das diferenças naturais entre brancos, negros e mestiços em muito quadraram com a manutenção ideológica do regime servil.

A barbárie do mundo do trabalho, as impossibilidades de reconhecimento acatadas pela ciência e a aposta ingrata na literatu-

83 Estudo publicado no volume *Monólogo dramático e outras formas de ficcionalização da voz poética*, organizado por Alexandre Pilati, Fabio Cesar Alves, Jefferson Agostini Mello, Simone Brantes e Vagner Camilo, Campinas/ São Paulo, Pontes Editores, 2020. Uma versão anterior foi publicada no livro *Conflicto, negociación y resistência en las Américas*. Izaskum Álvarez Cuartero (org.), Salamanca, Ediciones Universidad Salamanca, 2017, com o título "Paradoxos da lírica negra: alteridade e espaço público".

84 Referência ao famoso poema de Charles Baudelaire "Correspondances", tornado marco do movimento Simbolista.

ra como meio de emancipação são temas recorrentes na obra do poeta. Tais motivos podem ser captados em alguns instantâneos ou emulações do espaço público, local por excelência desses embates. Assim, para além dos temas mais conhecidos e analisados, pode-se observar a sutil relação entre esfera pública e alteridade, em flagrantes que desencadeiam a amargurada consciência do intelectual negro sob o pano de fundo do cativeiro e de suas práticas residuais. A elaboração estética do espectro da alteridade *invisível* e da possível *audiência* de um espaço político interdito faz da literatura espaço privilegiado do *dissenso* – dimensão sensível da vida social, na esteira do pensamento de Jacques Rancière.[85]

A sociedade brasileira no final do século XIX, período marcado pela passagem do trabalho compulsório para o trabalho livre, moderniza-se de modo contraditório: adere aos costumes e ideais importados e mantém a herança escravista, garantia de privilégios. Nesse contexto, a literatura assume papel dúplice; de um lado, figura como meio de representação da dinâmica social; de outro, insere-se como parte das instituições sociais da elite, integrando o coro de vozes hegemônicas. É nesse contexto que se insere a obra de Cruz e Sousa. A produção do poeta negro capta as tensões do Brasil de fins do século de modo muito peculiar: os conflitos serão entrevistos sob o crivo do homem negro de letras premido entre o desejo de inserção social e a constatação da incontornável situação de exclusão e emudecimento. Acrescente-se a isso a filiação francesa de

---

85 Tais conceitos, assim como outros – a saber: visibilidade, audiência, comunidade, consenso e dissenso – são tomados às reflexões de Jacques Rancière. Cf. A *Partilha do sensível: estética e política*, São Paulo, Editora 34, 2009; "O dissenso" (trad. Paulo Neves), *in* Adauto Novaes (org.) A *Crise da razão*, São Paulo, Companhia das Letras, 1996 e *Mallarmé: la politique de la sirene*, Paris, Hachette Littératures, 1996.

sua poesia, tendência estética desconsiderada e marginal ante o cenário das letras nacionais, espécie de afronta à elite e ao cânone. As características da estética simbolista – a arte pura, o artista eleito, a "teoria das correspondências", a imagem sugestiva, alusiva e sonora, o viés decadentista dos temas, entre outros – chocam-se com a matéria poética local, cortada pelos paradoxos de um país de abolição recente e orientado pela fantasmagoria ideológica do progresso e da ciência.

Nos poemas em prosa de Cruz e Sousa comparecem questões da vida social por meio da circunstância muito específica de um lugar de fala do negro intelectual e artista simbolista. Diante da singularidade e complexidade da matéria a ser apreendida, as características do gênero poema em prosa – a unidade, a brevidade e a gratuidade – transfiguram-se dando lugar a textos híbridos, extensos e, muita vez, orientados por uma finalidade determinada.[86]

Não só as regras do poema em prosa serão subvertidas, como diversos procedimentos formais serão mobilizados a fim de se acercar do difícil tema da alteridade negra. A partir da posição específica do negro letrado, espécie de centro por meio do qual o traçado da invisibilidade pode ser delineado, o eu ficcional se desdobra. Nesse caminho, uma das singularidades dessa prosa será a presença intensa da encenação de si, em nuances que vão da biografia à adoção da voz em primeira pessoa do branco, passando tanto pela dinâmica do diálogo de classes interiorizado – o eu que se duplica em *tu*, endereçando a mensagem a si mesmo, ou *impessoaliza*-se na terceira pes-

86 A respeito das especificidades do gênero poema em prosa, ver: Suzanne Bernard, *Le poème em prose. De Baudelaire jusqu'à nos jours*, Paris, Librairie A. G. Nizet, 1994.

soa do discurso –, quanto pela mistura de vozes. Apesar da recorrência ao solilóquio, também não se enquadra nos ditames específicos do gênero "monólogo dramático", de acordo com Alain Sinfield.[87] O poeta não elabora *personae*, apagando-se e regendo o todo: mantém a identidade e carrega consigo a voz do outro. De modo que a singularidade desse enunciador autocentrado não impede a apreensão das peculiaridades da arena pública local; ao contrário, o sujeito que traz consigo os ecos do mundo precisará valer-se de complexos modos de ficcionalização do eu em meio à cunhagem de outras vozes. Diante de tais impasses, o poema em prosa de Cruz e Sousa resultará prolixo e impuro, *forma informe* da desumanidade legalizada – experiência estética possível em meio à invisibilidade.

Sabe-se que a identidade se forma a partir do contato interpessoal, uma vez que o reconhecimento de si como sujeito passa pelo reconhecimento do outro como objeto dotado de subjetividade legítima.[88] Nesse sentido, o outro participa da construção identitária do eu, estabelecendo uma espécie de diferença positiva, pois é do seu reconhecimento que emerge o sujeito. No entanto, cabe notar a distinção que se pode estabelecer entre o outro próximo e o outro absoluto: o primeiro situa-se no campo da *diferença*, quando o outro é distinto, porém semelhante ao eu; já o segundo, consiste na noção de *alteridade*, relação interpessoal na qual aflora a desidentificação

87 Cf. Alain Sinfield, *Dramatic monologue*, London, Methuen & Co Ltd, 1977.

88 Cf. Sandra Jovchelovitch, "Re(des)cobrindo o outro – Para um entendimento da alteridade na Teoria das representações sociais", e Denise Jodelet, "A alteridade como produto e processo psicossocial", *in* Angela Arruda (org.), *op. cit.*

absoluta.[89] Alteridade implica, portanto, uma experiência que vai além da dicotomia mesmo-outro, uma vez que compreende a radical diferença em face da identidade. A passagem da mera diferença do que é próximo (o "outro-semelhante"[90]) à radicalidade do que é adverso ocorre devido ao impacto que a especificidade dos processos sociais pressupõe.[91] Trata-se de uma representação de si, como indivíduo e como grupo, que passa pela exclusão social de um outro ao qual não foi outorgado o direito à condição de sujeito.

Além disso, para falar com Denise Jodelet, pode-se pensar em nuances internas ao conceito de alteridade, como "alteridade de fora" e "alteridade de dentro". A primeira refere-se ao estrangeiro, ao exótico e a segunda remete àqueles que portam evidências físicas ou grupais de diferença – cor, o sexo, religião etc.[92] Desse modo, não seria excessivo dizer que à situação do negro na sociedade brasileira da época, cabem as duas acepções de alteridade: ele açambarca as ideias de estrangeiro – devido à suposta filiação, de base pseudocientífica, à barbárie africana – e a acepção de grupo social, cuja liberdade recente aliada à demonização propulsionada pelos mitos e pela ciência, traduz-se em ameaça.[93]

Nas páginas dos poemas "Asco e Dor", "Emparedado" e "Consciência tranquila", o tema da subjetividade e da alteridade negras se faz presente. Além disso, à apreensão estética da difícil

---

89 Denise Jodelet, *op. cit.*

90 A expressão é de Denise Jodelet, *op. cit.*

91 "[...] a passagem do próximo ao alter implica o social, através da pertença ao grupo que é palco dos processos simbólicos e práticos da transformação em alteridade", *idem*, p. 52.

92 *Idem*, p. 48.

93 Cf. Célia Marinho de Azevedo, *op. cit.*

constituição da identidade do homem negro alia-se a entrevisão do espaço público, que comparece de modo oblíquo, porém determinante. Se, de acordo com Hannah Arendt, é tão somente na esfera pública que a liberdade se firma, pois esse é o domínio em que a individualidade pode ser reconhecida,[94] o Brasil de então, tributário da privatividade da família patriarcal e refém das teorias de inferioridade racial, não oferecia essa via emancipatória. Cabe acrescentar, ainda de acordo com a autora, o quanto o senso da realidade relaciona-se à aparência, isto é, à exposição do sujeito no mundo diante de seus iguais. A herança da escravidão, acrescida das justificativas modernas de cunho científico, privava o sujeito da sua liberdade e de sua visibilidade.[95] De modo que, para além do tema da escravidão, na obra de Cruz e Sousa desponta a questão muito específica da invisibilidade do homem de letras negro em cenário de abolição recente. Nesse ponto, há que se lembrar, por exemplo, da precária situação das cidades em face dos centros de produção agrícola de onde provinha a elite local. O poder econômico ainda emanava da propriedade rural cujo pessoalismo antipolítico fazia valer a prevalência da ordem privada nos domínios públicos.[96] O Rio de Janeiro civilizava-se, mas era ainda uma cidade marcadamente colonial.[97] A esse res-

94 Hannah Arendt, *A condição humana*, 11ª ed., Rio de Janeiro, Forense Universitária, 2013, p. 50, 63.

95 *Idem*, p. 68.

96 Sérgio Buarque de Holanda, *Raízes do Brasil*, 26ª ed., São Paulo, Companhia das Letras, 2013, p. 82.

97 As reformas urbanas, que mudariam a fisionomia do Rio de Janeiro como cidade colonial, datam do início do século XX, poucos anos após a morte de Cruz e Sousa, e foram empreendidas pelo prefeito Pereira Passos (1903-06). Cf. Jeffrey D. Needell, *op. cit.*, p. 55. Contudo, a velha ordem continua a comandar a vida social, como se pode verificar por meio da

peito, pode-se pensar também na peculiaridade do espaço das ruas brasileiras no período, como este se fazia extensão da casa, do universo doméstico, no sentido da inadequação da democratização dos lugares em comum e da continuidade das práticas do mundo senhorial.[98]

A complexidade desse quadro social infiltra-se no simbolismo do autor, a demarcar uma das peculiaridades de sua literatura em prosa: as malhas da linguagem indireta são trabalhadas de molde a plasmar a presença-ausência do negro no espaço da velha república excludente. Por esse caminho, pode-se observar o quanto a poesia em torno do difícil lugar do poeta negro se expande para além do dado biográfico: traduzirá o mal estar dos desvalidos ante a liberdade falaz, mera letra morta, alijados que estão da práxis e do discurso.[99] Não à toa, tal carência reluz sob o torvelinho de fantasmagorias, imagens inquietantes e dicção dramática, num esforço de representação dialeticamente fiel à diluição da experiência.

Algumas poucas aparições da esfera pública em Cruz e Sousa testemunham lampejos da captação do mal-estar em face da exclusão e da inexistência do espaço da cidadania e da legitimidade do discurso. Aliam-se, nesse percurso, à reflexão acerca da alteridade negra. Ao analisar um poema como "Asco e dor", de sua obra póstuma *Evocações*, de 1898, que traz de modo bastante evidente os dilemas do homem negro no espaço

---

obra de Machado de Assis, que se detém nas complexas relações de compadrio características do peculiar liberalismo escravista nacional.

98 Cf. Fraya Frehse, *O tempo das ruas na São Paulo de fins do Império*, São Paulo, Edusp, 2005.

99 Segundo Hannah Arendt, para Aristóteles, somente a ação e o discurso são atividades humanas consideradas políticas, *op. cit*, p. 29.

público, percebe-se a apreensão dos impasses de um narrador que a princípio se comporta como branco, desidentificando-se dos negros, mas que, aos poucos, premido pela realidade, flagra-se parte do grupo contemplado, constatando em si o discurso da opressão e as reminiscências do aparato cientificista.[100]

O poema desenha a circunstância específica de um eu solitário que se depara, em pleno espaço público, com um agrupamento de carnavalescos que dançam vertiginosamente ao som de ritmos selvagens. A cena de carnaval, festa criticada pela elite branca, oferece ao narrador a imagem da barbárie: privados de decoro, um grupo sacoleja seus andrajos, numa cena de hipnose coletiva em que a liberação dos sentidos beira o transe. O evento entrevisto causa-lhe, a princípio, náusea. Mas há ali algo que o retém, o estranho espetáculo também o atrai. A dor dará lugar ao asco, na medida em que o eu identifica no "desprezível bando" uma imagem demonizada da alteridade.

O momento da festa é captado pelo olhar do sujeito fulminado por um misto de desconforto e abjeção:

> E enquanto a multidão, vesga, atordoada, tonta, azoinada de calor, de rumos de carnaval e de poeira, aplaudia com gritos e zumbaias delirantes, ensurdecedoras, aquela turba vil, incaracterística, a minh'alma sentia-se como que pendida de um cadafalso que a estrangulava, acorrentada a um asco mortal, a uma dor tremenda que não tinha linhas de unidade, de conjunto e de entendimento com as outras dores; dor ingenitamente original, que não participava, em nenhuma das suas fibras, em nenhuma

100 Lembre-se também do poema em prosa "Umbra", de *Missal*, cujo cenário é a rua; neste, a visão de uma fenda no calçamento conduz à reflexão sobre a morte. Diferentemente de "Asco e Dor", a temática passa ao largo da escravidão e o caráter crítico restringe-se à negatividade genérica do ponto de vista.

> das suas interpretações sensacionais, das outras dores do mundo! Dor legitimamente outra, que não tinha limites no limite da dor comum; dor que me parecia cobrir o céu de luto, enegrecer tudo, aumentando-me o asco de tal sorte que o ar, os horizontes enublados, as árvores, as pedras das ruas, as paredes dos edifícios, a multidão que burburinhava, tudo me parecia estar possuído do mesmo asco e da mesma dor. Dor sem raízes conhecidas, sem ritmos definidos, sem origens encontradas nem na vida, nem na morte, fora das correntes eternas, das correlações das esferas, das circunvoluções do pensamento![101]

O outro, visto como desprezível, é, em seguida, numa breve passagem, explicitado: são os negros. Eis o conteúdo latente desse asco e dessa dor. Nesse momento, o narrador se desnuda: ele pertence à mesma turba hedionda que lhe desperta aversão.

> Dor e asco dessa esdrúxula, absurda turba que além, sob a tarde, uivava, desprezivelmente ridícula, na infrene mascarada, com os seus ínfimos vultos sinistros transfigurados em crocodilos, em serpentes, em sapos, em morcegos, em monstros bifrontes, todos, todos da mesma origem tenebrosa donde eu vim, negros, sob a lua selvagem e sonolenta dos desertos, no seio torcido das areias desoladas...[102]

A alteridade aflui como desdobramento do sujeito observador. O reconhecimento se dá de modo lancinante: pertencem à mesma cor, mas o olhar incomodado denuncia a diferença entre o eu e os demais. Distância assentada na capacidade intelectual e na racionalidade civilizada. Acrescente-se a isso a

101 Cruz e Sousa, *op.cit.*, p. 573.

102 *Idem*, p. 574.

presença ofuscada, contudo presente, do caráter de "homem de exceção", comum à religião da arte na poética simbolista, que insufla o abismo entre a suposta supremacia do artista eleito e o incontornável chão histórico da desigualdade social tributária do trabalho servil. O agudo dilaceramento que a cena desencadeia no sujeito advém de um movimento incessante de aproximações e recuos, identificação e desidentificação: por um lado, esses negros são o "outro-semelhante" ao narrador; contudo, aos olhos da sociedade, todos são o "outro absoluto", alteridade à qual não é reservado o direito ao reconhecimento.

Atente-se à situação espacial em que se dá a cena: esta se passa no espaço da rua, local a que os escravos tinham acesso apenas na função de serviçais. Após a abolição, tornam-se indesejáveis e a rua passa a expulsá-los, já que sua imagem maculava os ideais de civilização nos moldes europeus. Nesse sentido, o sujeito que narra, negro de outro extrato social, se vê num mesmo lugar que os demais negros – ex-escravos, alienados e desumanizados pelo sistema opressor. Como o espaço público lhes é interdito, comparecem tão-somente como resíduo execrável, rebotalho humano avesso ao ideal de civilização. Além disso, a voz que narra o episódio é uma voz negra que, apesar de diferenciada porque livre, é, ainda, vista como ilegítima do ponto de vista da sociedade. A mentalidade e o cotidiano escravistas aliados às teorias científicas de inferioridade racial obstruem o acesso ao espaço comum da cidadania, local destinado ao discurso do sujeito livre. Daí um duplo dilaceramento: por desejar se apartar do grupo desqualificado e por não pertencer, sob o olhar do branco, à rua e à vida civilizada.

A liberdade só pode ocorrer no espaço público da *pólis*; porém, no contexto local, trata-se de uma ordem urbana nada ideal, cidade ainda de traços arcaizantes, fundada pela esfera da família e tributária dos valores do escravismo. A ideia de espaço compartilhado tende a ser a continuidade da esfera privada, expandindo a opressão patriarcal para os domínios da ordem pública. A inoperância do temário liberal burguês em face da dinâmica social avessa ao sujeito livre, experiência explícita no tratamento dado ao ex-escravo, contribui para o contorno de um cenário de tonalidades infernais. Assim, a rua afigura-se *locus horrendus*: desdobra metáforas da ordem dos espaços ctônicos, figurando os negros como seres inumanos, bestializados, abjetos. A cena ordinária nos é dada de modo estranhado e, em vez do espaço reconhecível, irrompe o grotesco. Paradoxalmente, a almejada visibilidade só se manifesta por meio do rebaixamento.

Enquanto a realidade nega o espaço da presença, da visibilidade e, consequentemente, da voz do negro, o poeta, para além do cânone simbolista, simula a interdita esfera do discurso em seu mais famoso poema em prosa: "Emparedado", também de *Evocações*. Se em "Asco e Dor" mimetiza-se o espaço da práxis negra mergulhada na circunstância limítrofe do desconhecimento de si, agora se persegue a esfera do discurso. Práxis e discurso: as duas esferas que fundam a cidadania. Enquanto visibilidade, sofre as consequências do rescaldo desprezível do processo civilizatório; enquanto fala, a desqualificação e obstrução haurida da experiência concreta de privações.

"Emparedado" é o último dos poemas em prosa da obra *Evocações*. O texto híbrido – mescla de lírica e prosa, de ficção e confissão, do eu e do outro –, ao recuperar e entrelaçar muitos dos temas recorrentes na obra do autor, oferece o traçado da difícil alteridade do negro no Brasil em face do legado da escravidão.

O poema inicia-se com a trajetória rumo ao ideal que, travestido por imagens diversas, aos poucos se desvenda anseio de reconhecimento pessoal, ambição por ascender à *visibilidade*.[103] A esperança domina as primeiras páginas, cortadas pelas imagens luminosas, em que um eu enuncia sua *via-crucis* aos poucos desvendada: ele, o artista negro, eleito da arte e pária social. O seu "nefando Crime", como afirma, à moda das maiúsculas alegorizantes comuns à estética simbolista, foi o de almejar o ideal numa sociedade de valores intransponíveis.

> Foi bastante pairar mais alto, na obscuridade tranquila, na consoladora e doce paragem das ideias, acima das graves letras maiúsculas da Convenção, para alvoroçarem-se os Preceitos, irritarem-se as Regras, as Doutrinas, as Teorias, os Esquemas, os Dogmas, armados e ferozes, de cataduras hostis e severas.
> Eu trazia, como cadáveres que me andassem funambulescamente amarrados às costas, num inquietante e interminável apodrecimento, todos os empirismos preconceituosos e não sei quanta camada morta, quanta raça d'África curiosa e desolada que a Fisiologia nulificara para sempre com o riso haeckeliano e papal![104]

A imagem dos "cadáveres" que traz "amarrados às costas"- denuncia o peso da práxis escravocrata que, apesar do ponto de vista crítico, se incrusta na experiência pessoal e coletiva, explicitando o papel impiedoso das verdades oficiais.

---

103 O termo remete ao uso que dele faz Hannah Arendt e Jacques Rancière, no sentido da legitimidade e do reconhecimento do sujeito que só pode ocorrer na esfera pública.

104 Cruz e Sousa, *op. cit*, p. 661.

Mas, para além desse eu inicial que toma para si o discurso que lhe foi negado, outra inflexão será trabalhada: o texto se faz bordadura de pronomes que alocam falas socialmente localizadas, redimensionando o espaço público no espaço da letra. Mesmo encontrando em si os ecos da desigualdade pseudocientífica, o poema reconfecciona novo e complexo tecido de falares, talvez entrevendo a literatura como memória e possível ato de emancipação. Assim é que a narrativa em primeira pessoa do singular cederá lugar aos poucos para a terceira, valendo-se do modo discursivo mais afeito ao distanciamento. Na sequência, o eu narrador retorna, e o texto segue oscilando entre as ordens da pessoalidade e da impessoalidade. Um dos momentos que enuncia essa divisão é significativo:

> O temperamento entortava muito para o lado da África: – era necessário fazê-lo endireitar inteiramente para o lado da Regra, até que o temperamento regulasse certo como um termômetro!
> Ah! Incomparável espírito das estreitezas humanas, como és secularmente divino![105]

Aqui a terceira pessoa apreende o discurso da ciência que é ironicamente reproduzido a fim de ser desmobilizado. Revela-se a força do dialogismo captado: a voz do artista excluído apreende o discurso corrente da ideologia e o sujeita à desconstrução. Vale notar também o matiz irônico e dramático que desfaz a neutralidade do enunciado afim à onisciência. De modo que a suposta ordem da impessoalidade, sujeita ao ajui-

105 *Idem*, p. 662.

zamento da ironia, desvela-se falácia e instaura, de antemão, um ponto de vista contrário à ordem.

Ao longo do poema as vozes figuram o embate entre a reprodução dos incontornáveis argumentos contra o artista e a subjetividade que, contra a exclusão, aferra-se ao talento e à dor como insígnias de valor. A simulação ganhará mais força com a introdução de outra nuance dialógica: a segunda pessoa do discurso, apta ao diálogo e ao embate. A voz da impessoalidade agora é atacada:

> Sim! Tu é que não podes entender-me, não podes irradiar, convulsionar-te nestes efeitos com os arcaísmos duros da tua compreensão, com a carcaça paleontológica do Bom-Senso.
>
> [...]
>
> O que tu podes, só, é agarrar com frenesi ou com ódio a minha Obra dolorosa e solitária e lê-la e detestá-la e revirar-lhe as folhas, truncar-lhe as páginas, enodoar-lhe a castidade branca dos períodos, profanar-lhe o tabernáculo da linguagem, riscar, traçar, assinalar, cortar com dísticos estigmatizantes, com labéus obscenos, com golpes fundos de blasfêmia as violências da intensidade, dilacerar, enfim, toda a Obra, num ímpeto covarde de impotência ou de angústia.[106]

A incorporação do outro sob a forma do "tu" intensifica o debate latente e emudecido, em razão da manutenção das vozes hegemônicas. Desdobra-se o conflito, antes proposto nos termos de um eu e uma voz na terceira pessoa do discurso, para um eu diante de um tu: resposta veemente ao opositor coletivo e protegido pela ordem social. Sob esse aspecto, a lírica atua

106 *Idem*, p. 669-670.

como uma espécie de *duelo virtual* em que se observa a apreensão do debate público, subterrâneo e socialmente vivo entre o negro e a elite literária. Não só profere como simula a *audiência* que lhe foi negada: o concerto de vozes ecoa – o que, de certo modo, é um lamento e um protesto – a *comunidade* inexistente posta na esfera do *dissenso*, dando à literatura o estatuto de compensação ante as mutilações do real.[107]

O poema enquanto arena pública traz, ainda, como pano de fundo, a prática das difamações e calúnias entre escritores-jornalistas na virada do século. Analisa César Braga-Pinto que as recorrentes contendas entre literatos no período se inserem no contexto local de reconhecimento e distinção, tendo culminado com a voga dos duelos para restauração da honra à moda europeia. O clima de disputa na imprensa, logo após encampado pelos duelos, se faz expediente mobilizado pelas camadas cultas emergentes a fim de firmarem seu lugar social, ameaçado pela democratização. O caldo de cultura das porfias internas à vida literária são as demandas liberais e republicanas

107 "É isso o que chamo dissenso: não um conflito de pontos de vista nem mesmo um conflito pelo reconhecimento, mas um conflito sobre a constituição mesma do mundo comum, sobre o que nele se vê e ouve, sobre os títulos dos que nele falam para ser ouvidos e sobre a visibilidade dos objetos que nele são designados". [...] "Ora, o próprio do dissenso político, como vimos, é que sempre pelo menos um dos elementos da cena não está constituído: seu lugar, seu objeto, os sujeitos aptos a falar dele etc. Consequentemente, o interlocutor dissensual fala em dois mundos ao mesmo tempo e a relação argumentativa entre esses dois mundos não é dada senão pela invenção conflitual. Não há contradição na posição dos patrícios. Há a lógica sensível de um mundo, e o problema é construir pela fala um outro mundo sensível. A contradição performativa não funciona porque a própria cena da fala é contraditória, resultado da conjunção de dois mundos heterogêneos". Jacques Rancière, "O dissenso", *op. cit.*, p. 374 e 377.

indissociáveis da herança colonial, daí que a honra almejada, em vez de igualitária, resulta aristocratizante, na medida em que diferencia o cavalheiro do homem comum, na prática o negro. Nos discursos, o duelo associa-se à civilização por oposição à barbárie, representada pela capoeiragem e pelas lutas de rua; desse modo, num contexto de rivalidades pessoais, a reparação da honra torna-se atributo distintivo de classe e de raça.[108] A situação e as ressonâncias da desonra cortam o poema "Emparedado", cuja oposição se faz, em uma primeira instância, por meio do culto do poeta eleito, constantemente afirmando sua superioridade. Em trechos que suspendem o enunciador em primeira pessoa, tem-se a imagem do meio literário:

> Era uma politicazinha engenhosa de medíocres, de estreitos, de tacanhos, de perfeitos imbecilizados ou cínicos, que faziam da Arte um jogo capcioso, maneiroso, para arranjar relações e prestígio no meio, de jeito a não ofender, a não fazer corar o diletantismo das suas ideias. Rebeldias e intransigências em casa, sob o teto protetor, assim uma espécie de ateísmo acadêmico, muito demolidor e feroz, com ladainhas e amuletos em certa hora para livrar da trovoada e dos celestes castigos imponderáveis!
> [...]
> Hábeis *viveurs*, jeitosos, sagazes, acomodatícios, afetando pessimismo mais por desequilíbrio que por fundamento, sentindo, alguns, até à saciedade, a atropelação do meio, fingindo desprezá-lo, aborrecê-lo, odiá-lo, mas mergulhando nele com frenesi, quase com delírio, mesmo com certa volúpia maligna de frouxos e de nulos que

108 Cf. César Braga-Pinto. "Duelos e polêmicas (c. 1888)", *in* A *violênCompanhia das Letras: amizades e inimizades na lieratura brasileira*, Rio de Janeiro, EdUERJ, 2018, p. 43-82.

> trazem num grau muito apurado a faculdade animal do instinto de conservação, a habilidade de nadadores destros e intrépidos nas ondas turvas dos cálculos e efeitos convencionais.[109]

O tom de desagravo e revide é evidente. Cruz e Sousa e sua obra foram alvo de frequentes depreciações e chacotas, por vezes a ferocidade do ataque consistia em unir a paródia de seu estilo simbolista à infâmia das referências à raça.[110] Toda ambientação do poema evoca o complexo quadro de disputa do mundo das letras entre o artista negro desqualificado e a elite culta (e branca), incapaz de creditar-lhe reconhecimento. Assim, a retórica em torno dos ataques e a interdição à reparação da honra, apenas disponíveis à classe letrada, adentram a prosa de "Emparedado" pelo expediente da recriação de uma resposta historicamente negada. Num crescendo, sob a avalanche de imagens impregnadas pelo *páthos* finissecular, pinta-se o retrato do meio literário como espaço apodrecido e infernal:

---

109 Cruz e Sousa, *op. cit.*, p. 665-666 (grifo do autor).

110 Sirva-se de exemplo o soneto, publicado anonimamente na *Gazeta de Notícias*, em 1893. A paródia grosseira não só visa a desconstrução da estética simbolista e do estilo de Cruz e Sousa, como também endossa o pressuposto da inferioridade racial: "Flava, bizarra, álacre e cintilante,/ Na Epopeia de rufos e tambores,/ Surge a manhã dos místicos vapores/ Do Levante irial, purpurejante... // Gargalha o sol, – o Deus enamorante,/ Cristais brunindo e rútilos fulgores/ Na comunhão dos rubros esplendores,/ N'África rude, bárbara, distante. // E vinha, então, torcicolosamente,/ Numa dança macabra a turba ardente/ De pretinhos a rir, trajando tanga... // Festa convulsa, exata d'Alegria,/ Fandangos, Bonzos, – tudo enfim havia;/ Missais, Broqueis, Pipocas, Bugigangas..." (*Apud.*: Raimundo Magalhães Jr, *op. cit.*, p. 114)

> Insipientes, uns, obscenamente cretinos, outros, devorados pela desoladora impotência que os torna lívidos e lhes dilacera os fígados, eu bem lhes percebo as psicologias subterrâneas, bem os vejo passar, todos, todos, todos, d'olhos oblíquos, numa expressão fisionômica azeda e vesga de despeito, como errantes duendes da Meia-Noite, verdes, escarlates, amarelos e azuis, em vão grazinando e chacoalhando na treva os guizos das sarcásticas risadas... Almas tristes, afinal, que se diluem, que se acabam, num silêncio, amargo, numa dolorosa desolação, murchas e doentias, na febre fatal das desorganizações, melancolicamente, melancolicamente, como a decomposição de tecidos que gangrenaram, de corpos que apodreceram de um modo irremediável e não podem mais viçar e florir sob as refulgências e sonoridades dos finíssimos ouros e cristais e safiras e rubis incendiados pelo Sol...[111]

Contudo, o dialogismo ainda não chegou a seu termo. Nova estratégia é desenvolvida no fecho do poema. Para além do *eu*, do *ele* e do *tu*, o poeta elabora a voz de um outro interiorizado – isto é: desdobra-se dando origem ao duplo, de modo a contemplar-se enquanto uma espécie de outro de si mesmo. Apreende, assim, pela via do mergulho na subjetividade vincada pelo peso da ideologia, a fala do grupo, porta-voz da ciência, do escravismo e da negação da estética simbolista. Por um lado, esse outro é um branco, aderente aos valores dominantes e sua representação permite a encenação do debate que subjaz à exclusão e ao emudecimento. Por outro, é a voz da ideologia internalizada por aquele que reconhece em si as marcas da opressão, o mesmo que no poema anterior sofria ao constatar pertencer à raça inferiorizada. Para além dos signos de distinção que forja à

111 Cruz e Sousa, *op. cit.*, p. 666.

moda simbolista, sabe-se cientificamente pertencente à esfera do trabalho, um bárbaro para quem as sutilezas da arte e as benesses do reconhecimento social são requintes interditos.[112]

Sintomaticamente, parte da resposta a essas indagações virá na terceira pessoa do discurso, o que não condiz com as certezas apresentadas no início do texto sob a voz do eu.[113] Pode-se dizer, portanto, que há matizes entre os "eus" figurados ao longo do poema, como se captassem também possibilidades que a práxis referendou: virtualidades que vão do desejo de inclusão social, calcado na aposta de uma sociedade igualitária e reconhecedora do talento individual, à constatação da palavra morta do discurso liberal diante da aniquilação cabal da voz e lugar desse outro maculado pela lembrança do trabalho servil. O final do poema sela o impasse sob a metáfora do emparedamento – signo de exclusão, petrificação e emudecimento – e o eu inicial, defensor do ideal, ao final, cala-se, elaborando es-

112 *Idem*, p. 672.

113 Os três parágrafos seguintes à sequência do trecho citado (sob a segunda pessoa do discurso) utilizam a terceira pessoa do discurso. Leia-se o primeiro deles: "A África virgem, inviolada no Sentimento, avalanche humana amassada com argilas funestas e secretas para fundir a Epopeia suprema da Dor do Futuro, para fecundar talvez os grandes tercetos tremendos de algum novo e majestoso Dante negro!". Logo após, retorna à forma anterior: "Não! Não! Não! Não transporás os pórticos milenários da vasta edificação do Mundo [...]", que continua até o fechamento do poema. Vale notar que toda essa parte final (que se inicia em "– Tu és dos de Cam...") vem entre aspas, o que pressuporia a mesma pessoa do discurso e reforça a percepção da complexidade das vozes. Além disso, no último parágrafo, a notação da segunda pessoa comparece brevemente, em sintonia com a noção de emparedamento: "deixando-te para sempre perdidamente alucinado e emparedado dentro do teu Sonho...", *op. cit.*, p. 672-673.

teticamente os meandros da impossibilidade de ascensão e do reconhecimento do negro como alteridade legítima.

Na contramão do fracasso enunciado, firma-se o forte caráter de resistência que repousa na resposta histórica dada à interdição do debate e, portanto, à metáfora emblemática da extinção da arena comum em que deveriam se ouvir as vozes da subjetividade em vias de emancipar-se.

Porém, a contundência esteticamente eficaz do enfrentamento reside, ainda, em outra nuance. O ponto de vista não é só aquilatado pelo diagrama das vozes de classe; para além da orquestração de falares, a estrutura oferta, de modo singular, pela via do *excesso* e do mundo às avessas – contraface da concisão e da verossimilhança, pilares da literatura consagrada –, os conteúdos sedimentados da vida social. Corta a prosa de "Emparedado" uma voz em alta tensão, crivada pelo *páthos* dramático, abundante em metáforas e símbolos, cuja especificidade acrescenta à polifonia outra dimensão. A tônica são as variantes de uma estética que desdobra as potencialidades de um discurso que se poderia chamar de *satânico*. Desse modo, a arena pública é reelaborada esteticamente: a emulação do espaço interdito do sensível já pressupõe o *dissenso* vislumbrado pela intermediação da linguagem grandiloquente e dos símbolos da queda, da catástrofe e do impasse. Em primeiro lugar, trata-se de valer-se da imagem do anjo caído como símile do poeta excluído e dos demais desvalidos; nesse sentido transfere o caráter indignado e blasfematório daqueles que, à moda do mito, afrontam o grande poder mesmo sabendo-se, de antemão, vencidos. Na esteira do satanismo romântico, relido pelas lentes baudelairianas e simbolistas e, ainda, transfigurado pelo caso nacional, Satã passa a ser o patrono dos despossuídos, negros e artistas párias. A textura do poema apreende o mal em dimensões críticas, uma vez que este se imiscui ora na dicção discursiva, ora nas imagens, ora na releitura do mito, configurando uma opção representativa. Por meio desse mal esteticamente engenhado, sua literatura figura a violência do escravismo sob as formas da perversidade, da desumanização, da loucura ou dor física, por meio das quais talvez se possa descortinar o castigo corporal. Assim, o satanismo está além da revolta contra a ordem, torna-se instrumento por meio do qual o poeta apreende os signos de seu tempo: resposta dialética à demonização destinada ao negro na sociedade brasileira. Trata-se da elaboração de uma estratégia estética de resistência que, articulada ao concerto de vozes, funciona como dispositivo que aciona a práxis brasileira, dando às genéricas imagens satânicas, especificidade local. Vale notar que, para além da remissão genérica ao mito de Satã, na citação em questão, ocorre, ainda, a mobilização de outro arquétipo da queda: Cam, filho de Noé, amaldiçoado pelo pai, cuja linhagem deu origem aos povos de tez escura. Este mito que alude à queda primordial serviu, somado à ciência, como justificativa para o cativeiro.[114]

No poema, é o duplo do poeta que clama, num movimento dilacerador entre ideologia e contraideologia, o impasse do artista historicamente condenado e naturalmente amaldiçoado. A não capitulação ao *consenso* do discurso oficial desvenda-se por meio do cunho satânico e dialético dessa prosa poética; a inversão do sentido reconfecciona o dialogismo capturado e evidencia seu avesso: o tom blasfematório e o *páthos* dramático insurgem-se contra as certezas da civilização. Se, em

114 Cf. Alfredo Bosi, *op. cit.*

"Asco e Dor", a alteridade negra era demonizada pelo eu lírico cindido entre a ideologia e o despontar da consciência; em "Emparedado", o concerto de vozes e o satanismo erigem-se respostas à semântica social da exclusão e da demonização.

Além desses dois caminhos assinalados, outro modo de simulação da impossível audiência ocorre no longo e surpreendente poema em prosa "Consciência tranquila", presente no livro também póstumo, *Outras Evocações*. Neste caso, a voz é dada a um senhor de escravos que, no leito de morte, elenca, diante de um grupo de bajuladores, uma série de crimes bárbaros perpetrados contra a escravaria – torturas, estupros, assassinatos –, cujas justificativas incidem sobre a legitimidade do direito do proprietário, ilustrando a perversa articulação entre liberalismo e escravidão. O poder econômico é corroborado pela autoridade narrativa, instituindo a interdição da voz negra cuja presença só comparece por meio da fala do branco algoz, que reitera a exclusividade de uma audiência. Aqui, a voz, diferentemente, mas também vincada pelo excesso, se compraz em descrever as maiores abjeções; no entanto, será o próprio caráter hiperbólico que, esteticamente organizado, permitirá a corrosão de suas assertivas. O apagamento das vozes negras e a confirmação da interdição à visibilidade e à audiência serão questionados pela estrutura compositiva cuja peculiaridade é a de proporcionar efeito oposto às justificativas do opressor. Com efeito, além do fervor escancarado do enunciador que encarna o mal, há certa nuance do demonismo que se faz formal e consiste em ofertar o desmascaramento pelo paroxismo, pela exposição explícita e caricata por trás da qual pulsa dinâmica afim à estética antiburguesa de que fala Dolf Oehler.[115] A narrativa dos crimes vai assumindo, num crescendo, proporções abissais capazes de tragar o enunciador que se faz, cada vez mais, vítima dos mortos que eclodem da consciência atormentada, em contínuo estado de delírio. Como se os seres aniquilados se vingassem emergindo num desfile fantasmagórico e alucinante ao qual o sujeito finalmente sucumbirá. O satanismo da autoridade narrativa será confrontado por outra nuance demoníaca mais subterrânea e potente, advinda da construção e força das imagens que, em cortejo fúnebre, destroem o enunciador e esboçam uma narrativa ausente. A dimensão estética mais latente será responsável pelo efeito de inversão: o sujeito não sai incólume do próprio relato, as vozes emudecidas explodem pelo crivo de uma audiência fantasmagórica que, apesar de existir apenas na memória do culpado, se faz finalmente presente, paradoxalmente por meio do poder da voz senhorial. A incapacidade de se fazer justiça ou de adquirir consciência moral terá, pela via da forma, sua contraparte na emulação de um tribunal da história esteticamente modelado, o qual cobra a negada visibilidade.

Após o relato detalhado da violência, os corpos chamados de "formas de argila" – passíveis de serem moldados, diluídos, esmagados – contrapõem-se à "forma de sol"[116] – imperecível qual ouro, signo da superioridade branca – e perfazem o cortejo de vítimas, espectros cuja dolorosa existência é desenhada pela potencialidade imagética da prosa.[117]

---

115 Cf. Dolf Oehler, *Quadros parisienses. Estética antiburguesa em Baudelaire, Daumier e Heine* (1830-1848), São Paulo, Companhia das Letras, 1997.

116 '[...] Pois se eu tinha o meu ouro, que mal então que eu comprasse formas de argila, com o meu ouro de forma de sol!", *op. cit.*, p. 680.

117 *Idem*, p. 681.Cf: Parte II, p;156-179.

As imagens contrastam com o comprazimento perverso do relato dos crimes descritos. Pela via da consciência atormentada – o oposto, portanto, da "consciência tranquila" – se dão a ver os escravos, espécie singular de construção da audiência às avessas. Os que foram dizimados retornam pelos interstícios da subjetividade do patriarca como se a estrutura pudesse sugerir que o opressor não sairá incólume: as vítimas emergem qual audiência fantasmal, a exigir punição.

Os três poemas, ao esboçar imagens que aproximam o drama pessoal do artista negro de sua invisibilidade pública, alcançam delinear o processo da formação desse *Outro* absoluto – socialmente *objeto* por oposição ao *sujeito* da coletividade branca e livre – sob a escravidão.

Assim, por meio, mas também para além da estética simbolista, a lírica negra de Cruz e Sousa trabalha os signos de sua hora histórica: persegue a difícil representação da alteridade negra e acaba por flagrar, em instantâneos, a presença-ausência do negro no espaço público, o esboço de sua invisibilidade e mudez. Como revide ao racismo, à palavra tolhida e à imagética de demonização do negro – em suma: ao campo do *consenso* –, o poema em prosa de Cruz e Sousa figura o discurso e a audiência interditos à voz negra, situando-se na esfera combativa do *dissenso*.[118]

---

118 Sob esse ponto de vista, na esteira de Jacques Rancière, Cruz e Sousa pode estar prenunciando a figuração do negro como *sujeito político*: "Se política começa com o cômputo litigioso dos não-contados, isso implica que os sujeitos políticos em geral só existem por sua distinção em relação a qualquer grupo social, a qualquer parte da sociedade ou função do corpo social. O que os constitui é o próprio litígio. Os sujeitos políticos são potências de enunciação e de manifestação do litígio que se inscrevem como algo a mais, algo sobreposto, em relação a qualquer composição do corpo social". Jacques Rancière, "O dissenso", *op. cit*, p. 377.

Os pobres na poesia de Guerra Junqueiro e de Cruz e Sousa

> Pior que o peso do mundo é a indiferença do mundo
> (Raul Brandão, *O pobre de pedir*)

A entrada do chamado quarto estado na literatura ocorre, de modo maciço, com a prosa naturalista. Os pobres passam a protagonistas a partir do pressuposto central de verossimilhança, afim à ambição de retrato do real. No polo oposto à voga naturalista, o movimento Simbolista não traz em seus temas mais lembrados a representação do desvalido, mas também o acolhe de modo diverso, com outro direcionamento e intenção.

Como informa Erich Auerbach, os Goncourt inauguram o tratamento sério dado ao povo no romance, distante da idealização aristocratizante. Defendem os autores, no famoso prefácio a *Germinie Lacerteux*, o quanto, em face dos tempos modernos, seria inadequado excluir uma parcela da sociedade da representação literária. Contudo, apesar do feitio objetivista e científico, a atração pelo feio e repulsivo norteará o olhar para as classes populares, as quais, diante da ênfase nas patologias e nos aspectos tidos como extravagantes, tenderão ao estereótipo:

> Vivemos, dizem os Gouncourt, na época do sufrágio universal, da democracia, do liberalismo (merece ser lembrado que eles, de maneira alguma, eram inimigos incondicionais dessas instituições ou fenômenos); portanto, é injusto excluir as assim chamadas classes mais baixas da população, o povo, do tratamento sério, tal como ainda acontece, assim como é injusto conservar na literatura uma aristocratização dos objetos, que não mais corresponde a nosso quadro social; deve-se admitir que não há nenhuma forma de desgraça que seja demasiado baixa para ser representada literariamente.[119]

O chamado "tratamento sério" dado ao povo pelo romance naturalista opõe-se à "aristocratização dos objetos". Esta última inflexão afina-se ao Simbolismo, o que pode apontar para o caráter extemporâneo da tonalidade empregada. Nesse percurso, no entanto, é preciso considerar o marco que implica o aparecimento de *As flores do mal*, em 1857. Entre o cientificismo da ordem realista-naturalista, e a idealização, de teor romântico, interpõe-se a diferenciada figuração dos excluídos de Baudelaire, cuja complexidade dialoga, porém não se reduz, a estas duas orientações.

Desse modo, avulta a presença de Baudelaire como precursor mais determinante da presença "dos simples" na lírica finissecular – para já citar o título do volume de Guerra Junqueiro –, a partir das hostes de despossuídos que a cidade grande produz. O poeta francês lhes dá proeminência, entendendo-os como heróis modernos, *personae* que, tornadas invisí-

119 Erich Auerbach, "Germinie Lacerteux", *in Mimesis: a representação da realidade na literatura ocidental*, São Paulo, Perspectiva, 1976, p. 445.

veis pelo curso do capital, são alçadas a representantes privilegiadas do processo de modernização.

Irisada pelo influxo simbolista, a lírica portuguesa e brasileira da segunda metade do século XIX desenvolve o tema em questão, com singularidades locais – é o caso de Guerra Junqueiro e de Cruz e Sousa. A aproximação entre os dois se efetiva por meio do soneto "Guerra Junqueiro", presente em *O livro derradeiro*, do poeta brasileiro. Trata-se possivelmente de um poema de circunstância, a julgar pelo caráter laudatório e convencional, pouco representativo da complexidade e do valor da poética do escritor catarinense.

Guerra Junqueiro

Quando ele do universo o lago supedâneo
Galgou como os clarões – quebrando o que não serve,
Fazendo que explodissem os astros de seu crânio,
As gemas da razão e os músculos da verve;

Quando ele esfuziou nos páramos as trompas,
As trompas marciais – as liras do estupendo,
Pejadas de prodígios, assombros e de pompas,
Crescendo em projeções, crescendo e recrescendo;

Quando ele retesou os nervos e as artérias
Do verso orbicular – rasgando das misérias
O ventre do Ideal na forte hematemese.

Clamando – é minha a luz, que o século propague-a,
Quando ele avassalou os píncaros da águia.
E o sol do Equador vibrou-lhe aquelas teses![120]

---

120 Cruz e Sousa, *op. cit.*, p. 298.

A existência deste soneto faculta outra aproximação, de maior interesse e alcance, entre outros dois poemas – a saber: "Os pobrezinhos", de Guerra Junqueiro, e "Litania dos pobres", de Cruz e Sousa. Cotejados, observa-se o modo peculiar como a segunda composição reverbera a primeira, sobretudo em termos temáticos e rítmicos; afastam-se, porém, após a emergência, advinda do processo de análise e interpretação, do conteúdo latente a ser desentranhado de "Litania dos pobres".

"Os pobrezinhos" pertence à obra *Os simples*, volume que obteve boa acolhida no Brasil. Guerra Junqueiro, apesar de não ser propriamente um simbolista, com *Os simples*, de 1892, mesmo ano do *Só*, de Antonio Nobre, será considerado representante da nova tendência. Curiosamente, a imprensa carioca lhe destina melhor recepção em comparação com outros autores simbolistas; muito comentada, a obra foi lida como exemplo da chamada, à época, "poesia nefelibata".[121] Em outro registro, a identificação com o Simbolismo também pode ser testemunhada pelo soneto dedicado ao poeta português pelo maior representante do movimento no Brasil. *Os simples* é composto por peças, que se apresentam de modo a compor uma totalidade, simulando um fio narrativo oculto, como uma espécie de "epopeia lírica".[122] Apesar disso, o ca-

121 Álvaro Santos Simões Júnior, "*Os simples*, de Guerra Junqueiro, e a imprensa carioca", Revista Soletras, Rio de Janeiro, 2020, p. 101 e 108. O autor considera que "no Brasil, pelo menos, atribuiu-se maior relevância ao livro do que teve, de fato, no decadentismo-simbolismo português, levando provavelmente a uma compreensão enviesada e fragmentária por parte de leitores e críticos brasileiros", *op. cit.*, p. 110.

122 "OS SIMPLES, livro que o poeta combativo dificilmente deixaria adivinhar, constituem, digamos, uma epopeia lírica: um peregrino deixa o lar

ráter distinto das partes legitima considerá-las como poemas independentes; assim, "Os pobrezinhos" será aqui analisado como objeto autônomo, em certa medida desvinculado do conjunto do qual faz parte.

Entre o "romantismo combativo" e o "realismo romantizado",[123] o poeta Guerra Junqueiro glosa, no livro *Os simples*, a presença do homem do povo por oposição à cidade.[124] No poema, a sensibilidade em face dos miseráveis atrela-se à força panteísta do espaço e à conotação de fundo religioso. A aura que perpassa a figuração do desvalido reveste-se do Simbolismo solar mais afeito à poesia de Antonio Nobre e, no Brasil, à de Alphonsus de Guimarães.

"Os pobrezinhos", de Guerra Junqueiro (*Os Simples*, 1892):

---

e a aldeia para correr o mundo, em busca de glória, fama e riquezas, mas volta desiludido. A acção como que se suspende, para se seguir a série de quadros e narrativas da vida simples da aldeia, com suas crenças religiosas populares apresentadas na sua candura infantil e idealística, e cortadas, de onde em onde, pelo pensamento mais elevado do autor. É, no fundo, da técnica das epopeias tradicionais mitigadamente transportada para a epopeia lírica: mas em vez de os quadros e as narrativas serem postos na boca do herói do poema (as narrativas, por exemplo, de Vasco da Gama n'OS LUSÍADAS), são contados pelo próprio poeta que vem a ser, afinal o herói oculto". Amorim de Carvalho, *Guerra Junqueiro e a sua obra poética*, Porto, Livraria Figueirinhas, 1945, p. 37.

123 *Idem*, p. 29.

124 A obra de Guerra Junqueiro conjuga os vetores realista e romântico; além de, em *Os simples*, apresentar matizes simbolistas. Segundo Amorim de Carvalho: "Toda a obra de Guerra Junqueiro concilia as duas atitudes, no que elas contêm de verdadeiro à face do mundo e à face do homem, isto é: à face dos *factos* e à face do *ideal*; em frente do realismo do *que é* e em frente ao romantismo do que *deve ser*." Amorim de Carvalho, *op. cit.*, p. 22 (grifos do autor).

Os pobrezinhos

Pobres de pobres são pobrezinhos,
Almas sem lares, aves sem ninhos...

Passam em bandos, em alcateias,
Pelas herdades, pelas aldeias.

É em novembro, rugem procelas...
Deus nos acuda, nos livre delas!

Vêm por desertos, por estevais,
Mantas aos ombros, grandes bornais,

Como farrapos, coisas sombrias,
Trapos levados nas ventanias...

Filhos de Cristo, filhos d'Adão,
Buscam no mundo códeas de pão!

Há-os ceguinhos, em treva densa,
D'olhos fechados desde nascença.

Há-os com f'ridas esburacadas,
Roxas de lírios, já gangrenadas.

Uns de voz rouca, grandes bordões,
Quem sabe lá se serão ladrões!...

Outros humildes, riso magoado,
Lembram Jesus que ande disfarçado...

Enjeitadinhos, rotos, sem pão,
Tremem maleitas d'olhos no chão...

Campos e vinhas!... hortas com flores!...
Ai, que ditosos os lavradores!

Olha, fumegam tectos e lares...
Fumo tão lindo!... branco, nos ares!

Batem às portas, erguem-se as mães,
Choram meninos, ladram os cães...

Rezam e cantam, levam a esmola,
Vinho no bucho, pão na sacola.

Fruta da horta, caldo ou toucinho,
Dão sempre os pobres a um pobrezinho.

Um que tem chagas, velho, coitado,
Quer ligaduras ou mel rosado.

Outro, promessa feita a Maria,
Deitam-lhe azeite na almotolia.

Pelos alpendres, pelos currais,
Dormem deitados como animais.

Em caravanas, em alcateias,
Vão por herdades, vão por aldeias...

Sabem cantigas, oraçõezinhas,
Contos d'estrelas, reis e rainhas...

Choram cantando, penam rezando,
Ai, só a morte sabe até quando!

Mas no outro mundo Deus lhes prepara
Leito o mais alvo, ceia a mais rara...

Os pés doridos lhos lavarão
Santos e santas com devoção!

Para lavá-los, perfumaria
Em gomil d'oiro, d'oiro a bacia.

E embalsamados, transfigurados,
Túnicas brancas, como em noivados,

Viverão sempre na eterna luz,
Pobres benditos, amém, Jesus![125]

"Litania dos pobres", de Cruz e Sousa (*Faróis*, 1900):

Litania dos pobres

Os miseráveis, os rotos
São as flores dos esgotos.

São espectros implacáveis
Os rotos, os miseráveis.

São prantos negros de furnas
Caladas, mudas, soturnas.

São os grandes visionários
Dos abismos tumultuários.

As sombras das sombras mortas,
Cegos a tatear nas portas.

Procurando o céu, aflitos
E varando o céu de gritos.

---

125 Guerra Junqueiro, *Os simples (poesias líricas)*, Porto, Lello & Irmão – editores, 1953, pp. 99-105.

Faróis à noite apagados
Por ventos desesperados.

Inúteis, cansados braços
Pedindo amor aos espaços.

Mãos inquietas, estendidas
Ao vão deserto das vidas.

Figuras que o Santo Ofício
Condena a feroz suplício.

Arcas soltas ao nevoento
Dilúvio do esquecimento.

Perdidas na correnteza
Das culpas da natureza.

Ó pobres! Soluços feitos
Dos pecados imperfeitos!

Arrancadas amarguras
Do fundo das sepulturas.

Imagens dos deletérios
Imponderáveis mistérios.

Bandeiras rotas, sem nome,
Das barricadas da fome.

Bandeiras estraçalhadas
Das sangrentas barricadas.

Fantasmas vãos, sibilinos
Da caverna dos destinos!

Ó pobres! O vosso bando
É tremendo, é formidando!

Ele já marcha crescendo,
O vosso bando tremendo...

Ele marcha por colinas,
Por montes e por campinas.

Nos areais e nas serras
Em hostes como as de guerras.

Cerradas legiões estranhas
A subir, descer montanhas.

Como avalanches terríveis
Enchendo plagas incríveis.

Atravessa já os mares,
Com aspectos singulares.

Perde-se além nas distâncias
A caravana das ânsias.

Perde-se além na poeira,
Das esferas na cegueira.

Vai enchendo o estranho mundo
Com o seu soluçar profundo.

Como torres formidandas
De torturas miserandas.

E de tal forma no imenso
Mundo ele se torna denso.

E de tal forma se arrasta
Por toda a região mais vasta.

E de tal forma um encanto
Secreto vos veste tanto.

E de tal forma já cresce
O bando, que em vós parece,

Ó pobres de ocultas chagas
Lá das longínquas plagas!
Parece que em vós há sonho
E o vosso bando é risonho.

Que através das rotas vestes
Trazeis delícias celestes.

Que as vossas bocas, de um vinho
Prelibam todo o carinho…

Que os vossos olhos sombrios
Trazem raros amavios.

Que as vossas almas trevosas
Vêm cheias de odor das rosas.

De torpores, de indolências
E graças e quint'essências.

Que já livres de martírios
Vêm festonadas de lírios.

Vêm nimbadas de magia,
De morna melancolia !

Que essas flageladas almas
Reverdecem como palmas.

Balanceadas no letargo
Dos sopros que vêm do largo…

Radiantes de ilusionismos,
Segredos, orientalismos.

Que como em águas de lagos
Boiam nelas cisnes vagos…
Que essas cabeças errantes
Trazem louros verdejantes.

E a languidez fugitiva
De alguma esperança viva.

Que trazeis magos aspeitos
E o vosso bando é de eleitos.
Que vestes a pompa ardente
Do velho sonho dolente.

Que por entre os estertores
Sois uns belos sonhadores.[126]

126 Cruz e Sousa, *op. cit.*, p. 148-151.

A linguagem simbolista – discurso indireto da imagem, no dizer de Anna Balakian[127] –, alusiva, enigmática e aberta ao onírico, sujeita o objeto à voragem de um caleidoscópio, que lacera, fragmenta e oferece o mundo em estilhaços liricamente confeccionados. Fazendo eco aos procedimentos de composição – imagem, sugestão, experimento –, desconfia das certezas, predispondo-se à busca pelo absoluto. Inclinação ao transcendente que não se reduz a mera religiosidade ou traço metafísico, aproximando-se mais do que Hugo Friedrich bem conceituou como "idealidade vazia".[128] Afasta-se, portanto, propositalmente, do culto à ciência que lhe é contemporâneo, margeando universos menos palpáveis, por meio de caminhos tortuosos e insuspeitados.

Entre os temas fulcrais da estética simbolista está a natureza da arte e a figura do artista, ser de exceção. Arte e artista assumem relação distinta em face da vida imediata, dando espaço a outro grande tema, a saber, a *torre de marfim*, local por excelência da arte não corrompida pelo mundo, expressão que, com mediações, conduzirá à discussão acerca da autonomia da arte na sociedade burguesa.

Em face do traçado exposto, a poética simbolista parece não condizer com a presença do desvalido, como se o incontornável peso do assunto esbarasse ante o caráter aristocrático do movimento. Todavia, os pobres adentram a poesia e a prosa simbolistas de maneira furtiva e insistente – como se pode ver, para citar apenas portugueses e brasileiros, em Antonio Nobre, Raul Brandão, Alphonsus de Guimarães e Cruz e

127 Anna Balakian, *op. cit.*, p. 95.

128 Hugo Friedrich, *op. cit.*, p. 45.

Sousa. Tais aparições aproximam-se do artista, por vezes como seus duplos, todos seres à margem da sociedade. Ressoam tanto o caráter de pária, quanto a aura de vidência do poeta, atrelando os heróis decaídos baudelairianos à vertente do *voyant*, de Rimbaud.

O artista e os decaídos: se os deserdados são as outras faces do escritor, também ele um proscrito, ao invisível e emudecido é oferecida a dimensão poética clarividente, capaz de transpor o invólucro falacioso do real e tatear verdades inauditas.

Com efeito, a presença do pobre opera na contramão da figuração naturalista, uma vez que, apesar de partícipes da vida pública, vertem-se em espectros, seres deambulantes cuja miséria e dor contém, ainda, o ideal. O caráter abjeto da pobreza irá se chocar com a ascese que a eles é conferida: a poesia dota o excluído do caráter paradoxal de diferenciação. Despossuídos e poetas também tomarão a forma do culto à dor, ao sonho que conduz ao martírio; por vezes cristão, por vezes pagão – qual *pharmakós*. Se, conforme Auerbach, o quarto estado adentra o realismo sério a partir da sedução pelo feio e hediondo, a roupagem simbolista situa-se nas antípodas dessa orientação, vertendo-se ao belo e ao sublime.[129]

Nesse passo, cabe uma breve remissão à iconografia do período. No que diz respeito à pintura de tendência simbolista,

129 "É surpreendente, mas é também inegável, que a inclusão do quarto estado no realismo sério foi decisivamente fomentada por aqueles que, à caça de novas impressões estéticas, descobriram o atrativo do feio e do patológico; no caso de Zola ou dos naturalistas alemães do fim do século esta relação é ainda inconfundível". Erich Auerbach, *op. cit.*, p. 454.

uma das manifestações da referida temática é a obra de Puvis de Chavannes, *Le pauvre pêcheur.*[130]

Na tela em questão, note-se o homem do povo paralisado, a desistência nas mãos seguradas em concha, o semblante melancólico e a aura de vidência. A atitude simula abandono das tarefas práticas: ele para dentro do barco e se petrifica, interrompendo a rotina do dia de trabalho. A junção das mãos comunica bem a retenção do tempo, dando a ver que não se trata do instantâneo de um gesto, de um breve intervalo, mas de um tempo que perdura. Ao fundo crianças brincam, em uma figuração desfocada, que parece ecoar o estado introspectivo e onírico do homem, ao mesmo tempo em que o brinquedo se contrapõe à melancolia. A imagem focaliza o sujeito anônimo e o momento da contemplação registra o intervalo anticonvencional do pensamento profundo do simples. A atitude escolhida nega o império da utilidade: a ação é substituída pelo pensamento ensimesmado, a evocar a famosa alegoria da melancolia de Albrecht Dürer. A estranheza da composição consiste em conceder ao rústico o momento de reflexão. A suposta irrelevância

130 

Pierre Puvis de Chavannes, *Le pauvre pêcheur (O pobre pescador)*, 1881.

do sujeito retratado é refutada pelo caráter de exceção que lhe é atribuído; nesse sentido, pode-se pensar o quanto o pescador aproxima-se do poeta. Trata-se de um exemplo de como a figuração do pobre no Simbolismo afasta-se da verossimilhança do sujeito empírico, à maneira do realismo-naturalismo. O desenho resultante – mescla de tema, composição e ponto de vista – grava, de modo singular, a dignidade conferida ao outro.

"Litania dos pobres" embebe-se da sugestão de "Os pobrezinhos". Ouve-se o eco da dicção do poeta português nos versos do brasileiro, sobretudo no que se refere à temática central e à forma do poema longo – os dísticos, as anáforas e o uso reiterado de símiles. Não só a construção e o tema manifesto – os pobres –, mas também algo que, latente, confere um sentido menos objetivo aos pobres de ambos. Nos dois poetas, os deserdados não se reduzem à condição social – trabalhadores ou pedintes. Em Guerra Junqueiro, entoa-se o louvor à alma simples do homem do campo, com ênfase na valorização do sofrimento como aura de martírio místico, de conotação cristã; em Cruz e Sousa, o diferencial recairá sobre o caráter vidente do pobre e, principalmente, sobre as peculiaridades que adquire enquanto agrupamento.

O teor da iluminação clarividente concentra-se nos seguintes versos: "São os grandes visionários/ Dos abismos tumultuários". Ao final, o poema de Cruz e Sousa também se fecha com uma nota redentora; porém, de caráter indeterminado e, consoante a noção de idealidade vazia, imanente. Assim, o assunto – os pobres – descola-se e se impõe como outro tema: o do *visionarismo do excluído* afim à vidência do poeta. O tema será largamente explorado, afastando-se da influência de

Guerra Junqueiro (e de outras, como de Baudelaire) devido, no caso de Cruz e Sousa, à tonalidade declaradamente simbolista.

A análise do poema do simbolista brasileiro, ao descoser sua trama, desvenda outros sentidos. Para além da vidência do pobre – matiz mais ostensivo e pungente do poema –, acrescenta-se outra orientação, haurida do sopro revolucionário baudelairiano, fazendo com que outras duas referências possivelmente se façam ouvir na construção desse poema: trata-se do enlace dos poemas "Litanias de Satã" com "Abel e Caim"– ambos pertencentes à seção "Revolta", de *As flores do mal*.

Do primeiro, aproveita a ideia de ladainha, a estrofe curta de dois versos e o tom crítico; do segundo, o impulso revoltoso presente na imagem dos pobres tornados massa, "raça de Caim". De tal sorte abandonada, a raça de Caim erra pela imensidade do mundo; desassistida, suas preces direcionam-se a Satã, o excluído por excelência. As dores dos maltratados pelo mundo, historicamente acumuladas: "Race de Caïn, ton supplice/ Aura-t-il jamais une fin?" ensejam a súplica: "Ô Satan, prends pitié de ma longue misère!"[131] Tais cintilações baudelairianas fomentam certa camada subterrânea, cujas consequências críticas o distinguem do modelo português.

"Litania dos pobres" compõe-se de 51 estrofes, de dísticos heptassílabos: constrói-se de modo rigoroso, valendo-se das anáforas que enunciam uma sequência de imagens, entre metáforas e símiles. Ocorrem três vezes, nas estrofes iniciadas

131 "Raça de Caim, teu suplício/ Terá algum dia um fim?"; "Ó Satã, tem piedade de minha miséria!" Respectivamente dos poemas "Abel e Caim" e "Litanias de Satâ", na tradução de Júlio Castañon Guimarães, *op. cit.*, p. 392-401.

por "São"; duas vezes por "Perde-se"; três vezes por "E de tal forma"; onze vezes, com intervalos, por "Que".

A primeira das anáforas em "São" puxa uma série delas, agora ocultas, a insistir na confecção em camadas dos traços da singularidade dos miseráveis. Acompanhando a ordem do poema, eles são: "flores dos esgotos", "espectros", "prantos negros de furnas", "grandes visionários", "sombras das sombras mortas", "cegos", "faróis", "inúteis, cansados braços", "mãos inquietas, estendidas", "figuras que o Santo Ofício condena", "arcas soltas", "imagens dos deletérios, imponderáveis mistérios", "bandeiras rotas", "bandeiras estraçalhadas", "fantasmas vãos, sibilinos". A partir da 19ª estrofe, tornam-se "bando", e a sequência os focaliza em trânsito, de par com uma oscilação entre a associação direta (eles são) e a predominância de uma sequência de comparações (eles são como). De modo que a enumeração metafórica anterior cederá espaço ao símile, perfazendo uma cadeira extensa de expressões. Assim, enquanto grupo, tem-se os símiles (como): "hostes como as de guerras", "legiões estranhas", "avalanches terríveis", "torres formidandas" e as metáforas (são): "caravana das ânsias", "(bando) risonho", "eleitos", "sonhadores". As estrofes finais prosseguem a perseguição da peculiaridade dos pobres, agora de modo mais mediado, com o estabelecimento da relação entre dois termos, por meio da série de anáforas em "Que" – observe-se a introdução do pronome já a partir da 35ª estrofe: "Parece *que* em vós há sonho". O excesso de imagens associadas aos pobres, diretas ou indiretas, aliado ao andamento rítmico, dá a ver o empenho da expressão poética em evocar a potência do inexprimível, avessa à crua definição.

O ritmo adquirido imprime à fatura forte sugestão de movimento crescente. O procedimento utilizado, sobretudo apoiado na sonoridade sibilante, aliado ao uso das anáforas, que se alteram e enlaçam os versos seguintes, confeccionando linguagem de alta densidade imagética, forja um todo que captura a ideia da ação que acumula e se avoluma.

Apesar do uso análogo das repetições e das comparações, não há a sugestão de crescimento em Guerra Junqueiro. E ainda, no caso do poema brasileiro, trata-se uma elaboração estética que formaliza duas novas dobraduras do motivo do pobre na lírica finissecular; tais novas inflexões proporcionarão ao poema surpreendente tonalidade social.

Em termos composicionais, o compasso ascendente, formalmente construído, apresenta a peculiaridade de não ir às últimas consequências, de não atingir o ápice em termos de mudança efetiva. Há um dinamismo que cresce e estanca, acumula e para no meio do caminho; daí a mudança constante das anáforas, o desenrolar do andamento atravancado, como que a desenhar a interrupção constante do processo. Tal ruptura rítmica possui função semântica, não se reduzindo a mera ourivesaria, como a análise pretende mostrar.

Nesse caminho, o primeiro novo matiz, desdobramento da figura do pobre vidente formalizado pela estrutura que apreende o movimento, consiste na noção de *coletividade*, como agrupamento de pobres: bando, hoste, avalanche, caravana. Esse indivíduo que se torna coletivo, insere no poema a ideia do miserável como *massa*. Assim, a centralidade da figura do pobre tomará a forma do conjunto de desvalidos, cuja caminhada sobrepõe camadas e mais camadas, ampliando a força até atingir o possível clímax na estrofe 19ª: "Ó pobres! O vosso bando/ É tremendo, é formidando!". Os despossuídos transmutam-se em *massa*, corpo social.

O segundo desdobramento diz respeito à noção de *marcha*. Trata-se, portanto, de outra nuance capaz de introduzir um novo foco: acoplado ao tema do pobre vidente que se faz grupo, o da *marcha*, que se faz conglomerado em ação. Este, num crescendo, assume proporções significativas. O avanço-recuo da confluência de ritmo e imagem parece mimetizar o próprio ato de andar, o passo, a respiração da jornada. Observe-se a linguagem que emula o caminhar da marcha progressiva, até estancar e novamente avançar (20ª a 29ª estrofes):

> Ele já *marcha crescendo*,
> O vosso *bando tremendo*...
>
> Ele *marcha* por colinas,
> Por montes e por campinas.
>
> Nos areais e nas serras
> Em *hostes como as de guerras*.
>
> Cerradas *legiões estranhas*
> A *subir, descer* montanhas.
>
> Como *avalanches terríveis*
> Enchendo plagas incríveis.
>
> *Atravessa já os mares*,
> Com aspectos singulares.
>
> Perde-se além nas distâncias
> A caravana das ânsias.
>
> Perde-se além na poeira,
> Das esferas na cegueira.

Vai enchendo o estranho mundo
Com o seu soluçar profundo.

Como torres formidandas
De torturas miserandas.

O crescendo é também semântico: as bélicas "hostes", tornam-se "legiões estranhas", culminando no tropel amedrontador das "avalanches terríveis". Acrescente-se a isso que, nas estrofes 16 a 26ª, a noção de coletivo como bando não é fortuita. Dela participa a concepção histórica do perigo das massas, do medo das revoluções, que confere ao grupo caráter demonizado ("bando tremendo", "avalanches terríveis").[132]

Essa legião que arremete tinge-se da noção de conflito, por trás do qual insinua-se a história do século XIX. A nuance é capturada principalmente pelos vocábulos *bandeiras* e, sobretudo, *barricadas*, atrelados ao fluxo do andar.

"*Bandeiras* rotas, sem nome/ das *barricadas* da fome// *Bandeiras* estraçalhadas/ Das sangrentas *barricadas*". O dinamismo de aceleração e desaceleração que a estrutura arma tinge-se de sugestão política ao se valer do termo *bandeiras* e sobretudo de *barricadas*. Barricadas são construções improvisadas, feitas de trapiches e entulhos, usadas para defesa em momentos de insurreição. Tornaram-se famosas nos movimentos revolucionários do século XIX, ocorridos principalmente na França. Retenha-se, pois, o potente caráter de sublevação presente no

132 Como se viu, em "Asco e Dor", Cruz e Sousa usa o termo *turba*, neste caso atribuído ao bando de negros, a evidenciar as referências ao contexto escravista, *op. cit.*, p. 574.

acúmulo semântico: bando, barricada, bandeiras, marcha, hostes. O todo ecoa a retórica dos eventos revolucionários, sobretudo via Baudelaire. E, ainda, as bandeiras estão *estraçalhadas* e barricadas são *sangrentas*, portanto ambas se sujeitaram ao combate. A referência não é determinada, não se explicita; alcança, porém, surpreendente força poética ao sugerir reivindicação e luta. O poema se constrói como *forma que contém a união das massas e o movimento da história*, este apreendido pela urdidura tensionada entre o impulso e a interrupção. Tudo vago e indeterminado, mas esteticamente presente e vibrante. O todo sugere, pois, conflito, vingança, grito, levante. Contudo – talvez fiel a um sentido revolucionário anacrônico no contexto local – a sugestão de sublevação popular não persiste e será subsumida, ao final, pela vidência do pobre: "Que trazeis magos aspeitos/ E vosso bando é de eleitos".

Assim, a dialética de expansão e suspensão imprime-se no todo do poema, comunicando-se à dinâmica da história entre o avanço e o recuo, a reivindicação e a opressão. A presença subterrânea da luta social emerge com o termo *barricadas*, que remete à resistência ante o ataque, cujo significado participa da elaboração formal oscilante na qual se engasta, conferindo ao ato de proteger-se – e consequentemente de insurgir-se – o sentido da história dos homens. Tal qual o controle a que está sujeito o ímpeto revolucionário, o poema retrocede. Assim, a corrente de termos ou expressões presentes no poema, a saber: *bando, marcha, hostes como as de guerras, legiões estranhas, avalanches terríveis*, estanca em *caravanas das ânsias* – em consonância com a série de anáforas e seus cortes –, que faz a ponte entre *avalanches terríveis* e o *bando de eleitos*, sentido último que retorna à acepção do desvalido transcendentalizado. Da estrofe 20ª a 33ª prossegue num crescendo até a contenção, seguida da guinada idealizante. A partir da 34ª estrofe perde-se a força do acúmulo com ares revoltosos e retorna-se à centralidade do caráter místico dos pobres; desse modo, o poema opera com ondas de investida e retrocesso, ao final desce o tom e substitui uma possível explosão final pela amortização e pelo acomodamento.

A dicção que imprime celeridade ao poema traz, latente, a insurreição, prestes a eclodir – passo este que, expulso da voga entrevista pelo poema, localiza-se fora dele, a fazer com que se vislumbre a sugestão de sua vertigem potencialmente veraz. Por meio da ascese da miserabilidade, passam a ser, passam à visibilidade que lhes foi negada, movendo-se, qual *avalanche terrível*, com ecos de motim. A nuance analisada delineia algo como uma *marcha dos pobres*, hordas de miseráveis sem tempo preciso, a pontuar a perpetuidade da história da opressão. Deserdados cuja irmandade no suplício conduz à virtual formação de um grupo que vagamundeia pelo espaço indeterminado do mundo, em vogas de surpreendente, assombrosa e, do ponto de vista da ordem, perigosa intensidade. Os rotos se fazem multidão, tropa, e o ritmo encampa essa voragem avassaladora da coletividade miserável. O acúmulo imagético ganha considerável velocidade emulando o andar dos pobres, qual marcha com certo páthos de sublevação; qualidade esta que, entretanto, é interrompida a certa altura e substituída pelos valores da diferenciação (eleitos) e do martírio redentor. No decurso, une-os condições díspares: a indigência, a luta e a ascese. Se a condição de rebaixamento os aproxima, permitindo-lhes encetar a ação implicada na caminhada, a qual vai adquirindo tonalidades perturbadoras, a condição de distinção moral, seres de exceção à moda dos poetas, sustém o torvelinho inquietante e finca seu domínio.

Os "aspectos singulares" (25ª estrofe) da "caravana das ânsias" (26ª estrofe) apontam para o início do encaminhamento sublime. Da 27ª à 32ª estrofes, procede-se, juntamente com a subida do tom, à diluição dos sentidos que flertavam com a insurreição. Tudo se evola: "Perde-se além na poeira/ Das Esferas na cegueira" (27ª). Prossegue-se nessa toada em que se esgarçam os ecos sociais: entre a estrofe 33ª e a 35ª, flagra-se o marco da passagem entre a tonalidade revoltosa e a virada idealizante. A 34ª estrofe – "Ó Pobres de ocultas chagas/ Lá das mais longínquas plagas!" – instaura a mudança, com versos que desaceleram e se imobilizam ao conjugar a interjeição evocativa inicial à exclamação final. O sofrimento do pobre emerge, então, como fenômeno inespecífico, livre da notação de crítica social, e anuncia a nova orientação, com a qual o poema se fecha. O sentido de reviravolta do trecho vem acompanhado da dimensão formal: o clímax da feição insurreta cessa para dar lugar ao novo processo de subida de tom, porém, agora, de cunho enobrecedor:

> E de tal forma já cresce
> O *bando*, que em vós parece.
>
> Ó Pobres de ocultas chagas
> *Lá das mais longínquas plagas!*
>
> Parece que em vós há sonho
> E o vosso bando é *risonho*.

O bando, antes associado às bandeiras e às barricadas, agora é "risonho": eleitos aureolados pelo ideal. Nos vaivéns entre crescimento e ruptura, a queda do ritmo, o qual estava atrelado ao sentido dos pobres amotinados, novamente irá acelerar com a subsequente série de anáforas em "Que", as quais compõem a nova onda de ascensão rumo à aura de martírio redentor.[133]

Este aspecto tão fundamental da elaboração estética de "Litania dos pobres" – a saber, o bloco que marcha encadeado à forma que agrega e desagrega, num movimento de aceleração e desaceleração – não comparece em "Os pobrezinhos", a não ser de modo embrionário. Em Guerra Junqueiro, a presença do coletivo unido ao caminhar situa-se apenas em uma estrofe: "Em caravanas, em alcateias/ Vão por herdades, vão por aldeias". Note-se que esta única menção ao grupo, contida nos mesmos dois vocábulos (caravana, alcateia), será aproveitada pelo brasileiro, mesmo que a elaboração se alce a outros destinos.

Os pobres – cuja experiência trágica performou "hostes em guerra" – culminam envoltos pela neutralização de caráter elevado. Fica-se a se pensar que ascese é essa, em que consiste a resignação daqueles cuja coletividade assemelhou-se a uma barricada. Tal desnível entre o sopro de insurreição e o acomodamento é acompanhado pela fatura: o vaivém de acelera-

133 O tema da marcha é flagrante no poema "Marche aux flambeaux". Neste caso, trata-se do olhar que condena e moraliza os vícios, com traços genéricos e específicos – enquanto História dos homens e da sociedade brasileira da época: "Essa Marcha afinal penetrará aos urros,/ Titânica, sinistra e bêbada, irrisória,/ Num caos de pontapés, coices, vaias e murros,/ Na eterna bacanal ridícula da História". Cruz e Sousa, *op. cit.*, p. 423.

ção e desaceleração afim à carga semântica entre a rebelião e a renúncia.

Ante o rol de imagens e ondulações em torno da estranha vidência do despossuído, reverbera a potência lírica desse modo enviesado por meio do qual lhes é conferida visibilidade, presença: qual seja, o caráter elevado e sublime, a aura de exceção que os aproxima do artista, negando a animalização a que a prosa cientificista os reduziu.

Anexo[1]

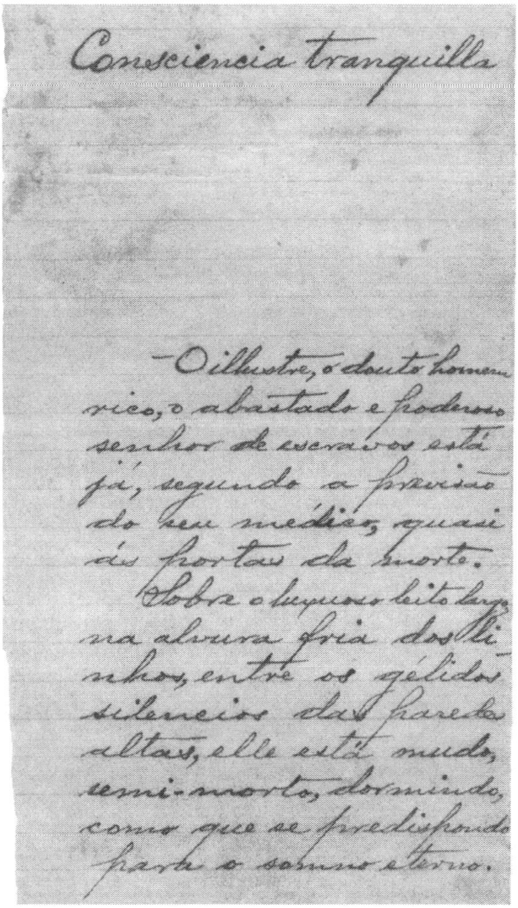

Consciencia tranquilla

— O illustre, o douto homem rico, o abastado e poderoso senhor de escravos está já, segundo a previsão do seu medico, quasi ás portas da morte.

Sobre o luxuoso leito larga, na alvura fria dos linhos, entre os gélidos silencios das paredes altas, elle está mudo, semi-morto, dormindo, como que se predispondo para o somno eterno.

1 Arquivo Cruz e Sousa/ Fundação Casa de Rui Barbosa/ Rio de Janeiro

No confortavel aposento onde elle aguarda afinal o ultimo suspiro, vae e vem, abafando os passos, toda uma sociedade de honrados bajuladores, de calculistas espiritos e finos, de interessados argutos, de herdeiros capciosos, de typos bisonhos e suspeitos, almas simplesmente consagradas ao instincto de conservação da vida no que ella tem de mais cavilloso e obliquo.

Graves e grandes, como beijos lassos, como tedios esquecidos, os momentos do moribundo se prolongam e os commentarios espuriam e ferem á surdina o ar doente, pesado...

— Não ha duvida que vamos perder um homem util, prestimoso, eminente, carregado de saber e virtudes, bom e piedoso, ah! sobre tudo bom e piedoso. Seu coração de anjo para os humildes, para os tristes, para os fracos, para os desamparados. A sua bolsa, sempre inesgotavel, dividia-se com todos. Verdadeiro apostolo da caridade, da religião e da sciencia

era um justo na accep ção da palavra, de um moral elevada até á santidade. Nunca me ha de esquecer de como elle foi sempre generoso para essa raparigas miseraveis gente baixa, que nem ao menos tem a vela commum para cair morta, e que elle afinal protegia com a sua bolsa e arranjava-lhes noivos ent pobres diabos da pleb quando por acaso ellas deixavam de ser virgens com elle... De muitas, de muitas sei e que elle tornou felizes com o seu prestigio, da do-lhes casamento e dinheiro. Ahi! porque outro fosse elle, como es bandidos que por ahi andam, que deixaria as pobresinhas ao de samparo e com filho Elle, não; casava-as lo e assim trasia felici de aos casaes que con tituia. Muito, muito ju to, sempre foi muito j to em tudo! Homem distincto! Homem d tincto! Este é dos po cos que póde morrer com a sua consciencia tranquilla, perfeitamente tranquilla!

Quem assim fallava com esta ingenua malignidade, com esta nova, inédita innocencia, com esta terrivel e eloquente ironia, por si proprio, no entanto, desconhecida, éra um homem de olhos ladinos e gêstos sacudidos, prospero, rubicundo, expressão loquaz de ave rapace, nariz activo, especie de furão sagaz de negocios, parecendo estar sempre occupado em absorver e conhecer pela attilada pituitaria o ar das cousas e dos interesses immediatos.

N'um dos dêdos da sua mão ágil, prompta, precisa para o assalto á vida, com a medida exacta dos grandes gólpes occultos, reluzia a clara gotta d'agoa iriada de um rijo brilhante.

Mas, o trophéo de glorias deste curioso exemplar humano, éra o famoso e philaucioso cavaignac, meio diabolico, meio cynico, que elle affagava com

gravidade e volupia, abrindo em leque, n'um gozo particular, como se o cavaignac fosse o seu inspirador e o seu oraculo n'aquella eloquencia.

Como todo o bandido bem acabado, perfeito, como todo o tartufo parasitico, tinha o seu sequito, os seus satellites, que instinctiva ou calculadamente servíam e approvavam sempre em silencio servil tudo o quanto elle dizia e lhe forneciam a athmosphera mantosa e morna feita de rastejantes e vermiculares sentimentos na qual elle vivia á farta, n'um transbordamento de tecidos adiposos, cevando-se nas lesmentas vaidades e caprichos mesquinhos dos outros, lisonjeando-lhes as pretenções, alimentando-lhes os vicios, devorando-lhes o ar, n'uma verdadeira existencia parasitaria.

Mas, agora, todas as attenções se voltavam alvoroçadas, anciosas, para o velho moribundo, que acordára afinal em sobresaltos, o olhar desvairadamente pairado n'um ponto, como se por um exquisito phenomeno tivesse resurgido do terror

do somno eterno e vies-
se ainda perseguido por
glaciaes phantasmas
que o arrastavam pelos
cabellos e pelas vestes,
atravez de uma treva
duramente muda e capti-
tiva...

E, ou fosse remorso
ou fosse álgido medo
da hora extrema ou
fosse mesmo agudo
e hystérico delyrio
imaginativo de se-
nil e tábido scelera-
do que vae morrer,
o certo é que todos, no
auge do espanto, no
mais esmagador dos
assombros, sem poder
conter a subita e estu-
penda torrente que
lhe foi espumando e
jorrando da bocca
bamba, ouviram este
cruel e amorpho mono-
logo feito de lama e po-
dridão, de estanho in-
flammado, de ferro e
fogo, de acres e apunha-
lantes sarcasmos, de
ódio e vicio, de morden-
tes perversidades, de
chagas núas, de lace-
rações de carnes gan-
grenadas, de soluços
e estupros, de ais e risa-
das, de suspiros e con-

cupiscencias baixas, de beijo
e venenos, de estertores e a
gonias, tudo rodando, r
dando atravez do pe
dello da Morte.

Como que a seu pesar u
phenomeno desconhecido o
transfigurava, punha-lhe
bocca a eloquencia viva e
chammas devoradôras. E
éra n'aquelle momento a
prêsa formidanda das cor
tes da materia, que os ma
curiosos e estupendos sentim
tos abalava; como que u
outra natureza, sem ser
propriamente, legitimam
te a sua, a natureza do
mysterios, que paira aci
de tudo o que nos é terren
mente accessivel, a natu
za do Incognoscivel da
Esphéras, dos maravilh
sos Rhythmos, o inspira
fallava pela voz d'elle, ench
de fluidos prodigiosos, ar
batava-o para um m
sonho e para um m
delyrio, onde, contudo,
transpareciam faces
verdadeiras das cous
já galvanisadas pelo
passado.

Aquillo éra como qu
o exemplo vivo, indelével
e supremo, dessa vaga n
dessa brumma de Abstra

Aquillo era como que
exemplo vivo, inilludivel
supremo, dessa vaga névoa,
essa bruma de Abstracto,
que ha em todo o Tangi-
vel, do Sobrenatural,
que ha em todo o Verdadei-
ro..."

— Ah! lá se vão ellas,
vejam, lá se vão ellas!
Quantas! Quantas! Eram
todas minhas! Vinham
entregar-se ao meu ou-
ro que tinia, tilintava,
tinia com o seu tom
sonóro. Olhem, lá vão
ellas! Todos aquelles
corpos eu beijei, eu go-
sei, eu depravei, eu
saciei! Todos aquelles
bellos corpos brancos
se adelgaçáram, se que-
bráram, vergáram em
curvas voluptuosas
de abobada estrella-
da ás minhas furio-
sas luxurias. Parecia
que corcéis de fogo dispa-
ravam no meu san-
gue, corriam a toda
á brida nos meus
nervos, tanto a sen-
sualidade me agitava,
me vertiginava, aguilho-
ava-me com os seus
aguilhões acerados. Eram
todas virgens que eu
desvicei, estrábico de
goso, nas formidaveis
allucinações da car-

ne. Pois se eu tinha o
meu ouro, o meu ouro
que agisse sem demóra
e m'as trouxésse venci-
das; pois se eu tinha o
meu ouro, o meu ouro
que as escravisasse á
minha lascivia, o meu
ouro que as fascinasse,
o meu ouro que as at-
trahisse, o meu ouro
que as magnetisasse,
o meu ouro que as ce-
gasse, o meu ouro que
as perdesse, o meu ouro
que as aviltasse. Pois se
eu tinha o meu ouro,
que mal então que
eu comprasse fórmas
de argilla com o meu
ouro de fórma de sol!
Pois se eu tinha o meu
ouro! Pois se eu tinha o
meu ouro! Pois se eu
tinha o meu ouro!

Por entre os linhos
alvos do leito, n'aquel-
las brancuras precio-
sas, como que um rio
de ouro, um cascatear
de ouro, uma musica
de ouro vinha então
friamente e fluidamen-
te rolando, distenden-
do pelo leito os seus
harmoniosos e claros
veios de ouro, n'uma
feéria de som, de albu-

ra e de ouro.

E o senil e tábido millionario estava alli como ~~um~~ célebre mago ~~[illegible]~~ dominado pelo rhythmo allucinante, pela vaia magnética desse extase de visionario moribundo, pela doentia e sonambula super-excitação nervosa, por toda essa vertigem, por todo esse deslumbramento hypnótico, fatal, enlouquecedor, do ouro. E elle ria alvarmente uma risada entre amarella e negra, que fazia lembrar o funebre caixão que o esperava...

Todos, estupefactos, suspensos, diante daquelle delyrante e sensacional espectaculo que não podiam encobrir nem conter, tinham a respiração suffocada, os semblantes transformados, lividos, tão lividos que pareciam outros tantos moribundos que ouviam, immoveis, n'um es[illegible] de magnetis[illegible], [illegible] ou-tro moribundo fallando.

Agora, porta mais negra e mais ensanguentada se abrira escancaradamente, n'um rápido rasgão de raio que fende as nuvens, ao delyrio do cérebro demente do quasi-morto: era como se nenhum escrupulo delicado, subtil, o prendesse mais á terra e aos homens; se todos os fios e laços das susceptibilidades da alma se houvessem partido, despedaçado e elle ficasse só nos instinctos, á vontade, besta desenfreada, livre de todas as correntes do sensivel, sob o impulso primitivo, selvagem, desorientado, animal, deserto, da simples materia e da simples casualidade:

— Ah! Ah! pois não éra o meu ouro, só o meu ouro, sempre o meu ouro que comprava tanta carne humana, desprezivel, que eu via entrar nas senzallas, de volta do eito?! Negros tremulos, velhos e tristes, com o dorso curvado por uma remóta subserviencia ancestral, atavica, phantasmas de pedra, mudos e cégos na sua dôr absurda...

Ás vezes éra pelos amargos desfallecimentos da tarde; e, no fundo denso da noite algumas estrellas espiávam como sentinellas, de olhos recêsos e vigilantes, aquella tôrva massa trôpega e tarda que caminhava como do fundo de um tenebroso e formidavel sonho: os craneos desconformemente alongados, os perfis com deformações hediondas, talhados á bruta por mãos

de genios rebeldes, infernaes e os olhos envenenados pela mais atroz, barbara e mórbida melancholia das melancholias, que vinham, além, [illegible] desfillar, do centro mysterioso da terra, com a côr original da terra, com a côr das trevas primitivas, esqueléticos, cadavéricos, éthicos, na assombrosa condensação de todas as creações shakespeareanas, arrastando os miseraveis e ensanguentados farrapos das almas.

Parecia-me que se cavava de repente, por toda a extensão do eito, immensa, profunda cova; que essa cova éra como velha chaga secular formidavelmente grande, sinistramente sangrenta, a devorar, a devorar, a devorar carne humana, legiões e legiões de miseros, um fabuloso mar negro e selvagem de corpos e almas amaldiçoadas. Essa chaga tremenda, avassalladôra, fatal, ia então alastrando, não [illegible] de podre, gangrenada, aberta, [illegible] e purulenta bocca verde.

Nos [illegible]

e purulenta bocca verde.

Não sei para que sobrehumano horrôr eu recuava, para que noite cahótica de horror animal eu mergulhava a tremer, a tremer, a tremer...

Ficava então de repente com a imaginação dominada por cruéis sobresaltos, com ancidades, delyrios a se vulcanisarem no cérebro... Subiam-me

[illegible]

ao cerebro obsessões de loucura, como que os meus pensamentos se agachavam, se encolhiam atterrorisados a um canto do cérebro... Um medo agudo, invencivel, me amarrava os nervos... Todo eu gelava, suava medo... E aquella bamba

trôpega e tanta massa tôrva, phenomenal, numerosa, estranha, tão estranha aos meus sentidos apavorados, dava-me a impressão de abysmos que caminhavam. phantastica de, tenebrosas florestas de corpos cheias de rugidos de féras, de garras, de dentes devoradores, que eu via de repente atirarem-se, arrojárem-se sobre mim, bramindo vingança, e depedaçarem-me, estra[illegible] gelarem-me todo...

Ao meu espirito atterrado, mundo virgem nunca visto de visões que se me desenvolviam no deslumbrado raio visual, era como se todos aquelles esqueletos negros se reproduzissem, surgissem por toda a parte turbilhões e turbilhões, tumultos e tumultos, mattas cerradas compactas, selvas bravias de esqueletos negros, toda Africa colossal ululando e soluçando n'um ululo, n'um soluço millenario... E sobre todos esses milhões de cabeças tenebrosas, pairava no ar solemnemente, fanaticamente, suggestionadoramente, como o satanico e sinistro Anjo da Guarda dessa raça dos desertos

[illegible] tão commum [illegible]

[illegible] incommunicavel, [illegible] vida e lethargica serpente, talvez dormindo e sonhando novos e mais maravilhosos venenos, com as grandes azas abertas... Ah! éram sobrenaturaes esses soffrimentos que assim me remordiam tanto com tamanhos dentes e com tamanhas garras!

Deus, e essas horas tão tremendas para minha consciencia alli tão humilhada, batida, cobarde de terror diante d'aquelles negros espectros, onde estava Deus, para trazer-me um allivio, um consolo, para ter piedade de mim, para dar-me de beber da fonte clara, fresca e suave da tranquillidade, para saciar a sêde de humildade, de pobreza, de simplicidade, a sêde devoradora que me incendiava, a mim, a gula viva do ouro, a mim, a gula

viva da sensualidade, a mim, a gula viva do crime!

No entanto, ah!, que viradas satanicas, diabólicas, que satisfações fervéras me assaltava quando o feitor, bizarro, mephistophélico, de chicote em punho, lanhava, lanhava, lanhava os miseraveis e lindos corpos de certas escravas que não queriam vir commigo! Oh! lembra-me bem de uma que mandei lanhar sem piedade. A cada grito que ella soltava eu gritava tambem ao feitor: lanha mais, lanha mais! E o bizarro feitor lanhava! O sangue, grosso e lento, como uma baba espessa, ia formando no chão um pantano onde os porcos vinham fossar regaladamente! Com que febre, com que allucinação inquisitorial eu gosava essas torturas! Até mesmo, ás vezes, via-me pos-

sido de um extra-
vagante desejo ani-
mal, de um desejo
monstro de beber, co-
mo os porcos, todo
aquelle sangue. Lem-
bro-me tambem de
bestialmente gravida,
outra, prestes a ser
mãe, que eu, para
saciar a minha sêde
feroz de ciume, a mi-
nha sêde de raiva,
a minha sêde de
carnificina,
mandei applicar
quinhentas chicota-
das, emquanto os meus
dentes rangiam na
volupia do odio sa-
ciado. Esta foi tama-
nha e tão atroz a dor,
tão horriveis as con-
torsões, enroscando-se
como serpente den-
tro de chammas
crepitantes, que esva-
hio-se toda em san-
gue, abortou de repente
e alli mesmo morreu
logo, felizmente lembro-
me bem, com a bocca
retorcida n'uma trom-
ba mólle, espumando
rôxo e duas grossas
lagrimas profundas
a escorrerem-lhe no
canto dos olhos
vidrados...

E de outra ainda lem-
bro-me tambem, por-
que eu a mandei
afogar no rio das
Sete Chagas, junto á
figueira do inferno,
com o filho, que era
execravelmente meu,
dentro das entra-
nhas... Mandei afogar
tarde, a horas mortas,
depois que certo sino
cavo soluçou as do-
se badaladas lentas
e somnolentas ao amor-
talhado luar... E devo
ter algum remorso d'isso? Re-
morso? De que? Porque? Por
quem? Meu filho? Como?
Feito por um civilisado
n'um barbaro, n'um sel-
vagem? Remorso por
tão pouco? Por lama vil
que se jóga fóra, por bar-
ro ignobil que para
nada présta?! Remorso
por fezes, residuos exiguos
de elementos inserviveis,
bilis negra, composto de
productos podres, gazes de-
leterios e inuteis, pus fe-
tido — pois por essa as-
querosa e horrenda
cousa que se for-
mou e ondulou mysterio-
samente somnambula
nas entranhas pantheri-
cas de uma negra hei-
de ter, então, remorso,

...ide ter, então, remorso?!

E os quatro enforcados á encruzilhada do engenho, com as hirtas linguas de fóra, por uma noite de trovões e relampagos, oscillando dos galhos das arvores como pendulos da morte! E os que morrêram no tronco, com a espinha dorsal quasi vergada ao meio! E aquelles que de desespero e de afflicção sem remedio se rasgáram os ventres enterrando-lhes fundo facas agudas! Os que estaláram tostados, queimados nos fórnos em brasa! Os que fóram arrastados pelos campos fóra, a galope, atados a caudas de cavallo! Os que tivéram os ventres atravessados pelas aspas dos bois bravios! Os que se envenenaram com venenos mais mortaes que os das serpentes! Os que se estioláram na mais desesperada das agonias!

E aquella negra terrivel que morreu louca, abraçada ao filho pequeno, dando-lhe allucinadamente de mamar, núa, toda núa, com o seio a escorrer leite e ao mesmo tempo a escorrer sangue pelas feridas das trezentas e setenta e tantas chi...

...muito, a olhar-me sempre, parece que ainda horrivelmente a olhar-me agora, a perseguir-me, a cortar-me de pavor como uma lamina gelada e penetrante.

Ah! aquelle negro de cem annos, morphetico, inchado como um sapo enorme, manipanço senil, a quem eu arranquei os dous olhos com a ponta de uma verruma, enquanto elle urrava e estrebuchava de dor como um tigre apunhalado! E isto em pleno eito, n'um meio dia de ferro e fogo, que cortava e queimava, por um sol dilacerante, devorador como féras esfaimadas, sanguinolentas! E eu arranquei-lhe os olhos, enterrando-lhe a verruma sem piedade, depois de já lhe haver applicado por todo o corpo apodrecido e chagado pela morphéa, seiscentas vergalhadas, de pulso musculoso e rijo e de rêlho forte aberto em trinta pérnas terminando em agudos prégos nas pontas.

Ah! como o velho manipanço se retorcia, espumava, gania, mordia a lingua, soltava pinchos por entre os torvelinhos, nos circulos vertiginosos, desvairados, das trinta pontas aguçadas das pérnas rigidas do rêlho.

E ainda aquelle outro
negro decrépito, de uma
[illegible]

[illegible] cego [illegible] que
foi encontrado morto
no curral dos porcos,
a cabeça fóra do tronco,
inteiramente desfigu-
[illegible] os orgãos
[illegible]

Remorsos, eu, então, de toda
essa treva trágica, de toda
essa lama de crimes apo-
drecida?! Como remorso? Pois
não éra do throno do
meu ouro que eu estava
rei soberano assim, com
sceptro do chicóte em
punho, coroado de ouro
[...]vestindo um manto
de purpura feito de muito
sangue derramado?! Remor-
so? De que? Se o meu ouro
tudo lavava, vencia, sub-
jugava a todos e a tudo,
emmudecia a justiça, torna-
va completamente servis
de pedra os homens,
fazendo de cada senti-
mento um eunucho?!

A estas palavras como
que pareceu haver um cer-
to movimento de protesto,
de altivez revoltada, na
[illegible] assemblêa que
ouvia: quasi que um
[illegible] vento de indigna-
ção passou... Mas, como
[illegible] os males da vi-
[illegible] o mal de muitos

consolo é que quasi todos que
alli estavam eram parent-
es do moribundo, que aguar-
davam uma parte do
seu grande ouro; e como
tambem nos seus cérebros
[...]nhos empíricos lhes passa-
se de repente a idéa de que
talvez por um milagre a
riqueza, por um extraordi-
nario valôr e soberania
de potentado, elle mui-
bem podia levantar-se
do leito ainda e empunhar
o chicóte d'aquelle rei
todos se entreolharam [...]
nhosamente e fizeram de
pressa espinha mais fle-
xivel, fingiram-se surdos
o melhor que puderam
ou fingiram-se mortos
o melhor que puderam
— vivos, mais mortos
que o semi-morto.

Toda essa delyrante
epopéa de lama, trêva e
sangue, éra por elle mur-
murada lentamente
com voz cava, solemne
como através das paredes
de um jazigo subterra-
neo ou nas sombrias, soli-
tarias arcadas de um con-
vento os crepuscula-
mentos de um Requiem.

Impellido por uma
força nervosa, ergueu-
um pouco no leito, talvez
ainda mais envelhecido
agora, [illegible] tremulo, tr[...]

agonia, ~~...~~ tremulo, transfigurados, o olhar sempre fixo n'um ponto, olhar de louco que olha em vão ~~...~~ tudo, que como que vê para dentro de si mesmo...

Mas, de repente, o moribundo

[illegible] bisquetamente idiota, entre amarella e negra, que fazia fatalmente lembrar o funebre caixão que o esperava...; arremessando cataval- vamente as phrases como laçadas no ar, na violencia do esforço derradeiro, tremendo, como quem chama a si as ultimas energias da materia que desfallece, a lingua já presa, já acorrentada pelos herados grilhões da morte que vinha vindo, perdendo a consci-

nicida cabeça de sce- rado senil, exhausto de forças, os braços mollemente estendidos ao longo do leito, os olhos e a bocca desmesuradamente abertos, a respiração siflante, n'um espasmo sinistro...

No ambiente ancioso, inquietante, do aposento, pairou uma commoção mortal...

Dos lençoes alvos e frios do leito, bruscamente revôltos na allucinadôra afflicção d'aquelle velho corpo martyrisado, como que transpareciam, se levantavam brancas visões de sepulchro...

Nos circumstantes, á maneira de velhos instrumentos de cordas usadas, que vibravam (insolitamente), percorreu logo um pavoroso estremecimento. Todos se acercáram do leito, os rostos transfigurados, na agitação convulsa do grande final, — mirrhas, tristes sombras que n'um movimento arrastados impellidas por sensaç-

secretas, se acercavam de uma sombra mais misera, mais triste...

E, ó ironia da Culpa original!, n'uma leve contracção da bocca, ávida com um voluptuoso e luminoso alento de vida a esvoaçar-lhe nos olhos, sem longos e torturantes estertores, deixando apenas escapar um fugitivo, breve gemido de lá bem do fundo vago, quasi apagado, longinquo, do seu crime, na attitude de um justo, o illustre homem rico, o abastado e poderoso senhor de escravos expirou — dir-se-hia mesmo com a sua consciencia tranquilla, completamente tranquilla...

Bibliografia

DO AUTOR

Obra Completa. (org. Andrade Muricy, atualização e notas: Alexei Bueno). Rio de Janeiro, Editora Aguilar, 1995.

Dispersos. Poesia e Prosa. (org. Iaponan Soares e Zilma Gesser Nunes). São Paulo, Giordano/Editora da UNESP, 1997.

Evocações. Ed. fac-similar. Florianópolis, Fundação Catarinense de Cultura, 1986.

Faróis. Ed. fac-similar. São Paulo, Edusp, 1998.

Poesias Completas. Florianópolis, Fundação Catarinense de Cultura, 1993.

Sonetos da noite. Seleção: Silveira de Souza. Xilogravuras: Hugo Mund Jr. Florianópolis, FCC/Edições do Livro de Arte, 1988.

SOUSA, João da Cruz e VÁRZEA, Virgílio. *Tropos e Fantasias*. Ed. fac-similar. Rio de Janeiro, Casa de Rui Barbosa; Florianópolis, Fundação Catarinense de Cultura, 1994.

Cartas de Cruz e Sousa. (org. intr. e notas: Zahidé Lupinacci Muzart). Florianópolis, Letras Contemporâneas, 1993.

SOBRE O AUTOR

ALVES, Uelinton Farias. *Reencontro com Cruz e Sousa*. Florianópolis, Papa-livro Editora, 1990.

______. *Cruz e Sousa: Dante negro do Brasil*. Rio de Janeiro, Pallas, 2008.

AMARAL, Glória Carneiro do. *Aclimatando Baudelaire*. São Paulo, Annablume, 1996.

ARARIPE JR, T. de A. "Movimento Literário do ano de 1893 – O Crepúsculo dos Povos". In: *Obra Crítica de Araripe Júnior*. Rio de Janeiro, Ministério da Educação e Cultura, Casa de Rui Barbosa, 1963. vol III.

ARRIGUCCI, Davi. "A noite de Cruz e Sousa". In: *Outros achados e perdidos*, São Paulo, Companhia das Letras, 1999.

BANDEIRA, Manuel. *Apresentação da poesia brasileira*. 2ª ed. Rio de Janeiro, Editora Casa do estudante do Brasil, 1954, pp. 110-125.

BASTIDE, Roger. "Quatro Estudos sobre Cruz e Sousa". In: Coutinho, Afrânio (org.). *Cruz e Sousa*. Col. "Fortuna Crítica". Rio de Janeiro, Civilização Brasileira; Brasília, INL, 1979.

______. *Poetas do Brasil*. São Paulo, Duas Cidades, 1997.

BERND, Zilá. *Introdução à literatura negra no Brasil*. São Paulo, Brasiliense, 1988.

BRAYNER, Sônia. "Cruz e Sousa: Missal e Evocações". In: *Labirinto do espaço romanesco*. Rio de Janeiro/ Brasília, Civilização Brasileira/INL, 1979.

BOSI, Alfredo. "Simbolismo". In: *História concisa da literatura brasileira*. São Paulo, Cultrix, 1980.

______. "Sob o signo de Cam". In: *Dialética da Colonização*. São Paulo, Companhia das Letras, 1993.

______. "Poesia versus racismo". In: *Literatura e resistência*. São Paulo, Companhia das Letras, 2002.

BEOOKSHAW. David. *Raça e Cor na Literatura brasileira*. Porto Alegre, Mercado Aberto, 1983.

CANDIDO, Antonio e CASTELO, Aderaldo. *Presença da literatura brasileira*. 6ª ed. São Paulo/Rio de Janeiro, Difel, 1976.

CORRÊA, Nereu. "O canto do cisne negro". In: *O canto do cisne negro e outros estudos*. 2ª ed. Florianópolis, FCC, 1981.

COUTINHO, Afrânio. (org.) *Cruz e Sousa*. Coleção "Fortuna Crítica". Rio de Janeiro, Civilização Brasileira, 1979.

EULÁLIO, Alexandre. "Negritude de Cruz e Sousa". In: *Livro involuntário*. Rio de Janeiro: UFRJ, 1993.

FONTES, Henrique. (org. e introdução Gilma Gesser Nunes) *Cruz e Sousa em A companhia dramática Julieta dos Santos e outros ensaios*. Florianópolis, Fundação Franklin Cascaes, 1998.

GÓES, Fernando. *Panorama da poesia brasileira. Simbolismo*. Rio de Janeiro, Civilização Brasileira, 1959, vol IV.

HADDAD, Jamil Almansur. "Baudelaire e o Brasil". Prefácio para a tradução de *As flores do mal*. 2ª ed. São Paulo, Difusão Europeia do Livro, 1964.

LOPES, Hélio. "Cruz e Sousa". In: *Letras de Minas e outros ensaios* (org. Alfredo Bosi). São Paulo, Edusp, 1997.

MAGALHÃES JR, Raimundo. *Poesia e vida de Cruz e Sousa*. 3ª ed. Rio de Janeiro, Civilização Brasileira – MEC, 1961.

MALHEIROS, Eglê. *Vozes veladas*. Peça em dois atos. Florianópolis, Ed. Movimento, 1995.

MELLO, Jefferson Agostini. *Um poeta simbolista na República Velha: literatura e sociedade em Missal, de Cruz e Sousa*. Florianópolis, Ed. da UFSC, 2008.

MONTENEGRO, Abelardo. *Cruz e Sousa e o Movimento Simbolista no Brasil*. 2ª ed. Florianópolis, FCC edições, 1988.

Morcego Cego. Revista de estudos sobre poesia. Florianópolis: Museu/ Arquivo da Poesia Manuscrita, 1999.

MURICY, Andrade. *Para conhecer melhor Cruz e Sousa*. Rio de Janeiro, Bloch, 1973.

OLIVEIRA, Anelito de. "Cruz e Souza: as paredes da negação". In: Revista Sphera, 2021.

PÁDUA (da Costa e Silva), Antonio de. *À margem do estilo de Cruz e Sousa*. Rio de Janeiro, Serviço de Documentação do Ministério da Educação e Saúde, 1946.

PAULI, Evaldo. *Cruz e Sousa, poeta e pensador*. São Paulo, Editora do escritor, 1973.

RABELLO, Ivone Daré. *Um canto à margem: uma leitura da poética de Cruz e Sousa*. São Paulo, Nankin/Edusp, 2006.

RAMOS, Péricles Eugênio da Silva. "Poesia simbolista". In: *Do Barroco ao Modernismo*. 2ª ed. Rio de Janeiro, Livros Técnicos e Científicos, 1979.

REGIS, Maria Helena Camargo. *Linguagem e versificação em Broquéis*. Porto Alegre, Movimento; Santa Catarina, Editora da UDESC, 1976.

ROMERO, Sílvio. "Reações antirromânticas na poesia – Evolução do lirismo". In: *História da literatura Brasileira*. 5ª ed. Rio de Janeiro, José Olympio, 1954, vol 5.

RUFINONI, Simone. "Visionarismo satânico no poema em prosa de Cruz e Sousa". In: Teresa: revista de literatura brasileira, no. 01. São Paulo, FFLCH/USP, 2000.

______. "Entre a torre de marfim e o pelorurinho". In: Teresa: revista de literatura brasileira, nº 14. São Paulo, FFLCH/USP, 2014.

______."Paradoxos da lírica negra: alteridade e espaço público". In: *Conflicto, negociación y resistência en las Américas*. Izaskum Álvarez Cuartero (org.), Salamanca, Ediciones Universidad Salamanca, 2017.

______. "Invisibilidade e simulação da audiência no poema em prosa de Cruz e Sousa". In: *Monólogo dramático e outras formas de ficcionalização da voz poética*. PILATI, Alexandre, ALVES, Fabio Cesar, MELLO, Jefferson Agostini, BRANTES, Simone e CAMILO, Vagner (orgs.) Campinas/São Paulo, Pontes Editores, 2020.

SANT'ANNA, Affonso Romano de. *Canibalismo amoroso*. São Paulo, Brasiliense, 1984.

SECCHIN, Antônio Carlos. *Cruz e Sousa, o desterro do corpo*. Florianópolis, Assembleia Legislativa, 1997.

SOARES, Iaponan. *Ao redor de Cruz e Sousa*. Florianópolis, UFSC, 1988.

______, e Muzart, Zahidé L. (org.) *Cruz e Sousa: No centenário de Broquéis e Missal*. Florianópolis, FCC, 1993.

TEIXEIRA, Ivan. Introdução à edição fac-similar de *Faróis*. São Paulo, Edusp, 1998.

______. Introdução à edição fac-similar de *Broquéis*. São Paulo, Edusp,1994.

______. "Metafísica e exílio". In: Revista *Cult*, nº 08. São Paulo, Ed. Lemos, 1998, p.46 a 53

TILL, Rodrigues. *Cruz e Sousa e o Rio Grande do Sul*. 2ª ed. Florianópolis, Comissão Estadual do centenário de Morte de Cruz e Sousa, 1998.

TORRES, Artur de Almeida. *Cruz e Sousa. Aspectos estilísticos*. Rio de Janeiro, São José, 1975.

TORRES, Marie-Hélène Catherine. *Satanismo literário em Cruz e Sousa e Baudelaire*. Florianópolis, Ed. da Universidade, 1998.

Travessia. Revista de Literatura Brasileira do curso de pós-graduação em Letras. Florianópolis, Editora da UFSC, 1993.

VERÍSSIMO, José. *História da Literatura Brasileira*. 4º ed. Ed. da Universidade de Brasília, 1963.

______. "Uma poetisa e dois poetas". In: *Estudos de Literatura Brasileira*: 6ª série. Belo Horizonte, Ed. Itatiaia; São Paulo, Ed. da Universidade de São Paulo, 1977.

VÍTOR, Nestor. "Cruz e Sousa" e "O Poeta Negro". In: *Obra Crítica de Nestor Vítor*. Rio de Janeiro, MEC/ Fundação Casa de Rui Barbosa, 1969, vol I.

GERAL

ADORNO, Theodor W. e HORKHEIMER, Max. *Dialética do Esclarecimento*. (trad. Guido Antonio de Almeida). São Paulo, Jorge Zahar Editor, 1985.

______. et alii. *Textos Escolhidos*. Col. Os Pensadores. (trad. José Lino Grunnewald). São Paulo, Abril Cultural, 1983.

ARENDT, Hannah. *A condição humana*. (trad. Roberto Raposo). 11ª ed. Rio de Janeiro, Forense Universitária, 2013

ALIGHIERI, Dante. "Inferno". In: *A Divina Comédia*. (trad. José Pedro Xavier Pinheiro) São Paulo, Edigraf, s/d.

ASSIS, Machado de. *Obra completa em quatro volumes*. (org. Aluizio Leite, Ana Lima Cecílio e Heloisa Jahn). 2ª ed. Rio de Janeiro, Nova Aguilar, 2008.

ATHAYDE, Tristão de. "Satã nas Letras". In: *Meio Século de presença literária*. Rio de Janeiro, José Olympio, 1969.

AUERBACH, Erich. "Germinie Lacerteux". In: *Mimesis: a representação da realidade na literatura ocidental*. São Paulo, Perspectiva, 1976.

AZEVEDO, Álvares de. *Noite na Taverna e Macário*. São Paulo, Editora Três, 1973.

______. *Poemas malditos*. Seleção e apresentação de Hildon Rocha. 3ª ed. Rio de Janeiro, Francisco Alves, 1988.

AZEVEDO, Celia Maria Marinho de. *Onda negra, medo branco: o negro no imaginário das elites – século XIX*. Rio de Janeiro, Paz e Terra, 1987.

BALAKIAN, Anna. *O Simbolismo* (trad. José Bonifácio A. Caldas). São Paulo, Perspectiva, 1985.

BARRETO, Paulo. (João do Rio). *O momento literário*. Rio de Janeiro, Fundação Biblioteca Nacional/Departamento Nacional do Livro, 1994.

BASTIDE, Roger. *As religiões africanas no Brasil* (trad. Maria Eloísa Capellato e Olívia Krähenbühl). São Paulo, Ed. da Universidade de São Paulo, 1971, vol I e II.

BAUDRILLARD, Jean. "L'economie politique de la mort". In: Revue trimestrielle *Traverses – lieux et objets de la mort*. Paris, Editions de Minuit, 1975, p. 17-29.

BAUDELAIRE, Charles. *Oeuvres complètes*. Genève, Cercle du Bibliophile, s/d.

______. *As flores do mal*. (trad. e org. Júlio Castañon Guimarães). São Paulo, Penguin Classics. Companhia das Letras, 2019.

______. *Le spleen de Paris*. (org. Aurelia Cervoni e Andrea Schellino). Paris, Flammarion, 2017.

BRAGA-PINTO, César. *A violência das letras: amizades e inimizades na literatura brasileira*. Rio de Janeiro, EdUERJ, 2018.

BRANDÃO, Raul. *O pobre de pedir*. Belo Horizonte, Chão da feira, 2015.

BROCA, Brito. *Literatura no Brasil: 1900*. Rio de Janeiro, José Olympio, 1960.

______. "Os intelectuais no advento da República", "João Ribeiro e os enviados especiais" e "Boêmia e profissionalismo". In: *Naturalistas, parnasianos e decadistas*. Campinas, São Paulo, Editora da UNICAMP, 1991.

BENJAMIN, Walter. *Magia e técnica, arte e política. Ensaios sobre literatura e história da cultura. Obras escolhidas vol I* (trad. Sergio Paulo Rouanet). São Paulo, Brasiliense, 1994.

______. *Charles Baudelaire, um lírico no auge do capitalismo. Obras Escolhidas vol III* (trad. José Carlos Martins Barbosa e Hemerson Alves Baptista). 3ª ed. São Paulo, Brasiliense, 1984.

______. *Origem do drama barroco alemão* (trad, apres. e notas: Sergio Paulo Rouanet). São Paulo, Brasiliense, 1984.

BERNARD, Suzanne. *Le poème en prose. De Baudelaire jusqu'à nos jours*. Paris, A. G. Nizet, 1994.

BLANCHOT, Maurice. "L'oeuvre et l'espace de la mort". In: *L'espace litterárie*. Paris, Gallimard, 1955.

BORNE, Étienne. *Le problème du mal*. 4ª ed. Paris, Presses Universitaires de France, 1967.

BRETON, André. *Anthologie de l'humour noir*. Paris, Jean-Jacques Pauvert, 1966.

BRUNEL, Pierre (org). "Dioniso antigo, o inatingível". In: *Dicionário de mitos literários*, Rio de Janeiro, José Olympio, 2000.

BÜRGER, Peter. "O problema da autonomia da arte na sociedade burguesa" e "O conceito de alegoria em Benjamin". In: *Teoria da vanguarda* (trad. Ernesto Sampaio). Lisboa, Vega, 1993.

CAMPOS, Haroldo de. *Deus e o Diabo no Fausto de Goethe*. São Paulo, Perspectiva, 1981.

CAMUS, Albert. "I - O homem revoltado" e "II - A revolta metafísica". In: *O homem revoltado* (trad. Valerie Rumjanek). 3ª ed. Rio de Janeiro, Record, 1997, p. 13-128.

CANDIDO, Antonio. *Literatura e sociedade*. São Paulo, Nacional, 1975.

______. "Os últimos baudelairianos". In: *A educação pela noite e outros ensaios*. 2ª ed. São Paulo, Ática, 1989.

CARDINAL, Roger. *O expressionismo*. Rio de Janeiro, Jorge Zahar Editor, 1988.

CARDOSO, Lúcio. (trad.) *O livro de Job*. Rio de Janeiro, Ediouro, s/d.

CAROLLO, Cassiana Lacerda. *Decadismo e Simbolismo no Brasil.* Crítica e Poética. Rio de Janeiro/Brasília, Livros Técnicos e Científicos/INL, 1980.

CARPEAUX, Otto Maria. *História da Literatura Ocidental.* Rio de Janeiro, O Cruzeiro, s/d, vol V e VI.

CARVALHO, Amorim de. *Guerra Junqueiro e a sua obra poética.* Porto, Livraria Figueirinhas, 1945.

CHAPELAN, Maurice. "Introduction". In: *Anthologie du poème en prose.* Paris, René Julliard, 1946.

CHÉNIEUX-GENDRON, Jacqueline. *O surrealismo* (trad. Mário Laranjeira). São Paulo, Martins Fontes, 1992, p. 102 a 108.

COLLIN E PLANCY, J. *Dicionário infernal.* (trad. Angela Gasperin Martinazzo). São Paulo, EDUSP; Brasília, UnB; Rio de Janeiro, Arquivo Nacional, 2019.

COMAS, Juan e alii. *Raça e Ciência I.* (trad Dora Ruhman e Geraldo de Souza). São Paulo, Perspectiva, 1970.

CORNELL, Kenneth. *The symbolist movement.* New Haven, Yale University Press, 1958.

COUSTÉ, Alberto. *Biografia do diabo.* (trad. Luca Albuquerque). Rio de Janeiro, Record/ Rosa dos Tempos, 1996.

DELUMEAU, Jean. "Satã". In: *História do medo no ocidente.* (trad. Maria Lucia Machado e Heloísa Jahn). São Paulo, Companhia das Letras, 1989.

DURAND, Gilbert. *Les structures anthropologiques de l'imaginaire.* Paris, Bordas, 1969.

DUROZOI, Gérard e LECHERBONNIER, Bernard. *O surrealismo: teorias, temas, técnicas* (trad. Eugénia Maria Madeira Aguiar e Silva). Coimbra, Livraria Almedina, 1972.

ESTRADA, Luís de Gonzaga Duque. *Mocidade Morta.* São Paulo, Editora Três, 1973.

FARIA, Ernesto (org.). *Dicionário escolar latino-português.* 2ª ed.

Rio de Janeiro, MEC/ Dep. Nacional de Educação, 1956.

FERNANDES, Florestan. "A persistência do passado" e "Imigração e relações raciais"; 2ª parte "O impasse racial no Brasil moderno". In: *O negro no mundo dos brancos*. São Paulo, Difusão Europeia do Livro, 1972, p. 83-109.

______. "O negro na emergência da sociedade de classes". In: *A integração do negro na sociedade de classes*. São Paulo, Dominus Editora, 1965, vol I, p. 01-38.

FLUSSER, Vilém. *A História do diabo*. São Paulo, Martins, 1965.

FREHSE, Fraya. *O tempo das ruas na São Paulo de fins do Império*. São Paulo, Edusp, 2005.

FREUD, Sigmund. "Luto e melancolia" (trad. Marilene Carone). In: Revista *Cebrap*, nº 32, São Paulo, 1992.

______. "Sobre o narcisismo: uma introdução". In: *Edição Standart das Obras psicológicas completas* (trad. Henrique Campos). Rio de Janeiro, Imago, 1980, vol XXIV.

______. "O Estranho". In: *Edição Standart brasileira das obras psicológicas completas* (trad. Jayme Salomão). Rio de Janeiro, Imago, 1976, vol. XVII.

FREYRE, Gilberto. *Sobrados e Mucambos: decadência do patriarcado rural e desenvolvimento do urbano*. 15ª ed. São Paulo, Global Editora, 2004.

FURNESS, R. S. "Origens" e "Inovações formais". In: *Expressionismo* (trad. Geraldo Gerson de Souza). São Paulo, Perspectiva, 1990.

FRIEDRICH, Hugo. *Estrutura da lírica moderna (da metade do século XIX a meados do século XX)*. São Paulo, Duas Cidades, 1991.

FRYE. Northrop. *Anatomia da crítica* (trad. Péricles Eugênio da Silva Ramos). São Paulo, Cultrix, 1973.

GOMES, Álvaro Cardoso. (org.) A *estética simbolista. Textos doutrinários* (trad. Eliane Fittipaldi Pereira e Carlos Alberto Vechi). 2ª ed: revista e aumentada. São Paulo, Atlas, 1994.

GIBSON, Michael. *Le Symbolisme*. Paris, Taschen, 1994.

GOEHTE. J. W. *Fausto: uma tragédia – Primeira parte* (trad. Jenny Klabin Segall; apresentação, comentários e notas Marcos Vinícius Mazzari; ilustrações Eugène Delacroix). São Paulo, Ed. 34, 2004.

______. *Fausto: uma tragédia – Segunda parte* (trad. Jenny Klabin Segall; apresentação, comentários e notas Marcos Vinícius Mazzari; ilustrações Max Beckmann). São Paulo, Ed. 34, 2007.

GUIMARÃES, Bernardo. *Poesias completas*. Rio de Janeiro, Ministério da Cultura/ INL, 1959.

GUIOMAR, Michel. *Principes d'une esthétique de la Mort*. Paris, José Corti, 1967.

HAUSER, Arnold. "Naturalismo e Impressionismo". In: *História social da literatura e da arte* (trad. Walter H. Geenen). 4ª ed. São Paulo, Mestre Jou, 1982, tomo II.

HOLANDA, Sérgio Buarque de. *Raízes do Brasil*. 26ª ed. São Paulo, Companhia das Letras, 2013.

HUGO, Vitor. *Do grotesco e do sublime*. Tradução do "Prefácio de Cromwell" (trad. Celia Berretini). São Paulo, Perspectiva, 1988.

HUYSMANS, Jori-Karl. *Às Avessas* (trad. José Paulo Paes). São Paulo, Companhia das Letras, 1987.

JAMESON, Fredric. *O Inconsciente político* (trad. Valter Lellis Siqueira). São Paulo, Ática, 1992.

JANKÉLÉVITCH, Vladimir. "La mort dans l'instant mortel". In: *La Mort*. Paris, Flammarion, 1977, p. 218-370.

JODELET, Denise. "A alteridade como produto e processo psicossocial". In: *Representando a alteridade* (org. Angela Arruda). Petrópolis/ Rio de Janeiro, Vozes, 1998.

JOYCHELOVITCH, Sandra. "Re(des)cobrindo o outro – Para um entendimento da alteridade na Teoria das representações sociais". In: *Representando a alteridade* (or. Angela Arruda). Petrópolis: Rio de Janeiro, Vozes, 1998.

JUNQUEIRO, Guerra. *Os simples (poesias líricas)*. Porto, Lello & Irmão –editores, 1953.

KAYSER, Wolfgang. *O grotesco* (trad. J. Guinsburg). São Paulo, Perspectiva, 1986.

KLIBANSKY, Raymond; PANOFSKY, Erwin e SAXL, Fritz. (trad. Fabienne Durant-Ogaert e Louis Évrard). *Saturne et la Melancolie*: études historiques et philosophiques: nature, religion, médecine et art. Paris, Gallimard, 1989, p. 27-91.

LAFORGE, Jules. *Litanias da Lua*. Ed.bilíngue (trad. Régis Bonvicino). São Paulo, Ilumiuras, 1989.

LAUTRÉAMONT, Conde de. *Les Chants de Maldoror et outres oeuvres*. Paris, Booking Internacional, 1995.

LEVIN, Orna Messer. *As figurações do dândi*. Um estudo sobre a obra de João do Rio. Campinas, São Paulo/ Editora da UNICAMP, 1996.

L'ISLE-ADAM, Villiers. *Contes Cruels* e *Axël*. In: *Oeuvres Complètes*, Paris, Gallimard, 1986.

LUKÁCS, Georg. *Ensaios sobre Literatura* (trad. Leandro Konder). Rio de Janeiro, Civilização Brasileira, 1968.

______. "Alegoria y símbolo". In: *Estética* (trad. Manuel Sacristán). Barcelona, Grijalbo, 1967, vol IV.

MACHADO NETO, Antonio Luís. *Estrutura social da república das letras: sociologia da vida intelectual brasileira*, 1870-1930. São Paulo, Grijalbo, 1973.

MAETERLINCK, Maurice. *Pélleas et Mélisande*. Bruxelles, Editions Labor, 1983.

______. *Les Aveugles* e *L'Intruse*. Paris, Bibliothèque Charpentier, 1929, tomo I.

MALLARMÉ, Stéphane. *Oeuvres Complètes*, Paris, Gallimard, 1992.

SOUSA, Laura de Mello e. *O diabo e a terra de Santa Cruz*. 5ª ed.

São Paulo, Companhia das Letras, 1995.
MASSAUD, Moisés. *História da literatura brasileira. O Simbolismo*. São Paulo, Cultrix, 1985.
MICHAUD, Guy. *Message poétique du symbolisme*. Paris, Nizet, 1947.
MILTON, John. O *Paraíso perdido* (trad. Conceição G. Sotto Maior). Rio de Janeiro, Ediouro, s/d.
MORIN, Edgar. *O homem e a morte* (trad. João Guerreiro Boto e Adelino dos Santos Rodrigues). Sintra, Publicações Europa-América, s/d.
MURICY, José Cândido de Andrade. *Panorama do movimento simbolista brasileiro*. Rio de Janeiro, Instituto Nacional do Livro, 1952.
NABUCO, Joaquim. O *Abolicionismo*. 4ª ed. Petrópolis, Ed. Vozes/INL, 1977.
NEEDELL, Jeffrey. *Belle époque tropical: sociedade e cultura de elite no Rio de Janeiro na virada do século* (trad. Celso Nogueira). São Paulo, Companhia das Letras, 1993.
NOBRE, Antonio. *Só*. Porto, Tavares Martins, 1962.
OEHLER, Dolf. *Le spleen contre l'oubli. Juin 1848. Baudelaire, Flaubert, Heine, Herzen* (trad. Guy Petidemange e Sabine Cornille). Paris, Payot & Rivages, 1996.
______. *Quadros parisienses (1830-1848): estética antiburguesa em Baudelaire, Daumier e Heine (1830 –1848)*. (trad. José Marcos Macedo e Samuel Titan Jr.). São Paulo, Companhia das Letras, 1997.
______. *O velho mundo desce aos infernos: autoanálise da modernidade após o trauma de junho de 1848 em Paris*. São Paulo, Companhia das Letras, 1999.
PARENT, Monique. "La technique du poème en prose". In: *Saint-Jonh Perse et quelques devanciers: études sur le poème en prose*.

Paris, Librarie C. Klincksick, 1960.

PASTA Jr., José Antonio. *Pompéia. A metafísica ruinosa d'O Ateneu.* (tese de doutoramento em literatura brasileira). São Paulo, FFLCH - USP, 1991.

PESSANHA, Camilo. *Clepsidra*. São Paulo, Núcleo, 1989.

PEYRE, Henri. *A literatura simbolista* (trad. Maria Helena Nery Garcez e Maria Clara Rezende Teixeira Constantino). São Paulo, Cultrix, 1983.

PEREIRA, Lúcia Miguel. "Simbolismo". In: *História da literatura brasileira: prosa de ficção: de 1870 a 1920*. Belo Horizonte, Itatiaia; São Paulo, Edusp, 1988, p. 221-227.

PICARD, Michel. *La littérature et la mort*. Paris: Presses Universitaires de France, 1995.

PLATÃO. "Fedón". In.: *Diálogos*. Col. Os Pensadores (trad. Jorge Paleikat e João Cruz Costa). São Paulo, Abril, 1972.

POMPEIA, Raul. *As Canções sem Metro*. Rio de Janeiro, Editora Civilização Brasileira, 1982, vol IV.

PRADO Jr. Caio. "O império escravocrata e a aurora burguesa" e "A república burguesa". In: *História econômica do Brasil*. 30ª ed. São Paulo, Brasiliense, 1984, p. 157-218.

PRAZ, Mário. A *carne, a morte e o diabo na literatura romântica*. (trad. Philadelpho Menezes). São Paulo, Editora da Unicamp, 1996.

RANCIÈRE, Jacques. A *partilha do sensível: estética e política*. São Paulo, Editora 34, 2009.

______. "O dissenso" (trad. Paulo Neves). In: Adauto Novaes (org.) A *Crise da razão*. São Paulo, Companhia das Letras, 1996

______. *Mallarmé: la politique de la sirene*. Paris, Hachette Littératures, 1996.

RAYMOND, Marcel. "Introdução" e "O refluxo". In: *De Baudelaire ao Surrealismo* (trad. Fúlvia M. L. Moretto e Guacira

Marcondes Machado). São Paulo, Edusp, 1997.

REIS, João José. "O cotidiano da morte no Brasil oitocentista". In: Luiz Felipe de Alencastro (org.), *História da vida privada no Brasil 2 – Império: a corte e a modernidade nacional*, São Paulo, Companhia das letras, 1997.

RIBEIRO, Maria Aparecida, CAMILO, Vagner e PINHEIRO, Vania Chaves (orgs.) *Brasil/Portugal: diálogos sobre literatura*. Lisboa, CLEPUL/FCT; Coimbra, CLP, 2022.

RIMBAUD, Arthur. *Poèsies et outres oeuvres*. Paris, Booking Internacional, 1995.

______. *Prosa poética*. (trad. Ivo Barroso) Rio de Janeiro, Topbooks, 1998.

RIO, João do. *A alma encantadora das ruas*. Col. Biblioteca carioca. 3ª ed. Rio de Janeiro, Secretaria Municipal de Cultura, 1995.

ROSENFELD, Anatol. "A visão grotesca". In: *Texto/Contexto*. São Paulo, Perspectiva; Brasília: INL, 1973.

ROSENFIELD, Kathrin Holsermayr. "Ética e estética: o problema da análise filosófica da literatura". *Revista Letras de Hoje*. Porto Alegre, v. 32, n. 2, 1997.

SARTRE, Jean-Paul. "Orphée noir". In: *Anthologie de la nouvelle poésie nègre et malgache de langue française*. 3ª ed. Paris, Presses Universitaires de France, 1972.

SCHILLER, Friedrich. *Poesia ingênua e sentimental* (trad., apres. e notas Márcio Suzuki). São Paulo, Iluminuras, 1991.

SCHOPENHAUER, Arthur. *O mundo como vontade e representação, III pt; Crítica da filosofia kantiana: Parerga e paralipomena, cap. V, VIII, XII, XIV*. Col. Os Pensadores (trad. Wolfgang Leo Maar e Maria Lúcia Mello e Oliveira Cacciola). São Paulo, Abril, 1985.

SCHWARCZ, Lilia Moritz. O *espetáculo das raças: cientistas, Instituições sociais e questão racial no Brasil*. 1870-1930. São Paulo,

Companhia das Letras, 1993.

SCHWARZ, Roberto. *Ao vencedor as batatas*. 4ª ed. São Paulo, Duas Cidades, 1992.

______. "Grande Sertão e Dr. Faustus". In: A *sereia e o desconfiado*. Rio de Janeiro, Civilização Brasileira, 1965.

______. *Um mestre na periferia do capitalismo*. 2ª ed. São Paulo, Duas Cidades, 1991.

SEVCENKO, Nicolau. *Literatura como missão: tensões sociais e criação cultural na Primeira República*. 3ª ed. São Paulo, Brasiliense, 1989.

SIMÕES JÚNIOR, Álvaro Santos. "*Os simples*, de Guerra Junqueiro, e a imprensa carioca". *Revista Soletras*, Rio de Janeiro, n. 40, 2020.

SINFIELD, Alain. *Dramatic monologue*. London, Methuen & Co Ltd, 1977.

SCOTT, Clive. "O poema em prosa e o verso livre". In: Malcolm Bradbury e James McFarlane, James (orgs.). *Modernismo: guia geral* 1890-1930. São Paulo, Companhia das Letras, 1999.

SKIDMORE, Thomas. *Preto no branco*: *raça e nacionalidade no pensamento brasileiro*. (trad. Raul de Sá Barbosa). 2ª ed. São Paulo, Paz e Terra, 1989.

STAROBINSKI, Jean. *La melancolie au miroir: trois lectures de Baudelaire*. Paris, Julliard, 1989.

______. *Portrait de l'artiste en saltimbanque*. Collection Art et Artistes. Paris, Gallimard, 2003.

VALÉRY, Paul. (trad. Maisa Martins de Siqueira). "A existência do Simbolismo". In.: *Variedades*. São Paulo, Iluminuras, 1991.

VERNANT, Jean-Pierre. A *morte nos olhos* – *figura*ção do Outro na Grécia antiga: Ártemis e Gorgó (trad. Clóvis Marques). 2ªed. Rio de Janeiro, Jorge Zahar Editor, 1991.

VENTURA, Roberto. *Estilo tropical: história cultural e polêmicas lite-*

rárias no Brasil, 1870-1914. São Paulo, Companhia das Letras, 1991.

VIGNOLES, Patrick. *A perversidade*. (trad. Nícia Adan Bonatti). Campinas/ São Paulo, Papirus, 1991.

WILSON, Edmund. (trad. José Paulo Paes). *O Castelo de Axël*. São Paulo, Cultrix, 1967.

XAVIER, Ismail. *Alegoria. Modernidade, nacionalismo (doze questões sobre cultura e arte)*, Rio de Janeiro, Funarte/ MEC, 1984.

Alameda nas redes sociais:
Site: www.alamedaeditorial.com.br
Facebook.com/alamedaeditorial/
Twitter.com/editoraalameda
Instagram.com/editora_alameda/

Esta obra foi impressa em São Paulo no inverno de 2024. No texto foi utilizada a fonte Electra LH em corpo 10,5 e entrelinha de 15,5 pontos.